Flanando em Paris

Livros de José Carlos Oliveira publicados pela Civilização Brasileira:

O homem na varanda do Antonio's, 2004
Diário Selvagem, 2005

José Carlos Oliveira

Flanando em Paris

Seleção, organização e notas
Jason Tércio

CIVILIZAÇÃO BRASILEIRA

Rio de Janeiro
2005

CAPA
Evelyn Grumach

PROJETO GRÁFICO
Evelyn Grumach e João de Souza Leite

CIP-BRASIL. CATALOGAÇÃO-NA-FONTE
SINDICATO NACIONAL DOS EDITORES DE LIVROS, RJ

O47f

Oliveira, José Carlos, 1934-1986
Flanando em Paris / José Carlos Oliveira; seleção e organização Jason Tércio. – Rio de Janeiro: Civilização Brasileira, 2005.

ISBN 85-200-0700-7

1. Oliveira, José Carlos,1934-1986 – Viagens – Paris (França) – Descrições e viagens. 3. Paris (França) – Usos e costumes. 4. Paris (França) – Vida intelectual I. Tércio, Jason, 1949- . II. Título.

05-1317

CDD – 869.98
CDU – 821.134.3(81)-94

Direitos desta edição adquiridos
EDITORA CIVILIZAÇÃO BRASILEIRA
Um selo da
DISTRIBUIDORA RECORD DE SERVIÇOS DE IMPRENSA S.A.
Rua Argentina 171 – 20921-380 – Rio de Janeiro, RJ – Tel.: 2585-2000

PEDIDOS PELO REEMBOLSO POSTAL
Caixa Postal 23.052 – Rio de Janeiro, RJ – 20922-970

Impresso no Brasil
2005

Eu sou, amigo, um vagabundo das ruas.
Por elas flano, perambulo, porém, com inteligência.

João do Rio

Ando pelas ruas de Paris sempre olhando ao redor.
Quando volto para casa, trago comigo
uma espécie de quadro debaixo do braço,
formado por sons, cores e odores.

Julio Cortázar

Sumário

LONDRES

AMSTERDÃ

LISBOA

Um brasileiro singular numa cidade plural

JASON TÉRCIO

O que temos neste livro é uma visão bem brasileira de Paris (real e imaginária), como síntese da sociedade francesa ao longo de 20 anos, em toda a sua complexidade, muito além dos cartões-postais e dos estereótipos — eldorado da cultura, meca do prazer e de emigrados. Episódios recheados de espanto, reflexões e humor escrutinam a cidade-ícone de inúmeros ângulos: costumes, relações sociais, contrastes e contradições, alegria e solidão, deslumbramento e desespero, o bem e o mal, enfim, Paris como nunca foi vista, porque cada pessoa, principalmente escritores, a vê de modo único.

Paris e seus personagens: artistas e prostitutas, Sartre e Beckett, De Gaulle e Mitterrand, vagabundos e burgueses — tudo foi digerido e regurgitado por José Carlos (Carlinhos) Oliveira, *enfant terrible* da crônica carioca, renovador do gênero e membro mais jovem da melhor safra capixaba-mineira consagrada na década de 60. Autor de quatro romances, três antologias de crônicas e um livro de contos publicado logo após sua morte, em abril de 1986. O que ele escreveu em 27 anos de carreira o qualifica como o melhor cronista da sociedade brasileira "moderna".

Sempre ferino e escrachado, às vezes trágico ou engraçado, era um boêmio profissional, mas conseguia também ser disciplinado e não se abstinha do debate político. Em sua coluna, quatro vezes por semana no *Jornal do Brasil*, sempre opinou com veemência sobre os dramas da conjuntura e os vícios da nossa estrutura social. No começo dos anos 60, quando o país estava em convulsão, ele escrevia sobre política mas também tinha muita vontade de conhecer Paris. Não para fazer um turismo básico, ou apenas isso. Ele acreditava na opinião de Hemingway — "Paris é uma parte necessária da educação de um homem" — e não tinha receio de ser incompreendido ou criticado pelo pessoal mais sectário, que cobrava "coerência".

Para um escritor com alma de filósofo, artista e pícaro, nada mais coerente do que desejar conhecer uma cidade estimulante para a imaginação e os sentidos, na qual centenas de pintores, escritores, escultores e músicos de várias partes do mundo fizeram suas carreiras e contribuíram para disseminar a reputação de capital mundial da alegria de viver, da tolerância política e sexual, do respeito pelos artistas.

Quando começava a se projetar no Rio de Janeiro, em 1962, com seu primeiro livro, *Os olhos dourados do ódio*, Carlinhos Oliveira assumiu em público seu desejo: "Tenho um encontro marcado com Paris. E há de ser na juventude. (...) Paris amada por todos aqueles que admiro: ali serei dono de fato da minha individualidade. (...) Em Paris eu descansaria algum tempo de ser brasileiro, atividade tão cansativa."

Sua paixão pela cidade começou na época mais propensa a fantasias, na adolescência, mas não foi através dos filmes de Hollywood. Leu dois livros de ficção: *A rua do Gato-que-Pesca*, da húngara Jolanda Foldes, sobre a vida de imigrantes na capital francesa, e *Um pobre amor em Paris*, de outro húngaro, Gàbor von Vaszary, sobre um vagabundo lírico que vive faminto nas ruas. A partir daí Carlinhos ficou sonhando ser artista pobre (inclusive porque sua família era pobre mesmo) na terra de seus ídolos Rimbaud e Baudelaire.

Tinha algumas noções de francês quando embarcou em janeiro de 1964, aos 29 anos. Apesar do inverno europeu no seu auge, o visual da cidade correspondeu plenamente às suas fantasias: atmosfera cosmopolita, mulheres bem-vestidas e perfumadas, museus para todos os gostos, grandiosos monumentos, torres e cúpulas despontando sobre a arquitetura densa e harmoniosa, praças e jardins bucólicos, as pontes sobre o Sena — e os cafés, claro. Seu cicerone foi o jornalista Luís Edgar de Andrade.

Quando viajava, pelo Brasil ou no exterior, depois de se instalar no hotel ele sempre ia procurar nas redondezas um bar com um clima que o agradasse, para se refugiar e observar o movimento, em busca da alma do povo. Em Paris seu preferido era o Café Cluny, na esquina dos bulevares

Saint-Michel e Saint-Germain. Um ponto quente: a alguns passos do Aux Deux Magots, que fica ao lado do pequeno Café de Flore, "escritório" de Sartre e sua turma existencialista. Em frente ao Flore, do outro lado do bulevar, está a Brasserie Lipp, antigo ponto boêmio transformado em restaurante fino. Depois do Cluny, Carlinhos ia muito aos históricos La Coupole e Le Select, no bulevar de Montparnasse, onde também estão La Closerie des Lilás, Le Dome e La Rotonde. (A propósito, no Rio de Janeiro todos os bares famosos foram destruídos, com exceção do Garota de Ipanema, ex-Veloso.)

Qualquer um pode sentar nesses cafés, pedir um pingado e ficar o dia inteiro contemplando a humanidade a desfilar no calçadão, sem ser incomodado pelo garçom. Há quem diga que são armadilha para turista, por terem sido freqüentados por Verlaine, Jarry, Tristan Tzara, Ernest Hemingway, Scott Fitzgerald, Picasso, Modigliani, Aragon, Maiakovski, Henry Miller, Allen Ginsberg etc. Mas já na década de 20, Hemingway se queixava de que os melhores cafés do eixo Montparnasse-Saint-Germain estavam sendo invadidos pela "respeitável burguesia francesa", pelos turistas e pelos falsos artistas. Mas isso não diminuía em nada a admiração do autor de *O sol também se levanta*, no qual imortalizou alguns desses cafés. Ele comparou Paris a "uma mulher que não envelhece e tem sempre novos amantes".

Carlinhos Oliveira, certamente, foi um deles. Gostava de andarilhar sem roteiro prévio, olhos e ouvidos descobrindo tudo naturalmente. Em sua relação com cidades, "aproprio-me das paisagens, do ar, das pessoas, dos assuntos locais, com uma espécie de fervorosa preguiça; não tenho pressa, não observo nada de relance; mergulho na realidade, perco-me nela, depois de certo tempo somos uma só coisa", escreveu certa vez. E Paris é uma das melhores cidades para se percorrer a pé. Não por acaso lá nasceu o *flâneur*, no século XIX. Tipo solitário e ocioso, perambulando sem rumo nem objetivo, dileto representante da modernidade urbana, "homem das multidões", na definição de Baudelaire, outro flanador, gostava da solidão, mas curtida na rua, nos cafés. Para Edgar Allan Poe, o *flâneur* é "sobretudo alguém que não se sente seguro em sua própria sociedade. Por isso é que ele procura a multidão". Ao que o pensador alemão

Walter Benjamin acrescentou, definitivo: "A rua se torna casa para o *flâneur.*" Carlinhos se encaixava perfeitamente nesse tipo.

Quando ele voltou para o Brasil, após os três meses da primeira viagem a Paris, os militares haviam demolido o nacional-populismo e instalado uma ditadura. Em sua coluna no jornal, encimada pela rubrica "O homem e a fábula", escreveu vários textos protestando contra a repressão e se solidarizando com as vítimas de perseguições do novo regime. Entretanto, não esquecia Paris. De vez em quando extraía da memória alguns fragmentos e publicava. Ao contrário de Henry Miller, que amava Paris e detestava os Estados Unidos, Carlinhos Oliveira não considerava excludentes as duas paixões e se preocupava com o destino do Brasil, como fica claro nos seus textos políticos, que serão publicados no próximo volume. Ao mesmo tempo queria viver o "desregramento de todos os sentidos" de que fala Rimbaud.

Em setembro de 1965 ele embarcou num navio de carga alemão, *Ostfriesland*, com destino à França, mas acabou ficando em Recife, sem querer. A explicação folclórica é que Carlinhos aproveitou a escala e foi se encontrar com Thales Ramalho, seu ex-colega de apartamento no Rio que havia voltado para a capital pernambucana depois de formado em Direito (seria um proeminente deputado federal na década de 70). Bebendo num bar, os dois se esqueceram da hora e quando Carlinhos se deu conta, o cargueiro já havia partido.

Em dezembro do mesmo ano ele foi de avião e ficou até fevereiro seguinte. Desta vez teve uma estadia mais intensa. Seu principal companheiro na cidade foi o fotógrafo carioca Alécio Andrade, que havia se mudado para lá recentemente. Encontrou-se também com a jornalista Celina Luz, o médico Sérgio Carneiro, o colunista social Ibrahim Sued, os pintores Antônio Bandeira, Di Cavalcanti e Cícero Dias (que morava em Paris desde a década de 30), o empresário da imprensa Adolpho Bloch, a Condessa Pereira Carneiro (dona do *Jornal do Brasil*), o cartunista Lan e as Irmãs Marinho, cantoras e dançarinas que faziam uma turnê pela Europa. Viu Marlon Brando dançando a marchinha carnavalesca "Cabeleira do Zezé" no New Jimmy's, ex-café boêmio transformado em luxuosa boate de Regine Schoukron no bulevar de Montparnasse. Ouviu e sentiu muitas outras coisas e pessoas. Mas ele raramente escreveu sobre brasileiros em Paris.

Passaram-se dez anos até que partisse novamente, em agosto de 1975, ficando até início de novembro. Na ida parou em Lisboa, onde acompanhou os turbulentos dias pós-queda da ditadura salazarista ocorrida em abril do ano anterior. Foi a viagem mais longa e a primeira no verão. O Cluny ainda estava lá — só em 1999 se transformaria em restaurante italiano. Visitou uma amiga brasileira exilada, Helena Bocayuva, residente num vilarejo no sudeste do país. O texto sobre este encontro, "La brésilienne", é o único publicado anteriormente em livro.

Em fevereiro de 1979 ele foi principalmente para fazer exames médicos. Sentia na região do estômago dores cada vez mais constantes e insuportáveis, sem obter nenhum diagnóstico concreto no Brasil, e os remédios prescritos não resolviam nada. Pensava ser algo na vesícula. Em Paris, uma tomografia computadorizada revelou: pancreatite crônica, já em fase incurável e fatal. Estava pesando apenas 44 quilos e a perspectiva de morte prematura o abalou. Esta parte do livro é um inventário da dor no corpo e na consciência, rugidos de um animal ferido.

A última viagem, em agosto de 1981, teve uma motivação mística: Carlinhos Oliveira se convertera ao catolicismo, após ostentar um ateísmo desde a juventude. Com uma carta de apresentação do Frei Betto, visitou o convento dominicano de La Tourelle, em L'Arbresle, para conhecer o claustro que abrigara o Frei Tito, torturado e banido pela ditadura militar e que ali se suicidara em 1975.

O viajante observador transformou todas essas experiências em uma narrativa multidisciplinar que incorpora elementos dos mais diferentes ramos — crônica, conto, romance, diário, memorialismo, carta, reportagem, psicologia, filosofia, história, sociologia. O leitor pode rotular o livro com qualquer um desses gêneros. As categorias rígidas da literatura se diluíram desde Joyce — hoje em dia há romances com título e linguagem de crônica (*Crônica de uma morte anunciada*, de García Márquez), ou com estrutura de peça teatral (*Réquiem para uma negra*, de William Faulkner); há romances que são estilisticamente crônicas (os de Nelson Rodrigues) e há contos com tamanha unidade que se transformam em romances (*Vidas secas*, de Graciliano Ramos, *Eles eram muito cavalos*, de Luiz Ruffato). *Dom Quixote*, aliás, é uma crônica.

Algo semelhante ocorre com estes textos entrelaçados que expõem as contradições e indagações do ser humano, com uma força narrativa presente em cada episódio isoladamente e no conjunto. Carlinhos Oliveira demonstra que a grande literatura (seja qual for o gênero) não se faz com palavras, mas com seiva humana. *Voilà*.

Andando no ar

Eu já não podia fazer despesas no Brasil. Meu dinheiro estava contadinho: o aluguel, a luz, o telefone. Devia deixar pago o primeiro mês, ficando as despesas daí por diante por conta de um amigo casado que aproveitaria a chance para uma lua-de-mel longa e pecaminosa com uma piranha loura, de lábios grossos, que conhecera e pela qual endoidara, num inferninho da Rua Prado Júnior.

Eu havia mais uma vez desnorteado alguns belos espíritos, sempre confiantes na capacidade que tem um homem, por mais rebelde, de finalmente se casar, ter filhos, galgar cada vez mais altos postos na hierarquia de sua profissão. Ao findar-se uma tarde qualquer, fechei a máquina de escrever e disse ao meu chefe:

— Adeus, irmão. Espero nunca mais voltar a vê-lo nestas circunstâncias. Amigos, amigos, pedreira à parte!

— Mas o que é isso? — ele segurou firme a mão que eu lhe estendia. — O que está havendo?

— Nada. Peço demissão.

— Mas você está ganhando tão bem!

— Justo. Peço demissão pelo fato de estar ganhando bem. *Adieu.*

Não lhe dei tempo de argumentar. Desci o longo e escuro túnel, cheirando a tinta de impressão, que me separava da liberdade. Peguei ainda um comecinho de esfuziante crepúsculo. Estava desempregado, tendo no bolso uma passagem aérea Rio-Paris e mil dólares americanos.

Houve festas de adeus à minha pessoa na noite de sexta-feira, ao longo do sábado, por todo o domingo, e segunda-feira era feriado, 20 de janeiro, Dia de São Sebastião, e continuamos festejando.

Às sete da noite seguimos para o Galeão: Justine, Alécio e eu. Foi quando soubemos da morte de Aníbal Machado, na véspera. Aníbal Machado morreu na noite de 19 de janeiro de 1964. Aos domingos, a partir de 10 da noite, sua casa se abria à visitação dos amigos, os conhecidos, os provincianos. Bebia-se batida de maracujá. Havia bailes, discutiam-se literatura e teatro. A turma do Tablado ficava, com Maria Clara e os outros filhos, no salão da casa, junto ao Zeppelim, em Ipanema. A biblioteca de Aníbal estava instalada numa construção separada, nos fundos do jardim. Ali os intelectuais "sérios" ficavam papeando. Éramos quatro ou cinco. Aníbal falava zumbindo. Creio que era uma técnica para espantar chatos: quem tivesse bom ouvido escutaria perfeitamente suas brilhantes observações a propósito de qualquer coisa, em especial literatura, cinema. Era calvo, usava óculos de aro grosso, calmo, os pequenos olhos tremendamente perspicazes e dava a impressão de lhe faltar alguma coisa na figura. No inverno, a tal coisa surgia, compondo finalmente o seu retrato de corpo inteiro: era uma boina.

Entrei no avião sabendo que, com a morte do Aníbal, fechava-se um capítulo na história espiritual de Ipanema. A aeromoça ia passando, o avião superlotado, e ela fez menção de me ajudar a colocar o cinto. Fitamo-nos:

— Como vai? — disse ela sorrindo.

Respondi que iria bem, já que em sua companhia. Era uma conhecida minha, roliça, amável, com quem cruzara diversas vezes nas boates da moda e que morava no Hotel Carlton, no Leblon, onde eu também morei algum tempo.

Começou assim minha primeira viagem a Paris. Como sempre, ninguém me esperaria no aeroporto e eu não levava nenhum endereço ou telefone úteis para um caso de emergência. Chegaria só, descaradamente só.

Lisboa inesperada

É madrugada. Embora um tanto abafados, os primeiros ruídos do dia já se levantam nas ruas que subitamente ficaram menos geladas e taciturnas. Da janela do Hotel Mundial, em cujo impecável aconchego um imprevisto nos lançou, posso ver dois ou três sobrados antigos, tipicamente europeus, cujas águas-furtadas encimam telhados que são também pátios — pela manhã, uma lavadeira gorda e rosada estendia roupas sobre o intenso dia da capital — e que agora se projetam contra um céu que já não é negro e ainda não é azul.

Faz duas noites que deixamos o Rio. Uma viagem tranqüila sobre o Atlântico e, pouco depois de surgir o longo horizonte cor de abóbora que antecede o sol no oceano, já nos preparávamos para descer. A aproximação, inevitável, dos passageiros impedidos de chegar ao destino, revelaria que a bordo estávamos todos ansiosos por um contratempo daquela ordem: Paris e Londres sob nevoeiro, impossível aterrissar. Era o único pretexto que nos faltava para começar a viagem por Lisboa. Pelo menos nós, os da classe-turismo, não tínhamos nenhuma pressa de chegar a parte alguma: o que nos faltava eram alguns dólares, não era tempo ou curiosidade. Ora, quando há nevoeiro em Paris, somos hóspedes da Panair em Lisboa.

Foi assim que, na manhã do mais ameno dos invernos, nos vimos a contemplar, pelas janelas de um ônibus, a paisagem, nem cinza nem verde, nem fria nem quente, pela qual caminhavam rapidamente, em todas as direções, homens e mulheres em roupas cinzentas, e crianças, lindas crianças com gorros e capotes e longas meias coloridas que pareciam pássaros na leveza e nas cores — e que, por parecerem tal, iludiam a paisagem. Com o assentimento do céu muito claro e da temperatura — oito graus, mais agradável do que qualquer noite de junho em Porto Alegre — as crianças que vinham da escola compensavam a tristeza das árvores — encarameladas estas, parecendo árvore de cinza e neve — com leveza e roupas coloridas verdadeiramente primaveris.

Creio que todas essas frases, cujos ossos foram impiedosamente massacrados pela proximidade e variedade das sensações, não lograram expressar o que eu pretendia e que é simples: a primeira imagem que a velha Europa nos dava de si era uma imagem de infância.

Intervalo em Nice

Apenas amanhecia quando o DC-8 decolou de Lisboa. Nosso destino ainda não era Paris. Dormindo, sobrevoei Barcelona, Madri, e Marselha. E agora o avião resvalava nos degraus do ar, a caminho de uma paisagem sem bruma e sem neve. Era Nice. Do aeroporto vimos a pequena cidade, a pouca distância, e o mar que convidava. Temperatura: seis graus. Tudo sob um sol muito claro e agradável. Fomos comer, enquanto esperávamos uma nova e tentadora aventura. Atravessaríamos a Côte d'Azur por via férrea, numa viagem que duraria catorze horas. Os caprichos da atmosfera, no entanto, contrariaram os nossos caprichos, e fomos mesmo de avião, agora um aparelho da Air France, sobre o Monte Branco e sobre Brest, a cinco mil metros sobre um mapa de neve. Agora, tripulação e passageiros são quase todos europeus. Ao meu lado vai um casal: ele, rosado, sorridente, com um nariz de Jean Gabin, terá no máximo quarenta anos. Ela é morena de olhos e cabelos negros; trinta anos em flor; de uma beleza madura, a qual tem algo a ver com a noção de austeridade. Estou preocupado, isolado aqui no meio desses europeus, porque não tenho mais cigarros. Tenho um amigo a bordo, mas não ouso ir procurá-lo, porque teria que passar pelo casal e o espaço entre as poltronas é muito pequeno. (Estou junto à janela.) Contudo, a vontade de fumar é muito forte e me levanto e, em pé, procuro avistar o meu amigo que trouxe diversos pacotes de cigarros brasileiros. O impasse se resolve daquela maneira que obriga a exclamar: "Mas como o mundo é pequeno!" Sim, o mundo deve ser realmente muito pequeno, pois o francês ao meu lado acaba de interromper o idílio a que se entregava com a sua bela mulher e me pergunta em português impecável:

— O senhor quer passar para o corredor?

Expliquei-lhe que estava querendo fumar. Ele me oferece um cigarro americano e, enquanto fumo, trocamos algumas palavras. A mulher dele acompanha o nosso diálogo com a maior atenção, e eu, enquanto isso, acompanho com o máximo deleite os movimentos de cruzar e descruzar as pernas durante os quais ela revela algo além de joelhos. O francês de nariz de Jean Gabin passou algumas semanas no Brasil, há dois anos, visitando o Rio Grande do Sul, Rio de Janeiro, São Paulo e Brasília. Fala um português sem hesitação, embora se confesse necessitado de treino. Quando esgotamos o arsenal de frases que circunscrevem esses diálogos entre desconhecidos, ele se volta para a mulher e lhe informa em francês a minha nacionalidade. Ela sorri na minha direção, com essa espécie de preocupação maternal que costumo despertar nas mulheres de trinta anos (*bon Dieu!* O mundo é mesmo pequeno) e, dirigindo-se ao mesmo tempo a mim e a ele — como duas pessoas conversando através de um intérprete — ela declara que o português falado em Portugal não lhe agrada, por ser muito duro, ao passo que os brasileiros falam pura música. E depois ela acrescenta, num sorriso cheio de admiração (ou quem sabe, expectativa) que os brasileiros são muito gentis. Ele concorda plenamente. Estou, portanto, na obrigação moral de demonstrar na prática a famosa gentileza brasileira. Digo ao homem referindo-se à mulher: "Ela é muito bela, mas não parece francesa, tem um tipo de beleza italiana." Ele traduz, a mulher se ilumina: de fato nasceu na França, seu pai é francês, mas sua mãe é italiana. É fácil perceber que sempre se orgulhou de ter herdado os predicados físicos de sua mãe, e que o meu reparo, por ser justo, lhe agradou. Uma das sentenças mais simples de Don Juan afirma que a mulher prefere ver um seu defeito descoberto a ser lisonjeada por uma qualidade que não possui.

Novamente vamos pousar e, como de costume, cada qual se recolhe à própria solidão. Enquanto o avião trepida no seio de uma nuvem, penso no que me disse um amigo que encontrei no Rio, ao partir, que chegara recentemente de Paris. Disse ele: "Acho que você vai agradar às francesas." Após o que, olhando-me dos pés à cabeça, mudou rapidamente de opinião: "Bem, se não agradar... Tente as alemãs!..."

Paris

O Aeroporto de Orly estava cercado de neve. Antes de vê-la, o francês ao meu lado opinou que seria geada. Depois, olhando pela janelinha do avião: "Não é geada, não", disse ele, "é neve mesmo." Era neve provocada artificialmente para melhorar as condições de pouso. Mais alguns minutos, e um ônibus rolava a caminho de Paris.

Os passageiros se dispersaram na estação da Air France, e me encontrei sozinho na cidade cujo plano não compreendia. O amigo que devia estar à minha espera fora informado de que eu só chegaria quatorze horas depois, pelo trem de Nice. Tanto melhor: muitas outras cidades já me haviam desafiado. Depositei a bagagem na própria estação e, só com uma velha maleta, comecei a andar na paisagem grisalha, entre essas árvores esqueléticas que modulam o inverno parisiense. O frio quebrava em meu rosto as suas lâminas de vidro muito finas, porém me incomodava menos do que imaginara. Fui andando por uma longa avenida e logo avistei um café. Entrei e, num francês titubeante, pedi café e cigarros *Gauloises*. Em Nice, trocara alguns dólares por moedas francesas, e agora lançava algumas moedas no balcão, para que o garçom apanhasse o correspondente à minha despesa. Ele assim fez, e eu já ia partindo quando ouvi às minhas costas estas palavras arrancadas de uma garganta varonil.

— *Service pas compris!*[1]

Voltei, joguei novamente as moedas no balcão e sugeri que apanhasse quantas quisesse. Para um forasteiro, aquelas moedas constituíam uma mistura inextricável de francos velhos e novos. O garçom fez um ar cons-

[1]"A gorjeta não está incluída!"

trangido: não lhe parecia decente determinar ele próprio o montante da gorjeta. Coloquei as moedas na palma da mão e, durante algum tempo, tentei decifrá-las. Impossível. Finalmente, um homem que tomava cerveja pediu licença, colheu trinta cêntimos na minha mão e os lançou num pequeno prato em cujo fundo se fazia propaganda de uma cerveja alemã.

— *Merci, Monsieur! Merci bien!* — gritou o garçom, como se me coubesse algum mérito naquela demonstração de generosidade. Apanhei a maleta e saí. Olhei o nome do café: era o Café de la Concorde, que conhecia bastante de nome e que vivera dias gloriosos logo após a guerra. Senti uma alegria totalmente absurda diante dessa verificação e, pouco depois, com as orelhas ardendo de frio, vi que minhas suspeitas se confirmavam plenamente. Naquela tarde gris, vinte e cinco minutos depois de pisar em solo parisiense e sem ter pedido informações a quem quer que fosse, eu já estava em pleno Boulevard Saint-Germain! Era, por assim dizer, o único lugar a que pretendia chegar, e assim continuei andando, sentindo que um líquido descia de minhas narinas, depositando esse líquido num lenço — era sangue — parando algum tempo com a cabeça inclinada para trás a fim de estancar a hemorragia, e voltando a cortar corajosamente as lâminas do inverno e murmurando, numa embriaguez totalmente absurda mas perfeitamente compreensível quando, não tendo ainda trinta anos, tem-se contudo a convicção de algum dia vir a ser alguma coisa na vida:

"Paris! Paris! Árvores esqueléticas, *jeunes filles* com gorros de astracã e longas botas negras, hemorragia nasal e a chuva incessante de ar cinzento! Vejam o que a França faz com o nariz de quem a desafia!"

BB e *O Desprezo*

Faço uma pausa na descrição da minha chegada a Paris para abordar um tema que imagino esteja causando sensação no Rio. Refiro-me ao traseiro de *Mademoiselle* Brigitte Bardot. Estou vendo no *France-Soir* a fotografia em que ela aparece ao colo de Bob Zaguri, os dois contemplando o mar e trocando juras de amor a bordo do iate de Ragner Janer. Leio que ela vai processar o industrial, responsabilizando-o pela indiscrição do fotógrafo. E suponho que, na mencionada foto, não lhe agradou o fato de estar sentada onde estava, se bem que em nosso país (como também na França, oh-lá-lá!) cada qual pode pôr o traseiro onde bem lhe agrade.

A crise de pudor de BB me espanta. Fui ver, ontem à noite, o seu mais novo filme, *O Desprezo*, obra de Jean-Luc Godard. Trata-se de uma película superintelectualizada, mas inesquecível. Godard, no mesmo caminho de Fellini, Antonioni e Resnais, fez ao mesmo tempo um filme e a história do filme; enquanto criava, pulverizava a criação. *O Desprezo*, por assim dizer, é uma obra de arte com as vísceras à mostra. Depois desses mestres, é evidente que o cinema conhecerá a mesma crise que tornou teoricamente impossível escrever, a partir de agora, um romance. O absurdo, esse verme, começou a roer o celulóide, e sabemos que é insaciável. Era talvez o cinema a última cidadela da arte tal como a conhecíamos ainda no início do século, e, agora, também na tela se encontra o dom excluído. Ai! Deus está desaparecendo do mundo! Deste mundo, bem entendido, que, como nenhum outro antes dele, está precisando de um renascimento.

Além desse aspecto, eminentemente existencial, que justamente faz aproximar-se *O Desprezo* da categoria de obra-prima, temos ainda, no seu decorrer, um ensaio sobre a sensualidade. A câmara focaliza e se demora, preguiçosa e concupiscente, naquela parte do corpo de *Mademoiselle* Bardot que, no Brasil, andou sentada aos joelhos de *Monsieur* Zaguri. *Mademoiselle* Bardot não tem absolutamente nada sobre o corpo, salvo sua própria, sedosa e ebúrnea pele. Deitada assim numa cama, enquanto sucessivas alusões de Godard nos chamam a atenção para determinados templos hindus nos quais são vistas estátuas que reproduzem os mais exóticos hábitos humanos, BB trava mais ou menos o seguinte diálogo com o homem que está deitado ao seu lado (seu marido, no filme):

— *Est-ce que tu les aimes, mes yeux?*

— *Oui, je les aime.*

— *Mon regard?*

— *Oui...*

— *Ma bouche?*

— *Mais oui...*

— *Et mes fesses?*

— *Oui, je les aime!*[1]

Agora, pergunto: por que tanto escândalo? Se em Paris podemos vê-lo (o traseiro) por sete novos francos, por que diabo não poderíamos sonhá-lo, no Rio de Janeiro, debaixo das calças blue-jeans? E, afinal, *Mademoiselle* Bardot, há uma lei universal no comportamento humano, segundo a qual toda mulher que ama gosta de estar ao colo do homem amado... Continue, pois, sentadinha, e deixemos o nosso amigo Janer sossegado!

[1]"Você gosta dos meus olhos?"/"Sim, eu gosto."/"Do meu olhar?"/"Sim."/"Da minha boca?"/ "Sim."/"E do meu traseiro?"/"Sim, eu gosto dele!"

Política na caverna

Chez Georges é uma *cave* que fica na Rue des Canettes, em Saint-Germain-des-Prés. À meia-noite, artistas que estão iniciando carreira improvisam um espetáculo. O repertório é predominantemente político, e os jovens freqüentadores aplaudem com entusiasmo as críticas mais violentas à situação atual da França. O segredo dessa caverna decorada com materiais toscos é justamente a sua constante alusão a uma clandestinidade que já não existe. Os aplausos endereçados às canções de Léo Ferré valem por uma censura indireta à política de De Gaulle. A oposição escrita não tem nenhuma eficácia: os resultados objetivos dessa política são favoráveis à França. Como não podem falar sem incorrer em contradição, os franceses cantam sua perplexidade. Há no Brasil um samba que expressaria com clareza esse difícil imobilismo. Onde se lê "você", leia-se De Gaulle: "Com você eu vivo a sofrer, sem você vou sofrer muito mais"... De Gaulle é a França, eis uma verdade esmagadora para a *intelligentsia* francesa. A impressão que se tem — uma impressão física, um mal-estar que machuca a inteligência — é que aqui havia uma explosão em preparo e que De Gaulle nada mais tem feito do que apagar estopins. Ele obriga o comunista a engolir um pacto com a Alemanha Ocidental e obriga o mais ferrenho anticomunista a conviver com a China de Mao Tsé-tung. O primeiro movimento — aquilo que em muitos lugares, inclusive no Brasil, já se chamou de neofascismo — confere emoção ao fecho dos espetáculos de Chez Georges: três jovens declamadores revivem os grandes poemas surrealistas, em especial os versos de Robert Desnos contra o terror hitlerista. A voz de um poeta assassinado num campo de concentração, há uns vinte anos, ressoa aqui com todo o impacto emocional daquele tempo. Ora, entre as semelhanças que aproximam o surrealismo do trotskismo está a falta de um programa. Os objetivos de ambos foram ultrapassados de maneira singular: em vez de se tornarem superados, passaram a ser quiméricos: "Se a Alemanha ainda fosse a Alemanha de Hitler"... "Se a União Soviética fosse a mesma do tempo de Stalin"... "Se o mundo não se modificasse".

Indiferente e acima desses núcleos de insatisfação, De Gaulle prossegue firmemente a sua política. E a França, a contragosto, admite que só ele é capaz de configurar a imagem nacional, despedaçada até 1958.

Um homem tossindo

Na sala de visitas está um homem de baixa estatura, moreno, com cinqüenta e poucos anos e uma expressão de completa infelicidade no rosto em que a barba cresce mais depressa do que ele é capaz de extirpá-la. Sua mulher me pede que diga qualquer coisa para consolá-lo. Ele está abatido porque o General De Gaulle reatou relações com a China Popular. Crê que os Estados Unidos podem mover uma represália qualquer contra a França. Apenas para consolá-lo, argumento que uma represália norte-americana só teria sentido se o Departamento de Estado se julgasse o juiz da vontade francesa. "Mas os americanos são nossos amigos", diz ele. E a China? "A China — diz ele — é um tigre. Mais dia, menos dia acaba nos devorando." Em suma: acredita ele que não devemos receber um tigre em casa. A conversa vai nesse tom penoso, sem muita convicção de parte a parte quando me ocorre interrogá-lo: contra ou a favor de De Gaulle? "Eu sou judeu", disse ele. "Admiro De Gaulle desde que surgiu na cena contra os nazistas e os colaboracionistas. Mas agora, quando ele faz um acordo com essa mesma gente, não posso deixar de ficar decepcionado." Por uma questão de disciplina mental, opinei que dizer "o chinês é um tigre" é quase o equivalente de "o judeu é diferente", e ele não replicou. Fez-se um silêncio constrangido que foi rompido pela mulher, a qual declarou ser católica e gaullista. Menos mal: nesta casa há liberdade de crença e pensamento...

Subitamente, ele se pôs a revelar com clareza a origem de seu desgosto. Nascera na Argélia, produto de dez gerações de argelinos; fizera fortuna na Argélia. "De Gaulle", disse ele, "interessado em explodir uma bomba atômica no Saara, não hesitou em me tirar da minha terra, a mim como a tantos outros. Não tenho nada com política, tenho? E por que, então, deveria abandonar a terra onde nasci, os bens que consegui com o meu trabalho? Meu irmão na Argélia era médico, hoje anda por aí, sem profissão e sem alegria."

Desta vez eu não podia dizer mais nada. Limitei-me a reconhecer que nem todo mundo se beneficia com determinadas medidas políticas que, não obstante, são recebidas universalmente como necessárias. E ia continuar falando quando ele começou a tossir. Era uma tosse que não vinha do pulmão nem dos brônquios; ela se formava na garganta estrangulada pelas palavras cheias de paixão, que, uma vez pronunciadas, se revelavam sem nenhum valor. Pois a própria mulher dele não admirava De Gaulle? E esse jornalista estrangeiro, simples espectador no drama francês, não se mostrava também entusiasmado? E o homem tossia. Pedi licença, fui ao meu quarto e voltei trazendo à cabeça aquele boné cujo nome desconheço, uma espécie de solidéu — em suma, aquele chapeuzinho preto que os judeus botam na cabeça quando vão à sinagoga.

"Veja", disse eu. Ele olhou e disse: "Eu sabia que você era judeu." Parou de tossir e sorriu. Abriu a camisa e me mostrou uma medalha judaica. "Minha mulher é católica", repetiu ele. "Sim", disse eu, "e eu também sou católico. No Brasil, todos somos ao mesmo tempo judeus e católicos, incluindo os que não são nem uma coisa nem outra."

O homem agora, ria, e através dos meus olhos parecia estar sorrindo para um país distante, que só conhece o verão e o vento, e no qual os corações pulsam numa transparência para sempre estranha ao ódio.

A francesa deslumbrada

A jovem francesa não estava confiando muito naquele brasileiro cuja elegância faria inveja a um *clochard*. Já foi um pouco assustada que ela entrou num restaurante duas estrelas (não excessivamente luxuoso) e se pôs a comer *escargots*. O rapaz comeu um bife com fritas e bebeu uma garrafa de vinho. Depois do jantar, ele a convidou para ver um simulacro de carnaval carioca na boate Batucada. Ela disse que iria, mas só poderia ficar quinze minutos: o noivo e o cachorro estavam à sua espera. O rapaz sugeriu que ela convidasse também o noivo e o cachorro, alegando que no Brasil, em particular no baile do Municipal, os bichos do jardim zoológico se divertem a valer no meio dos seres humanos. Ela disse que não: seu cachorrinho (ou o noivo?) era muito ciumento. Foram então apenas os dois, porém tiveram o dissabor de saber que o baile só começaria meia hora depois. Estavam na Grande Séverine, onde há duas boates e um teatro. Já que ela só dispunha de quinze minutos, o brasileiro sugeriu que subissem para o Blues Bar, onde alguns negros norte-americanos tocam um excelente *jazz*. Foram. Lá estavam bebendo uísque, quando entraram algumas pessoas. A moça arregalou os olhos e exclamou: "Mas isto aqui é freqüentado pelo grande mundo de Paris!" O rapaz simplesmente sorriu como quem diz: "Pois é", lembrando-se de uma ocasião em que fora ao Sacha's com uma garota de Brás de Pina.[1] A jovem francesa, cuja situação financeira não é de modo algum precária,

[1]Bairro popular da Zona Norte do Rio de Janeiro. O Sacha's foi o restaurante-boate mais elegante do Rio dos anos 50 ao começo dos 60.

começou a agir como se fosse pobre. Para começar, fez questão de vestir o casaco para esconder um vestido que, a seu ver, seria qualificado de andrajo pela "gente do grande mundo". E, querendo mostrar-se de algum modo importante — ou, de algum modo, justificar a sua presença no modesto recinto subitamente transformado em templo da elegância e da riqueza —, apanhou na bolsa um caderno e começou a escrever. Antes de escrever, encarava quase agressivamente determinada senhora que estava à nossa frente, uma loura luxuriante. "Você não é jornalista?", disse ela. "Pois eu agora vou também bancar a jornalista. Vou escrever esta reportagem para você." O noivo e o cachorro ficaram a noite inteira esperando...

Dois dias depois, o rapaz recebeu uma carta na qual estava anexada a tal reportagem. Aqui estão alguns trechos:

"*Soirée mardi 11 février* 1964. Matucamba (ela cismara que era matucamba, e não batucada). À La Grande Séverine, fórmula tripla: a *cave* Matucamba, o restaurante e, no primeiro andar, o Blues Bar. Esperando com paciência o famoso espetáculo do carnaval. Um pianista negro toca maravilhosamente os blues (Chrest Jones, chama-se ele). Ambiente fechado, reunião de pessoas mundanas (*gens du monde*). Um "trem" (expressão de gíria parisiense empregada para designar um grupo de sete ou mais pessoas que entram juntas!). Portanto, um trem de estudantes, moças e rapazes que vestem roupas esportivas de inverno, cabelos curtos muito Jean Seberg! E aqui estão estas mulheres do mundo: Elieth von Karajan, mulher do célebre maestro, usando um *vison* negro com diamantes, esmagadora como de hábito. Chegou acompanhada de uma rica americana e de dois senhores que usam abotoaduras de ouro e fumam charutos pestilentos. É desagradável, mas lógico: ao lado de um belo *vison* há sempre um homem com um charuto nauseabundo! A sala do Blues Bar estava cheia de gente, uma espessa fumaça se diluía através da discreta claridade. Ambiente muito *cave*, muito singular: essas mocinhas *nouvelle vague* estranhamente misturadas ao grande mundo: Marpessa Dawn, o comediante Francis Blanche, tantos outros... Pobres silhuetas da noite, inquietantes, de personalidades múltiplas!

Como são confusos esses poucos minutos que antecedem ao carnaval! Além dos atores, todos pareciam estar usando máscaras, afetando uma personalidade sofisticada. A propósito, *Monsieur* Oliveira: será que a minha máscara lhe parece mais sincera?..."

Agora digam: não é o mesmo que levar ao Sacha's a moça de Brás de Pina?

Drama parisiense

Alojado num segundo andar, tenho duas janelas que se abrem sobre a Rue du Vieux Colombier. A *concierge* tem pouco mais de quarenta anos e está um tanto gasta. É, contudo, profissionalmente simpática, e tem um par de olhos azuis bastante expressivos. A arrumadeira ainda está na casa dos trinta. É grande, robusta, ao falar mostra um dente solitário na arcada superior e há dias me surpreendeu com um lance do mais fino humor. Havia um buraco na torneira da minha pia. A água pingou a noite inteira sobre o tapete. Do tapete passou para o assoalho, fabricando ali uma goteira que começou a cair, meticulosa, sobre a cabeça do cidadão que mora no primeiro andar. Este último, por delicadeza, passou a noite em claro, deixando a reclamação para o dia seguinte. No dia seguinte, o drama só imaginável em Paris eclodiu: para salvar a honra da casa, maculada no primeiro andar, seria preciso interromper o sono deste dorminhoco emérito que jaz no segundo pavimento. A vergonha simplesmente subiria alguns lances de escada, e, no fim, como sempre acontece, ninguém ficaria completamente satisfeito. Dois outros detalhes apenas pioravam a situação. Primeiro: era domingo, o bombeiro só trabalha nos dias úteis. Isto significa que eu seria acordado para nada, apenas para dar uma satisfação ao jovem senhor africano do primeiro andar, que anda sempre impecavelmente trajado e que, num bar chamado Le Select, costuma sentar-se diante de um copo de cerveja à espera da imensa loura que por enquanto é apenas uma ensolarada expectativa, e que algum dia lhe pedirá para demonstrar na prática a famosa delicadeza dos homens negros, razão do impressionante sucesso que eles fazem aqui junto às suecas, alemãs e outras branquelas de tornozelos finos.

Mas um segundo aspecto, nesse pequeno conflito de interesses, é que ameaçava levar a nossa *concierge* ao desespero. Acontece que ela tem um parente riquíssimo no Brasil, e planeja, futuramente, transportar-se com armas e bagagens para *ce pays magnifique* onde eu tive o bom gosto de nascer. E, ainda por cima, *le jeune brésilien du deuxième étage* é amigo de certo *monsieur* que um dia esteve aqui no hotel, e que dois dias depois foi visto nada menos do que na televisão, nada menos do que no Palácio Presidencial, e nada menos do que dirigindo a palavra a Sua Ex.ª o Presidente Charles de Gaulle, herói e salvador de França! Nestas condições, como poderia a pobre senhora bater na minha porta, às dez horas da madrugada, quando todos aqui já estão fartos de saber que nunca me levanto antes do meio-dia?

Acabei sendo despertado, porém as duas, *concierge* e arrumadeira, pediram tantas desculpas, e embrulhavam de tal modo as palavras, ambas quase com lágrimas nos olhos, que tive a impressão nítida de que ali estavam para dizer-me o seguinte: "Queira desculpar, senhor, porém as autoridades sanitárias descobriram que neste hotel há um surto de peste, e nós duas seremos fuziladas, as portas vão ser lacradas e todas as paredes demolidas!"

Mas não era nada, era uma simples goteira. Num gesto olímpico, ordenei que entrassem para tomar as providências cabíveis. A *concierge* olhou atentamente o cano furado, suspirou e depois se recolheu aos seus aposentos, onde sem dúvida a esperava um balão de oxigênio. Quanto à arrumadeira, depois de examinar por sua vez a maldita pia danificada, virou-se para mim e, os lábios trêmulos, gemeu: "Santo Deus! A gente nunca pode estar tranqüila na França!" (Literalmente: "*On n'est jamais tranquille en France!*").

Verlaine e o vento

No Jardin du Luxembourg, às quatro horas da tarde, as estátuas vibram, estimuladas pela única paixão e pelo único pensamento de que são capazes. O inverno instalou aqui um bosque de negros esqueletos que estalam sob a pressão de um ar congelado.

... *Et le soleil dardait un rayon monotone*
Sur le bois jaunissant où la bise détone.

Dois graus abaixo de zero. Quanto ao sol, não há dúvida: os seus raios de fato são feitos de uma luz muito doce e muito tênue, que se aproxima da noção que temos de melancolia. Aqui, agora, no meio desta claridade glacial, estamos num ambiente perfeito para convalescer de uma longa enfermidade ou para esperar que a alegria volte a um coração esmagado pela amargura mais violenta. Mas no bosque amarelado — não é exatamente amarelado, mas, enfim, avante! — mas no bosque amarelado, o que é que o vento faz? *Détone?* Como disse? *Pas possible!* Vejamos o que diz um certo Aristide, no *Le Figaro Littéraire*: "Todas as edições (inclusive *Pléiade*) publicam esse verso de Verlaine com a ortografia *détone*. Ora, sob este aspecto, o verbo significa (em português, agora) detonar, provocar uma explosão." Verificação feita, Aristide conclui: "Está claro, ao menos em minha opinião, que o poeta quis dizer do vento que ele parecia cantar em falso, ou seja, destoar. No bosque amarelado o vento destoava! *La bise*, o tal vento que destoa, é uma brisa sem o *r*, quer dizer, o vento do norte em geral, "que sopra freqüentemente na França e que é muito seco". Agora chega de aspas: Aristide finaliza argumentando que, mesmo com bastante boa vontade imaginativa, é difícil admitir que um tal vento, ao soprar, se pareça de algum modo com uma explosão. Em vez de *détone* (detona), devemos ler *détonne* (destoa).

Ora muito bem. Pois aqui estamos no Jardin du Luxembourg e, de repente, o vento eclode, estala, sob sua pressão sentimos que uma camada invisível de gelo, suspensa no ar, está rangendo. E, além do mais, essa comoção delicadíssima, que tem o efeito de uma brasa aplicada às nossas orelhas e às nossas mãos, absolutamente não destoa do resto, isto é, do sol adocicado que desce monótono sobre as esqueléticas ruínas da primavera. Esqueçamos a ortografia, Aristide! Pois Verlaine se aprende é no Luxembourg.

Nota frívola

Paris, minha senhora, tem o seu lado frívolo que não devemos ignorar. O francês conhece uma prosperidade jamais vista, e em conseqüência gasta todo o seu tempo livre a pensar em automóveis do último modelo ou na praia de luxo na qual pretende passar as próximas férias. No Drug-Store, uma mistura colorida e movimentada de restaurante, bar, loja de discos e farmácia, os filhinhos do papai são esplendidamente bem construídos. Nos jornais, a impressão que se tem é que a Europa é um país cheio de princesas, cujo único esporte consiste em fugir para outro país, onde se encontra o herdeiro de uma linhagem destronada, ao qual pretendem oferecer o coração. Na Galeria Laffayette, o bazar vertiginosamente movimentado, a atração nos últimos dias têm sido alguns rapazes de nacionalidade e sexo duvidosos, os quais experimentam perucas ruivas e negras. Mulheres e homens esquecem um instante as compras que devem fazer para vê-los que se penteiam com sorrisos de que traem um prazer quase erótico, e que depois pagam a peruca e saem, levando o cabelo falso na própria cabeça e andando com uma elegância que só encontra similar nos desfiles dos nossos mulherzinhos aí no João Caetano. Nas ruas, Paris pertence aos outros: os parisienses legítimos desaparecem na multidão de alemães, africanos, vietnamitas e, enfim, de todos os lugares possíveis e imagináveis. Na Maison du Brèsil, onde houve um baile de carnaval verdadeiramente espetacular, vi um cearense, vestido de toureiro, erguendo nos braços a jovem mulher mais miniatura que já houve, oriunda do Vietnã do Sul e que mostrava uma pele de alabastro sob o quimono de seda crepuscular.

Quanto a mim, senhora[1], nenhuma traição hei cometido, mesmo porque, viajante solitário por temperamento, só conheceria a mulher fortuita nas ruas, nos bares ou nos museus, coisa impossível em Paris: as estatísticas publicadas há dois dias revelam que apenas um casal em cem se forma pelo conhecimento casual.

[1]Recado à sua amante no Rio.

Sob novos céus

"Não há dúvida: se eles não se encontrassem sob novos céus, longe dos pais, das lembranças do passado, de tudo aquilo que nos mantém na conseqüência de nós mesmos, nem Laura teria cedido a Vincent, nem Vincent teria tentado seduzi-la." Esta é a palavra de André Gide. Mas um espírito temperado em quedas sucessivas, um espírito que anteriormente jamais disse não à aventura, na curva decisiva do tempo experimenta, ao contrário, a tentação da pureza. Ai! Quanta disciplina é necessária para ser fiel aos nossos amores! Aqui estamos, debaixo de um céu estrangeiro que raramente nos gratifica com a visão de um sol circunscrito ao seu próprio fulgor, um sol insatisfatório, gelado, mais feminino do que a lua; e, aqui, cenário ideal para o nascimento de outro homem, as lembranças que nos aquecem são ao mesmo tempo focos de sofrimento. É fácil perceber quando a juventude se foi: basta enumerar as coisas que nos prendem; uma árvore cresceu no espírito — é a árvore do não, cujos frutos são sempre os mesmos... já não somos jovens, já nos desgosta uma liberdade sem objetivo e um existir sem disciplina. Parece que envelhecer é colecionar prisões. Ciumentos, vós sois a garantia da vida! Foi a vossa inflexível parcimônia que determinou a edificação das cidades.

É inútil fingir: a palavra saudade está atrás de cada gemido que não ouso articular. O céu da minha terra, e um sorriso, eis o que me falta. A paisagem familiar, e o sorriso de um ser amado. A distância, compreendemos perfeitamente um fato que sempre nos escapou, ei-lo: quando a mulher amada pensa no seu homem, tem ela o sorriso indecifrável da Gioconda. Como dói estar vivo.

Comunico aos grumetes, onde quer que se encontrem, que não há viagens, só há exílios.

Saudade, pátria, feijão

Um tema domina o meu espírito, a saber: a fidelidade, a monogamia, a amizade e o sentimento da pátria. Na preciosa curva dos trinta anos, o respeito aos próprios sonhos; enfim, para dizer tudo numa só palavra: uma disciplina, uma ética baseada numa afetividade exemplar. O amor que circunscrevo não seria mais refinado do que o amor que abrange? E no fundo da mais hedionda usura não haverá uma pérola? Por que motivo a saudade, que torna o coração dolorido como uma corda de violino, está sempre acompanhada de uma vergonha peculiar — algo que se poderia denominar: a vergonha de ser bonzinho? Raros são os homens que se sentem felizes quando apanhados em flagrante de amor ao próximo, e há toda uma biblioteca escrita com a finalidade de zombar dos delicados. Onde anda o meu ódio? dizia eu. Quero o meu ódio, a minha valentia, o meu desprezo pelos laços familiares, a minha doida liberdade! Quero a minha solidão reluzindo como um sabre polido! Quero... Quem quer é aquilo que penso que sou; mas debaixo daquilo que penso que sou está alguém sentindo, alguém que gostaria de gemer... O meu coração não me obedece mais: suprema imoralidade! É intolerável, ah! é intolerável, quer dizer, a angústia provocada pelo desejo (e simultânea recusa) de doar o próprio amor. Sentir-se fraco ante a própria consciência, eis a mais refinada das torturas a que um homem pode sucumbir. Só há refúgio no Louvre, entre os esplêndidos despojos da Babilônia. As esfinges colossais que sobreviveram ao Egito sorriem, o mistério da fêmea é sempre um dado dos nossos dias. E a verdoenga Gioconda, que me ocorreu ter sido uma ninfômana!

De qualquer modo, a saudade — ao menos a minha — não deve estar na lista dos sentimentos nobres, já que começa no estômago. Pequim e

Paris são as duas únicas cidades no mundo em que se pode praticar o sacrilégio de sentir a falta de determinada culinária. Mas sempre fui um homem extravagante e posso confessar que o Brasil me falta a começar pelo feijão.

Um prato de feijão com um pedaço de lingüiça dentro: minha pátria! Desta fome nasce, cresce e me envolve a nova canção do exílio.

O artista sem fome – 1

Minha melhor amiga sabe que não tenho nenhuma espécie de vaidade. Ela opina com franqueza, sem medo de me ferir: "Mas as suas crônicas estão horríveis! Você piorou muito depois que chegou a Paris!" Deus sabe que ela tem razão e Deus sabe que isto me alegra. Foi preciso vir a Paris para avaliar a extensão da minha esterilidade. No gabinete do psicanalista, o primeiro temor do neurótico é a perda da faculdade criadora; pensa ele confusamente que neurose e fecundidade são sinônimos. Mas há doença mais insidiosa do que a inocência criadora? Chamo de valentia a determinação de ir até o fim na aventura do nada. Conheço homens que aos sessenta anos nada fizeram e ainda sonham fazer algo algum dia; esses eu qualifico de covardes. Conheço também pessoas de trinta anos que colocam o que lhes resta de inocência a serviço de uma causa qualquer; mutilam a última coisa que lhes resta e que é a angústia; dar-lhes-ei o nome de inocentes... Quanto a mim, depois de muito andar, aqui estou na cidade com que sonhava desde menino. Tenho apreciado esses monumentos, esses pássaros que adejam sobre o Sena, em cujas margens os barcos grisalhos estão ancorados! Gosto de andar debaixo deste céu inóspito, perdido na multidão formada por todas as nacionalidades. Ao pé do simulacro de Arco do Triunfo que Napoleão fez construir no Louvre, por exemplo, a menina de capote vermelho, que ali se escondera depois de alguma imprudente façanha, foi encontrada e esbofeteada diversas vezes pelo pai, um homem muito alto, magro, elegante no seu capote com gola de pele. Ele vai na frente, a menina atrás. Quando passaram por mim, ela não chorava, em suas rosadas bochechas estavam impressas as pálidas impressões digitais do homem. Vejo tanta coisa em qualquer lugar do mundo onde ande! Corrijo minhas palavras iniciais: tenho a vaidade de ver mais profundamente do que os outros. Vejo, engulo, assimilo, transformo: quando a digestão se completa, estou mais rico. Mas a digestão é lenta, são necessários anos de ruminação. O Arco do Carrossel se ergue diante dos meus olhos, muito bem delineado contra o firmamento gris, emoldurando um pedaço do Jardim das Tulherias. E lá está a menina, com seu capote vermelho e seu gorro branco, à espera do homem que já se aproxima, magro e com luvas de couro. Os dois se defrontam: ele diz qualquer coisa, ela baixa a cabeça. A mão do homem se ergue e se abate sobre o pequeno rosto, num gesto de tal modo preciso que se poderia pensar ser ele perito espancador de crianças. A menina, de cabeça baixa, recebe as bofetadas: sua atitude é uma confissão de culpa, ela merece o castigo. E agora lá vem o homem, furioso por ter perdido a compostura, andando alguns passos na frente da filha como para frisar que a punição não esgotara sua justa cólera. E atrás vem a menina, sempre de cabeça baixa, sem lágrima, sinto que está contente com o castigo e que aquele pai era justamente o homem cuja força queria ver desencadeada: ele é forte, ele a espanca quando ela age errado, ela o adora. Chegando diante da primeira pista que será preciso atravessar antes de alcançar o ponto de estacionamento onde está seu automóvel, o homem faz um imperceptível gesto com o braço direito, na direção de suas costas, sem olhar para trás. A menina corre para essa mão cujos dedos ainda estão latejando em seu rosto, agarra-a com suas mãozinhas. Pai e filha atravessam a rua, o pai um passo à frente, a menina agarrada à mão que se desnudara junto ao Arco do Carrossel, pois todo homem aceita, sem refletir, a convenção de que não se deve espancar ninguém com a mão enluvada, a menos que sejamos lutadores de boxe...

O artista sem fome – 2

Portanto, tive o dissabor (ou a honra?) de ver um pai espancando a filha junto ao Arco do Carrossel. Fotografei a cena: ela jaz na câmara escura da minha consciência; a qualquer momento posso imprimir uma cópia. Mas qual o momento adequado? As contingências da vida ameaçam transformar-me num fotógrafo lambe-lambe, mas em Paris, cenário de audaciosas aventuras do espírito, nada é mais vergonhoso do que ser ligeiro. Aqui florescem os espíritos que resistem à palavra de Satanás; aqui só se encontra quem já se achou. Aqui, o eu se defronta comigo. Uma única pergunta Paris formula a quem pretenda amá-la com altivez: "Você é você ou você não é você?" Então, quando anoitece, vamos andando debaixo da chuva pelo Boulevard du Montparnasse, o sangue aquecido pelo vinho e a alma pressionada pela angústia. Fantasmas queridos estão presentes, mais vivos do que esses homens que andam na chuva e que trazem a angústia na alma. Sombras augustas, sombras que se verteram em sangue nos livros, nas telas, a ardente silhueta de Lautréamont que gargalha em cada esquina de Montmartre e que pergunta: "Você é você ou você não é você? Você é capaz de ser você ou você não é capaz de ser você? Você tem medo, você se refugia no amor como o avestruz faz aquilo que todo mundo sabe!" Paris! Tuas sombras riem dos fracos! Tu és o mais exigente dos mestres! Quem passa na tua escola não pode mais voltar para o mundo.

Devo sofrer com os olhos abertos o drama do escritor estéril. Com os olhos, não: com o único olho que me resta e que está plantado no meio da testa e que só olha para dentro de si mesmo. O olho olha, meu eu me olha e me reolha e gargalha em consonância com a memória de

Modigliani e Baudelaire, os quais se divertem com a minha relutância. Não quero estar em Paris sem merecê-la, sem ter achado guarida sob a assustadora asa de Lúcifer... Mais um, menos um, os homens passam, e só aqueles que se recusam a ser mais um ou menos um é que hão de sorrir diante da morte.

Dois gregos no metrô

Com Baden Powell no metrô. Baden passou alguns meses difíceis em Paris, mas hoje é a estrela de um restaurante chamado Feijoada, inaugurado recentemente por uma senhora francesa que, aliás, é tarada pelo violão desse grande artista. A casa está sempre cheia, o ambiente é informal e a feijoada propriamente dita até que se pode comer. No metrô, portanto, vamos conversando, enquanto o trem nos leva aos Champs-Elysées. Baden Powell tem saudades da vidinha brasileira, mas reconhece que não há nada mais difícil do que sair de Paris. Cada cantinho desta cidade, cada pracinha, alguns trechos do Sena, são coisas que a gente olha e ama para sempre. A incomparável alegria de acordar e dizer-se: "Ah! Estou em Paris e um sol ilumina a manhã fria!" Digo a Baden Powell que ele tem toda razão: eu próprio não conheço nada mais lindo do que uma pracinha fechada por vetustas fachadas azuis em Saint-Germain, com três bancos onde há sempre namorados que se beijam sob o olhar maroto de um busto de Voltaire.

Estamos conversando, alegres e saudosos, entre homens pensativos e meninas que voltam da escola. O trem avança no subterrâneo. Uma senhora gorducha e de óculos está muito interessada em nós. Em pé, junto à porta do trem, ela nos olha insistentemente. E, quando chegamos à estação do Louvre, sua curiosidade se manifesta:

— Vocês são gregos? — pergunta ela. — Vocês estão falando grego?

— Que é que você acha, Baden? — pergunto eu, em português. — Estamos falando grego?

— Não estamos, diz ele, mas podemos começar. Mete lá uns nomes de cidades paulistas.

Eu então digo:

— Pois é, Madame, nós viemos de Guaratinguetá para Pindamonhangaba, e no caminho, encontrei o Anhangüera, que estava zangado com Jaguatirica.

— E no Anhangabaú — emendou Baden Powell — perguntei ao Catanduva se ele conhecia Piracicaba, Cariacica, Taubaté, Maracanã, guaraná da Brahma, porco-do-mato, Jacareacanga, Pixinguinha, Juraci e Jarará...

A francesa ouvia com crescente entusiasmo. Antes de saltar (ela ficou no Louvre), declarou:

— É pena que vocês só falem em grego antigo. O grego moderno eu compreendo, mas o antigo é muito difícil. *Au revoir*.

O lar dos artistas

Meu hotel fica a vinte metros da Igreja de Saint-Sulpice, no *arrondissement* nº 6. Achei-o por acaso, na primeira noite. No segundo andar, meu quarto é amplo, com duas janelas dando para a rua, e a diária é a mais barata que se pode encontrar em Paris: doze francos novos[1]. A estação do metrô fica na esquina e meu cotidiano está assim organizado: café da manhã no La Cassette, um *snack-bar* freqüentado pelos alunos da Alliance Française; almoço e jantar no Foyer des Artistes et Intellectuels. Trata-se de um restaurante que não visa a lucros, mantido por uma sociedade que, ao que suponho, se formou com o objetivo de homenagear a memória de Modigliani, cuja fotografia ocupa um lugar de destaque no salão. Artistas e intelectuais: é justamente a minha família. Somos uma raça que se destaca em qualquer parte do mundo pela pobreza sem drama, pelo desleixo e pelas pupilas ardentes de curiosidade. Em solidão somos sombrios, sempre ruminando um ódio qualquer ou uma insatisfação que é quase um alimento, mas reunidos somos alegres, informais, carentes de afeto e generosos.

Em nenhum lugar de Paris as garçonetes se misturam, como aqui, aos clientes: beijam-se como namorados, há uma arte no servir e a diferença de classes é uma mentira inventada pelos homens que não amam a inteligência nem o amor. Lá está Modigliani que não nos deixa mentir. Em Paris, conheceu a miséria e a frustração; em Paris, um belo dia, acordou sabendo quem era; em Paris, trabalhando, enriqueceu o mundo, e finalmente dissipou o que lhe restava de vida: morreu jovem e alegre. Em 1964,

[1]O franco novo tinha sido instituído em 1960.

diante de uma coxa de galinha e de um copo de vinho tinto, vejo-me rodeado de outros tantos vagabundos ruidosos e de pupilas chamejantes, entre mocinhas louras e magras que devem passar as noites consultando terríveis calhamaços filosóficos, e interrogo cada um desses rostos dissimulados sob barbas e cavanhaques dos mais variados tipos: qual deles, amanhã, escreverá a ode a Jacqueline? Quem há de introduzir num museu a sua bela cabeça morena, erguida sobre um pescoço vigoroso de camponesa? Jacqueline é a doçura em pessoa; todos a amam e com todos ela é terna. Irmã e namorada dos forasteiros que em Paris conhecem uma solidão cheia de gloriosas perspectivas, ela desconhece ser um mito corporificado. É a própria cidade de Paris que nos alimenta e a todos nós concede uma ração idêntica de ternura.

Solidão, solidão

Minha solidão atual resultaria absurda à luz dos números: em Paris há 590 mil mulheres solitárias! Mulheres de todas as nacionalidades, de todas as idades, pobres bolsistas ou ricas herdeiras escandinavas. Nos trens elas vão pensativas; nos bares elas chegam, pedem um copo de cerveja, abrem um livro ou escrevem cartas. E é com fulminante velocidade que retribuem a graça de um olhar masculino. As diversas nacionalidades se confinam em verdadeiras colônias nos grandes bares: turcas com turcas, suecas com suecas, alemãs com alemãs. A hora amarga dessas mulheres é quando voltam para casa, quando suas botas de canos altos ressoam nos longos corredores do metrô, quando elas vão pegar o último trem e vão saltar numa rua deserta e vão rolar insones numa cama, na mansarda mais triste da Europa... A solidão às vezes mata; às vezes, elas se suicidam. A dificuldade de comunicação reside no respeito sagrado que se tem, em Paris, pela intimidade alheia. Uma palavra mal empregada gera a desconfiança, e além disso cada qual está cheio de compromissos: consultam-se os respectivos calendários, amanhã você não pode porque tem aula, depois de amanhã ela não pode porque vai jantar com um casal de amigos, no fim da semana, você vai a Londres e ela talvez vá esquiar... Quando finalmente se reencontram, a simpatia penosamente cultivada já desmoronou. Os solitários ficam taciturnos, desistem, já não se interessam por ninguém. As mulheres sofrem mais, e é natural: não podem ir sozinhas a um cabaré, só vão ao teatro acompanhadas, um belo dia descobrem que há semanas não dirigem a palavra a um único homem. É a hora amarga. Há em Paris um telefone caridoso que a qualquer hora da noite responde com palavras de encorajamento ao apelo dessas mulheres, que ligam e balbuciam: "Perdão... Eu queria falar com alguém... Sinto-me tão só!" Mas nem todas consentem em magoar assim o próprio orgulho. Há algumas semanas, uma bonita moça de 26 anos se atirou sob as rodas de um caminhão. Não morreu; declarou que mais tarde tentaria novamente destruir-se. Não conhece ninguém, anda sem destino pelas ruas, ninguém a ama, ninguém lhe faz carinhos...

Forasteiros! Aqui a solidão só não devora os seus filhos diletos. Longo e dorido é o aprendizado; sem distinção de sexo, a cidade impele cada qual ao encontro de sua própria angústia.

Um namoro tempestuoso

Estou vendo que a guerra entre o Brasil e a França não é guerra, é namoro. Exatamente como dois namorados, os dois povos passam uma parte do tempo trocando carinhos e outra parte discutindo, ameaçando romper relações, rangendo os dentes de raiva um do outro. Já tivemos uma grande paixão pela França. Depois, os Estados Unidos começaram a flertar conosco e ficamos indecisos entre os dois amores. Chegamos à suprema maldade com a nossa antiga noivinha, suspendendo a obrigatoriedade do estudo do Francês nos ginásios. A França, altiva, fingiu que não estava magoada.

Em 1958, na Suécia, toda a França viu chegar com euforia o momento de vencer o Brasil no campo de futebol. As esposas dos jogadores franceses viajaram em avião especial para torcer pelos seus maridos. A imprensa parisiense lembrava insistentemente certos episódios do passado, baseada nos quais previa a derrota do nosso selecionado. Nós ficamos fulos de raiva e vocês já sabem por quê: é que o amor não havia morrido. A zombaria da França era calculada, como faz a mulher que irrita o homem para ver se ele ainda gosta dela ou não. Se o homem ainda gosta, reage: nós reagimos, fizemos cinco gols contra dois dos franceses. E a grande paixão renasceu nos corações de França: todos os jornais, todas as revistas endeusaram Pelé e Garrincha, e Paris inventou uma nova festa nacional que coincidia com a chegada do Santos Futebol Clube para jogar contra o Racing, que é o Flamengo deles.

Quatro anos depois, quando fomos ao Chile, a França decidiu zombar de nós outra vez. Diziam que o destino de Garrincha nos interessava mais do que o próprio destino do nosso povo: que precisávamos ser bicampeões mundiais de futebol para exorcizar um complexo nacional de inferioridade etc. Brigamos de novo. O Brasil jurou que nunca mais daria bola para a França. E esperou a oportunidade, que chegou na forma da guerra da lagosta, para a desforra ansiosamente esperada. Nessa altura, o comentário internacional sobre a disputa entre os dois países poderia ser semelhante ao de uma senhora, idosa e de bons sentimentos, que aponta um casal na rua e diz: "Aqueles dois se amam sem meias medidas. Ou vivem aos beijos, ou aos tapas."

O negócio ficou feio, os dois namorados trocaram de mal para sempre... Até que duas cartas cruzaram o Atlântico, uma do Brasil para a França e outra da França para o Brasil. Cada qual pedia desculpas dos exageros de outrora e prometia corrigir-se. O casamento parecia inevitável. Quis o destino, porém, que a noiva fosse acometida de novos caprichos, novos planos. O Brasil mudou de conduta da noite para o dia, e a França achou que estava sendo traída. Falava-se muito em encontros secretos do Brasil com um seu incorrigível galanteador. A França sempre dissera que não é possível confiar muito na fidelidade de uma Nação que vive sob o mesmo hemisfério com um país tradicionalmente namorador, como é os Estados Unidos. A notícia de que esses dois estavam novamente trocando olhares — e até saindo juntos, conforme adiantavam as más línguas — fez a França roer-se de ciúmes. Era um sentimento tão forte que, para se aliviar, ela não poupou palavras. As acusações de "traição", "infidelidade", "leviandade", "prevaricação" e outras ainda mais violentas foram pronunciadas. Um dos tios da noiva, de prenome Carlos, foi a Paris e devolveu os termos que, em sua opinião, eram insultuosos. A cerimônia de casamento foi adiada e, aparentemente, o *happy end* ainda vai demorar.

Agora, a França volta a fazer gentilezas, na esperança de reconquistar a namorada justamente ofendida. Em Cannes só se fala no Brasil. A França, numa suprema prova de humildade, vai passear com o cachorro de sua noiva, o qual se chama Baleia...[1]

Pode ser que o tal casamento não saia nunca, mas os dois namorados nunca mais esquecerão esses belos ou terríveis momentos que têm passado juntos...

[1]O filme *Vidas secas*, de Nelson Pereira dos Santos, causou polêmica no festival de Cannes porque a cachorra Baleia teria sido morta de verdade. Foi preciso levar o animal lá para provar que não.

Um bar em Paris – 1

Quando estava em Paris, eu ia sempre ao Le Select, um barzinho de Montparnasse, perto do Boulevard Raspail. Às vezes ficava só, lendo um livro e bebendo vinho; outras vezes, quando o bar estava cheio, sentavam-se à minha mesa as mais diversas pessoas. Um africano com uma escadinha de talhos no lado esquerdo do rosto; uma lourinha chamada Frederique, que estava sempre tentando vender um velho isqueiro por 20 francos novos; três ou quatro suecas muito altas e louras que trabalhavam na casa Dior; uma francesinha morena sempre alegre, que falava em voz alta e rouca e que surpreendi, certa vez, quando roubava as colheres que estavam com as xícaras de café abandonadas na mesa. Era um ambiente alegre, ruidoso, freqüentado por pessoas pobres e anônimas que, algum dia, poderiam atravessar a rua para ficarem freguesas do La Coupole — imenso e ruidoso bar, terrivelmente iluminado, aonde iam os artistas consagrados.

A mulher mais bonita que vi na Europa surgiu, justamente, no Le Select. Era loura, alta, de traços delicados, entrou, sentou-se à mesa em frente à minha, pediu um *Cointreau* e se pôs a escrever uma carta. Em outra mesa, ao lado dela, estavam o africano e mais três homens morenos do Egito, e ainda um italiano parecido com esses que são jornaleiros no Rio. O italiano tinha uma vida sentimental bastante complicada. Aparecia às sete horas da noite com uma loura gorducha da Alliance Française; às oito a loura ia embora e vinha uma morena pequenina e também gorduchinha. Depois surgia uma terceira mulher, e ele ficava neutro enquanto a morena e a outra decidiam quem ali era mais mulher dele. Ouvi certa vez o italiano cortejando outra moça, que nada tinha a ver com a história, e ele dizia, com sotaque carregado, coisas assim: "Você sabe que eu não preciso de mulher... Todas elas me querem... Elas me conhecem... De modo que se você está interessada, você é quem deve me cortejar..." O pior é que a pobre menina, uma belga, ouvia siderada essas demonstrações de narcisismo, para usar uma palavra civilizada. Parecia estar ouvindo uma aula sobre a vida. E acabou entrando na ronda em que ele vivia — a loura da Alliance, a morena, a terceira e esta belga. Todas, mais cedo ou mais tarde, abriam a bolsinha e passavam algumas notas para as mãos do italiano. Ele apanhava o dinheiro, guardava no bolso, beijava a garota na testa, dizia *ciao* e ia embora. Parece que ficava do lado de fora esperando que sua generosa amiguinha partisse, pois, logo que esta sumia pelos lados do Boulevard Raspail, o italiano voltava ao Le Select e reiniciava a operação-gigolô. De modo que eu chamava o bar de Le Suspect.

Um bar em Paris – 2

A mulher mais bonita que vi em Paris, lá estava, na mesa do Le Select, sorrindo desafiadoramente na minha direção. Levantei-me e, com um gesto, indiquei que pretendia sentar-me ao seu lado. Ela balançou a bela cabeça, consentindo. Avancei. Apertei-lhe a mão. Ela sorriu, guardou na bolsa a carta que estivera escrevendo e ficou esperando que eu dissesse qualquer coisa. Fiz um cumprimento vago, como em português: "Tudo bem?" Ela respondeu: "*Oui.*" Perguntei-lhe de que nacionalidade era. Alemã. Perguntei-lhe se falava francês. Não falava. Inglês? Falava mal, e eu também. Ordenei ao garçom que lhe servisse licor e pedi um copo de vinho para mim. O bar estava eletrizado, esperando o desfecho daquele encontro. Ela tinha uma bonita pele clara e dentes maravilhosos. Fui falando francês, por ser a única língua disponível. Falei, falei, e ela, com uma expressão interessada, tentava compreender. Finalmente, suspirou: "*Je ne comprends pas.*" Suspirei por minha vez, e comecei a falar em bom brasileiro. "*Je ne comprends pas*", disse ela. "*Eh bien*", disse eu, "já que não nos compreendemos com palavras, conversemos com os olhos e as mãos." "*Non, non*", disse ela. "*Comment?*" Perguntei. "*Non, non*", repetiu ela: "*Sans paroles... Pas possible.*" Bem, disse eu: "*Et alors?*" Ela: "*Comment?*" "E então?" "*Est-ce qu'on peut faire quelque chose...?*" Ela balançou a cabeça dizendo não, não era possível, tinha simpatizado comigo, chegara minutos antes da Alemanha, não falava francês, conhecia duas ou três frases em inglês, tinha simpatizado comigo mas só haveria algo entre nós se eu lhe dissesse qualquer coisa em alemão. Eu então disse: "*Spasibo*", que é obrigado em russo; "*because I only have eyes for you*". "*Comprends pas*", disse ela. "*L'hiver*", disse eu, recitando Rimbaud, "*nous irons dans petit wagon rose*"... "*Comprends pas*", disse ela.

Foi desagradável. A moça ficou encabulada e eu também. Ela chamou o garçom, quis pagar, eu não deixei, ela se ergueu, apertou-me a mão e partiu. Muito alta e loura no seu longo capote creme, ao chegar à porta do bar virou-se e acenou um adeus, com um sorriso, na minha direção. Fiquei quieto, comandei mais um copo de vinho e, antes de mergulhar na leitura do belo livro de John Reed, olhei com raiva para os estrangeiros da outra mesa que, agora, se divertiam à minha custa. Olhei-os um por um e disse entre dentes: "*Comprends pas.*"

Um momento em Paris

Em Paris, uma vez, fui andando pela Rue de Seine. Era domingo, o céu estava gris e uma chuva muita fina descia sobre a rua deserta. Desemboquei na beira do rio e dobrei à esquerda, e continuei andando com as mãos geladas nos bolsos do capote. Andei e andei, indiferente aos monumentos, pontes e palácio. Examinei sem grande curiosidade os livros e as gravuras expostos nos quiosques. Negras flechas se projetavam na direção do céu grisalho, eram árvores. Pombos desciam e subiam, ou pousavam nas pontes — esses pombos que só há em Paris tão pesados, mesmo voando, e que provam que Deus sofreu, durante certo tempo, a influência de Léger.

Quem era eu? Um pobre ser sem cultura, contemporâneo da floresta bravia, com apenas quatrocentos anos de experiência nacional e realizando nas veias o casamento de quatro sangues. Um judeu, um negro, um português e um índio me chamavam das profundidades do meu sangue. Meu nome era infância e perplexidade. Minha pátria, "acampamento provisório de raças desencontradas", na grande palavra de Gilberto Amado. O meu exílio era pesado e contudo, impronunciável. Que pode haver mais triste do que não ser um negro norte-americano, mas sentir-se como tal? Que pode haver mais triste do que não ser um negro, nem um judeu, nem um índio, nem um português? Não estar em Manhattan, mas sem África? Ai! áfricas perdidas, jerusaléns e choças! Aprendendo em Camões a sentir guarani, esquecidas as tarefas elementares da tribo, exilado em minha própria consciência, a minha nudez me envergonhava. Eu precisava ter sido perseguido em Varsóvia para testar a originalidade da minha indignação e da minha nostalgia — para justificar de algum modo o meu nariz judaico, os meus olhos de judeu, tristes, plantados em solo selvagem por um antigo mercador de pau-brasil. Numa curva do século passado, largara a pele negra dos meus antepassados e o português, meu bisavô, afastara-se de tal modo de mim que já era estrangeiro e já tinha outras saudades, não as minhas.

Desci uma escadinha para chegar ao terreno plantado a pouca distância da água. E fiquei olhando a água do Sena, reparando que ela corre mais devagar do que a do Tâmisa e renunciando a encontrar alguma explicação histórica, ou ironia, para isso. E pensei no Brasil. Lá nós vivemos ao nível da claridade; lá é só o presente, o sol e a respiração; lá não temos nada atrás, só na frente. Pensei simultaneamente que Deus é brasileiro e que, segundo alguns pensadores, Deus está sendo criado a cada momento e que é no futuro que devemos procurá-lo: doutrinas, ambas, que pareciam formuladas pela mesma pessoa; formuladas ambas, de resto, para confortar um exilado? E pensei: "Lá nós somos frívolos! Lá não temos medo de ser superficiais. Temos que construir tudo a partir daquela inocência que os mais covardes pensam ser falta de caráter. Somos o mais misterioso dos povos, pois até no sentimento de sermos uma nação há uma grande dose de fingimento. Já que todos os povos se dizem nações, nós também fabricaremos uma bandeira — com um lema francês — e um estatuto, e também vamos estabelecer fronteiras dentro das quais todo mundo que estiver haverá de sentir-se brasileiro."

Passava uma barca de vidro. Lá dentro, sentados em poltronas vermelhas, os turistas olhavam a paisagem. Na paisagem eu estava em pé, solitário. Eu era a paisagem. Era Paris.

Não. Não era Paris. Era um bailarino. Estava solto e bailava na corda suspensa. Paris não é dos franceses. Paris é de quem olha para dentro dela. O mundo também pertence àqueles que olham para dentro dele. E, salvo os marcianos, só os brasileiros chegam com olhos virgens.

Daqui a pouco

Em Paris, quero rever o Le Select, bistrô que fica em frente ao La Coupole. Todo mundo vai ao La Coupole, mas só um público selecionado comparece ao Le Select. Por exemplo: Jean-Paul Sartre. Quero também repetir a façanha de dançar chá-chá-chá com uma eurasiana e Marlon Brando, no New Jimmy's. Eu dançava e dizia em português claro: "Esse tal de Marlon Brando rebola demais." No New Jimmy's haverá sempre uma garrafa de uísque com o meu nome escrito no rótulo: *Monsieur Oliverrá.*

O que me agrada em Paris é morar em Saint-Germain e esnobar Saint-Germain. Pego o metrô e me mando para Montparnasse. Mas de manhã não deixo de passar no Le Metro, barzinho que fica na esquina de Rue de Rennes com Vieux Colombier. Acontece que uma vez eu cheguei lá e escrevi um texto para o Brasil na minha Olivetti. No dia seguinte, quando apareci, o garçom da véspera empurrou o companheiro que vinha na minha direção e disse, com a maior admiração:

— *Je le connais déjà! C'est mon ami! Il tapait à la machine! Il tapait à la machine!*[1]

De modo que sou o mais famoso freguês do Le Metro. Quando chego, todo mundo grita: *Bonjour M'sieu!* mas o meu primeiro jantar vai ser num restaurante italiano de Montparnasse, cujo nome não me ocorre no momento e onde uma bela mulher pálida, sempre vestida de preto, e que era ao mesmo tempo proprietária do estabelecimento e garçonete, me deu o primeiro sorriso pálido de Paris — sorriso confirmado nos dias que se seguiram. Tinha ela umas longas pernas pálidas.

[1] "Já o conheço! É meu amigo! Ele escreve à máquina! Ele escreve à máquina!"

Em Paris reencontrarei minha velha amiga Frederique, loura de Estocolmo e com maçãs rosadas, a qual sofre de cleptomania (ela rouba sistematicamente a colher do seu cafezinho no Le Select) e que era por mim chamada de Auguste Frederique Schmidt. Também um africano com quatro talhos no lado esquerdo do rosto e um italiano tremendamente simpático que exerce a profissão de gigolô de alunas da Alliance Française.

E farei aquela experiência que, para um brasileiro, não pode ser mais divertida. Quando um brotinho francês estiver esperando a hora de atravessar a rua, eu chego perto e lhe digo algumas frasezinhas no ouvido. Ela se vira furiosa e grita: *Allez-y!* Eu então dou no pé, pois há sempre um gendarme preocupado com a tranqüilidade dos brotinhos de França. Ou então vou ao Drugstore, onde aos domingos se reúnem belas moças e ricos rapazes (é o Castelinho de lá), e pela garçonete mando bilhetinhos de amor à mulher mais bonita que estiver lá, e ela sempre devolvendo os meus bilhetinhos, cada vez mais atrapalhada, e eu sempre mandando novos bilhetinhos, e finalmente eu mando um disco dos Beatles para ela e ela então me manda o bilhetinho: "*Je vous deteste.*" Depois desta declaração de antipatia, ela paga a despesa e vai embora, com um rosto feroz — mas levando debaixo do braço o meu disco dos Beatles...

Paris! Parece que ir a Paris não é o mais importante. O mais importante é voltar a Paris.

Coincidência em Saint-Germain

"Procura-se Daredón, evadido do Museu do Homem. Ele se esconde sob um falso pseudônimo na Galeria Alexandre Iolas, no Boulevard Saint-Germain."

Quem é Daredón? Simplesmente o grande Max Ernst, que reaparece com uma série de quadros nos quais se equilibram milagrosamente a ousadia mais juvenil e a mais azul das melancolias.

Outro grande nome do surrealismo — o maior de todos — se encontra na Galeria Alexandre Iolas, prestigiando a exposição do seu companheiro de revolta criadora. É André Breton, o autor de *Nadja*; o homem que neste exato momento vê o surrealismo triunfar sobre todos os ismos e *vagues*. André Breton tem provavelmente a idade de Mário Pedrosa, ou seja, é um homem em plena força. Seus olhos terrivelmente argutos nos fitam; são os olhares do intelectual, e qualquer outro intelectual pode reconhecê-los a quilômetros de distância.

Depois ele se vai e eu também me vou. Por acaso vamos na mesma direção, e chove um pouco neste fim de tarde parisiense. Ocorre então uma dessas coincidências de tal modo raras que podem justificar uma vida. Parece que um ginasiano está mudando, de endereço. Então, entre outras coisas, precisa transportar o guarda-roupa. É um guarda-roupa como qualquer outro, de madeira pobre, pequeno como convém a um ginasiano. E eis que a mudança atravessa o Boulevard Saint-Germain transfigurada em enterro! O guarda-roupa, deitado como um caixão, é carregado por quatro ginasianos; e atrás deles, dois a dois, marcham enfileirados uns 20 outros rapazolas... Todos procuram andar gravemente, e em seus rostos se desenha uma expressão de tristeza. O surrealismo nasceu, entre outras coisas, de uma imagem de Lautréamont, na qual este mencionava algo "tão insólito quanto o encontro fortuito de uma máquina de costura e um guarda-chuva sobre uma mesa de dissecação de cadáveres"... Da mesma forma, arrancado de sua condição utilitária, o guarda-roupa dos ginasianos se transforma em objeto mágico, que nos fala de uma outra realidade, sem contudo perder uma só de suas qualidades específicas.

André Breton e eu nos entreolhamos indecisos. Eu lhe sorrio. Na verdade eu gostaria de gritar naquele instante:

— Está vendo, Breton? O surrealismo está bem vivo! Está nas ruas; é a linguagem natural da juventude. Bravo, André Breton!

O "cortejo fúnebre" desapareceu do outro lado do Boulevard, e nós seguimos o nosso caminho — cada qual para o seu lado. Mas eu passei o resto do dia a pensar que a palavra "coincidência" contém riquezas que nós ainda ignoramos.

Poucette

Uma exposição que durou uma noite: a Fête Garde-Robe, reunindo dezenas de artistas insolentes. Era um galpão e havia um baile. Ao longo das paredes, dezenas de objetos inacreditáveis. Por exemplo: um hermafrodita feito com um material semelhante a borracha. É uma figura deitada, em tamanho natural, que tem as pernas abertas (sexo indefinível) e cujas mãos sopesam os próprios seios. Essa estranha escultura se conjuga com um sistema elétrico; você liga a tomada e... bem, a figura se movimenta de maneira obscena. A obsessão erótica chegou aqui ao paroxismo. A dona de uma galeria declarou que "há erotismo e erotismo. Aqui, o que vemos é vulgaridade. Estes artistas são todos impotentes". A moça que estava ao lado dela contestou: "Veja, os artistas estão dançando com suas mulheres. E elas são todas lindas."

Havia, com efeito, uma quantidade fenomenal de mulheres lindas, todas fantasiadas de modo grotesco e com estranhos desenhos como máscaras. Algumas delas pareciam obras-primas daqueles mesmos pintores...

Bem, se me falam em sexo, e se me colocam entre ilusões de mulher transmudadas em arte e verdadeiras mulheres de carne e osso, francamente, não presto atenção à arte. A coisa que mais me encantou nesse vernissage carnavalesco foi a pequena Poucette. Ela é loura e pequenina; surgiu aos 16 anos, quando ganhava a vida vendendo seus desenhos pelos bares. Os americanos se apaixonaram por Poucette, promoveram uma exposição de seus desenhos em Nova York e num segundo ela ficou célebre e rica. Passaram-se muitos anos. Hoje, Poucette continua desenhando tão mal quanto na adolescência, mas é uma figurinha irresistível. Ei-la à minha frente: está quase nua. O pouco de roupa que a cobre é um vestido de listras vermelhas e negras, feitas exclusivamente com fechoeclair. O primeiro impulso do observador é abrir todos aqueles zíperes e deixar Poucette finalmente à vontade.

— Diga-me uma coisa, Poucette... Você se vestiu assim para figurar nesta exposição como um objeto de arte? Neste caso, devo dizer que você é a coisa mais linda que há aqui.

— Oh não. Oh não... Daqui a pouco eu vou para o New Jimmy's, onde Régine promove um verdadeiro carnaval carioca...

Ah bom! Festa por festa, mesmo em Paris, as nossas são melhores. Poucette se divertiu a valer no New Jimmy's, e me pergunto agora se não há no Rio alguém capaz de convidá-la para o carnaval. Ela é, em si mesma, um espetáculo, de modo que o fato de desenhar invariavelmente sem talento não tem a mínima importância.

Natal

As ruas dos grandes bazares estão festivamente iluminadas. Durante o dia, as multidões fazem compras. Este inverno, sem ser rigoroso, é dos mais tristes, com uma chuva persistente nas manhãs grisalhas. Já começou nas estações ferroviárias a partida em massa dos que têm família em outros lugares, mas outras tantas pessoas chegam em todos os trens e em todos os aviões. Aqueles que se arriscavam a passar sós o primeiro Natal europeu (por exemplo, os brasileiros) organizaram caravanas e, em automóveis, rumaram para os países onde há neve em abundância e onde formarão uma pequena colônia provisória.

No metrô, os verdadeiros solitários, ou irremediáveis; aqueles que sem dúvida alguma não têm um só parente ou amigo no mundo; esses já rolam bêbados em todas as direções, e cantam em línguas desconhecidas umas canções dilaceradoras.

No Natal, em Paris, a solidão é um fardo insuportável. Um *clochard* com um olho vazado estende o chapéu aos que entram e saem nos grandes bares de Montparnasse; no seu único olho, rúbio de álcool, palpita um sentimento de ódio ou sarcasmo que me faz pensar, não sei por quê, no velho Charles Baudelaire. *Sois sage, ô ma douleur, et tiens-toi plus tranquille!*[1]

Mas atenção: em todas as lojas as vendedoras foram treinadas para agir nesta época do ano. Se você compra um par de sapatos, ela lhe apresenta meia dúzia de meias, uma lata de graxa, uma escova, palmilhas e numerosos outros acessórios aos quais você dificilmente resistirá. No final, os acessórios custarão quase tanto quanto os sapatos.

[1]"Seja sábia, ó minha dor, e fique mais tranqüila!"

Quanto a mim, não serão estas as primeiras festas que passo longe daqueles que amo. Toda cerimônia universal me recorda que a vida é grave, e essa recordação me envolve como um exílio. Daqui estarei pensando nos amigos — especialmente numa amiga — e, como estou longe, posso dizer com uma sinceridade renovada: Feliz Natal! Próspero Ano Novo!

O coquetel

Um coquetel, em Paris, quer dizer umas cinqüenta pessoas amontoadas num pequeno apartamento cujo assoalho range. A anfitrioa é uma pintora americana cujos quadros são horríveis, mas que esta noite conseguiu reunir os críticos mais importantes da França. Entre estes está Ceres Franco, que aqui eles definem como "uma parisiense do Brasil". Eu tinha dito a Ceres: "O negócio é o coquetel. Porque num coquetel você roda, roda e acaba encontrando gente interessante." Ela então me levou ao coquetel da americana. Cinco minutos depois eu estava a um canto, com um copo na mão, fazendo sala ao casal que chegou há poucos instantes e que, docemente, se pôs a conversar comigo. A mulher é alta, morena, já pelos quarenta anos; o homem é bem mais jovem do que ela. Entra um casal de americanos, ambos com dois metros de altura. São dois pintores que tentam vencer em Paris. A americana, quando vê ao meu lado a senhora morena, fica completamente paralisada, fascinada. Aproxima-se e diz:

— Você não é Alicia Penalba, a grande escultora espanhola? Oh quanto prazer em conhecê-la! Eu e meu marido somos pintores e nós temos muita admiração por você. E este belo broche que você traz na gola, essa forma tão bela em ouro maciço? É de sua autoria? Oh formidável! Verdadeiramente belo!

Bem, isto é um coquetel. As pessoas vão dizendo tudo o que podem para agradar àqueles cuja amizade lhes interessa. Mas a hipocrisia, numa cidade de criadores solitários como é Paris, nem sempre vence. Tanto que Alicia Penalba, enquanto a americana fazia esse discurso, dizia em voz baixa ao meu ouvido:

— Como essa gente mente, não acha? Tanta mentira, tanto confete! Para uma pessoa como eu, que nasceu sob o signo do Leão, é simplesmente insuportável.

Isto também é um coquetel, minha gente: eis que sem querer Alicia Penalba e eu começamos um diálogo particular sobre o Zodíaco. Acontece que eu também sou Leão... Depois, o amiguinho dela encaminhou a conversa para outro rumo: ele se interessava pelo Brasil. Quando se pronunciou a palavra Brasil, um outro rapaz se aproximou de nós. Era um rapaz que recentemente passou dois meses no Nordeste (Bahia, principalmente) e ainda trazia os olhos queimados pelas nossas paisagens de sol e sal. Ah Brasil! Como és interessante, apesar de tudo! Basta a gente deixar a política de lado e ficas sendo o melhor país do mundo! Ai, se todos os generais fossem simplesmente jogar damas no Clube Militar — como seria lindo!

Nesse coquetel travei relações com Alicia Penalba (devo visitá-la quando voltar da Alemanha), com o rapaz que já esteve no Brasil e, de lambugem, com três pintores portugueses que, quando me viram no centro dos acontecimentos, me fizeram a seguinte proposta:

"Olha, nós damos hoje uma recepção. Quando você sair deste coquetel, venha conosco. E pode convidar quem você quiser."

De modo que me precipitei para uma eurasiana que estava sentada no outro lado da sala, toda magnífica e cheia de belas jóias de valor apenas estético. "Olha, morena, há uma festa depois deste coquetel. Queremos que você vá." Ela disse que talvez... chamou um sujeito barbudo e me apresentou: era o marido. Perguntou se ele queria ir. Ele disse que sim. Dei-lhes o endereço.

Eu agora era o agente de ligação entre dois diferentes grupos de Paris. E a noite prosseguiria de modo ainda mais curioso.

Os artistas

Estamos agora no apartamento do pintor português J. E. Bebemos uísque ou vinho e comemos pão com queijos diversos. O aposento é amplo, com teto alto, e decorado com quadros e objetos dos mais diferentes lugares. Há um pequeno estrado, perto da janela, onde quatro rapazes com perucas de beatle (bateria, violoncelo, guitarra e gaita) executam canções dos Beatles, um pouco de jazz antigo e, de vez em quando, um samba de bossa nova. Essa é a música de fundo para o espetáculo que o pintor nos oferece: lançando a penumbra no *atelier*, ele projeta na parede, em cores, reproduções fotográficas dos grandes mestres holandeses.

Este é o encanto de Paris. A arte aqui é tão importante quanto o próprio ar que se respira. Nesta encruzilhada de idéias, você pensa e vive a arte 24 horas por dia. Os mais diferentes tipos humanos, vestidos de modo extravagante ou como burgueses comportados, usando barbas esotéricas ou perfeitamente escanhoados, tendo uma vida sexual... sem problemas ou submissa a qualquer desvio da moda — todos esses tipos, todos esses dramas, todas essas tendências psicológicas se compreendem através da arte. Paris oferece uma trégua às dificuldades pessoais de toda origem.

A única solidão que liquida um artista, ou seja, a consciência de que aquilo que faz não será compreendido nem amado por ninguém, esta é uma solidão inexistente em Paris. São tantas as escolas, tantos os gestos de rebeldia isolados ou coletivos, que um a mais ou a menos não quebra a ordem das coisas. E há sempre a suspeita de que possamos estar diante de um novo Van Gogh, e não de um consumado imbecil... Pois não se sucedem na parede, cheias de solitário orgulho e clamorosas como um discurso, as cenas da vida atormentada de Rembrandt? Não foi este um gênio que se deixou matar para não mentir?

De modo que, com o tempo, o artista tímido e contudo condenado à singularidade descobre a sua noite de insônia criadora. Aquele momento da madrugada roída pelo medo, em que a vontade e a inteligência se aliam, e uma voz pronuncia com firmeza estas palavras: "Não, não e não. Não farei nunca mais aquilo que os outros esperam de mim. E não ficarei parado. Farei aquilo que quero fazer, custe o que custar..."

Lembro-me da veemência com que François Billetdoux defendia, no La Coupole, a sua concepção da literatura. Apenas para provocá-lo, eu fiz a apologia de uma certa tendência literária brasileira que preconiza a mutilação da experiência e da sinceridade em troca de uma atividade política imediatamente compensadora. E Billetdoux (que atualmente é um dos quatro dramaturgos mais importantes de Paris), cansado de incompreensão, exclamava: "Absolutamente! Absolutamente! O importante é o que você tem dentro de você! Suas angústias, aquilo que você viveu, seus segredos, suas paixões, suas alegrias... O resto é besteira!"

— Ah Billetdoux, dizia eu com uma espécie de ironia sádica, você não conhece o Brasil, Billetdoux! Você não conhece o Brasil!

O pintor de cactos

Tem ele cabelos louros, crespos, num rosto doce cuja juvenilidade um bigode espesso não consegue neutralizar. Suponho que está pelos 35 anos. Acabamos de ver duas telas de sua autoria, no estilo de Nova Figuração. Uma delas mostra uma paisagem surrealista da qual se levanta um tronco de mulher. Em ambos os lados do quadro, como uma moldura, ele pintou as cores da bandeira da França.

Em sua vida particular, este jovem artista tem tomado decisões radicais. Há dois meses pertencia ao Partido Comunista; subitamente desistiu dessa filiação, entre outros motivos porque lhe pediram para votar em Mitterrand. "Mitterrand", diz ele, "apresenta um programa de 28 pontos. Ou seja: é um demagogo. Seria interessante vê-lo ganhar, para ver o que é que ele faria com os tais 28 pontos... Eu por mim, voto em De Gaulle."

Ele está entusiasmado com a pintura de um artista de menos de 30 anos, o qual pinta Cadillacs com perfeição monstruosa... Cadillacs com todos os seus acessórios, praticamente iguais aos verdadeiros Cadillacs... Então eu digo:

— Você compreende, no fundo isso não passa de mistificação. Você procura dar um sentido político às suas telas; seu amigo dos Cadillacs exprime uma ironia desesperada. No entanto, vem um milionário e compra os Cadillacs pintados — pagando tanto por eles quanto paga por um verdadeiro Cadillac... Onde está a graça?

— Bem — diz ele —, isto não me preocupa, porque o burguês compra qualquer coisa. O burguês compra tudo, você compreende? De modo que isto não me preocupa.

— Assim é fácil viver — digo eu. — Quanto a mim, certas contradições me paralisam.

— Ah bom, ah bom — diz ele. — Não pense que eu esteja alegre. Não, de forma alguma. Eu também já não tenho grandes ilusões. Os dois quadros que você viu, por exemplo, são por assim dizer antigos. Já não faço essas coisas. Atualmente pinto cactos, paisagens mexicanas... E sabe por quê? Porque eu nunca fui ao México. São coisas que vi no cinema...

E nós dois nos perdemos na apreciação imaginária dos grandes mestres do passado — as grandes catedrais, as luzes das obras de Vermeer, a "Adoração do Cordeiro Místico"... Testemunhas imortais de um tempo que já passou.

— Sim — diz ele, servindo mais um copo de vinho. — Sim. Verdades de museu. Verdades mortas. É isso.

Desce no *atelier* um silêncio cheio de paz. Dir-se-ia que estamos a velar um morto querido.

Pilequinho

Não gosto do Rose Bud, aquele barzinho que fica atrás do La Coupole e para onde vão os notívagos quando o La Coupole fecha. Mas ontem à noite tomei lá um belo pileque surrealista. Eu já havia bebido bastante no La Coupole e me sentei no Rose Bud, pensando em passar da cerveja para um penúltimo uísque, antes de me deitar. Mas, quando prestei atenção, estava batendo papo com Samuel Beckett e um outro irlandês chamado Lowenthal, ou coisa que o valha. Batendo papo é força de expressão, porque Beckett não disse uma palavra durante toda a madrugada. Ele apenas sorria na minha direção, com seus olhos azuis muito doces num rosto lavrado de rugas. É um homem alto, ossudo e quieto. Eu lhe falava sobre sua maior admiradora brasileira, que é Vera Pedrosa Martins, e ele se mostrava surpreendido ao saber que tinha leitores no Brasil. Quanto a Lowenthal, contava histórias de Brendan Beahn.

A meu lado estava uma jovem senhora de voz rouca que ficou minha amiga depois que eu cometi a maravilhosa gafe de elogiar a sua voz rouca. "Oh", disse ela, puxando a gola da blusa para me mostrar uma porção de esparadrapos em suas costas. "Oh", disse ela, "esta não é a minha voz natural. Acontece que perdi uma porção de costelas..." Depois ela se pôs a fazer charme para Samuel Beckett. Era uma atriz, e queria *absolutamente* estrelar a próxima peça do autor de *En Attendant Godot*. Fazia os maiores elogios a Beckett, e Beckett quieto, sorrindo sem dizer palavra e bebendo calmo o seu conhaque. Finalmente ele partiu com Lowenthal, e nessa hora eu fui tirar uma meleca de mau jeito, quebrei uma veia e fiquei com hemorragia nasal. Peguei um lenço *kleenex* no bolso e estanquei a hemorragia, ao mesmo tempo em que comandava um novo uísque. A jovem senhora sem costelas abriu então o embrulho que estava ao seu lado, na poltrona, e mostrou uma quantidade incrível de remédios. Ela apanhou um vaporizador e me pediu para abrir a boca. Eu abri a boca e ela introduziu o vaporizador na minha boca e lançou um vapor bastante agradável. Eu fechei a boca vi que o negócio era bom mesmo e esperei que ela introduzisse o vaporizador em sua própria boca para também receber o vapor perfumado. Depois eu disse que queria mais e ela me deu mais vapor cheiroso. E assim tomamos um pileque de uísque com vaporizador.

Então eu resolvi dar uma cantada nela, mas uma cantada como só eu sei — isto é, em português. Comecei a falar em português claro:

— Você sabe, menina, eu nunca tive oportunidade de amar uma bela mulher sem quatro costelas... E eis que hoje a oportunidade se apresenta. Que tal sairmos daqui para um lugar mais aconchegante? (Etc. e tal.)

Ela disse:

— Oh, Carlos, eu não entendo nada do que você diz, mas é muito bonito de ouvir.

Virou-se para o homem dela, que estivera calado o tempo todo, e disse:

— Vamos levar o Carlos conosco?

Ele respondeu:

— Vamos.

E lá fomos os três, bêbados e felizes, uma sem costelas e um outro sem destino.

Fazendo amigos

Joana: você que é minha melhor leitora — aquela que mais amo e que melhor me compreende — foi escolhida para receber esta série de cartas de Paris. Você sabe, cá estou já lá vão dias e há tantos dias quantos cá estou não mando notícias. Para isso tenho motivos, cada qual mais plausível. O primeiro é que minha mulher, Heloísa, me abandonou (mais tarde eu lhe contarei esta triste história). O segundo: eu andava preparando o plano de um romance e não tinha capacidade para pensar em outra coisa. O terceiro, finalmente, é o que interessa no momento; é que, Joana querida, eu desejava conhecer Paris por dentro, com sua vida própria, seus artistas, seus hábitos verdadeiros, e para isso precisava de tempo. Você sabe que nunca fui um bom turista, e que sempre me interessei pelo fundo das coisas.

Pois bem, agora, eis quebradas todas as lendas que dificultam o conhecimento em profundidade desta bela cidade. Dizem que o francês não convida nunca ninguém para ir à casa dele? Pois hoje mesmo vou jantar com uma francesa, na casa dela. Dizem que é duro sobreviver em Paris, quando não se tem dinheiro? Pois eu lhe anuncio que, se tudo correr como espero (bata na madeira, Joana!)... oh meu amor, não precipitemos as coisas! Cada crônica virá a seu tempo; desde que você ainda goste de mim.

Eu lhe digo, Joana, simplesmente, que todas as cidades se parecem e que é preciso descobrir, em cada uma delas, a chave que abre todas as portas. No tempo de Stendhal, essa chave era o duelo. Hoje em dia, estamos americanizados: em qualquer lugar do mundo, a introdução na cidade se faz por intermédio do *cocktail-party*. É tão cansativo quanto um duelo, reconheço: mas é raro que o sangue corra...

Então vejamos este brasileiro intranqüilo, de temperamento difícil, sem companheira e com pouco dinheiro pelas ruas de Paris. Os convites para um coquetel não caem do céu. Façamos então, provisoriamente, amizades nos bares. No La Coupole por exemplo. Fiquemos aqui bebericando, enquanto alguns homens e mulheres batem papo na mesa ao lado. Fiquemos quietos. Alguma coisa acontecerá — ou não acontecerá, o que não tem importância.

De repente, um dos homens me estende a mão, aperta a minha mão e diz: "Eu sou fulano. E você?" Esta noite, pelo menos, acabou-se a solidão até que o bar se feche. São, no momento, dois escritores e uma pintora: um dos escritores é teatrólogo conhecidíssimo; o outro escreve sobre cinema numa também conhecida revista. Começamos a discutir literatura. Depois eles partem, mas deixam comigo o endereço do bar em que fazem ponto todas as noites, meu feitio...

Mas, e o coquetel? Tenha paciência, Joana. As coisas devem ir lentamente, lentamente, como é do meu feitio... E chegue um pouquinho para cá que eu quero lhe dar um beijo na testa.

Museu, morangos etc.

Joana:

Aqui vão notícias ligeiras, como convém nesta época de festas. Tenho ido muito ao Museu do Homem, que o arquiteto Lúcio Costa chama, com razão, de Museu do Bicho. Vou lá, por assim dizer, para me humilhar. Acontece que logo na entrada deparamos com os macacos de que todos descendemos — até mesmo você, Joaninha, que nada tens de macacal nestas tuas ancas de alabastro! E, depois, eis a relatividade da glória: na mesma prateleira, vemos de um lado o esqueleto do assassino de Kleber e, do outro, o crânio do próprio Descartes!

Para você que é gulosa: o Pied de Cochon, famoso restaurante do mercado de Les Halles, está servindo o melhor sorvete de morango de todos os tempos. Eles botaram a dose certa de açúcar, de modo que você tem intacto o azedinho do morango. Vale a pena vir a Paris, Joana, apenas para dar um pulinho no Pied de Cochon.

Dois filmes que comentarei mais tarde, *Julieta dos Espíritos* é um deslumbramento: uma sucessão inacreditável de planos soberbos, luxuosos, barrocos, de tal modo que o enredo não tem a mínima importância. *Viva Maria*. Surpreendentemente, mostra Brigitte Bardot alguns pontos acima da divina Jeanne Moreau. Acontece que Louis Malle passou o tempo todo indeciso entre o tom satírico e o melodrama, cabendo a BB a parte alegre, e a Jeanne o drama. É duro dizê-lo, mas a parte alegre é melhor.

Tome nota: Jamboree Bar, Rua Littré, 19, em Montparnasse. É um barzinho do tipo inglês, onde se bebe uísque ou cerveja, e se ouve música de vitrola. Tem a vantagem de ficar a noite inteira aberto. O patrão é Jean, sua mulher é Gislaine, e atrás do balcão fica a adorável Genny. São meus amigos, e gostariam de receber os brasileiros que, chegando a Paris, e acostumados a tomar umas e outras, quiserem encontrar um ambiente no qual se sintam em casa.

Enquanto todo mundo faz interpretações de alto (e duvidoso) nível internacional, o General Charles de Gaulle é reeleito às vésperas do Natal, justamente quando o excesso de oferta incomoda de forma desesperadora aqueles que não podem comprar. O francês foi às compras, e depois confirmou no Poder o homem que estabilizou a moeda e elevou o nível de vida — ou seja, o Presidente Papai Noel.

Joana — ou Giovanna? — espere por mim, que voltarei breve. Boas festas, feliz Ano Novo e um beijo na testa.

1970

Como será a França em 1970? É este o tema de um documentário que está sendo apresentado nos cinemas de Paris. Há muitas coisas sensacionais, porém previsíveis, tais como a afirmação de que aquela será a década da ociosidade (*loisir*), e de que uma viagem aérea de Paris a Nova York levará apenas três horas. Mas há principalmente uma espetacular antecipação feita por um entendido em urbanismo, e que fala na qualidade de representante oficial do governo. Enquanto a câmara ilustra as suas palavras com imagens equivalentes àquelas que veremos nas ruas em 1970, ele fala:

— O aumento do poder aquisitivo fará com que um número consideravelmente maior de pessoas se tornem proprietárias de automóveis. Isto significa que, se não tomarmos providências sensatas, em 1970 será impossível movimentar um automóvel nas ruas de Paris. Mas tal coisa não ocorrerá, porque já estão previstas as medidas necessárias. Imaginemos que, em 1970, *Monsieur* Dupont pretenda ir de sua casa, em Montparnasse, para o seu escritório, nos Champs-Elysées. No Boulevard du Montparnasse, ele verá numerosos automóveis estacionados. Ele escolherá, então, um carro qualquer — digamos aquele carro que está perto daquele poste, e que é azul — cor predileta de *Monsieur* Dupont. Então, *Monsieur* Dupont entrará nesse carro azul e encontrará uma pequena máquina registradora perto do volante. *Monsieur* Dupont colocará nessa máquina uma papeleta que nós lhe daremos para esse fim, e a máquina picotará a papeleta de *Monsieur* Dupont. Em seguida, *Monsieur* Dupont colocará o carro em movimento e, chegando ao seu escritório nos Champs Elysées, *Monsieur* Dupont deixará o carro estacionado e irá trabalhar. À noite, quando quiser voltar para casa, *Monsieur* Dupont provavelmente não encontrará nenhum carro azul diante do seu escritório, e será forçado a seguir para Montparnasse a bordo de um pequeno veículo negro...

De modo que 1970 será, em Paris, o ano dos automóveis sem proprietários. E no resto do mundo? No Brasil? Esta nova experiência européia, combinada com a sensação de perda (com simultânea esperança) que nos invade ao começar um novo ano, me deixa preocupado com o futuro do único país que nós temos, e que se chama Brasil. Vocês podem imaginar com que desalentado sarcasmo me invade a suspeita de que 1970 será para nós o ano do Ato Institucional Número 14...

Há coisas para fazer, coisas mínimas, coisas sem as quais um país não se pode dizer civilizado, e que no Brasil não foram feitas nem estão em vias de. Por exemplo, eu abro a minha torneira parisiense e bebo a água da bica. Nessa água há vitaminas, cálcio, alimentos. Essa água boa de beber é o resultado da noção que têm os franceses de que são franceses. Ninguém aqui está preocupado em defender os valores da civilização cristã: esta preocupação fica com o Presidente da República, as Forças Armadas, os diplomatas. O restante, quer dizer, a maioria compacta dos funcionários, está preocupado em lançar nas torneiras uma água boa de beber.

Cabe aqui uma paráfrase de Sartre, do qual geralmente discordo. Enquanto houver uma criança faminta no Nordeste, não nos podemos dar ao luxo de salvar a civilização ocidental e cristã.

Chico

Chico — seu verdadeiro nome não é esse — é um garoto brasileiro de vinte e poucos anos, senhor daquela simpatia irresistível do brasileiro típico. Ele conheceu há pouco tempo um rapazola francês que visitava o nosso país. Os dois ficaram amigos. Chico hospedou em sua casa o francês e lhe deu oportunidade de apreciar a hospitalidade brasileira. Chico chamava o francês de Oiseau (passarinho), porque ele estava sempre partindo de avião para Brasília, Bahia, o Xingu... Quando o francês voltou a Paris, deixou com Chico o seu endereço, e Chico escreveu assim no seu caderno de endereços: Oiseau: 15, Rue X... Paris 7 ème. E assim os meses se passaram, e um belo dia Chico decidiu conhecer a Europa.

Ele chegou a Paris com 50 dólares e um vocabulário de meia dúzia de palavras. Zanzou três horas com a mala nas mãos, interrogando os transeuntes e consultando os mapas do metrô. Finalmente se viu na rua de Oiseau, em frente ao prédio em que Oiseau morava. Chico tocou a campainha no térreo e apareceu o *concièrge*, que era um velho com óculos sem aro.

— Que é que o senhor deseja? — perguntou o velho. Chico:

— *Moi... Je... Je cherche M'sieu l'Oiseau!*

O velho fez uma cara aterrorizante:

— *M'sieu l'Oiseau? Connais pas!!!*[1]

Chico insistiu: ele tinha que conhecer, pois Oiseau morava ali. Tanto que estava no seu caderninho, quer ver? O velho queria ver, e viu. Percebeu que Chico era um desses estrangeiros malucos e desamparados, e

[1]" Eu... Eu procuro o senhor Passarinho!"/"Senhor Passarinho? Não conheço!!!"

começou a interrogá-lo com paciência. Como era esse tal de Oiseau? Chico respondeu a tudo com a maior boa vontade. No fim o velho suspirou e disse:

— Bem... O único rapaz de vinte e poucos anos que temos aqui mora no quarto andar. Talvez seja ele...

Chico disse *merci* e foi bater no quarto andar. Abriu-se a porta e surgiu uma mocinha, então Chico se jogou sobre ela, cheio de felicidade:

— Você não me engana! Você não vai poder me dizer que não é aqui! Você é a cara do Oiseau!

A moça recuou com os olhos esbugalhados, dizendo: "*Comment?... Mais vous êtes fou!* Nós nunca nos vimos... O senhor está maluco?"

Mas Chico insistia, impedindo com o pé que ela fechasse a porta:

— Maluco uma ova! Você é a cara do Oiseau!

Estavam os dois naquela situação, quando alguém, lá dentro, preocupado com essas vozes assustadas, decidiu verificar o que estava acontecendo. Era o Oiseau... Ele pediu à moça que se afastasse e se jogou nos braços de Chico. Depois fez as apresentações:

— Esta aqui é minha irmã... E este aqui é Chico, o meu melhor amigo brasileiro... *Et alors*, Chico... *Ça vá?*

— *Oui, ça vá!* — disse Chico.

— Que é que você está fazendo aqui?

— Passeando.

— Está morando aonde?

— Em lugar nenhum.

— Então fique aqui conosco.

De modo que Chico está há dois meses na casa do Oiseau, que vive com a mãe e a irmã. A mãe do Oiseau não quer mais que Chico vá embora, e a irmã do Oiseau tem ido dançar o monkey com *le petit* Chico...

Charles

O mais novo habitante de Montparnasse é um norte-americano de 30 anos, de prenome Charles, magro, alto e mulato. Chegou aos 30 anos na profissão de jornalista, mas roído pelo desejo de escrever um romance. Um dia, lançou o argumento no papel — uma lauda datilografada — enviou-o ao editor e ficou esperando. Resposta: sua idéia é muito boa e estamos dispostos a publicar o seu livro. Mandaram um bocado de dinheiro a Charles, e Charles veio escrever seu livro em Paris. Que inveja!

O personagem do livro de Charles é Malcom X., o líder negro recentemente assassinado. E, como o seu personagem, Charles é também "muçulmano negro", de modo que tive oportunidade de estudar de perto esse estranho fenômeno racial surgido nos Estados Unidos. Charles acha que está tudo errado, os brancos não prestam e é preciso entregar a Casa Branca a um negro. Em sua opinião, Malcom X. é a encarnação moderna de Édipo, e em conseqüência a violência é purificadora. Charles é contra a guerra do Vietnã e, principalmente, manifesta um desprezo soberano pelos dirigentes brancos do seu país. Estranhos caminhos do drama racial! Pois os negros se cansaram de suplicar aos brancos que estes os considerassem iguais, e agora decidiram que são superiores aos brancos. Essa superioridade não é apenas um conceito engolido (como se engole uma pílula): os amigos de Charles fazem exercícios físicos, aprendem a lutar e a manejar armas, enquanto esperam o dia do ajuste de contas...

Contudo, Charles é singularmente delicado em comparação com o próprio Malcom X., cuja figura inquietante (contudo, ele agora está morto) vi num documentário dedicado ao problema racial norte-americano. Falando em francês, com um sotaque particularmente desagradável,

Malcom X. explicava a sua visão do problema. Era como se estivéssemos diante de um Hitler negro, um espírito roído pelo ódio e capaz das simplificações mais inesperadas. Dizia ele simplesmente:

— A Ku-Klux-Klan é financiada pelo FBI, para massacrar os negros no Sul. O FBI é a Ku-Klux-Klan em plano nacional, e tem por objetivo massacrar os negros em todos os Estados Unidos. E a CIA (Central Intelligence Agency) é a Ku-Klux-Klan em plano internacional, tendo por objetivo o massacre dos povos...

Quanto ao nosso amigo Charles, é sobretudo um escritor, e naturalmente o exercício da literatura o levará a moderar os seus sentimentos. A não ser que pretenda publicar um mau romance...

Humor francês

O humor francês é contundente, quase flagelatório. Lembremos aquela festa numa grande casa, em Saint-Cloud. No começo bebemos uísque e o dono da casa projeta na parede os *slides* coloridos de suas numerosas viagens. De repente ele e a mulher dele aparecem no Rio de Janeiro, em frente ao Copacabana Palace. Um terceiro homem na parede: é um brasileiro magro com gogó pontudo. O dono da casa explica.

— Aquela ali, conforme vocês sabem, é a minha mulher... Aquele ali, de calção sou eu, naturalmente. E aquele camarada que está conosco é um oficial da Aeronáutica, sujeito ótimo. É o nosso melhor amigo brasileiro. Quando eu não estava por perto, os dois me traíam!

Depois há o jantar e, finalmente, o baile. Toda reunião em Paris termina em baile. O traço característico desses bailes é a inocência, ou falta de malícia, coisa inconcebível no Brasil. Para começo de conversa, os homens dançam com os homens e as mulheres com as mulheres.

Finalmente, nos telefonam: há uma outra festa no Boulevard des Invalides, e para lá nos precipitamos. Ali, dois rapazes tocam flauta e um terceiro executa um samba africano (!) no tamborim. Todos agora dançam à maneira dos índios nos filmes de Tarzã. Depois vem o cansaço, e todos se sentam no chão, menos Antoine, que é ator cinematográfico. Antoine se põe a dançar freneticamente (está completamente bêbado) e depois anuncia que fará um *strip-tease*. A idéia é recebida com satisfação geral. Antoine tira a camisa, os sapatos, as calças... O rapaz do tamborim ficou possesso e martela o couro sem piedade; os da flauta fazem o mesmo; e nós outros batemos palmas. Antoine agora está em cuecas, ajoelhado; ele chora e recita um poema em alemão. De vez em quando pronuncia frases estranhas em francês: "Vocês estão todos enganados... O espaço não é esse que vocês conhecem..."

De repente outra pessoa começa a chorar na sala. É um dos rapazes da flauta, que contempla uma flauta quebrada: o rapaz do tamborim havia usado a flauta para fazer mais barulho com o tamborim, e a flauta se quebrara. Então, o outro, contemplando o instrumento como se este fosse um bichinho que sofre, chorava e se lamentava:

— Era a minha única flauta de Calcutá! A minha única flauta de Calcutá!

Assim terminou a festa. Fomos todos para Saint-Germain, onde havia um restaurante aberto. Terminamos a noite comendo, pois em Paris tudo começa e termina com pão, queijo, bife e vinho.

Sociologia da moda

Le Nouvel Observateur, uma revista sofisticada de esquerda, decide finalmente levar a sério o problema da moda feminina. Três sociólogos foram interrogados: Henri Lefebvre, professor da Sorbonne; Roland Barthes, professor da Escola de Estudos Superiores; e Jean Duvignaud, professor da Faculdade de Orleãs. Uma das perguntas é particularmente interessante: "Gostaríamos de saber sua opinião, principalmente, sobre essas modas novas, essas saias curtas — por exemplo — que deixam tantos homens embaraçados..." Respostas:

Henri Lefebvre — Numa reunião de mulheres e homens, reina uma tensão perpétua. As mulheres não param de mudar de atitude, de modificar suas linhas, de puxar as saias para as proporções convenientes, ou ao contrário, ficando com as pernas descobertas. Os homens já não sabem com clareza aquilo que devem ou podem olhar... Esse mal-estar é ao mesmo tempo propício à comunicação — a menos que não a interrompa. Dir-se-ia que os costureiros fazem de propósito para provocar essa tensão...

Jean Duvignaud — Nas regiões do mundo em que as mulheres vivem nuas, o aparecimento das roupas profusamente estampadas faz com que as mulheres sejam mais desejadas pelos homens. É quase o tema baudelairiano da mulher enfeitada. A nudez só é atraente quando a cultura a recria.

Henri Lefebvre — No caso da moda, tudo não passa de uma erotização superficial dos contatos humanos, que nem por isso chegam a ser resolvidos.

Roland Barthes — Nós não insistimos ainda o suficiente sobre o valor profundamente narcisista, erótico, das roupas. E isso vale para todas as modas. Entretanto, paradoxalmente, eu diria que não há um traço sequer da moda que seja erótico em si. Um corpo completamente velado pode ser ressentido como erótico pela sociedade. O erotismo é uma questão de contraste com as normas da sociedade. Desnudar não é em si um ato de erotização.

Henri Lefebvre — *Estratégia do Desejo* é justamente o título de um livro sobre a publicidade...

Roland Barthes — Sim, um livro de Dichter. Um psicanalista americano, consultado no mundo inteiro pela publicidade de cigarros, de cerveja, moda etc. Ele previu com exatidão o que será a moda nos próximos anos.

Roland Barthes — Veremos, no capítulo dos vestuários, que será ainda mais atenuada a diferença entre os sexos. Os homens usarão perfumes. As mulheres usarão tatuagens...

Henri Lefebvre — Não nos esqueçamos de que a moda é um jogo. Enfeitar-se é aceitar as regras do jogo.

Pequena humilhação em Paris

Há humilhações sublimes, como por exemplo a que já passei em Paris. Estávamos na pior, Alécio e eu. No Boulevard du Montparnasse éramos dois *clochards* brasileiros alegres e sem dinheiro. Sob a chuva, nas manhãs grisalhas, ficávamos zanzando para lá e para cá. Ao meio-dia, no La Coupole, tomávamos um copo de cerveja (um copo para cada um, não mais), enquanto esperávamos o nosso amigo Claude Teulet, também *clochard*, mas francês de província. Claude, um rapaz de 20 e poucos anos, usava óculos e tinha uma longa cicatriz vertical, ziguezagueante, na testa. Como tentasse esconder a cicatriz sob uma franjinha dentada, tínhamos a impressão de conviver com o filho de Frankenstein.

— *Bonjour, salauds!* — dizia ele ao chegar.

— *Bonjour, salope!* — respondíamos nós.[1]

Claude era ainda mais pobre do que nós; não tinha um centavo. Se ainda houvesse um pouco de cerveja no meu copo ou no do Alécio, ele bebia; se não houvesse, não bebia. Era um vagabundo profissional; morava em Montparnasse numa mansarda na qual só cabia uma cama; não posso imaginar onde é que arranjava comida antes de conhecer aqueles dois brasileiros.

Saindo do La Coupole, nós atravessávamos a rua, passando pelo Le Select e seguindo em frente, na direção do Foyer des Artistes et Intellectuels. É um vasto salão envidraçado que abre ao meio-dia e às 6 da tarde para almoço e janta. Funciona meio na base da caridade, ao que parece custeado pelos amigos e admiradores de Modigliani, cuja fotografia está pen-

[1]"Bom dia, porcos!"/"Bom dia, porcalhão!"

durada em cima da caixa registradora. Artistas, intelectuais e boêmios pobres podem inscrever-se, obtendo uma carteirinha (com retrato e tudo) que lhes dá direito a comer por quatro francos. As refeições quase não variam: uma salada, rosbife com batata ou frango assado, três quartos de vinho ordinário, sobremesa e 300 gramas de pão. Não chega a ser um banquete, mas alimenta. Nós três alternávamos; se comíamos frango no almoço, pedíamos rosbife no jantar e vice-versa. Em seguida, íamos tomar um cafezinho na galeria de arte contígua ao Foyer, e que só expõe o pior do pior em matéria de pintura em Paris.

Enfim, a vida ia indo. Geralmente depois do cafezinho nos separávamos, indo cada qual para o seu canto. Minha rotina era visitar o Louvre ou o Museu do Homem. Alécio ia bater fotografias e Claude não ia a parte alguma nem ficava em lugar algum.

No Foyer havia uma garçonete, Jacqueline, gorducha e de faces rosadas, cuja fisionomia e pescoço lembravam Modigliani. Era a namorada de todo mundo, chamava todo mundo de *mon petit chou* (queridinho) e lia Sartre. Jacqueline, sim, era uma festa.

Nessas circunstâncias o tempo corria, até que Claude apareceu com um jornal na mão, e nos mostrou uma reportagem. Era uma reportagem alarmante sobre os frangos importados dos Estados Unidos — o frango do Foyer é importado dos Estados Unidos, disse Claude. Esse frango, afirmava a reportagem, estava sendo engordado com hormônio feminino. Significava isso que quem comesse diariamente um frango assado daquele tipo, conforme nós três fizéramos nos últimos quatro meses, ia acabar adquirindo seios grandes.

— Chi! — exclamei. — Alécio, vamos ter que comprar *soutiens*!

Bar, doce bar

Ninguém nunca escreveu sobre o bar que nos rejeita. Escreverei eu, então. Mas é preciso falar, antes, no bar que nos acolhe — nossa mãe.

Aprendi isso em Paris. Eu freqüentava um barzinho em Saint-Sulpice. Ia todo dia lá tomar o café da manhã, sendo que a minha manhã naquele tempo começava ao meio-dia. E ficava contemplando as meninas da Sorbonne. Creio que não era a Sorbonne, era outra escola, mas como esta crônica vai continuar numa outra, deixemos as precisões a cargo dos estilistas.

Escrevi "a cargo"... Putz! Vou acabar entrando na Academia, onde aliás tenho muitos amigos. Bem. Então eu ia naquele barzinho e pedia o meu sanduíche de presunto, os meus ovos fritos, a minha caneca de cerveja e o meu café. Todo dia. E no entanto o bar me rejeitava. Não era visível. Devo explicar que Deus me poupou a vergonha de ser chato. Muitas vezes tenho sido inconveniente, outras tantas tenho sido agressivo, mas chato, graças a Deus, nunca. Nunquinha. Razão pela qual, se estou num bistrô, em Paris, sem conhecer ninguém, fico quietinho no meu canto, comendo o meu desjejum e olhando. Meus olhos judeus são simplesmente feitos para testemunhar.

Então o bar me repudiava. Não era visível. Simplesmente me repudiava. O excelente freguês que eu era, pagando em dólares americanos, não conseguia entrar naquele lugar. Entrava, sentava, comia, pagava, mas não entrava. E eu lá sentado, pensando:

— Putz! Paris é fogo!

E não entrava, não. Entrava, sentava, comia etc., mas não entrava. Os garçons eram gentis, mas era uma gentileza dentifrícia. Aquilo era um anúncio de televisão. As meninas da Sorbonne sorriam, mas era um Brasil que elas viam em mim, e não eu. Enfim, uma grilação interminável.

Até que um belo dia, ah, como é lindo dizer até que um belo dia, até que um belo dia acordei mais tarde, talvez por causa de uma longa noitada no New Jimmy's, e tinha que escrever a crônica e o avião já estava saindo. Desci correndo a escada rangente do meu pequeno hotel de Saint-Sulpice, com a máquina de escrever na mão, e o avião já ia embora, e eu vi um bistrô na minha frente, e era uma falsa primavera, com sol e azul e flores e todos os parisienses felizes, e eu sentei na calçada — era a primeira vez, desde o mais longo dos invernos, que os bares de Paris botavam as mesas na calçada. Pedi cerveja de Hamburgo e comecei a escrever. Na calçada. Depois peguei o metrô, fui levar a crônica na saudosa Panair, atual Varig.

Quando regressei aos meus pagos, fiquei indeciso entre os dois bares. O meu, o da frente da minha casa, que por tanto tempo esnobara, ou o outro, o das meninas da Sorbonne, que ficava na esquina, e que enganosamente me atraíra? Adotei o primeiro. Cheguei, sentei (era a manhã seguinte), pedi o café da manhã e me vi na situação de amigo.

Amigo, você sabe o que é a amizade? Então eu lhe digo que dois garçons, em Saint-Sulpice, disputaram o privilégio de me servir. Não era pela gorjeta, não, era pela amizade. Um deles dizia:

— Esse que está sentado aí é meu amigo. Eu é que vou trazer o café da manhã dele. Você não tem nada a ver com isso. Eu estava aqui ontem e ele chegou, e era uma falsa primavera, e ele começou um negócio na máquina. Esse cara é um senhor datilógrafo. *Pardon.*

Moi, le citoyen du Brésil, habitante número 1 (em minha opinião) do Hôtel du Vieux Colombier, acabava de chegar à minha casa, o meu bar, meu lar doce lar.

Montparnasse, 89

Outro dia Ledo Ivo, sem deselegância, nos fez rir do mazombo, que é o brasileiro, filho ou não de europeus, que vive com a "nostalgia" da Europa. A zombaria tinha por pretexto a inauguração de um busto de Raul de Leoni em Petrópolis; mas poderia ser endereçada ao próprio Ledo Ivo, que por longo tempo andou por onde andavam, antes dele, seus queridos Mallarmé, Rimbaud e Verlaine.

Perguntei-me, então, se não seria eu um mazombo a mais. E respondi-me: "Sim, mas não do tipo clássico." Se desde criança sonhei com Paris, não foi por influência de sua literatura. As obras completas de Anatole France, quase todo o Balzac, Montaigne, Baudelaire, Gide, constituíram o alimento por assim dizer básico de minha adolescência. Mas quem me inoculou a desvairada fome de Paris foi um livrinho ao qual não se dá grande importância: *Um Pobre Amor em Paris (Monpti)*, do húngaro Gabor von Vaszary, traduzido não sei mais por quem. Foi o meu livro de cabeceira dos 14 aos 16 anos. Tratava-se de uma paródia ao romance de Knut Hamsun, *Fome*, ganhador do Prêmio Nobel; e descrevia as andanças de um vagabundo faminto ao longo do Sena; um vagabundo lírico, de irrepreensível senso de humor.

Assim, meu sonho era tornar-me *clochard*, entregando-me a uma liberdade mendiga, morando nalguma mansarda escura e gélida, comendo pão e bebendo vinho encostado numa das pontes do Sena. Acabei indo parar na minha cidade de eleição e vivendo outro tipo de aventura. E se amei Paris, adorei mesmo Londres, que até então não entrara em minhas cogitações.

Devo ir lá, agora, para ver como andam as coisas, 10 anos depois. Já sei que a prosperidade provocou algumas graves mudanças, mas no geral, me garantem aqueles que vão e voltam de lá a todo instante, está tudo com a velha aparência.

Mas, para o *clochard* improvisado cuja situação real as circunstâncias me permitiram conhecer, haverá ao menos uma razão de nostalgia. É que desapareceu o Foyer des Artistes, situado no número 89 do Boulevard du Montparnasse. Era ali que os artistas pobres, de qualquer parte do mundo, podiam almoçar e jantar por quatro francos — um preço simbólico. O cardápio não variava: frango assado com batatas fritas ou rosbife com as mesmas batatas; salada verde, um quarto de vinho ordinário e 300 gramas de pão. Era um ambiente alegre, ruidoso, com as garçonetes se movimentando freneticamente entre as mesas. Ao lado, numa galeria de arte aberta a esses mesmos artistas desconhecidos, servia-se um café expresso.

Às duas horas da tarde, devidamente alimentados, íamos então ao encontro da cidade, de seus museus, de seus bulevares fervilhantes de parisienses de todas as nacionalidades, seus teatros, parques e cinemas.

No Trocadéro

Não é grande coisa este Hotel Prince, situado na Avenue Bosquet, no Trocadéro. Mas cheguei tão cansado de Lisboa... Tão cansado e gasto como nunca me sentira antes. Em primeiro lugar por causa do calor massacrante que lá me aguardava. E também por ter abusado do excelente Porca de Murça, um vinho branco, seco, que se bebe ao longo da tarde com os amigos que nos fazem mil perguntas sobre o Rio de Janeiro. De natureza discreto, mas considerando bem carioca a curiosidade sobre a vida alheia, desfiei no Pabe as fofocas da temporada: quem casou com quem, quem se separou de quem, como foi mesmo o escândalo que envolveu fulano, e assim por diante. E lá se iam as horas, e já no Pabe só funcionava o bar, não mais o restaurante; e à noite, em outros bares, passava-se ao uísque. Noites inteiras bebendo uísque, comendo pipoca, discutindo política, comendo castanha-de-caju e discutindo política.

O que há de errado no uísque é que me tira a fome. Dito de outra forma: não apenas bebo, mas como uísque. Então, com os bolsos cheios de dólares, não fiz em Lisboa uma refeição decente. No Pabe, restaurante de primeira categoria, ou no magnífico Hotel Palácio dos Seteais, em Sintra, vi toda gente se entregando a um festival de gastronomia — mas que posso fazer, se sou neurótico, se sou um artista da fome... Não provei nos Seteais a famosa Pescada à Monchique e não sei o gosto que tem o seu Robalo Grelhado ao Molho Tártaro, e nem dormi muitas horas em Lisboa, pois ainda por cima sofro de insônia — uma insônia bizarra que me ataca quando quero dormir e me abandona quando preciso estar acordado.

Uma bela mulher, dessas que ficam mais atraentes à medida que amadurecem, e que aliás mastigava com lenta sensualidade um filé de porco assado com purê de maçã, me disse que eu devia ser do "tipo que exige que lhe ponham a comidinha na boca", e lhe respondi que era isso mesmo, e que eu não sabia de onde é que me veio essa atitude de menino mimado, já que não tive uma infância das mais bem-amadas. Ela me disse, então, que "esse tipo de homem tem que ter sempre uma mulher ao lado", e respondi que era assim mesmo, que eu não sabia viver sem uma companheira a trabalhar afetivamente por mim 24 horas por dia... Seria então, essa inapetência, um dos aspectos da tal "síndrome de carência", a que me referi num livro amargo do qual não quero mais ouvir falar, desde que conheci minha sobrinha-neta, a pequena e graciosa Gabriela, cuja só existência constitui um desmentido cabal aos meus delírios rancorosos, retrospectivos, de menino cruelmente ferido. Oh não, que nunca mais ninguém deprecie a família Oliveira, de Jucutuquara, com base na descrição que dela fiz; saibam todos que a minha memória é inventada, não passando de uma falácia a minha proclamada autobiografia. De qualquer modo, Fellini (e tantos outros antes dele) considera a mitomania um instrumento como qualquer outro de aferição do mundo.

No Aeroporto Charles de Gaulle, encontro o primeiro monumento resultante da aliança entre a arquitetura de vanguarda e a mais refinada tecnologia. Trata-se, nem mais nem menos, de um labirinto às avessas, no qual só há saídas. Todo um complexo sistema de informações, no qual se inclui o contato humano direto (*Public Relations*), é posto a serviço do viajante. Só por preguiça vim parar aqui no Hotel Prince — um típico hotel parisiense instalado num edifício *belle époque*, confortável, doméstico, mas típico de uma época. (A questão do quarto com banheiro, por exemplo, não foi resolvida.)

Mas eu estava com sono e pretendia apenas pernoitar; na manhã seguinte, uns amigos que tenho aqui se encarregariam de me arranjar alguma coisa mais sofisticada lá pelos lados do Boul'Mich. Na manhã seguinte, entretanto, os meus amigos estavam em férias, como todo mundo, e eu com preguiça, fui ficando aqui mesmo. Cá estou. Vou tomar banho na casa do Alécio, que chega depois de amanhã.

Cadê meu bistrô?

Tarde ensolarada, temperatura agradável. Ando pelos bulevares, descanso nos bancos de praça, espio as vitrinas das lojas. Esta é a maneira tradicional, dir-se-ia mediúnica, de receber o espírito de Paris. Não é uma cidade para o turista apressado. Os cafés estão cheios; a multidão nas ruas é colorida, e há em cada rosto uma expressão satisfeita, muito embora se diga que a crise se aproxima (o desemprego em primeiro lugar).

Vou ao La Coupole, só pelo velho hábito, peço cerveja de Munique, um sanduíche de presunto, abro *Le Monde*, o mundo me cansa, fecho o jornal e me ponho a observar os passantes através da vidraça. Estou — feliz? tranqüilo? — não sei. Estou. Meia hora atrás, procurando a nova sede da Varig, encontro em frente ao Plaza-Athenée uma gentil senhora muito poderosa no Brasil e bastante estimada em numerosos outros lugares. Dou um doce a quem adivinhar de quem se trata. Ela me apresenta ao mordomo do Plaza e me oferece um uísque. Estou em situação embaraçosa. Minhas roupas de Ipanema, estilo marginal de luxo, agravadas pelo meu boné de veludo azul e pelas minhas botinas de couro de búfalo (sem falar na sacola de couro de vaca onde carrego toda a minha parafernália de vagabundo) — minhas roupas estão amassadas e, tantos dias jogadas na mala, não cheiram muito bem. Mas o meu status de boêmio, combinado com o de escritor, me dá direito à extravagância comedida. Entro, sento, peço o uísque pela marca e me ponho a conversar com a ilustre senhora — uma das pessoas mais simpáticas, e sem dúvida a mais modesta que conheço. Quem sabe ela seja a minha patroa e esteja querendo que eu me sinta em Paris como em casa? Quem sabe uma certa organização chamada *JB* nos deixe à vontade, como em nossa própria casa, em qualquer parte do mundo? Pois é. Se Marx estivesse vivo, o Brasil seria a sua caixinha de surpresas. Despeço-me dela: vou à vida.

Quer dizer, não vou a parte nenhuma, estou sentado no Coupole e constatando que o Coupole não é mais o meu bar. Alguma coisa mudou aqui, ou fui eu que mudei, não há nenhuma razão objetiva a justificar tal suposição — mas quem conhece Paris sabe que é assim. O Coupole não é mais o meu bar, e está acabado.

Preciso comprar umas roupas adequadas à elegância européia (ou, no meu caso, à deselegância, que varia conforme as estações do ano e também conforme os povos). Visitar os museus, ir ao teatro, ao cinema. Passear ao longo do Sena, de "Bateau-Mouche".

Pouco adiante do Coupole dou com um *pub* — assim mesmo chamado, mas não de todo inglês por causa da varanda, ou terraço. Já que é um *pub*, peço uísque. Leio um pouco de Samuel Beckett. Peço um segundo uísque. São sete horas da noite (ainda há claridade no céu) e a partir de agora o estabelecimento começa a trabalhar com refeições. Nunca jantei às sete horas, portanto não é esse o meu bar, que no entanto deve estar em alguma parte, à minha espera, como acontece aqui — e só aqui.

Escrevo uns cartões-postais, termino de ler o *Monde*, pego um táxi e vou para casa. Fazer o quê? Dormir. Paris é cidade para você entrar nela na maciota. Desde que ainda não encontrei o meu bistrô, só me resta recolher-me aos meus aposentos. Assim faço. *Bonne nuit!*

O Café de Cluny

O Café de Cluny fica no cruzamento de Saint-Michel com Saint-Germain. É o melhor ponto de Paris; diante do seu terraço toda a humanidade passa dia e noite, em todas as direções. Conforme a afluência, os preços variam, tanto que você pode ler no cardápio: Café Express — 2,00; Café Express depois das 14 horas — 2,60; Café Express aos sábados, domingos e feriados — 2,60.

Sentei-me lá ao entardecer, comandei uma cerveja das grandes (*formidable*) e me pus a apreciar a dita humanidade. Os tipos mais variados, belos, bizarros, grotescos, com suas roupas de origem, dão a este lugar um ar de festa permanente. Lá vai um hindu, com seu turbante, sua grande barba grisalha, empurrando um carrinho de bebê; como o bebê tem olhos azuis, concluo que o hindu é uma *baby-sitter*. Agora vem um *clochard* todo de preto — calças, camisa de gola rulê e boné. Esse vive de assustar as mulheres que passam, lançando sobre elas uma ratazana de borracha. Todas se assustam por igual; depois, riem; então, o *clochard* tira o chapéu da cabeça e vai recolhendo moedas.

Agora, vindo de Saint-Michel, na direção de Saint-Germain, são duas mulheres. Uma é quarentona, gordota e usa um vestido qualquer com a barra pelo joelho; a outra deve ter 32 anos, vestindo calças compridas e blusa de florzinhas. Bem na minha frente, a gordota aplica violento pontapé no traseiro da mais jovem. Esta última volve a cabeça para contemplar a agressora; tem no rosto uma expressão indefinível; a gordota devolve o olhar, severo, indignado — e atravessa a rua entre os carros, sem esperar que o sinal lhe assegure a passagem. A mais jovem segue seu caminho.

Uma história de amor homossexual vem de terminar, de forma ridícula, diante do Café de Cluny.

Já passa de sete horas, mas a claridade perdura no céu. A atenção geral se volta para o homem de quatro instrumentos. Deve ser inglês, esse rapaz louro que logo inicia um rock furioso. Traz um grande tambor nas costas, um pandeiro na mão direita, um tamborim na canhota e uma gaita na boca. Ele sozinho é um conjunto de rock; suas habilidades são recompensadas pelos aplausos da clientela aqui reunida, que também não lhe nega moedas. Quando desaparece, seu lugar é ocupado pelo homem que come fogo. O homem que come fogo solta enormes labaredas pela boca.

O Cluny é finalmente o meu café, aquele que eu precisava encontrar para me sentir em Paris. Os garçons me recebem apertando minha mão; a senhora que toma conta do banheiro quer saber como vai a minha saúde. Deixam-me em paz, com a minha cerveja e os meus pensamentos.

Na mesa à minha direita sentam-se agora quatro negros muito bem-vestidos. Pedem café. Um deles tira de um envelope marrom uma papelada xerografada. Os quatro discutem o documento. O envelope cai no chão, vindo parar sobre as minhas botinas. Eu o apanho e devolvo. Três dos negros procuram convencer o quarto a deixar de ser sentimental. Falam-lhe em "socialismo científico". Estudam o documento que tiraram do envelope.

Que se precavenham, portanto, os chefes de Estado africanos; há um complô armado contra um deles — sendo que a turma do Café de Cluny trocou definitivamente o sentimentalismo pelo socialismo científico. Quer dizer que estão dispostos a tudo, e que haverá tiroteio, brevemente, em algum país africano.

A noite agora começa. Estou à espera da mocinha sardenta, que coleciona máximas de La Rochefaucauld e também os cinzeiros, garfos, saleiros e pratos do Café de Cluny. É cleptômana. No primeiro instante, fiquei abismado: ela abriu uma sacola de *prisunic* e nela foi guardando tudo o que estivesse a seu alcance. Mas o garçom me piscou um olho, tranqüilizando-me: aquilo acontece todas as noites, a garota é mesmo cleptômana, mas tem uma família que paga a sua extravagância.

Sendo assim, volto à *formidable*, que é um canecão contendo um litro de uma cerveja francesa, doce, meio rala, mas a única que servem aqui no Cluny.

Miudezas

Sentindo os primeiros sintomas da saudade, Haze, e estando em solidão, aguardo o companheiro Alécio, que é o meu ponto de referência. Só depois é que Paris estará à minha disposição. Tenho ido ao Café de Cluny e tenho lido os jornais. Ainda não vi *História de O*, que é o escândalo cinematográfico da temporada. Li o livro aí mesmo no Brasil (Edições José Álvaro), e nada encontrei nele, além de erotismo sádico — um primor de crueldade a que, por amor, uma mulher se submete.

As parisienses estão usando um penteado da lavra de Alexandre: cabelos cortados rente, deixando a cabeça e o pescoço bem visíveis, e com um tufo saindo da raiz do couro cabeludo. Fica-lhes bem, às mulheres, esse estilo joãozinho-boa-pinta; rejuvenescem.

O céu hoje está gris, como eu gosto, e já ontem tivemos uma chuvinha *très parisienne*, que quase não molha. Meu hotelzinho, o Prince, revelou-se melhor do que eu esperava. Vou com a chave para onde quero, a *concierge* tornou-se minha confidente, o porteiro da noite é um brasileiro chamado José Luís, e o único inconveniente é que ao meio-dia a *femme-de-chambre* me manda descer, a fim de que ela possa arrumar o quarto.

Estou, como já disse, me habituando à cidade, entrando no seu mecanismo existencial. Outro dia sentei num café e escrevi três cartões-postais. Coloquei-os no envelope, selei-os e os lancei numa caixa postal afixada no meio-fio, bem em frente da minha mesa. Faltavam 15 minutos para as sete. Às sete horas em ponto, uma camioneta amarela dos Correios encostou junto à caixa. Um homem desceu, abriu a caixa com sua chave, tirou meus cartões, fechou a caixa, entrou na camioneta e seguiu, levando a minha correspondência. Em 15 minutos, tudo se resolvera...

O problema dos táxis é como no Brasil. Dezenas de choferes passam por você e se recusam a conduzi-lo. Finalmente um deles, ninguém sabe por quê, encosta e te leva. Não dá para entender. Depois de horas e horas de espera num ponto de táxi, um senhor negro, de óculos, teve a delicadeza de me perguntar se eu desejava ir a algum lugar. Dei a direção e fomos. No caminho, comentei:

— Mas como é difícil arranjar um táxi em Paris...

Ele respondeu:

— Pois eu acho muito mais difícil arranjar passageiros...

Pela noite, os motoristas circulam acompanhados de um cão, cuja finalidade é dissuadir algum passageiro-assaltante. De vez em quando o cão ladra e eu fico atrapalhado, achando que ele não foi com a minha cara.

Hoje, Haze, como você vê, não tenho muita coisa a contar; só miudezas. Vamos ver se na próxima crônica eu faço por merecer esta viagem, que anda um pouco triste por causa da saudade que sinto de você, do nosso gato Tontinho e de todos esses amigos aí do Leblon. *Au revoir.*

Escândalo

"Na França, o direito de ver acaba de ser conquistado com grande atraso em relação ao resto da Europa..." Essa constatação veio no *Nouvel Observateur* e de certa forma abriu o debate que atualmente apaixona a França. O "direito de ver", no caso, significa simplesmente que a permissividade instalou-se aqui. Não será fácil dar ao público brasileiro uma idéia, sequer aproximada, do escândalo correspondente. No *Le Figaro* de hoje podemos ler o seguinte:

"A França passou sem transição do pudor ao cinema 'liberado'... Um sucesso considerável. Na primeira página de todos os jornais. A invasão dos Champs-Elysées. Um público dócil que, 15 anos atrás, ficaria vermelho de vergonha ou pálido de raiva, e que se precipita em massa para aplaudir a adaptação cinematográfica de um romance publicado em tempos menos liberais, o qual foi de início um livro clandestino, tornando-se maldito por 20 anos. Não se trata mais da *História de O*: agora estamos em presença da *Vitória de O*."

Michel Droit, no mesmo jornal, escreve assim sua crônica:

"Penso que devemos fazer uma referência à etimologia das palavras; do contrário, não nos daremos conta do que elas escondem. Lembremonos de que Erotismo vem de Eros (o deus do amor) e pornografia de *porne* (a prostituta). A pornografia literária ou cinematográfica não seria, portanto, nada mais que a evocação ou representação do corpo humano prostituído. Quem diz isso não sou eu, e sim a semântica."

Os leitores bombardeiam o *Observateur* com cartas nas quais cada qual toma a sua posição. Um senhor René Holtzauer, residente em Epinay-sur-Seine, diz isto:

"Ponha dois homens juntos: eles vão falar de quê? De mulheres. Para isso, basta que uma bela gatinha passe por eles. Ora, no cinema pornográfico a gente pode finalmente ver essas gatinhas nuas..."

L'Express começa a publicar o texto integral da *História de* O. Simultaneamente, desaparece do expediente da revista o nome da senhora Françoise Giroud. O nome dela e o do *Express* se entrelaçam; ninguém consegue dissociar uma coisa da outra. Mas acontece que ela é também (e, agora, principalmente) Ministra de Estado para assuntos da Condição Feminina. Uma espécie de Jane Fonda num grau muito alto. Não ficaria bem a Madame Giroud encabeçar um semanário que faz a apologia da mulher escrava — literalmente escrava, sem qualquer possibilidade de escamoteação.

O *Charlie Hebdo*, que é um jornaleco udigrudi feroz, coloca o problema desta forma:

"*História de* O... Uma das obras-primas da literatuta erótica contemporânea. Muita coisa nojenta e pretensiosa anda sendo escrita a respeito. Mas é um livro grave e belo. Para fazer dele um filme seria preciso ser grave e belo. No mínimo, se pediria que fosse um filme bressoniano, conforme acentuou muito bem a crítica do *Le Monde*."

Assim, por causa de um filme, a casa está dividida. Seremos nós uns angélicos eróticos ou uns diabólicos pornográficos? Onde está o limite? Na imaginação pública, esse dilema alcança proporções catastróficas. Ninguém sabe mais nada; é preciso conviver com O, é preciso aplaudir a degradação colorida, luxuosa, dessa mulher deslumbrante que se chama Corinne Cléry.

Bom. Eu nunca vi a pornografia ao vivo e estou aqui para estudar, entre outras coisas, esse fenômeno social do Ocidente. Estudar, quer dizer — viver.

A rua do pecado

A Rue Saint-Denis é justamente como você imagina: estreita, com aqueles sobrados amarelos, as lojas, os tomates, os açougues, as crianças. Mas é também um dos locais onde proliferam os templos da pornografia. Entre um antiquário e outro, você encontra um negócio chamado *sex-shop*, ou *erotic shop*, que é uma butique especializada no comércio da curiosidade sexual. Você entra e já vai lendo, junto à caixa registradora, este aviso tranqüilizador: "Não fique constrangido, faça qualquer pergunta." E lá estão os livros pornográficos, contendo todas as variações sexuais ao preço de 60 francos. E máquinas para o *voyeur*: você introduz uma moeda de cinco francos, põe o olho no *petit écran* e assiste a um filme pornográfico.

Aqui estou eu. Quando pela primeira vez entrei num bordel, aos 16 anos de idade, fui apanhado por essa mesma emoção. A curiosidade esmagada pelo sentimento de culpa; a sensação de estar fazendo alguma coisa proibida; o pudor; a angústia de estar sendo visto pelos outros (*l'enfer c'est Jean-Paul Sartre...*); e uma espécie de respeito absurdo pela complexidade do ser humano.

Há os objetos. Você pode comprar objetos, fetiches, relacionados com os seus mais abomináveis segredos — que assim são automaticamente expostos à luz do dia e, desta maneira, exorcizados. Ou não. Pode ser o contrário; pode ser que você esteja naquela categoria psicológica que reage com mais pudor diante do despudor completo. O anjo acorda, o anjo se rebela, ele estava procurando a inocência e não sabia.

No meio dessa desgraçada perplexidade, você entra num café, pede uma cerveja e lá estão as mulheres — as prostitutas de antanho, gordas e magras, morenas e louras, correspondendo cada qual a uma disposição sua, agradável ou desagradável. Na Rue Saint-Denis, portanto, funciona uma linha de produção completa.

Essas mulheres estão em guerra contra a sociedade permissiva, que permite tudo — menos que elas façam o *trottoir* abertamente. Esbarraram em algo inesperado, que se chama hipocrisia: legalmente, nada acontece na Rue Saint-Denis. Tudo é ilusão: os estímulos visuais, a provocação masturbatória... Você, aqui, se perde no absurdo: a sociedade de consumo trabalha só com símbolos, referências, alusões; a carne propriamente dita deve ser eliminada dos negócios admissíveis.

Enfim... Tenho um amigo que andava à procura de uma namorada, universitária, no Bois de Vincennes. Ora, no Bois de Vincennes a prostituição é altamente especializada. Assim, esse meu amigo avistou aquela mulher com aquela minissaia, as botas pretas pelos joelhos, e lhe perguntou onde é que ficava a residência de sua namorada. A prostituta informou direitinho, e concluiu:

— Vai lá... Aquilo lá é grátis!

João e Vincent

Emeric Marcier, o pintor, vive trancado num apartamento, trabalhando dia e noite. Para não ser incomodado, dispensou o telefone; e para tornar-se auto-suficiente, aprendeu a cozinhar. Freqüenta o Le Select, em Montparnasse, onde, sem querer, faz um tremendo sucesso com as mulheres. As damas comentam: "Mas ele é igualzinho ao Hemingway!" Com cabelos brancos bem cortados que se prolongam na barba também branca, e bochechas rosadas de bebê, e pequenos olhos azuis argutos, ele lembra na verdade um artista do tempo antigo, estereotipado, tal como Hollywood nos ensinou a ver. Aqui em Paris, aferra-se a uma solidão só quebrada quando chegam à cidade os amigos do peito.

— Paris é a cidade da solidão — diz ele. — Não há outro lugar igual a este para se estar só.

Já Alécio Andrade, o fotógrafo — 10 anos na França — onde quer que chegue é saudado efusivamente por parisienses de todas as nacionalidades. Pertencendo à Agência Magnum, uma cooperativa de fotógrafos internacionais, tem seus trabalhos divulgados em publicações do mundo inteiro. Atualmente, trabalha nos grandes bulevares, colhendo material para um álbum que deverá estar pronto ainda este ano. "Cartier-Bresson", explica ele, "sustenta que não devemos fotografar a cidade onde vivemos. É melhor procurar lugares pouco conhecidos, onde trabalharemos de olhos frescos. Mas eu resolvi aceitar o desafio: vou fazer o retrato humano de Paris, fotografando a vida tal como se mostra em sua espontaneidade."

Há também um fusca azul. Alécio tem um fusca tão maltratado no curso de suas andanças pela Europa, que mais parece uma carroça. De vez em quando escutamos um rang-rang-rang: é a placa da frente que se arrasta no asfalto. Ele encosta, desce, puxa a placa, pisa outra vez no acelerador e lá vamos nós por entre os monumentos de Paris, até que... rang-rang-rang!

Domingo de tarde, fomos passear no Boulevard Montparnasse, onde haveria uma manifestação comunista contra a presença do General Spínola na cidade. Éramos três: Alécio, eu e João Batista. João Batista é um cachorrinho de quatro meses de idade, de uma raça deixada pelos fenícios na Espanha. Em Arles, onde esteve recentemente, Alécio abriu a porta do fusca e João Batista, inexperiente e afoito, pulou fora. Imediatamente foi atropelado. E ficou banhado em sangue na calçada. Uma pequena multidão se reuniu em torno do coitadinho. Alguém chegou a sugerir que se deveria sacrificá-lo, para evitar a continuação do sofrimento.

— No João Batista ninguém vai dar tiro de misericórdia — reagiu prontamente o fotógrafo.

Desesperado, Alécio acabou localizando um veterinário em Arles. O homem opinou que o cachorro estava em péssimas condições; devia ser operado com urgência — mas infelizmente ele, o veterinário, não era cirurgião. Foi preciso telefonar às cidades vizinhas, numa das quais, creio que Toulon, um cirurgião-veterinário ficou à espera do animal ferido.

Agora, João Batista anda com a pata direita dianteira engessada. Os parisienses amam os cachorros. As ruas, os restaurantes, os bares estão cheios de cachorrinhos de estimação. João Batista, a todo instante, é assediado por velhas senhoras, crianças, homens circunspectos, que querem detalhes do acidente e fazem recomendações autorizadas pela experiência própria.

Mas de Arles não veio apenas essa lembrança triste. Alécio trouxe de lá, também, um documento sensacional, que dispensa comentários. Vou transcrever:

Extraído da *Chronique locale* do jornal *Le Forum Republicain* de 30 de dezembro, 1888: "Domingo passado, às 11 e meia da noite, o indivíduo Vincent Van Gogh, pintor, originário da Holanda, apresentando-se à casa de tolerância número um, perguntou pela mulher chamada Rachel, e lhe entregou... sua orelha, dizendo: 'Guarde esse objeto com muito carinho.' Depois, desapareceu. Concluindo que tal gesto só poderia partir de um pobre alienado, a polícia se dirigiu na manhã seguinte à residência do tal indivíduo, que foi encontrado deitado em sua cama, quase não dando mais sinal de vida. Esse desgraçado foi conduzido com urgência ao hospício..."

La brésilienne

— Eu gostaria de ver como vive o *campagnard*, o *paysan*. Ir, digamos assim, lá para os lados das montanhas, no Sul. Mas para ver por dentro, não por fora; não sou turista, não ando com máquina fotográfica a tiracolo; gostaria de ver esse espetáculo por dentro, numa permuta de psicologias.

Assim falei eu, só por falar, no Le Select. Então me indicaram uma brasileira que vive justamente lá pelos lados das montanhas, no Languedoc. Ora, a mim me interessa especialmente a situação dos brasileiros que se desgarram no mundo, à procura de um destino. No caso de Lili, *la brésilienne du Languedoc*, à curiosidade do viajante se acrescentava uma pitada de afeto. Pois que 10 anos atrás, mais ou menos, quando naturalmente éramos 10 anos mais jovens, houve entre nós um princípio de flerte que acabou não dando em nada — mas sempre fica alguma coisa.

Foi assim que, desviando-me de Amsterdã, comprei uma passagem de ida e volta a Nimes pelo comboio noturno Paris—Lyon—Avignon—Nimes—Montpellier—Sète—Béziers—Narbonne—Perpignan. Às 21h 40min estávamos numa *brasserie* da gare de Lyon, Alécio e eu. Chegavam e partiam trens, despejando e engolindo multidões. Alécio perguntou se podíamos comer alguma coisa. O garçom — um francês do tipo que, quando simpático, mostra sua simpatia logo de cara — argumentou:

— Depende do tempo de que vocês dispõem.

— Quinze minutos — respondi, comendo cinco minutos.

— Bem... Em 15 minutos não podemos fazer muita coisa.

— Eu quero um contrafilé com batatas fritas — disse Alécio. — E um copo de cerveja.

— Bem... Contrafilé... Não sei se em 15 minutos...

— Nessa conversa boba — atalhei — já se passaram dois minutos.

— *Ah bon* — fez o garçom, demonstrando uma irritação extremamente simpática. — Então, para o seu amigo, eu trago o contrafilé. E para você trago um sanduíche de queijo — e olhe lá!

— *D'accord* — eu disse. — E também *un demi*[1].

Ele foi providenciar, naquela afobação de quem está servindo viajantes condenados a pegar o trem na hora exata. Comi metade do sanduíche, bebi a cerveja e pedi um cafezinho.

— *Ah bon?* — volveu o garçom. — Quer dizer que já perdeu a pressa? Pois fique sabendo que não dá mais tempo.

— O rei do tempo sou eu — comuniquei-lhe. —*Allez donc!* Me traga um *express!*

Ele riu. Os franceses têm um senso de humor à flor da pele; por isso aliás é que são tarados por trocadilho.

Bebi meu café (faltavam dois minutos para as 10) e corri à plataforma, com Alécio atrás. Meu comboio era constituído de 500 vagões — ou 800: não tive tempo de contá-los todos. Mas não foi difícil encontrar o meu, conforme as indicações minuciosas da passagem: Trem — 5521; data: 1/09; válido até 10/11; número total de viajantes: 01; classe: 2; adultos: 01; número de vagão: 19; janela: 25 (no canto superior); beliches: 01.

Um minuto depois, lá estava eu aboletado no terceiro beliche, aquele lá de cima, no canto superior. No outro lado, uma menina gorda e com óculos de lentes grossas como um casco de garrafa. Às 10 horas em ponto o noturno partiu. Ao longo da viagem, a menina e eu ficamos ora cochilando, ora acordando, pois não se tem onde botar os óculos e também não é fácil dormir com os óculos no nariz. Outra razão para a minha insônia é que eu tinha medo de desmaiar (isto acontece quando estou muito cansado ou sujeito a uma longa imobilidade), correndo desta forma o risco de só abrir os olhos em Perpignan.

Às 6h10 em ponto, sem um segundo de hesitação, o danado do trem parou em Nimes. Desci, atravessei a *gare*, ganhei a rua, espiei a cidade

[1]Copo com 25 ml de cerveja.

de Nimes (simples, ou melhor, interiorana) e dei de procurar o ônibus de Saint-Hipolyte du Fort, que faz correspondência com o comboio de Paris. Não encontrei nada. Voltei à estação, pedi informações aqui e ali e me encaminharam à *gare* dos ônibus, que fica no interior da própria estação ferroviária.

Já eram sete horas: tarde demais. O ônibus partira e eu sabia que só haveria outro ao anoitecer. Os parisienses não me haviam falado em *gare* de ônibus anexa à *gare* do trem. O jeito foi pegar um táxi:

— Vamos ao Chemin de l'Eglise du Cros logo adiante de Saint-Hipolyte.

Lá fomos nós. Imaginei que a distância seria como da Avenida Rio Branco ao Leblon (cerca de 14 quilômetros), e por isso me haviam recomendado expressamente que preferisse o ônibus. Mas não. O táxi entrou numa longa estrada asfaltada, por entre árvores e campos e plantações de pepinos, e lá se foi por dentro de pequenos e apetecíveis povoados, e foi indo, foi indo... "Nunca mais chegarei a lugar nenhum", pensei eu, calculando a fortuna que aquela corrida me custaria. Meu dinheiro francês até que seria suficiente, desde que eu não pretendesse ir de táxi ao fim do mundo...

Logo adiante de Saint-Hipolyte nos perdemos. Voltamos atrás. Expliquei ao chofer de que modo ele poderia obter a informação necessária. Ele encostou o carro num pequeno sobrado com diáfanas cortinas do outro lado da porta e um jardinzinho florido nas duas varandas do primeiro andar. Surgiu uma velha de cabelos brancos em coque, olho azul, prestativa. Mas não sabia onde ficava o lugar que nós procurávamos. Finalmente o chofer largou o nosso último trunfo:

— *Peut-être vous connaissez la brésilienne?*

— *Ah, la brésilienne? Vous prennez le Chemin de l'Eglise du Cros, et puis vous...*

Pronto. Subimos mais uns cinco quilômetros e estávamos diante de uma casa de pedra, escura, inamistosa, sem janelas, com uma porta de madeira de lei, e nesta uma aldraba. Era tudo. Paguei a corrida sem nenhuma alegria: entre a *gare* de Nimes e a casa de Lili, havíamos rodado 110 quilômetros...

Peguei minha mala, minha máquina de escrever, e acionei a aldraba. Nada. Não havia ninguém. Sentei-me à soleira. De vez em quando acionava a aldraba, e nada. Contemplei um bosque à minha frente: o vento soprava nos *marroniers* frondosos, de um verde-escuro; dos galhos, entre as folhas, pendiam as castanhas ainda verdes, ocultas em seu invólucro espinhento. Sentado à soleira, perdido no fim do mundo, só me restava fazer a primeira refeição do dia. Apanhei na sacola um tablete de *Crunch — le chocolat qui croustille*, e — crunch! — pus-me calmamente a crustilhá-lo.

Pouco depois, fiz o reconhecimento do terreno em torno da casa mal-assombrada. Havia um declive que levava a uma outra casa, visivelmente habitada, de portas abertas, e uns perus ciscavam por ali. Dois cachorros me viram e começaram a latir. Gritei:

— *Il n'y a personne?* (Em português claro: "ô de casa!")

Minha voz foi ouvida. Surgiu uma mulher jovem, magra, com um lenço atravessado na cabeça, uma blusa larga caindo sobre os quadris e uma saia estampada à feição de uma colcha de retalhos.

— *Vous êtes Lili, alors?*

— *Oui, c'est moi! Et qui êtes vous?*

— *Moi, je suis...* Carlinhos Oliveira!

— Oh Carlinhos, que surpresa agradável! Venha! Entre!

Os cabelos nem castanhos nem louros. Os olhos levemente esverdeados atrás dos óculos de aros finos. Traços infantis num rosto dramático de mulher de 30 anos. Não há dúvida, esta é a Lili que conheci uns 10 anos atrás, e também não duvido que seja outra pessoa. Tomamos café na sala, estou cansado, digo:

— Não quero incomodar. Cheguei de surpresa e não fica bem exigir que você se ponha à minha disposição. Estou cansado e gostaria de dormir.

— Oh não se preocupe — ela abre um sorriso gentil. — Vou apenas terminar o café, e fumar um cigarro. Depois, tenho que fazer as coisas que faço todos os dias.

Fumamos *Gauloises*.

— Bem — diz ela —, já passam das 10 horas e tenho que tirar o leite das minhas cabras.

— Ah, você tem cabras?

— Tenho. Eu e o meu companheiro, Didier, temos agora um rebanho de cabras. Pouco tempo atrás eram só três, mas agora são sete e já se pode falar em rebanho. Aliás, estou esperando um papel que vão me entregar lá na *Mairie* (prefeitura). Nesse papel eles vão escrever minha profissão. *Eleveur* (criadora de gado). Estou muito feliz. Bem, fique à vontade.

— Posso ir com você?

— Claro que pode.

Descemos uma escadinha de pedras entre as quais o mato cresce. Ela vai com um balde vermelho. O pavilhão das cabras é uma construção de pedra, abre-se uma porta de madeira de lei, descemos uma escadinha entre paredes escuras e chegamos ao estábulo: uma cave tosca, linda — construída, segundo consta, no século XIII. Lá estão as cabras, com suas sinetas ao pescoço, movendo-se num chão de feno.

— *Chou, chou! Venez, Penelópe!*

Lili encaminha uma cabra branca ao lugar da ordenha. Ela se agacha e se põe a ordenhar a cabra de nome Penelópe (acento no *o*). Conversa com a cabra numa linguagem musical. O leite espirra no balde. As outras cabras se chamam Blanchette, Noirette, Bichette, Zazá e Elvira. São pastoreadas por Lili com os dois cães da propriedade, Cleô e Paulô.

Ela agora está ordenhando Bichette.

— Eu ia chamar todas elas assim como faz todo mundo: Paquerette, Bichette... Mas Paulô, o cachorro, fica confuso por causa do som, que é sempre o mesmo. Por isso nós batizamos Zazá e Elvira: desta forma ele trabalha com conhecimento de causa.

Voltamos para a casa com o leite. De noite, Lili fará com esse leite um verdadeiro *chèvre*, queijo macio de sabor incomparável. Ela faz sete queijos cada noite. Alguns ela própria come, com seu companheiro Didier (que no momento está em Paris) e os outros são vendidos aos restaurantes da região. Há mais encomendas do que produtos a vender.

Ela agora me conduz ao quarto onde vou dormir. Ela própria faz a minha cama. Sinto-me cansado e ofegante, porque não estou acostumado a respirar o ar puríssimo do Chemin de l'Eglise du Cros, cercado de bosques, tendo ao fundo as montanhas azuis de Cévennes. Deito-me e durmo pesadamente. Acordo às quatro horas da tarde. Na sala, sobre a mesa, há um bilhete:

"Voltei da cidade e fui dar uma espiada no seu quarto, você dormia tão bem que fiquei com pena de te acordar. Tem ovo mexido no forno. Pra esquentar — a frigideira está no fogão, botar um pouco de manteiga (na geladeira) e mexer. Tem salada de tomate na cozinha, pão e queijo. Se você quiser vir me encontrar, atravesse o corredor e espie pela janela da sala, ou mesmo do seu quarto, e me verá com as cabras. Pra chegar lá é só descer assim diante da casa, passar pela horta e pegar o caminho à esquerda."

Antes de ir até lá, servi-me de salada de tomate com cebola, quebrei meia *baguette* e comi tudo com apetite, completando minha refeição com dois copos de *rouge de table*, o Domaine de Caylu.

Da janela vejo Lili pastoreando suas sete cabras num pasto de feno, ela e os dois cães. Lili usa uma calça de veludo azul-escuro e uma blusa azul-celeste. Algumas cabras sobem as pedras; duas delas brigam, batendo na cabeça uma da outra. Lili e os cães vão desapartar a briga e encaminhar os animais ao pasto. O pastoreio de Lili é musical: só em francês há gritos assim delicados e ordens que se assemelham à súplica:

— *Ahn! Ahn! En bas, Bichette! En bas!*

Quando chego ao pasto, encontro-a revolvendo o terreno adjacente com um ancinho. Essa atividade põe a descoberto as batatas ali plantadas. São diversas qualidades de *pommes-de-terre* que essa *paysanne* do Languedoc, antiga garota de Ipanema, produz para comer.

— Minhas mãos mudaram — diz ela, mostrando-me suas pequeninas mãos embrutecidas no trabalho. Também o pé mudou, cuja planta é uma crosta dura, como um grande calo. — "Pé de cabra" — observa ela.

Além das cabras, ela tem que cuidar, sozinha (pois seu companheiro, Didier, partiu), das galinhas tradicionais e as d'Angola; dos patos, marrecos, perus; dos coelhos, da horta, da produção de queijos e, finalmente, de si mesma — pois não há outra pessoa para arrumar a casa e fazer a comida.

Está aqui há três anos. Chegou atraída pela experiência de um psiquiatra de fama internacional que pretendia formar no Chemin de l'Église du Cros, perto de Saint-Hipolythe du Fort (e a 110 quilômetros de Nimes), uma comunidade de crianças psicóticas. A experiência foi interrompida quando pela terceira vez as crianças tocaram fogo na casa... Prossegue agora em Paris, com o reconhecimento oficial da Securité Social. De qualquer modo, Lili já se apaixonara pela região e decidiu ficar. Foi assim que começou a plantar batatas e a se transformar numa *paysanne* autêntica.

Os cabritos que nascem aqui são vendidos. Pergunto pelo bode e fico sabendo que, nesta região, há sempre uma pastora que tem a propriedade exclusiva do bode encarregado da reprodução.

Recapitulemos a sexta-feira de Lili, a partir de 9h35min, quando aqui cheguei:

10 h — Ordenhar as cabras.

11 h — Descida à cidade (sete quilômetros adiante) em *velomoteur*, a fim de tratar de negócios.

13 h — Pastoreio das cabras, colheita de *pommes-de-terre*.

14 h — Preparo de sua própria refeição (salada de tomate com cebola, ovo mexido).

16 h — Recondução das cabras ao estábulo.

17 h — Lançamento de três moedinhas de 10 *centimes*, para saber o que diz de mim o I Ching (isto será contado depois).

18 h — Uma longa conversa entre nós. Saudades do Brasil. Tão cedo Lili não pode voltar ao Brasil: ela seqüestrou o embaixador dos Estados Unidos, Mr. Elbrick[2]. Está condenada — à revelia — a 29 anos de prisão. Saudades também de Paris. Recordações de Ipanema. Bebemos vinho, comemos pão e queijo. Ela inicia um discurso memorável, do qual só guardei estilhaços. Assim:

— Tem sentido? Faz algum sentido eu estar aqui? Afinal de contas, nasci no Rio de Janeiro, cresci lá... E agora estou aqui com os dedos cheios de espinhos, as mãos cheias de calos, cuidando de cabras... Me diga, isto faz algum sentido?

— Consulte o I Ching — respondo eu. — Mas tudo indica que você se encontrou com o seu destino — que tudo aquilo, o Rio de Janeiro, Paris,

[2]Na verdade ela teve envolvimento indireto.

a vida mansa de garota rica, as aventuras amorosas, parece que tudo aquilo nada mais era que a preparação deste seu encontro com a terra, neste cenário de bosques e campos, ao pé das montanhas azuis de Cévennes...

19 h — Chega um rapaz da vizinhança, de profissão guitarrista, que vive com uma jovem que produz e vende camisas *batik*. Ele veio especialmente para amassar o trigo e o fermento que irão amanhã ao forno: eis aqui o pão nosso de cada dia, o verdadeiro, aquele que se deve ganhar com o suor de nosso rosto.

20 h — No fogão, preparando a comida dos cachorros.

21 h — Preparando o nosso próprio jantar: abobrinha recheada.

21h30min — Novamente ordenhar as cabras.

22 h — Jantamos em *tête-à-tête*. Eu me sinto profundamente calmo.

23 h — Hora de recolher. Antes disso, Lili toma um banho. Aqui não temos latrina; fazem-se as coisas no mato, "atrás daquele murinho". Mas há uma banheira enorme e um bidê do tipo francês — isto é, sem o chuveirinho. Há água quente e fria, porque, com a aproximação do outono, já caiu uma boa chuvarada. (Lili se refere à chuva com alegria juvenil: "Que bom! Nós agora vamos ter *champignons*!") No verão, porém, foi desenhado na porta do banheiro este aviso aos visitantes que, como eu, chegam de improviso e se instalam, esperando um *séjour* confortável como se estivessem em Paris:

"L'eau est de l'or. Fermé à cause de la secherèsse. Bains transferés au Ribou. W.C. derrière les écuries . Àgua é ouro. Fechado por causa da seca. Banhos transferidos para o *Ribou* — que é o nome de uma outra casa. W.C. atrás do estábulo — ou seja, "atrás daquele murinho..."

No sábado, acordo às 13 horas e encontro outro bilhete:

"Bom dia! A coalhada está na geladeira, o café é só esquentar (põe o fogo baixinho pra não ferver) e eu estou com as cabras no mesmo lugar de ontem."

Assim vive Lili, dia e noite, há três anos já. Assim viveria eu, se tivesse coragem de trocar o tumulto das grandes cidades pela árdua e sumamente gratificante comunicação com a natureza.

Chega sempre um momento, numa viagem, em que não se sabe para onde ir. Mesmo aqueles que estão indo a um lugar preciso são tentados, num momento qualquer, a descer de olhos fechados na primeira estação. A viagem nos põe em liberdade; podemos desaparecer no meio do caminho. Disse isto a Lili, acrescentando que numa altura destas eu poderia abrir a Bíblia ao acaso, como fazem certos cristãos, mas preferia consultar o I Ching. Ela abriu sobre a mesa o *Livro das Transformações* (I Ching), e eu por seis vezes lancei sobre a mesa três moedinhas de 10 *centimes*, enquanto ela com papel e caneta desenhava o traço correspondente a cada lance. (Com três moedinhas, o Acaso não vai muito longe: dá três coroas ou três caras, duas caras e uma coroa, duas coroas e uma cara, e assim por diante, esbarrando o Infinito no inexorável limite de seis lances.)

Esses traços formaram um hexagrama. Porém tal hexagrama se referia à disposição atual do meu carma, de modo que ela voltou ao livro, a fim de transformar as linhas quebradas do meu destino nos traços longos, íntegros, da transformação que me espera.

Aos leitores não familiarizados com esse jogo antiquíssimo, devo dar uma explicação bastante sucinta, já que não tenho tempo — e além disso somente a leitura do próprio I Ching, que é um sublime calhamaço, levaria alguém a compreender com clareza o que é que estamos falando. Na versão alemã de Richard Wilhelm, traduzida em francês por Étienne Perrot, o caso está assim resumido:

"Quando uma cartomante anuncia que em uma semana chegará uma carta importante da América, a única coisa que a cliente pode fazer é esperar que a carta chegue — ou não. O que se prediz, nesse caso, faz parte do destino, estando isento de significação moral. Mas desde que, na China, declarando-se insatisfeito com os signos que produzem o futuro, alguém se fez esta pergunta — Que devo fazer? — desde então, o livro da adivinhação se transformou em livro de sabedoria."

Dito isto, transcrevo sem comentários a mensagem contida na dança das minhas três moedinhas:

Hexagrama nº 27. *As comissuras dos lábios (a administração do alimento)*. No alto: *Ken* — A imobilização, a Montanha. Embaixo: *Tchen* — Aquele que Desperta, o Trovão.

Esse hexagrama é a imagem de uma boca aberta: no alto e embaixo, os traços firmes dos lábios, e entre eles a abertura da boca. Da imagem da boca, pela qual se tomam os alimentos, passamos à idéia do alimento em si mesmo. A administração do alimento é utilizada para representar, nos três traços inferiores, a alimentação de si mesmo e em especial a do corpo, e nos traços superiores ela representa a alimentação e a cultura dos outros no domínio superior — ou seja, do espírito.

Quando cuidamos de cultura e alimentação, é importante que nos ocupemos das pessoas que merecem esse cuidado, enquanto cuidamos de nos alimentar nós mesmos da maneira conveniente. Se queres conhecer a natureza de alguém, basta observar a quem ele dedica seus cuidados e qual parte de sua própria natureza ele cultiva e alimenta. A natureza nutre todos os seres. Por intermédio dos seres valorosos a quem nutre e protege, o grande homem cuida de todos os (outros) homens. A este respeito, diz Mencius: "Quando se quer saber se alguém tem ou não valor, basta observar qual parte de si mesmo ele considera particularmente importante. O corpo tem partes nobres e parte vis; há partes importantes e partes secundárias. Não se deve prejudicar o que é importante por amor ao que é secundário, nem o que é nobre por amor ao que é vil. Aquele que cultiva as partes vis de seu ser é um homem vil. Aquele que cultiva as partes nobres de seu ser é um homem nobre."

"A divindade faz sua aparição no trigrama daquele que desperta." Quando, na primavera, as forças vitais recomeçam o seu movimento, todos os seres nascem de novo. "Ela (a divindade) se completa no trigrama da imobilização." Também no início da primavera, quando as sementes são lançadas na terra, todas as coisas estão preparadas. Aqui temos o modelo da administração dos alimentos por meio do movimento e da tranqüilidade. O sábio vê nisso o modelo a seguir na alimentação e cultura de seu caráter. As palavras são um movimento que vai do interior para o exterior. Comer e beber são um movimento que vai do exterior para o interior. Essas duas espécies de movimentos podem ser temperados pela tranqüilidade. A tranqüilidade faz com que as palavras que saem da boca não ultrapassem a medida, e que o alimento que entra na boca não ultrapasse a medida. É assim que se cultiva o caráter.

Às 4 horas da tarde, domingo, continuava a chover pesadamente. Então Lili, vestindo um capote, montou seu *velomoteur* e desceu a montanha.

Em Saint Hipolythe du-Fort há dois táxis, ambos de último modelo e um deles poderia vir buscar-me aqui, onde me encontro com uma bagagem muito pesada. Em Saint Hipolythe, finalmente, eu pegaria o ônibus que três vezes por dia transporta a Nimes os passageiros dos diversos trens que por ali passam.

Pouco tempo depois, Lili reapareceu no topo da ladeira que conduz à sua casa, e lá de cima já me veio anunciando uma triste notícia.

— Os *pompistes* estão em greve — disse. — Os dois choferes da cidade viajaram para Lauzèrre, à procura de gasolina.

Os *pompistes* exploram postos de gasolina solitários, geralmente instalados à beira das auto-estradas. A crise começou por causa de um supermercado de Montpellier. Esse estabelecimento procedeu a uma baixa relativamente importante do preço da gasolina, oferecendo um abatimento de 15 *centimes* por litro, quando até então a vantagem era de apenas seis *centimes* em todos os outros supermercados. Imediatamente, as grandes lojas da capital do Hérault tomaram medida idêntica. Nesse momento, os *pompistes* reagiram, lançando uma ordem de greve e organizando piquetes para controlar as saídas de todos os depósitos onde os caminhões-pipas vão se reabastecer. A greve se alastrou com surpreendente rapidez por toda esta região do Midi, onde me encontro.

Lili e eu decidimos que diante de um copo de *rouge* eu poderia resolver calmamente o problema. Seguiria na chuva? Esperaria que a chuva passasse? Contaria com um desfecho rápido para a crise? Ou ficaria aqui por toda a minha vida, aprendendo a cuidar de cabras, a plantar e colher batatas, tomates, alhos, abobrinha, pimentão e tantos outros legumes que nesta terra fértil, negra, macia, dão sempre em grande quantidade? Poderia dar uma pirueta na minha vida, iniciando nesta altura uma atividade que nunca antes me seduzira, mas que agora me parecia fascinante? Poderia ainda enviar ao público brasileiro um relato minucioso do meu cotidiano de *paysan*, e quem sabe isso não seria bem mais interessante do que o *récit de voyage* que venho fazendo ultimamente, e que tem me escapado das mãos com lamentável regularidade...

Venceu finalmente o dever representado pelos compromissos que me esperam em Paris e outros lugares. Peguei minha bagagem e, já a caminho da estrada, gritei simplesmente Lili, que me dava adeus da porta do seu casarão do século XI.

— *Ciao*, pastorinha! *Ciao*! Não me esquecerei de você.

A descida foi dura, com várias paradas para descansar as mãos. Eu vestia um capote Pierre Cardin azul-maoísta, fechado por 17 botões e lançado no mercado para aproveitar as inclinações de elegância dos parisienses de 1968, quando eram todos ultra-esquerdistas. Não sendo impermeável, a chuva logo me encharcou; mas a chuvarada de setembro, prenúncio de um outono favorável à produção do campo, é tépida, e nos transmite uma espécie de alegria juvenil. Cheguei cansado a Saint-Hipolythe, mas orgulhoso por ter tido coragem de empreender aquela caminhada. Do ônibus, que não perdi por uma questão de dois minutos, pulei ao trem, e na manhã seguinte estava de novo em Paris, no Hotel Prince. Madame Huttepain, a *concierge*, uma senhora com cabelos negros e lisos esticados em coque, foi logo me perguntando que espécie de casaco era aquele. Expliquei-lhe que era um autêntico Cardin.

— Pode ser Cardin — disse ela —, mas é *moche*.

— *Pardon?*

— Pode ser Cardin, mas é *moche*. O senhor está parecendo um lixeiro.

Voilá... Eu que esperava estar elegantíssimo, na verdade me mostrava tão-somente *moche* — quer dizer, feio pra burro.

“Montparnasse-Bienvenüe”

Um homem muito bem vestido, com um casquete enxadrezado à cabeça, está na mesa ao meu lado, no Le Select, e bebe, como eu, um *ballon de blanc sec*. Nos cafés de Paris, a comunicação entre as pessoas não apresenta dificuldades. Alguém lhe pede o isqueiro para acender o cigarro; outro lhe pergunta, com delicadeza, se lhe pode ser emprestado o *Le Monde*, para folhear, enquanto você está mergulhado num artigo do *Nouvel Observateur*. Essas pequenas aproximações quase sempre conduzem a uma longa conversa vadia entre pessoas de ambos os sexos e de diferentes nacionalidades.

Meu vizinho de mesa, hoje, ao fechar o jornal, me perguntou:

— Será que não há mais artistas em Montparnasse?

— Se há artistas em Paris, devem estar espalhados pelos *quartiers*.

— A cidade cresce — disse ele —, como a continuar meu pensamento. — A cidade cresce, torna-se selvagem, há multidões nas ruas, o que torna às vezes sufocante caminhar em Paris.

— *Vous êtes peut-être un artiste-peintre?*

— *Non. Je suis suisse.*[1]

Ele não me havia escutado direito, de modo que sua resposta resultara num lance de humor involuntário. Nós rimos. E como os suíços não riem assim abertamente, ele achou que nós devíamos pedir outro *blanc sec*. Fomos bebericando. Ele agora desatava suas recordações.

— Vinte anos atrás, quando eu morava aqui, havia mais calor humano. Os artistas reuniam no Dôme, no Le Select, algumas vezes no La

[1] "Você é artista-pintor?" "Não. Sou suíço"

Coupole. Eram artistas de talento, que trabalhavam arduamente, mas nenhum deles tinha onde cair morto. Havia *ateliers* espalhados por todas essas ruas transversais do Boulevard. Os garçons aceitavam o estado de miserabilidade desses freqüentadores; deixavam que eles passassem uma noite inteira bebendo apenas um cafezinho. Muitas vezes, um garçom, discretamente, passava uma nota de 10 francos ao pobre-diabo de talento que, visivelmente, não comia nada sólido nos últimos três dias. Quando um deles adoecia, nós fazíamos uma vaquinha, para lhe garantir o hospital; e também, se algum morria, a gente se cotizava para lhe dar um enterro decente. Era uma comunidade solidária, bastante bela. "De vez em quando, a gente ia à forra. Chegavam milionários e perguntavam por tal ou tal pintor. A fama desse já havia chegado ao seu país de origem e o milionário desejava passar ao menos uma noite em companhia de um pintor de futuro garantido. Comprava-lhe alguns quadros e combinava o jantar num restaurante de três estrelas. O convidado dizia prontamente: 'Esse convite me desvanece... Mas eu tenho em meu *atelier* duas modelos, garotas lindas e agradáveis, que trabalham de graça porque crêem na minha arte e sabem que algum dia eu pagarei o que elas merecem. Será que a gente podia convidá-las também?' 'Mas é claro... Assim a noite ficará ainda mais interessante...' Desta forma lá iam os três famintos ao encontro de um *repas* inesquecível. "Isso acontecia quase todas as noites no Dôme. Nesses dias eu morava com Modigliani, ali na Rue Delambre, e no térreo habitava um escultor turco que fazia objetos bem interessantes. (Todo escultor deve habitar no térreo, pois a pedra pesa...)"

— Me diga uma coisa — interrompi. — Por que você não escreve um livro recordando esses tempos?

— Mas eu? Escrever um livro? Ora, nunca fui escritor e deixei de ser artista há muitos anos, quando troquei a boêmia de Montparnasse e fui trabalhar, como construtor, na Côte d'Azur. Passei anos lá, construindo aquilo. Depois voltei a Berna, minha cidade, e agora, que sou um homem aposentado, vim ver como anda o Montparnasse de minha juventude.

— Eu tenho até um título para você.

— Qual?

— *Montparnasse-Bienvenüe.*

— Ah, mas é bom mesmo. Sendo assim, quando chegar a Berna, vou começar a arrumar as minhas recordações. Não me custa nada, na verdade: são coisas que vivi.

Ele teve que partir, lamentando que não pudesse ficar mais tempo, mas na noite seguinte estava sentado a meu lado, diante de um *blanc sec*, e queria continuar falando do tal livro que deveria escrever. Quando surgiram Alécio e mais alguns brasileiros, apresentei-os assim:

— Estes aqui são amigos meus do Brasil... E aquele ali é... o meu suíço!

O meu suíço sorriu feliz. Já não estava só em Montparnasse.

Dois problemas

Há aqui um problema que está em todas as bocas: o *chômage*, o desemprego em massa. Como tal problema não tem solução à vista — e dizem que por causa disso a França pode explodir, como em maio de 1968 — o governo decidiu pagar, durante um ano, 90% do salário do trabalhador desempregado. A conseqüência é que ao medo veio juntar-se a humilhação. Quem tem uma ocupação tem medo de ser mandado embora a qualquer momento; e quem já é *chômeur*, mesmo bem pago, se sente diminuído em casa, como aquele veterano chofer, entregador de cargas no centro e na periferia de Paris, que tinha vergonha de confessar à filha de 16 anos: "Seu pai doravante é um desocupado." Ao mesmo tempo, milhões de jovens que alcançam a idade útil vão encontrar fechado o mercado de trabalho. Tal é a situação na França: medo de perder o que se tem, humilhação por ter perdido aquilo que se tinha e desilusão por não poder conseguir aquilo a que se teria direito.

Enquanto isso, Simone Viel, Ministra da Saúde, lança uma campanha a longo prazo contra o consumo do tabaco. Só no ano passado, os franceses fumaram quase 80 bilhões de cigarros.

Em apoio à decisão da Sra. Viel, o Dr. Pierre Fourquet descreve o comportamento do fumante inveterado e alinha algumas das conseqüências malsãs que o vício lhe traz:

— Em meio a inumerável multidão de fumantes, os verdadeiros, aqueles que respiram profundamente, adotam um comportamento toxicomaníaco em pequena escala, é certo, mas autêntico. Apanhados na armadilha da dependência, não podem mais mudar suas atitudes: queixas, lamentações diante da servidão bem-amada, seguindo-se a manifestação de estados patológicos. Cuidei de um colega que queimava compulsivamente 90 cigarros por dia. Resultado: insônia, anoxeria, nervosismo, falhas de memória...

A Federação dos Plantadores de Tabaco, naturalmente, não crê que o consumo de cigarros seja assim calamitoso. E se justifica:

— Acontece com o tabaco o mesmo que com o vinho. Só o excesso pode ser nocivo. Não acreditamos que o consumo moderado seja prejudicial. Além disso, o tabaco será mais perigoso que o barulho e a fumaça nas grandes cidades? De modo algum. Por que haveremos de suprimir o que é também uma distração, um derivativo? Tudo indica que essa campanha antitabaco nada mais é que uma tentativa de desviar a atenção dos verdadeiros problemas da hora atual.

Curioso é que a campanha de Madame Viel prevê a proibição de fumar em todos os lugares públicos, menos nas fábricas, nas casernas e... nos ginásios (liceus). Nos ginásios, meninos e meninas começam a fumar aos 12 anos. O cigarro é a única conquista que lhes resta da revolução de maio de 1968.

Tal é o quadro. Quanto a mim, vou jantar com amigos no La Mangeoire, um restaurante acolhedor que fica na esquina de Rue Pernety com Rue Didot. Pedirei uma salada à Niçoise, depois um *steak grillé* com batatas fritas, o todo acompanhado de um Beaujolais Village. Para terminar — não abro mão — um café *express* bem quente e um cálice de Grand Marnier. Entre goles de café e de licor, lá irei saboreando não apenas um, mas dois, três *Gauloises* seguidos... Ora bolas! Se os meninos do ginásio podem, eu vou ficar aqui roendo as unhas?

Com Marie-Paule

Na minha lerdeza proverbial, só hoje, depois de não sei quantos dias de viagem, acordo e me sinto na Europa. Estou aqui. Desço para a Avenue Bosquet e dou de cara com a Paris grisalha, de árvores alvoroçadas por um vento rápido e frio, na qual prefiro andar. Entro no Petit Café, um barzinho administrado por marido e mulher, que praticamente só funciona de meio-dia às duas da tarde. É quando aqui almoçam as bancárias, os pequenos comerciários, os viajantes que chegam do interior da França com suas famílias. Peço ovos fritos com presunto, pão e cerveja. Leio *Le Figaro*. Pago, vou ao Credit Lyonnais trocar dinheiro americano por dinheiro holandês, depois entro no Prisunic, um supermercado que tem tudo o que se possa imaginar em matéria de utilidades domésticas. Compro uns *slips*, uns pares de meia. Voltando ao hotel, jogo na banheira as roupas sujas, abro a água quente, despejo nelas um bocado de Solilaine — *que lave en douceur laine et textiles délicats*. Em poucas horas a roupa estará limpa e enxuta, eu a arrumarei na mala e estarei pronto para seguir rumo a Amsterdã.

Seguindo o movimento da multidão, atravesso os corredores do metrô École Militaire, entro no trem, desço em Concorde, desvio para Montparnasse e cá estou, iniciando uma caminhada pelos grandes bulevares. Sento numa das mesas do Le Select, junto duma francesa jovem, de cabelos negros e curtos, rosto oval, que no momento lê *Les Temps Modernes*. Já nos conhecemos de vista: ela vem sempre aqui e eu também. Desta vez, ela fecha o livro e puxa conversa. Chama-se Marie-Paule. Trabalha em televisão como produtora de filmes (escolha de ambientes, controles dos extras etc.). Observa que estou queimado de sol, e graceja:

— Você desapareceu uns dias, e quando voltou pensei: "Aquele brasileiro deve ter apanhado um avião, deve ter descido no Rio, deve ter tomado uns banhos de sol em Copacabana, e agora está aqui de novo, com sua pele de verão"...

— É o sol das montanhas — explico. — Venho das Cévennes, onde há ainda uns dias límpidos e cálidos.

O garçom me traz um *blanc sec* e Marie-Paule bebe café. Pela vidraça observamos o movimento no Boulevard. Ela quer saber — e eu? O que faço?

— Bem... Faço o meu *récit de voyage*, como dizem os franceses. Mas não tem saído bom não. Venho recebendo cartas, de amigos do peito, bastante cautelosas. Na verdade só agora as minhas impressões se cristalizam — e por isso, talvez, só agora eu possa ruminá-las à minha maneira, isto é, colocando no centro dos acontecimentos um personagem que inventei, e que se chama Carlinhos Oliveira... Há também o problema de certas aventuras que mesmo o Carlinhos Oliveira não pode descrever descuidadamente...

— Você pratica então uma espécie de autocensura? *Là-bas*, no Brasil, vocês ainda não chegaram à permissividade total, como nós aqui na França?

— Bem, a permissividade, lá, vem ainda embrulhada em papel plástico, mas mesmo assim há filmes, ditos pornochanchadas, que chegam à beira do escândalo audiovisual... Não se trata disso. Meu caso é que outro dia estive na Rue Saint-Denis, em visita aos *porno-shops* e achei que para descrever aquilo era preciso mostrar-se um tanto moralista. Só depois me lembrei que o mundo ficou tão pequeno que em Ipanema, onde moro, diversas moças de família fazem coleções de álbuns pornográficos dinamarqueses, e de falos movidos a pilha, e de chicotes, e de máscaras, enfim, de toda a parafernália necessária a uma noite de dilaceramento erótico.

— Você se sentiu anacrônico, *alors*...

— Justamente... Perdi a oportunidade de mostrar Carlinhos Oliveira em pleno comércio amoroso *avec une jolie poupée aux chouettes parechocs* (uma linda boneca com seios monumentais)... Ela usa botas negras que vão aos joelhos, e não tira as botas em hipótese alguma...

— Sempre foi assim — diz Marie-Paule. — *Les gens du milieu* (a turma do *bas-fond*) têm mesmo uma espécie de princípio, que diz assim: "*Un turf sérieux doit goder que pour son homme*" (traduzindo do *argot*: "Uma verdadeira cortesã só deve sentir prazer com seu gigolô").

— Enfim... *C'est la vie*... Vou partir. Devo passar a tarde no Louvre e de noite alguém me espera no Bois de Boulogne.

— No Bois de Boulogne? — surpreendeu-se, rindo, a gentil Marie-Paule. — Quer dizer que você vai encontrar um travesti?

Fico sabendo, então, que no Bois de Boulogne há uma chusma de travestis fazendo o *trottoir*.

— Não — digo eu. — Não faz meu gênero. *Au revoir*, Marie-Paule.

Argot sem mestre

La Methode à Mimile — delicioso livro de bolso escrito por Alphonse Boudard e Luc Etienne, que nos ensina "a falar em pouco tempo um *argot* corrente e natural, indispensável aos estrangeiros que querem conhecer a língua de Paris, e também às pessoas distintas que desejem exprimir-se em termos vulgares". Tal aprendizado, dizem os autores, apresenta, entre outras, as seguintes vantagens: alargamento do círculo de relações sociais ou amorosas; desembaraço e mesmo desenvoltura em todos os meios (o fato de saber *argot* não impede, absolutamente, que você volte ao francês correto, em caso de necessidade); possibilidade, para aqueles que pretendem ganhar a vida ilegalmente (por dolo, escroqueria, chantagem, roubo qualificado ou não, proxenetismo, prostituição, etc.), de encontrar os cúmplices ou o material necessário, de ganhar dinheiro com o produto de seu trabalho — e, na hipótese infeliz de que tais exercícios os conduzam à prisão, de nela se comportar honradamente, sem se fazer notar; mais fácil compreensão dos romances, dramas, filmes policiais e autobiografias de presidiários; e, para coroar tudo isso, uma exaltante sensação de liberação!

Trata-se, pois, de uma obra edificante, na qual se podem surpreender exemplos da psicologia marginal, de seu senso poético e senso de humor, conforme nos mostram as quatro lições — entre as poucas publicáveis do começo ao fim — que ofereço hoje aos leitores:

Exercício — Fico melancólico ao pensar que nunca mais verei aquela bonita garota que conheci nas grandes lojas A la Samaritaine, pois não sei sequer seu nome, nem seu endereço, e além disso ela não compareceu ao encontro que marcamos...

Surdez — Num trem, um americano mastiga conscienciosamente seu chicle. A velha senhora que viaja em frente o observa com extrema atenção. Depois, indicando suas próprias orelhas: "Não adianta falar comigo, senhor, eu sou completamente surda, não compreendo nada do que o senhor me diz..."

Ao trabalho — O operário se levanta às cinco horas da manhã para se dirigir imediatamente ao trabalho. Só tem tempo de vestir as meias, a cueca, as calças, a camisa, e calçar os sapatos. Ele toma um café no balcão do bar situado ao rés-do-chão da casa em que mora, enquanto o garçom ainda está limpando as mesas. "O presidente-diretor-geral está à sua espera; ande depressa, *monsieur* Albert! Se você chegar atrasado, ele certamente não o submeterá a odiosas violências físicas, mas no dia do pagamento não lhe dará nenhuma gratificação — o celerado! Você receberá mil ou 2 mil francos a menos, e terá que ficar calado. Pois se você protestar, se arrisca a ser imediatamente demitido. Ora, ser *chômeur* (estar desempregado) é uma porta aberta à tentação de fazer o mal — por exemplo, mandando sua esposa negociar seus encantos no Boulevard Sebastopol. Se ela não for muito feia, muito gorda, muito velha, de aspecto por demais miserável — então você poderá, assim, restabelecer sua situação financeira. Caso contrário: é preferível pegar novamente sua marmita e ir direto ao trabalho..."

O alemão — Um alemão zanzava no *quartier* de Champs-Elysées, quando abordou um de meus amigos: "Perdão, senhor, pode me dizer onde fica a Rue du Petit-Jésus?" A Rue du Petit-Jésus, disse meu amigo, não, não sei não. "Se não for a Rue du Petit-Jésus, ponderou o outro, pode ser uma que tenha um nome análogo. Sabe onde fica?" Meu amigo começa a ficar chateado: — Mas já lhe disse que não sei, *bon Dieu!* "Bon Dieu! É isso mesmo! Oh, muito obrigado, senhor. É a Rue de Ponthieu!"

Vinheta

Não entendo mais nada. Eu devia escrever hoje sobre a minha velha adorável, que me encontrou num barzinho e disse tudo o que lhe ia na alma. Mas o Alécio Andrade acaba de fazer comigo uma anedota de Hemingway, e não posso deixar de transcrevê-la. Imaginem que eu estava dormindo, sonhando com mamãe, e mamãe me dizia que era preciso comer. Eu ia comendo, então, aquele pão com manteiga, por ordem de mamãe, quando toca o telefone e é o Alécio.

— Alô?

— Alô.

— É você?

— Sou eu.

— Estou telefonando para avisar que não posso telefonar... Tenho muito trabalho hoje, o dia inteiro... A gente se encontra de noite no Le Select... Chau.

Consultei o relógio... Meu relógio tem também uma história. É um relógio da Verinha, que achei bonito e ela me deu. Botei no pulso e me mandei pelo mundo. Assim, quando Alécio me telefonou, perguntei:

— Meu querido amigo, que horas são, em que dia da semana, do mês, do ano, do século, e em qual país?

Ele respondeu:

— Estamos numa quarta-feira, em Paris, você morando no Hôtel Prince, o outono ainda não chegou, e qualquer dia desses a gente se encontra...

— Mas Alécio, eu devia estar em Londres!

— Isso não é problema meu. Chau.

— Mas Alécio, são 10 horas da manhã!

— Não tenho nada a ver com isso. Chau.

E desligou.

Deitei-me assim como estava, todo paramentado para receber a hóstia. E me lembrei que era essa uma história de Hemingway. Hemingway acordou em Madri, um dia qualquer, e viu dois homens que o olhavam respeitosamente. O diálogo foi assim:

— Quem são vocês?

— Nós somos o repórter e o fotógrafo que telefonamos a você ontem à noite, marcando uma reportagem. Você combinou que ia chegar bêbado. E que nós poderíamos pegar a chave e entrar no seu quarto, e que então nós ficaríamos esperando que você acordasse. E é isso que estamos fazendo.

— Oh! — disse Hemingway. — Então estamos em Madri?

— Justamente.

— Em que dia do mês?

— Quatro de julho de 1952.

— Em que dia da semana?

— Terça-feira.

— Oh! Então vamos tomar um uísque imediatamente!

Duas cidades

Chegando a Paris numa tarde azul, Caracol e Dubonnet se dispersaram. Dubonnet instalou-se no Hotel Delambre, na rua do mesmo nome, por trás do Boulevard de Montparnasse. Escovou os dentes, lavou a cara, penteou os cabelos e desceu para o Select. Sentou-se na varanda envidraçada, no lugar habitual, e não precisou estalar os dedos para que o garçom ruivo, sardento, de olho azul, lhe trouxesse um *ballon de blanc sec*. Era um Muscadet de sabor triscante. A tarde estava realmente magnífica, ele tirou o capote e pegou o *Le Monde* que alguém deixara numa cadeira. O Presidente Giscard d'Estaing, com a esposa, estava em Moscou. A imprensa soviética divulgava artigos de crítica contundente à liberdade de imprensa tal como entendida e praticada na França. Referia-se especialmente ao conteúdo do *Charlie-Hebdo*, um semanário humorístico que não respeita nada, mas nada mesmo. Não respeita Giscard, não respeita seus ministros, não respeita o Papa — por que iria, então, tratar circunspectamente os senhores do Kremlim? Os soviéticos insinuavam que o Governo francês deveria reprimir essa manifestação desbordante de irreverência, e *Le Monde* retrucava: "Eles" ignoram que em França tal repressão seria inconcebível.

De fato, uma revista como o *Charlie* só escandaliza os obscurantistas, aqueles que controlam ditatorialmente o fluxo de informações, idéias e opiniões, e aqueles que gostariam de agir da mesma forma. Os "liberais" (não há outra palavra, no caso) tomam conhecimento da informação, tomam atitude diante da idéia e da opinião, e rolam de rir no meio da sátira feroz que não respeita nada e ninguém. Além disso, o *Pravda*, controlado pelo governo, e cuja sisudez é a ração cotidiana de tédio do cidadão moscovita, quando se intromete no senso de humor alheio está descaradamente se imiscuindo nos assuntos internos de outra nação.

Hoje em dia a Europa Ocidental, como os Estados Unidos, procura valorizar o indivíduo em sua singularidade. Não é fácil consegui-lo, e nem os resultados são sempre agradáveis, como se vê na explosão da pornografia grossa; mas depois de tantos séculos de interdições e tabus, vocês esperavam que saísse o quê dos primeiros porões abertos?

A nostalgia da pureza já se manifesta na juventude fascinada pela experiência chinesa. Os jovens não vão aos filmes pornográficos; só os cinqüentões, muitas vezes com suas digníssimas esposas, e de mãos dadas como namorados que se reencontram. E também os viajantes que chegam dos países nos quais a opinião e a expressão artística estão submetidas a uma censura severa e arbitrária.

Era aquele o último dia de Dubonnet em Paris. Entre uma andança e outra, ele havia parado sempre no Hotel Prince, 66 Avenue Bosquet, onde habitava um quarto amplo, com banheiro. A *concierge*, Madame Huttepain, tornara-se sua amiga. É uma senhora de seus 40 anos, com cabelos negros puxados em coque, o que lhe dá um ar de espanhola. Tudo o que Madame Huttepain sabe do Brasil é que lá se fazem bonitos chapéus.

Ao voltar da Alemanha, com Caracol, Dubonnet decidira pernoitar no Hotel Delambre, porque não teria coragem de despedir-se para sempre de Madame Huttepain.

— Sinal certo — observou Caracol — de que mais uma vez esta cidade te pegou pelo pé. Basta que você fique mais duas semanas aqui que nunca mais conseguirá sair.

Adeus às armas

— Alô? É o Dubonnet?

— Ele mesmo.

A voz vinha fatigada do continente europeu. Percebi pela qualidade da voz que Dubonnet estava deitado numa cama desconhecida, num quarto perfumado de mulher liberada, provavelmente (ela, a mulher) cursando o Institut de Hautes Études Cinématographiques (IDHEC), em Paris. Momentos antes eu havia examinado o *Plan du Centre de Paris a Vol d'Oiseau*, que se ergue dominador numa parede da minha sala de visitas, à procura de uma sugestão telepática sobre as andanças de Dubonnet naquela cidade que ele ama perdidamente. Animal da Rive Gauche, Dubonnet faz sua presença periódica no Le Select, em Montparnasse — aparecendo, sentado, comandando um *blanc sec* e demonstrando desta forma estar vivo e gozando boa saúde. No momento seguinte pode estar em Brugges (cujo carrilhão marca horas de ouro), em Nancy (ruas geladas às sete da matina), em Dover (as gaivotas descem aduncas da falésia de baunilha) ou nos braços de Yvette, a respeitosa de botas de couro negras que faz o *trottoir* na Rue Quincampoix.

Imprevisível, neurótico, exilado de si mesmo, Dubonnet não está em toda parte, e sim em parte nenhuma. Ele viajou em 1963, e depois disso fez uma única e rápida aparição aqui no Rio, creio que em 1975, no rastro de Alécio de Andrade que vinha visitar um amigo doente, seguindo comigo (o Alécio, não Dubonnet) para Buenos Aires. Quando voltamos a Ipanema, Dubonnet já era tão-só um cartão-postal anunciando sua existência cabal, mediante o comparecimento ao Le Select, onde pede um *blanc sec*, estuda o *Le Monde*, namora essas mulheres liberadas em cujas mansardas acorda estupefato e glabro... Uma dessas mulheres que lhe dão guarida hoje, agora, numa água-furtada rescendendo a Bandit e decorada com posters (estranhamente *belle époque*) de *Che* Guevara com a estrelinha na boina, Sartre acendendo o cachimbo com um pau de fósforo, os Beatles atravessando a faixa de pedestres de uma rua londrina.

Nesses anos todos em que vivemos sob a pressão do AI-5, viajei em pensamento pelos caminhos da liberdade individual ampla e irrestrita, compondo crônicas tiradas de cartões-postais, cartas, telegramas, telefonemas, recortes de jornal enviados de Paris ou Saigon (ou Tel Aviv ou Frankfurt) pelos dois grandes andarilhos internacionais, nascidos no Brasil com dupla nacionalidade: José Dubonnet, mãe carioca e pai parisiense, e Jean-Paul Lagarride, cuja mãe nasceu em Marselha e o pai na Baixa do Sapateiro. Lagarride, correspondente em todos os *fronts* de guerra e armistício, nos últimos 25 anos, não sei onde se encontra no momento; talvez em Beirute, embora não tenha mais emprego fixo. É que ele gosta mesmo de viver debaixo de bombardeios imprevistos. Quanto a Dubonnet, vocês sabem, acabo de localizá-lo por telefone num *studio*, em Montparnasse, na Rue Vavin.

— Como vai a França?

— Ai, a França. Faz um frio desesperador. Em Moscou está pior.

— Não se preocupe com Moscou. Se quando houve a abertura kruscheviana, Ilia Erehnburg escreveu *O Degelo*, certamente haverá agora um romancista capaz de descrever o endurecimento do regime, provocado pela monumental virada ideológica da China. Essa narrativa se chamará *O Congelamento*. Tudo bem, a natureza imita a arte. Mas, justamente, estou telefonando para lhe dizer que nunca mais falarei em política.

— Que notícia agradável! Há anos que não me chega nada tão simpático do Brasil.

— Pois é. Digo adeus ao desgaste, à incompreensão, ao medo, à revolta cotidiana, e me entrego de corpo inteiro às minhas paixões verdadeiras. Quem quiser que lute agora pelas liberdades que nos faltam, inclusive a liberdade para os comunistas, que não podem continuar escondidos, escamoteados ao grande debate planetário desencadeado por Deng Xiao-Ping. Quem quiser que lute por isso. Eu cansei, fiz a minha parte (bem ou mal, não importa). Agora, quero viajar, perder países, enfrentar Machado de Assis e Marques Rebelo no campeonato das belas letras... Quero voltar a ser um simples vaga-lume!

— Desde que brilhe com sua luz própria, não se sentirá humilhado pelas constelações.

— Sim, um vaga-lume circunscrito à sua própria luz, solitário e alegre. A caminhada do homem absurdo, bruscamente desviado de seu curso... Ele agora volta a andar no seu caminho, tendo por divisa um valente propósito de James Joyce: "A História é um pesadelo do qual me esforço por escapar."

— *Si courte soit ma vie, il m'en arrivera, au moins, de mourir!* — exclamou Dubonnet, repetindo Maurice Merleau-Ponty. Não sei como se traduz isso. Talvez assim: "Por mais curta que seja a minha vida, uma coisa ninguém me tira: vou morrer." Ah, mas também não quero falar em morte...

Lá vou eu

O passaporte agora está jeitoso, no formato e tamanho da carteira profissional. O antigo quadrado e comprido, só cabia no sobretudo; era feio e magrelo. O talão de passagens me dá direito a estranhos vôos sobre o Atlântico e a Europa: vai quicando em quatro cidades-chave. Parece itinerário de terrorista japonês a serviço da OLP. Mas voarei sem continuidade; tenho alguns projetos de observação e estudo e prefiro cumpri-los de trem. Quando estiver de regresso, aí sim, me darei ao luxo de um giro turístico pelas cidades a que tenho direito de ir de avião.

Andei relembrando, em vinhetas despretensiosas, minha primeira viagem a Paris em 1963. Ao mesmo tempo, providenciava os documentos indispensáveis à andança atual. Aquelas recordações foram úteis, porquanto serviram para desviar minha atenção dos problemas políticos brasileiros, que ocuparam minha consciência continuadamente por todo o ano passado e me transtornaram, envenenaram. Não quero mais falar, nunca mais quero falar de política brasileira. Os personagens que nela se movimentam são toscos, mesquinhos, incapazes de discernir o futuro da pátria acima e além de suas pequeninas cobiças, seus nojentos rancores, sua vaidade de travesti em baile de carnaval. Trabalhando esse material vil, sujei minhas mãos e meu espírito. Tratarei agora de tomar um banho de arte imortal, e de idéias olímpicas.

Levo uma mala cheia, uma grande mala de couro cor de abóbora recheada de roupas; usarei todas ao mesmo tempo, a fim de sobreviver ao rigoroso inverno sob o qual a velha Europa se arrasta encaramelada e alva, soprando fumaça gelada pela boca, as estradas de neve atoladas de carros. Depois que me recuperei de minhas doenças imaginárias, tive uns dias para bronzear o corpo ao sol, porém o sol não deu o ar de sua graça. Por isso chegarei lá tão pálido, magro e de olhar mortiço. Ninguém acreditará, examinando meu passaporte, que venho do país do verão permanente.

Levo um propósito pessoal extravagante: o de aposentar Carlinhos Oliveira. Esse meu duplo, que tantas estripulias andou fazendo em meu nome, será definitivamente riscado da minha biografia. Ignoro o que seja idade da razão, mas estou maduro e ansioso por me tornar um escritor respeitável, não mais aquele andarilho moleque, atrevido e frívolo que representei tanto tempo e com notório êxito.

Por falar nisso, o telefone tocou e veio do outro lado a voz agradável, rouca, de João Condé. O generoso e incansável João Condé, o homem dos arquivos implacáveis, irmão do José que também era meu amigo e de cuja grandeza de ficcionista só me compenetrei depois que ele havia morrido; e irmão também do Dr. Elísio, editor imperturbável do *Jornal de Letras*, bravo e maníaco editor do *Jornal de Letras*, que sabe Deus como, sobrevive à massificação e conseqüente aviltamento da atividade literária neste país; o Dr. Elísio Condé, que me tratou de graça, com desvelo e competência, de uma doença de jovem muito chegado aos embates amorosos com mulheres nem sempre "de boa família"... O João Condé gostou de minhas crônicas sobre antigas viagens e queria mais. Não lhe darei isso, mas algo melhor (salvo seja): todas as crônicas de cotidiano que doravante chegarem da Europa com minha assinatura, serão construídas em forma de cartas ao João cordial Condé, e se não estiverem em forma de carta, fiquem os demais leitores cientes de que estarão dedicadas também a ele.

Levo comigo a Bíblia e Adélia Prado, vou ler na Bélgica *A Vida Vertiginosa de João do Rio*, do estimado Raymundo Magalhães Jr., e meia dúzia de outros volumes nem preciso dizer, são os meus autores de cabeceira: Drummond, Pessoa, Rubem Braga (sempre que estou sem alento, o Braga me impele ao trabalho) e etc. Ah, esquecia: Dalton Trevisan, cuja obra está a pedir um ensaio crítico, e já que ninguém o faz, assumirei eu essa responsabilidade. Trevisan é no momento o contista pleno, o mestre incomparável, e me espanta não tenha alguém, até agora, se debruçado com fervor em seu método e sua metafísica.

Não faço viagem turística. Não levo nem trago de volta badulaques. Levarei, contudo, o último disco de Chico Buarque e o último de Gal Costa, porque amigos meus ameaçaram romper relações comigo se não agisse assim. Aproveitando o embalo, entregarei também na Europa, a quem o merece, o disco em que Drummond diz seus poemas.

O avião já está esquentando os motores. Espero que alguns leitores, que me acompanham desde o primeiro dia no qual me improvisei cronista, obtenham alguma alegria dos relatos que enviarei do velho continente. Faço essa ressalva e formulo esse desejo porque, já informei, acabou-se o Carlinhos Oliveira e entra em cena agora um senhor pouco afeito a superficialidades. Pouco afeito inclusive a si mesmo: — sabem vocês que ainda não me acostumei a este *mim* novinho em folha que comigo se levantou da cama, após quase dois anos de imobilidade, sacos de água quente, antiespamósdicos, analgésicos e solidão? Pois é. Estou aprendendo a conviver com a minha personalidade de extração recente — sujeita, esta, só aos grandes defeitos e exposta a grandes riscos e imprevisíveis cometimentos. Estou bem; estou alegre; a vida é grave; até já, amigos!

O corcunda e a catedral

Cheguei um dia antes, 2 e não 3 de fevereiro, e cerca de cinco horas após o momento rotineiro de aterrissagem na rota Rio-Paris. E no entanto lá estava o Alécio de Andrade à minha espera, o fiel amigo, irmãos que somos de cromossomos idênticos, porém organizados, nessa identidade, mediante uma operação fantástica, visto sermos filhos de mães e pais diferentes. Alécio — com quem doravante não mais poderei brincar nestas crônicas, pois se tornou um fotógrafo de talento universalmente reconhecido, conforme minucioso relato que enviarei não demora, além do que vocês poderão verificar pessoalmente na exposição de suas fotos que deve inaugurar no Rio em abril. Lá estava então o Alécio, o sorriso angélico, os cabelos encaracolados em carneirinhos (sobrevivendo e se impondo à moda lançada por Maria Schneider em *O Último Tango em Paris*), o rosto de ginasiano que nunca se deixará torturar pelas vicissitudes de uma existência exposta às aventuras mais audazes e desconcertantes. Alécio, o intérprete de Bach, Chopin e Mozart que estaria em condições de nivelar-se com Nelson Freire e Arthur Moreira Lima, porém num piparote do destino volitivo — uma traição pouco relevante de sua estrutura neurótica, só ultimamente conscientizada e diluída — num piparote do destino, repito, decidiu-se por fotografia e Paris. Examinando agora com neutra, imparcial, apaixonada e desdenhosa simpatia os testemunhos de vida fixados por sua objetiva, posso afiançar que se Cartier-Bresson tem dois olhos, a íris do segundo olho se comprime na córnea de Alécio de Andrade.

E por trás dele que me aguardava calmo, se erguia íngreme o céu prateado de Paris, a bem-amada. Eu disse "Alô, Alécio", e ele disse "Alô Carlos", e recomeçamos um monólogo a dois, trançado de silêncios, antigo de décadas, tal qual com Tom Jobim: — não falar nada é nosso modo de conversar intempestivamente.

Faz frio nas orelhas e nas mãos. Minhas luvas de couro sujaram-se numa poça dágua, na calçada, enquanto chamávamos um táxi. E dentro do táxi fomos assim, papeando sem falar nada. Pensei na jovem senhora que cumprimentei na esteira rolante de malas. Trocamos beijinhos e endereços. Ela ficará uns cinco dias na França, regressando em seguida ao seu lar de opção em algum lugar marulhento e tristonho, desses que no inverno provocam mórbidas saudades do Brasil — lembranças nítidas, tão nítidas, quanto a efígie de uma moeda reproduzida na folha de estanho desembrulhada de um bombom com licor dentro. Ah, o Brasil. Ah, não; me dêem férias.

Não vou procurar a mulher morena da esteira rolante. Uma vida inteira se passará sem que, talvez, nunca mais nos vejamos. Ela sabe de mim o que nem sempre sou — brejeiro, imprevisto — mas eu sei dela tudo aquilo que é. Guardei tudo aquilo na memória e ainda espichei o conhecimento com doses maciças de imaginação dedutiva. Toda a alegria de dondoca que irradia nos aeroportos, a bordo dos aviões, nos *night-clubs* frenéticos, nas lânguidas suítes de hotéis de passagem, tudo anotei, guardei, transfigurei. Na solidão dessa mulher deveria haver o número do meu telefone, inscrito em círculo vermelho e destinado à derradeira chamada, a chamada do queixume estrangulado na garganta desde a remota infância; e que soaria estilhaçada na confusão dos fusos horários e do sabor agônico do *champagne* deglutido com o letal sonífero. Ah, ela o ignora, mas eu a amo na razão inversa da minha ostentação de egoísmo.

Deus é grande! Lá está a catedral de Notre-Dame. Um brasileiro amigo nosso, passando uma vez por aqui, comentou: "Tenho a impressão de que, em outra encarnação, já fui corcunda aí nessa igreja"...

Ouvindo isso, Alécio sorriu: um sorriso de Ipanema depois da viagem.

Gatinha negra

Em três dias ninguém chega a Paris. Tem-se que fazer o reconhecimento do *quartier*. Chegar ao hotel em horas diversas, a fim de que o porteiro e a *concierge* se dêem conta de que há um hóspede novo por lá. Descobrir o bistrô certo, entre dezenas de barezinhos aparentemente iguais. Ajustar-se ao fuso horário. Entrar em conexão com a rotina dos brasileiros, poucos, que nos interessam ver. (Por falar nisso, meu relógio de pulso funcionava duas horas adiantado no Rio; aqui, magicamente, se pôs a trabalhar de modo eficiente.)

É lindo, antigo, pequenino, paredes descascadas, este Hotel Esmeralda, em frente à igreja de Saint-Julien-le-Pauvre, na rua do mesmo nome. À esquerda, a catedral de Notre-Dame, 100 metros para menos de distância. Por isso se chama Esmeralda, a mulher de olho negro e faiscante que enfeitiçou Quasímodo. Mas não ficarei aqui. Me instalaram no terceiro andar — sem elevador, é claro — num cômodo mesquinho, sem lâmpada no teto e com luz de abajur encostado ao guarda-roupa. Impossível escrever ou ler. Mal sabem eles que sou o Carlinhos Oliveira, um excelente escritor situado à Rua General Urquiza, perto da escadinha. Esses franceses estão sempre desprezando os artistas do Terceiro Mundo — mas eles me pagarão caro: não ficarei no Hotel Esmeralda!

Nada, nada redundante, há aqui uma gatinha gorducha, negra, de laivos ciganos nos olhos de lamparina, a qual se chama Esmeralda. Eu estava sentado numa poltrona, no saguão, quando ela desceu a escada em caracol, que range sob botina de homem, porém nem sequer suspira sob as patas de uma gatinha. Um degrau antes de descer ao saguão, ela parou.

Nos olhamos. Ela não disse nada, nem eu. Ela seguiu seu caminho, dobrando à direita, perdendo-se nos cafundós da hospedaria.

Mas de noite, quando cansado voltei da inspeção inicial no *quartier*, a gatinha negra me esperava na porta de entrada. Me deu passagem. Avancei. Peguei a chave. Comecei a subir a escada, que rangia. E lá veio Esmeralda, passo a passo, atrás de mim. No terceiro andar, peguei o corredor que leva ao meu quarto. Antes de abrir a porta, olhei à esquerda: ela estava ali, calma, balançando o rabinho, me reconhecendo de outras eras.

Se me coubesse a desgraça de sobreviver à destruição do mundo, após a retaliação atômica, no meio da agonia planetária sentiria a falta de tantas e tantas coisas que amo — é verdade; mas, se no meio das ruínas surgisse um gatinho, milagrosamente escapo ao suicídio cósmico, devo confessar que não mais me sentiria desesperadamente só. Um homem e um gato, eis tudo o que exijo para crer na civilização.

Por causa de Esmeralda, me demorei naquele quarto inóspito de um hotel que, no entanto, tive oportunidade de verificar, possui miniapartamentos bem mais aconchegantes. Tive pouca sorte, mesmo chegando a Paris em pleno inverno, estação pouco atraente para os turistas modestos.

Agora estou em outro hotel, do qual não vou falar enquanto não lhe estudar as condições de habitabilidade. Luz tem — e muita, vinda das janelas e das lâmpadas. Mas não ando bem de saúde — coisa pouca, porém dolorida: vesícula, angústia moral — e me tornei por causa disso um hóspede ranheta. De qualquer modo, os amigos andam por perto e vai amanhecendo uma falsa primavera que... desculpem o mau jeito, mas — falsa, uma ova!

Velhos noivos na motoca

Embora freqüente mansões servidas por batalhões de criados geralmente encontradiços apenas em romances crivados de exotismo para deleite de *globe-trotters* enfadados e fúteis — cingaleses, eurasianas, dolicocéfalos sádicos escapos por mero acaso à meticulosa e infatigável perseguição de Simon Wiesenthal; núbios seqüestrados na adolescência por antropólogas ninfomaníacas ou caçadores de borboletas, ou ainda atacados entre as vetustas árvores pelos mosquitos portadores de homossexualismo febril e sem cura; sinistros egressos de prisões tumulares trazendo numa bochecha a cicatriz em ziguezague duma navalhada desferida com ciumento furor; baianas mansas e condimentadas, transferidas dos terrenos de candomblé para os palacetes de colunatas brancas dos *nouveaux-riches* de São Paulo — etc., e ponham etcéteras nessa enumeração de veracidade tal, e tão rigorosa, que até Somerset Maugham ou Ian Fleming pensariam duas vezes antes de decidir até onde vão os limites da inverossimilhança romancesca; embora tenha freqüentado todos os coágulos da melancólica e fremente corrupção ocidental, prefiro viajar modestamente, freqüentando hotéis baratos e procurando contato com os andarilhos loucos, devastados por delírios, de antemão condenados ao fracasso em razão de sua impecável engenhosidade.

Pelas razões acima ditas fui parar, em Paris, no Wetter Hotel, um 0,01 estrela no Guide Michuruque, Rue du Sommerard, entre o Boulevard Saint-Germain e a Rue des Écoles — um edifício de fachada estreita e tristonha, numa rua estreita e tristonha em cuja ponta mais desprezível — a qual desemboca numa feira-livre e nas gargantas famélicas do metrô Maubert-Mutualité — tendo como uma única referência uma pequena repartição policial sonolenta, sobre cujo pórtico balouça, murcho e desnecessário, o pavilhão tricolor. Não é uma rua pela qual passem obrigatoriamente os turistas, nem sequer os parisienses que tenham algo interessante a fazer — a não ser, está claro, caso necessitem comunicar à minúscula repartição a perda de algum objeto, o furto ou qualquer outro tipo de violência de que tenham sido vítimas.

Duas vezes essa ruazinha anódina, sem estilo característico (é feia, remediada, construída com materiais baratos, igual a qualquer pequena rua de qualquer bairro periférico de qualquer grande cidade) — dizia eu que duas vezes pensei nela com genuíno interesse. A primeira foi quando *Monsieur* e *Madame* Jourdan, numa tarde de sol gelado, por aqui andaram à procura de alojamento não muito caro. Neste trecho da Rue du Sommerard — que deságua numa pracinha *très simpas*, e depois recomeça em outra configuração arquitetônica da qual a preguiça me impede de falar — neste seu pedaço medíocre, há três hotéis. M. e Madame Jourdan desprezaram o Wetter e um outro de letreiro verde-musgo; mas arriscaram a sorte no albergue da esquina da praça, plantado em frente a um restaurante chinês. Parlamentaram uns 15 minutos na recepção (do lado de fora, espiando através da vidraça, vi tudo), e quando saíram não vinham contentes, mas também não vinham tristes. Sem dúvida, todos os cômodos da hospedaria estavam ocupados, o mesmo acontecendo aliás com o Wetter e o tal de letreiro luminoso verde-musgo, que de noite pisca-pisca desolado, tal qual um sinal de trânsito de que houvessem arrancado sem anestesia os olhos vermelho e amarelo. *Monsieur* Jourdan era gorducho, baixote e cor de abóbora; Madame Jourdan movimentava com extrema leveza uma obesidade mais pitoresca, de barrica de rum, e no seu rosto já fatigado brilhavam olhos azuis de tenra e álacre idade. Eles quedaram na calçada examinando um mapa, no qual certamente procuravam localizar outro hotel. *Monsieur* Jourdan rondava os 65 anos e sua roliça esposa dava a impressão de já ter vivido também seis décadas, mas sou capaz de apostar que era cinco anos mais jovem que o marido. Estavam correndo a Europa, ou ao menos a França, e formavam um casal clamorosamente bem-sucedido. Depois que consultaram o mapa, acomodaram-se em sua viatura. Era uma motocicleta. *Monsieur* Jourdan enganchou-se à frente, junto ao guidão, e ela à garupa. Entre os dois, arrumados em prodigiosa confusão, havia uma pequena mala, duas *sleeping bags*, dois cobertores de lã e uma garrafa de vinho tinto já violado e meio bebida. *Monsieur* Jourdan premiu os pedais adequados e aquela engenhoca inverossímil começou a roncar, resfolegar, trepidar. Era uma motocicleta velha, achatada sob o peso do casal e de sua bagagem, dispondo de dois pneus carecas que não me perguntem como suportavam a longa viagem já cumprida pelos Jourdan, e que vinha assinalada no barro e na poeira acumulados nos metais da viatura.

Com uma pressão do pé esquerdo, *Monsieur* Jourdan movimentou aquela máquina macróbia. Ela correu pipocante ao longo da Rue du Sommerard, dobrou à esquerda, rente à delegacia de polícia e nunca mais se ouviu falar no assunto.

Impossível descrever a simpatia com que acompanhei todos os lances desse episódio. Era pitoresco, está certo, mas era principalmente algo particularmente belo: uma dupla de sexagenários cujo casamento dera certo, e que na beirada da "terceira idade" se lançava na estrada em condições de viagem precárias, dispostos a gozar a vida modestamente, honradamente. Era muito europeu tudo aquilo, muito especialmente francês, e eu admirei as sardas de velhice que cobriam o dorso da mão de *Monsieur* Jourdan, no momento em que ele manejava o guidão de sua motocicleta. Admirei os olhos tão azuis, juvenis, límpidos, de Madame Jourdan, cujo rosto gorducho se apresentava pregueado de rugas e cujos cabelos estavam completamente brancos.

Tão contente fiquei com Madame e *Monsieur* Jourdan que provei a aterradora sensação de não estar sentindo dor alguma em meu corpo.

Café da manhã

O Wetter Hotel serve apenas o café da manhã, e isto implacavelmente de 8 às 10. Implacavelmente, sim! Porque 10 minutos antes das 10, as campainhas dos telefones fazem estremecer os noctívagos, os amorosos, os preguiçosos. É a *concierge* que lá do térreo pergunta, hóspede por hóspede, se não vai descer para o café — e ai de quem, creio eu, diga que não! Pois dias atrás me coube o infortúnio de lhe responder, no francês esfrangalhado que falo ao me acordarem inopinadamente, que com muita certeza demoraria mais que 10 minutos, por motivos inadiáveis de higiene. Pois muito bem, a adorável senhora esperou por minha recuperação poliglótica, insistiu na pergunta, eu lhe repeti o que dissera antes sem ser entendido — e ela, amável, disciplinada, invencível, me tranqüilizou assim:

— Nosso horário aqui não é tão rígido quanto lhe parece. Se o senhor precisa de, digamos, mais cinco minutos, faça o que tem a fazer e depois desça...

Bobagem minha, querendo introduzir um problema tropical num jogo cartesiano. O negócio aqui é "penso, logo existo" — pago as minhas diárias, portanto tenho direito ao café da manhã! Ao meu direito corresponde um dever da *concierge*; se renuncio ao que é meu, ela se sentirá amargurada, sua vida perderá o sentido e será mesmo capaz de praticar o suicídio filosófico. Imaginem agora o escândalo nos jornais do dia seguinte! As manchetes aqui são longas e lógicas ("penso, logo você tem que tomar o seu café da manhã!"), razão por que os jornais, todos, a concebem da mesma maneira, não sendo difícil imaginá-la:

"Madame Lapalisse não suportou a quebra de sua rotina de 17 anos... A boa senhora guardava um vidro de veneno em seu armário. Suas últimas palavras: 'Ninguém entende os brasileiros!'..."

Graças a Deus, estudei psicologia o suficiente para não desprezar as pequenas omissões, os pequenos gestos, as palavras não pronunciadas. E assim, evitando uma catástrofe no *Cinquème Arrondissement*, às 10 horas em ponto, todas as manhãs, estou sentado no estreito refeitório do hotel. E ninguém é besta de não estar aqui comigo nesse momento!

Será que os demais hóspedes, inclusive o japonês que chegou pela madrugada, estudaram psicologia? Ou é a estridência da campainha telefônica que desperta de forma inexorável o mais sonolento dos samurais?

Seja lá o que for, cá estamos todos, reunidos como crianças na sala de aula, satisfeitos por não termos causado o menor distúrbio em Paris e no mundo. Dois rapazes ingleses, provavelmente egressos do Exército, desceram tal como se achavam ao soar a campainha: de ceroulas e descalços. O café nos chega em bandejas, acompanhado de leite, pão, manteiga e geléia. Somos viajantes, o hotel está sempre lotado e as caras mudam a cada dia, com três ou quatro exceções. Hoje, por exemplo, há um casal de antilhanos, mulatos bem clarinhos e de gestos suaves. Duas moças e dois rapazes de nacionalidade indefinida, que chegaram anteontem e já vão partir: amarram nas costas um carrinho de mão com sacos de dormir e demais apetrechos indispensáveis a quem pratica um turismo atlético e desconfortável, sujeito aos mais variados contratempos. Com certeza vão subir a montanha e descer de lá de cima em alta velocidade sobre esquis, sobre a neve. Temos ainda os rapazes ingleses que deram baixa do Exército e três holandeses, duas mulheres e um homem: as mulheres, de cabelo fulvo espichado, úmido, recém-saído da ducha matinal.

Todas essas pessoas terminam a cerimônia fumando e conversando em línguas entrelaçadas. Por trás do balcão de recepcionista, onde a partir de agora ficará à espera de novos acontecimentos (que serão todos iguais a tudo o que lhe ocorreu nos últimos 17 anos, se considerarmos que por aqui só muito raramente passam os desastres assombrosos), Madame Lapalisse é flagrada num devaneio por trás dos óculos que lhe deformam os olhos. Isto mesmo — lá está ela, esquecida de si, voando nas asas da fantasia! Neste belo instante, não está pensando; apenas existindo.

"Parlez-vous le japonais?"

No vestíbulo do Wetter Hotel, que é também seu refeitório, o japonês estava sentado, a mão esquerda apoiada na mesa, fechada, gorducha. Parecia calmo; mas observando bem, de sua figura emanava uma aura elétrica. Era um japonês de seus 25 anos, com calças de veludo e suéter de lã — roupas essas que produziam um efeito mais esportivo que hibernal, como se ele fosse um atleta acostumado a acordar cedo, no frio rigoroso, para fazer ginástica ao ar livre. Calçava sapatos de tênis brancos de sola grossa. Imóvel, mas preparado para o que desse e viesse — uma sobrancelha franzida, indicando impaciência, e a outra arqueada naturalmente sobre um olho astucioso. Digamos assim, por ser a verdade: metade de seu corpo, da cabeça aos pés, estava tensa, e a outra metade descontraída. Assim, a mão direita pousada na cintura parecia disposta a quedar nessa posição até o fim dos tempos.

Terminava a famosa hora do café da manhã. Eu era o único retardatário. Sentei-me ao lado do japonês. A *concierge* me trouxe a bandeja. O japonês espiava todos esses movimentos com seu olho bondoso, enquanto o outro olho continuava chispeando concentração e desconfiança. Finalmente, madame Lapalisse lhe perguntou se não desejava o café da manhã. Ele sorriu — os dois lados do rosto sorriram finalmente em harmonia: queria, sim! E devorou alegre os pães, a manteiga, a geléia. Nesse momento, me ocorreu que ele estava imitando Toshiro Mifune numa das impagáveis cenas de que participa em *Os Sete Samurais*.

Na manhã seguinte lá estava ele, em outra mesa. Sentei-me perto. Cumprimentei-o: *"Bonjour, monsieur!"* Ele abriu um sorriso largo, demonstrando sua satisfação por ter sido reconhecido entre milhões de japoneses iguaizinhos um ao outro. E logo voltou àquela posição esquisita — a mão esquerda sobre a mesa, a direita na cintura, discordando uma da outra quanto à emoção que deveriam expressar naquele momento, lugar e circunstância. Anotei mais uma coisa curiosa: ele não estava sentado na cadeira, e sim em algo mais leve: a idéia que fazemos da cadeira. Sentava-se platonicamente na geometria, eliminando a concretude do objeto. Essa atitude me conduziu à convicção de que sua infância fora particularmente feliz, envolvida no carinho de uma gueixa e nos ensinamentos de um gato, que como se sabe é o inventor do truque fundamental do judô: a difícil, fantástica torção operada em plena queda, graças à qual o gato não cai nunca de costas, mas sempre e invariavelmente sobre as quatro patas.

Desta vez não era a *concierge* quem nos servia, e sim o *patron*, que deve ser marido dela. Esse senhor, cumprindo a formalidade cotidiana, perguntou ao japonês se desejava o café da manhã. Foi quando o japonês se iluminou e, endireitando-se na cadeira, tirou ninguém sabe de onde uma caixa redonda de madeira dentro da qual, ao abri-la, vimos o que era óbvio: um *camembert*. O *patron* imediatamente compreendeu que ele pretendia acrescentar ao café do hotel, sua própria porção de queijo. O *patron* falou sobre isso com evidente satisfação. E o japonês...

Oh! O japonês falou! Falou francês! *Teveromarujirotê-don!* Nunca ninguém ouviu semelhante frase, absolutamente incompreensível em qualquer língua! Mas o japonês estava contente e continuou falando, e cada vez ficava mais raivoso o que ele dizia, cada vez mais rouco, e contudo seu rosto e seu corpo exprimiam uma felicidade sem limites.

Era divertido e bizarro. Era, afinal de contas, um japonês honrado desejando degustar um camembert em Paris. E assim foi deixado em paz. Mesmo porque, antes que sua algaravia idiomática pudesse ser comentada entre sorrisos pelos demais hóspedes, surgiu no recinto outro japonês, que se sentou a três mesas de distância do primeiro, e os dois trocaram frases em japonês castiço, uma língua que não parece feita propriamente para falar, e sim para roncar, sejam quais forem o tempo, o lugar e a ação.

A cibernética é gentil?

Agora que entrei no ritmo da cidade, encontro tempo para tudo. Assim, dou um pulo nos Champs Elysées, viajando de metrô; despacho meu bilhete de viagem para o Caderno B; volto ao subterrâneo e pego o trem de volta. É terça-feira, quase todos os museus fecham às terças. Me decido pelo cinema. Está havendo uma greve na televisão e os jornais informam: os parisienses voltaram em massa às salas de projeção. Entretanto, não deixam de destacar o lado involuntariamente cruel da greve: as pessoas idosas e os doentes ficaram mais solitários. Para esses, a TV é o companheiro inseparável, verdadeira maravilha eletrônica.

Outras greves perturbam o país, como a dos metalúrgicos. Mas são assuntos internos dos franceses e prefiro acompanhar o problema a *vol d'oiseau*. Aqui, como no resto da Europa superindustrializada (e ocidental, evidentemente), milhares de pessoas perdem o emprego e milhares de outras não conseguem iniciar uma carreira para a qual se prepararam anos a fio. É a multidão dos *chômeurs*, resultado inquietante de uma crise complexa, pois alcança o homem em seus brios.

O *chômeur* recebe do Estado um salário condizente com a sua situação anterior. Mas chega em casa envergonhado. Psicologicamente, o aposentado por tempo de serviço teve ao menos tempo suficiente para sonhar o seu futuro ócio — e se não se conforma quando chega o momento, é por falta de imaginação. O *chômeur* é psicologicamente guilhotinado; não tem defesa. Além do mais, seus filhos começam a olhar o pai de modo diferente, como se o considerassem um fracassado.

A cibernética pode ser gentil. No aeroporto, você se aproxima da porta de vidro e ela se abre docemente à medida que você avança. Foi feita para abrir-se, não para se fechar. Não tem maçaneta, não tem fechadura, não precisa ser empurrada. Docemente se abre e você avança, as mãos livres para carregar sua bagagem.

Mas ela progride com maior velocidade que os homens. O p.d.g. — presidente-diretor-geral de uma empresa — satisfeito vê chegar ao seu parque industrial as novas instalações computadorizadas. Daí em diante, a máquina fará por si mesma o trabalho de 200 homens, mais e menos. Não há dúvida que a tecnologia acaba de operar um avanço considerável na forma de produção. Mas em decorrência disso, 200 trabalhadores serão dispensados.

Um especialista publica no *Le Monde* suas conclusões a respeito da substituição inexorável, que a cada dia mais se acelera, da máquina pelo trabalhador. Os japoneses (informa ele) estão construindo fábricas flutuantes. Essas fábricas navegarão pelos mares, ao encontro dos países em desenvolvimento, onde a mão-de-obra é barata. Em princípio, os interesses do operário e da empresa serão coincidentes. O trabalhador deixará de emigrar; não precisará mais ser estrangeiro no país dos outros; ao fim da jornada, voltará para sua casa e ali encontrará sua mulher, seus filhos; aos domingos, conviverá com seus amigos, que falam sua mesma língua e têm seus mesmos pequenos projetos de futuro.

Mas... O especialista do *Le Monde* pergunta:

— E se os trabalhadores fizerem uma greve por melhores salários? — A resposta é simples. O p.d.g. japonês dirá:

— Maiores salários representarão um aumento de custos intolerável. Considerem friamente a situação atual da economia mundial: há uma séria crise, ninguém pode correr riscos...

Os operários não transigem. Então, o p.d.g. liquida a questão:

— Não seja por isso. Conheço um país, não longe daqui, onde a mão-de-obra é ainda mais barata do que aqui. Vou para lá. Adeus...

A fábrica flutuante recolhe as âncoras, e lá se vai sem remorso, sem mágoa, sem qualquer sentimento. A cibernética também poderá ser brutal.

O Sena corre sob a ponte

A minha fada madrinha, Maria, minha bastante procuradora na vida e depois da morte — pois ela responderá por mim quando eu já não estiver aqui —; à Maria mandei uma gravura de Magritte e este aviso desalentado: "Pois é, estou encalhado aqui em Paris..."

Nem naquele momento, nem nos cinco dias que já se passaram, me ocorreu o que agora bruscamente brilha em minha consciência: trata-se de uma declaração perfeitamente esnobe. Então, alguém pode se queixar de estar em Paris, com dinheiro no bolso, e tendo em sua pasta de documentos a passagem que lhe permitirá voltar para casa quando bem entender?

Pois é, foi assim mesmo. Aquela reclamação deve fazer parte constitutiva do meu ser atual. Estou encalhado em Paris. Estou sentado ao meio-dia no Jardin du Luxembourg, entre árvores esgalhadas, estátuas de músculos patinados, e sob um céu azul rajado de nuvens branquíssimas. Sou um esnobe. Não adianta negar a evidência.

Entretanto, tenho um álibi. Justifico o meu procedimento lembrando que não estou aqui flanando, mas trabalhando (ó malandro, tu és mesmo incorrigível: eis outro desabafo de *dandy!*), e trago um plano de atividades a cumprir. Deveria já ter ido a Amsterdã, onde visitaria o Museu de Van Gogh, e de onde me embrenharia por dentro da Holanda, à procura de uma cidade administrada ao estilo *provo*, ou hippie — ou seja, uma comunidade concebida durante a revolução das flores que perturbou o mundo nos anos 60, *make love not war*, e que continua funcionando hoje, obedecendo a critérios existenciais autênticos, e não ao jogo árduo e quase sempre sujo dos interesses pessoais, a corrida em busca do sucesso que torna um inferno de luxo cada minuto na vida do *self-made man.*

Deveria ir ainda a Lourdes, Chartres e Fátima, pois desta vez, devolvendo a Lúcifer o orgulho com que me brindou na manjedoura (ai! blasfêmia!), posso declarar sem pudor que ando à procura da minha fé perdida. A minha fé católica, uma graça de Nossa Senhora que acalentou minha infância, me ajudou a sobreviver nas piores condições, e para cuja destruição tive que inventar uma máquina, feita peça por peça de conceitos filosóficos existencialistas. Após sofrer um trauma de grandeza trágica, isto no pórtico da juventude, triturei assim a minha fé e avancei revoltado, niilista, para dentro do mundo adulto. Cá estou agora, sentado no Jardin du Luxembourg; meu coração alegre, mas a minha alma se alimenta de inquietude e nostalgia. Vivendo essa experiência na intensidade com que experimento e interrogo cada ondulação ou crispação do meu ser, posso dizer literalmente, dizê-lo autenticamente pela primeira vez desde que tal expressão popular foi pronunciada: a minha alma come o pão que o diabo amassou.

Devo ir ainda a uma cidade européia onde Dominique, minha namorada, me espera, enquanto constrói uma solidão na qual deverá residir nos próximos cinco anos. Quero estar junto de Dominique. Tenho a ambição (e a esperança) de ficar muito tempo junto dela. Por que não? O amor que move o sol e as outras estrelas é bem capaz de operar esta nova magia.

Entretanto, em Paris, o inverno estrebucha como o dragão vencido por São Jorge. Em cadeiras individuais, em torno de um vasto gramado (a grama queimada) dezenas de parisienses dormitam, lêem, respiram fundo o ar puro. Estamos quentando sol, mas no sentido inverso. Nossos corpos *rechauffés* nos ambientes fechados e debaixo das pesadas roupas de couro e de lã — e dos quais se desprendem faíscas elétricas que fazem — *triiiisc!* quando de noite tiramos três camadas de suéteres — nossos corpos, dizia eu, aquecem aqui os raios gélidos do astro-rei... Curiosa permuta de calores, inimaginável para algum brasileiro que não tenha provado ainda uma temporada de inverno rigoroso.

Em troca de não poder sair daqui, por causa dos exames médicos, morosos, que ainda devo fazer, me aposso de tudo o que há em Paris à espera daquele que está disposto a andar e ver. Andar muito, andar horas e horas, e ver tudo, examinar acuradamente... Entre tantas cidades lindíssimas que há na Europa, Paris é sem dúvida a mais bela, por causa dessa mistura bem dosada do antiquíssimo com o antigo, o *fin de siècle*, a *belle époque*... São quase dois mil anos de civilização aqui acumulados, coexistindo em harmonia perfeita, a qual não exclui os contrastes abismais.

E além disso, *sous le pont Mirabeau coule la Seine*... Atravesso a Petit Pont, a mais antiga ponte construída sobre o decantado rio. Do outro lado, o adro imenso da Notre-Dame onde crianças brincam. Meu coração alegre pede uma canção, a canção me estimula a caminhar... Pois debaixo da Pequena Ponte o Sena também corre, remoinha, apressado, pesado, velho e fatigado, e ao mesmo tempo jovem e saltitando nas pedras oblíquas de ambas as margens — o adorável rio Sena, cor de burro-quando-foge!

O doente rebelde

O Dr. Schiaparelli é grande, largo e elástico, lembrando um campeão olímpico de natação que chegou em boa forma aos 40 anos. Sua cara é também larga, carnuda, rosada, ostentando um queixo voluntarioso — em pingue-pongue —, uma fisionomia de traços infantis. Em seu consultório da Rue Duphine, ele nos põe à vontade num terceiro aposento, mais íntimo, contíguo à sala de exames e independente da sala de espera, onde cinco clientes, chegados antes de nós, lêem revistas. Doc Lang padece há dias de um torcicolo agravado por uma renitente enxaqueca. Ele se deita de bruços e o Dr. Schiaparelli lhe enfia meia dúzia de agulhas na nuca. O Dr. Schiaparelli é clínico geral e acupunturista.

Num instante de folga, entre um cliente e outro, o Dr. Shiap vem me examinar. A consulta será paga, naturalmente, mas ele me deve uma atenção especial em nome de sua amizade com Doc Lang, psicanalista e escritor.

Nesse aposento há dois sofás. Num deles, Doc Lang aguarda os benefícios mágicos das agulhas orientais. No outro, me deito de costas e o Dr. Schiap vem dedilhar minha barriga. Antes de mais nada perguntou minha idade — 44 anos — e me pediu um histórico da minha (falta de) saúde desde que me entendo por gente. Doc Lang, creio que imprudentemente, fez questão de narrar minhas aventuras alcoólicas, dando ênfase inapropriada a esse aspecto da questão. Se o Dr. Schiap caísse nessa armadilha, não seria a primeira vez que um médico falsearia seu diagnóstico, desencaminhado a isso pelo triste prestígio de que desfrutam os alcoólatras nos meios científicos e intelectuais. Na verdade nunca fui alcoólatra, embora em certos períodos me vissem bebendo uísque em doses industriais. Sempre me achei preferivelmente um bebadozinho temerário, capaz inclusive de evitar o álcool nos dias de depressão moral. Sim: um bêbado suicidário, nunca um alcoólatra — embora de modo algum me sejam antipáticos, e sequer estranhos, os verdadeiros alcoólatras.

— Você faz... — disse o Dr. Shiap, usando o verbo fazer de forma curiosa. — Você está fazendo, se não me engano, uma infecção na vesícula. Vá hoje mesmo se submeter a um exame de sangue num laboratório que fica aqui pertinho. Eles me mandarão o resultado por *pneumatique*.[1] Dentro de quatro dias, esteja aqui às cinco horas em ponto. Enquanto isso, siga as prescrições.

Spasfon injetável — uma injeção de manhã e de noite durante três dias, com seringas descartáveis. Spasfon supositório — um por noite durante três dias.

Segui à risca o tratamento. Dois dias calmos, que aproveitei para ir ao Centro Pompidou. No terceiro dia, as contrações dolorosas voltaram. No dia 9 de fevereiro, o Dr. Schiap me amedrontou: eu deveria ser internado no Hôtel-Dieu.

Fórmula numeração VS — Urgente. Bilirrubina. Pen Globe — duas cápsulas de manhã e à noite por quatro dias, e depois uma cápsula de manhã e à noite por mais quatro dias. Ultralevedo — uma pílula três vezes por dia durante oito dias — uma hora antes ou duas depois do jantar. Parar completamente com as bebidas alcoólicas. Suprimir gorduras na alimentação.

Desta vez, o Dr. Schiap não me cobrou a consulta, alegando que não poderia fazer mais nada por mim. Mesmo assim, me deu uma carta que só agora tentarei decifrar (ele tem caligrafia de médico) e que deveria ser entregue pessoalmente ao chefão gastroenterologista do Hôtel-Dieu.

"Meu caro colega — Aí está *Monsieur* Carlos José de Oliveira, de passagem em Paris, e que amigos brasileiros me encaminharam na semana passada. Esse senhor, com efeito, se ressente de violentas dores na região direita, com difusão por todo o abdômen, e se alastrando em bandoleira pela espádua direita. No exame, o ventre estava inchado, o TA 14/18 e o pulso a 80 mn. Não há indícios de úlcera, nem de cálculo vesicular, nesse

[1]Serviço de mensagens que cobria toda a cidade.

doente bastante difícil de tratar. Ele não perde a temperatura, só foi ao laboratório dois dias depois do combinado comigo, e tudo isso num claro contexto de ansiedade e de etilismo. Diante do resultado do exame — fórmula numerada VS — me inclinei por um diagnóstico de colecistite e acrescentei Penglobe ao Spasfon. Hoje, o Sr. Oliveira me contatou e admitiu finalmente entrar em observação nesse hospital no qual lhe aconselhei desde o início que se apresentasse, uma vez que é tão difícil saber onde ele se encontra. Eu o confio ao Caro Colega, a quem endereço minhas bem fraternas saudações."

Um gato poliglota

"Sou mentiroso, porém sincero."

Federico Fellini

Seguem as anotações no Diário, as mais torturadas, fincadas a faca no papel, numa selvagem profusão de garranchos que eu mesmo algumas vezes não logro decifrar. Os médicos, os calígrafos, os estudiosos e as vítimas da dor física, os cientistas do estilo literário e do ritmo encontrarão algum interesse aqui. Para o leitor distraído, resta a oportunidade de surpreender as feridas causadas pelo sofrimento corporal num espírito temperado pelo amor à clareza e provado em anos e anos de fervoroso trabalho.

Quarta-feira — Parto doloroso de duas pequenas crônicas. Doeram-me até desmaiar. Acordei às cinco da manhã, "quebrei o jejum" com a humilhação de um supositório e, depois de martelar cerca de cinco horas na máquina, reunindo o que me restava de energia — e era a débil energia de um esqueleto revestido de pele — apanhei um táxi e fui entregar essas bizarras narrativas de viagem na companhia de aviação. Depois, entrei num bistrô mafioso desses que há nos Champs-Elysées. Pedi cerveja por timidez: os italianos troncudos, contraventores no biotipo e nas roupas de protegidos do Chefão dos jogos de azar, do lenocínio e dos assassinatos por dinheiro em Chicago, deveriam presumir que foram as drogas pesadas e os álcoois letais que me reduziram a este lastimável estado.

Quinta-feira — O Dr. Schiap quer me chutar para dentro da engrenagem de emergência do Hôtel-Dieu. O Dr. Schiap não crê que eu tenha muitos dias de vida. Ele não crê que minha doença, seja qual for, tenha cura. O Dr. Schiap me deixou sentado numa poltrona enquanto atendia um telefonema. O Dr. Schiap me abriu a porta inadvertidamente: já havia encerrado seu expediente. Em vez do jaleco, veste uma camiseta branca de algodão e calças blue-jeans. Sapatos brancos de tênis. Vim mostrar-lhe as horripilantes fotografias de minhas vísceras, tiradas no Hospital Broussais, e que me custaram 500 francos. O Broussais fica lá no fim-do-mundo, Rue Didot, quase 30 francos de taxímetro a partir da Rue Caulacourt, em Montmartre. Entre os pavilhões de tijolo vermelho do Hospital Broussais, há um edifício do qual se ergue para o céu grisalho de Paris uma longa e aziaga chaminé de fábrica. Enquanto procurava o setor de radiografia central, perdido naquele vasto complexo hospitalar engolidor de agonizantes, pensei que se alguém me mandasse entrar no pavilhão da chaminé não haveria mais dúvidas: Hitler ganhara a guerra, eu era judeu por tabela (há cinco gerações, com efeito, meu bisavô se chamava Jacob de Pinto e foi queimado pela Inquisição portuguesa) e seria docemente assassinado pelo gás em suspensão. Mas seria a morte de um mártir, ainda que anônimo e sacrificado à revelia; com que argumentos, de fato, me convenceria de que continuar vivendo seria melhor, mesmo que apenas para carregar nas entranhas aquela dor atroz, aquela pua fincada no meu pâncreas e que girava alucinadamente, introduzindo seu ferro cada vez mais fundo em minha pessoa e produzindo os mais esfrangalhantes estragos? O Dr. Schiap é sedutor ao telefone. Deve ter mulher do outro lado da linha. Ele informa que em 10 minutos partirá de carro ao encontro do sol em Marselha. Enquanto isso, uma gata gorda e rajada, que só entra no consultório quando não há clientes, surgiu na sala, me farejou as botas, me fitou redonda e enluarada e pulou nos meus joelhos, ronronando. Acariciei-a. Ela se deixou acariciar. Desejoso de travar relações amistosas com alguém, nesta cidade hostil às aproximações, perguntei-lhe: — *Parlez-vous le Portugais?* A gatinha ouviu atentamente a pergunta. Em resposta, erguendo-se nas patas traseiras, roçou o focinho frio e úmido no meu nariz. Ela falava português! Era bilíngüe, se não fosse poliglota!

Contemplando a cena sem abandonar o telefone, o Dr. Schiaparelli, clínico-geral e acupunturista, abriu no largo rosto um sorriso devastado pelo horror. Certamente concluiu que eu estava à beira da loucura. Em seguida desligou o aparelho, fechou a cara numa máscara de ferro constrangida, vigilante, prestes a abrir-se em grito de socorro, tirou bruscamente a gatinha do meu colo, jogou-a estabanadamente no aposento contíguo, trancou a porta, e voltando a mim falou sem qualquer simpatia:

— Não lhe dei permissão para tratar aquele animal com intimidade. Além do mais, meu consultório está fechado; estou atrasado, meu carro está lá fora com o motor ligado, não tenho nem um minuto para considerar o seu problema. Quero apenas lhe dizer que para você acabou-se a brincadeira; o seu caso é de vida ou morte! Não me agrada dizer isso, mas não estudei Medicina para ser gentil. Seu caso é mais de morte que de vida. *Au revoir!*

Bateu-me a porta na cara. Desci a escada de madeira, atravessei um pátio interno enlameado pela chuva que caía desde a véspera. Segui pela Rue Dauphine, ia quase alegre. Eu levava no coração a jóia mais preciosa que possuo, a qual eu mesmo garimpei e lapidei. Levava no coração o meu orgulho. Nunca de nunca alguém poderá presumir que eu seja daquele tipo que recebe e cumpre sem discutir as ordens mais intempestivas. Nunca ninguém me dará ordens sem antes explicar direitinho as razões pelas quais deverei cumpri-las. O Dr. Schiap me mandou para o inferno, para a morte. Graças a Deus. Irei em sentido contrário, na direção da vida!

Vai e vem

Andei muitos dias de táxi, mais por necessidade que por gosto. As tarifas são excessivamente altas a tal ponto que se torna inevitável calcular as despesas em dólares americanos. E os choferes, como em toda parte, mostram-se imprevisíveis: cavalheiresco este, conversador aquele, estúpido de nascença um outro qualquer — e sem exceção, os 14 mil choferes de táxis de Paris se recusam a admitir passageiros na hora do *rush*. Ninguém sabe a razão: no Rio, Madri, Lisboa e Bahia, justamente no momento em que há trabalho para todos, eles passam correndo, indiferentes às mãos que se erguem num gesto entrelaçado de esperança, promessa de boa gorjeta e súplica.

Desde que melhorei e, simultaneamente, ajustei meus fusos horários ao desta cidade pressionada pelos cronômetros, dei de freqüentar o metrô. Essas viagens subterrâneas são sempre agradáveis e algumas vezes surpreendentes. Meu itinerário-padrão me leva da estação Saint-Germain-des-Prés à Franklin D. Roosevelt. Da margem esquerda à margem direita do Sena. Do Quartier Latin, uma espécie de Baixo Leblon combinado com Ipanema-*sur-mer*, à Rua do Ouvidor quando era chique. Do Boulevard Saint-Germain e suas ruelas estreitas e pitorescas, nas quais se arrastam multidões cosmopolitas e pensativas, à Champs-Elysées, uma perspectiva larga e longa cujos habitantes e transeuntes se vestem melhor, comem muito melhor e têm muitíssimo mais dinheiro. *C'est la vie.*

Subo uma escadinha na agência da Varig, rezando para não ser reconhecido por nenhum brasileiro desses que vivem lendo jornal na sala de estar, e me defronto com a secretária de *Mademoiselle* Liliane Dubois, que gentilmente me introduz no escritório da própria Liliane, a infatigável e solícita francesa que já é tecnicamente (e também afetivamente) tão brasileira que a gente até espera dela mais do que se afigura humanamente possível: ou seja, que ela dê "um jeitinho" e resolva o nosso problema — teoricamente insolúvel, a não ser no Brasil.

Bem, eu lhe entrego a crônica num envelope pardo, e enquanto isso levamos um papo. *Mademoiselle* Dubois está preocupada com a minha saúde. Me recomenda Eau de Vichy — litros e litros de Eau de Vichy, porquanto um conhecido dela, simplesmente bebendo dessa água miraculosa, e ademais gostosa, conseguiu expelir uma pedra de vesícula. Claro que não tenho feito outra coisa: acordo bebendo água de Vichy e antes de dormir tomo uma dose dupla. E não é que as dores estão mesmo passando?

Oh, não. Isso é desculpa para não ir ao Hôtel-Dieu, um hospital dos melhores que há em Paris e onde os médicos vão televisionar minhas tripas por 24 horas. Pobres médicos! O grande sucesso televisivo do momento, aqui na França, é o seriado *Holocausto*, que os brasileiros já viram, e que está fazendo um barulho dos diabos, pois afinal o nazismo se alastrou por toda a Europa e os judeus foram quase todos exterminados, não havendo até hoje qualquer garantia de que tamanha atrocidade não volte a repetir-se. Primeiro foram os alemães ocidentais, e agora os franceses, a julgar pela avalanche de papel escrito sobre *Holocausto*, também estão maduros (creio eu) para aceitar a "culpabilidade metafísica" proposta por Karl Jaspers.

Mas voltando à vaca fria, tenho quase a certeza de que a minha vesícula inflamada não dará bom ibope no Hôtel-Dieu. Se ainda fosse um enguiço no aparelho digestivo de Kojak, ou uma obstrução intestinal no invencível organismo da *Mulher Maravilha*...

Um bicho ferido

Estou fora de combate, João. Atravesso, muito magro e dolorido, o Boulevard Saint-Germain, é domingo de manhã, não há ninguém nas ruas. Paris, você sabe, não é uma cidade feita para não haver ninguém nas ruas, e sim justamente o contrário. Sob o céu gelado e não obstante luminoso, sob o chuvisco doce, contemplo a magnífica perspectiva, ladeado por seus edifícios construídos à medida do homem comum, e é vasta a ausência de quiosques, fantástica (no sentido fantasmagórico) a ausência da multidão que, no entanto, quando aqui se movimenta, não nos atropela, mas nos arrasta em seu movimento sincronizado. Porque todos vão a variados lugares, mesmo quem não vai a lugar nenhum, o movimento é sincronizado. Você sabe. Você tem andado por aqui, João.

Desmarco um encontro de amor combinado em algum ponto da Europa: escapei de ser hospitalizado — e lhe contarei essa história no momento em que puder arrancar, dela, algum sorriso — mas não escapei de uma rígida prescrição médica, nem daquela dor verdadeiramente intolerável que me pegou aí no Brasil, rolou comigo na cama por dois anos, desafiou a ciência médica e aqui, em Paris, onde a boa mesa me aguardava, eis-me reduzido a comer sem gordura e beber água de Vichy. A vesícula, João: a minha vesícula está inchada e dolorida como um dedo mindinho inadvertidamente amassado por um martelo. Doses maciças de penicilina estão agora a lutar com essa grave infecção. E meu amor, que me espera em algum ponto da Europa... Minha amada, João, presume que me esqueci dela, que me enamorei de alguma outra — e sofremos separadamente por motivos diferentes. Ora veja você, comigo acontece sempre o imprevisto. Mas não há de ser nada, lá vou eu de Eau de Vichy — embora preferisse a água de Fátima, a água de Lourdes, uma água de transfiguração espiritual. Porque, quando se sofre no corpo, o sofrimento vem dobrado pela consciência do desamparo cósmico. Não quero a água, João, em suma não quero a água, eu quero a Graça...

Acredito que se fosse um católico decente, como o fui na minha infância, suportaria melhor qualquer humilhação apalpada em meu corpo por um médico que, ademais do biotipo, tem a aura do verdadeiro médico. Assim como estou, sem fé, me espolio do santo direito de blasfemar...

João, lá lhe direi como está Paris. Não é mais aquela cidade na qual você andou. Mas meus apontamentos a respeito disso estão sob uma pilha de jornais, revistas e livros. Seria cansativo consultá-los. Cansativo e dolorido. Devo sair à procura de um bistrô dos velhos tempos, aconchegante e movimentado: são raros hoje em dia. Devo terminar a crônica e acionar o meu dispositivo de urgência, sem o qual não chegarei à Varig, onde me espera *Mademoiselle* Dubois.

Já é segunda-feira, os parisienses estão nas ruas, nas lojas, nos escritórios. Será difícil conseguir táxi, a não ser que me arraste até uma estação longínqua. Dói. Tudo dói. E não posso me anestesiar bebendo vinho, não posso abusar dos sucedâneos químicos da anestesia alcoólica. Tenho que levar a minha dor comigo, onde quer que vá, e é preciso ir a determinados lugares. Não há de ser nada. Já passei por transes mais graves e a previsão médica é de que em três dias tudo estará nos eixos. Do contrário, ele virá com uma faca e fará um corte na minha barriga. João, se ao menos a minha amada estivesse aqui comigo, ela que me espera ansiosa em algum ponto da Europa...

Por aqui andei

Numa tarde fria mas agradável, subindo a escada do metrô de Chatelet, encontrei-me na superfície com o bairro Les Halles, meu velho conhecido. Aqui, quebrando à esquerda ou à direita no Boulevard Sebastopol ou na Rue de Rivoli, andei e andei nas ruazinhas transversais, Quincampoix, Rambuteau, Saint-Denis e tantas outras, ladeadas de lindos prédios de quatro ou cinco andares, tão leves e maltratados pelas intempéries que se tem a impressão de que o próximo vento especialmente forte os derrubará todos. Lá no alto, plantadas nos telhados escuros e musguentos, há sempre duas mansardas, casinhas de vidro e de brinquedo, atrás de cujas cortinas transparentes as lâmpadas elétricas estão acesas neste momento. Sempre tive vontade de morar num lugar assim. Mas mesmo quando aqui namorei Yvette, a respeitosa de longas botas de couro negro e microssaia também negra, foi num terceiro andar que dormi muitas noites, num quarto como qualquer outro dos velhos quarteirões de Paris.

Onde andará Yvette, minha namorada por todo o inverno de 1965? Vinha de Marselha e fazia o *trottoir* entre Saint-Denis e Quincampoix. Trabalhava sem tirar as botas. Era, naturalmente, explorada por algum gigolô e pagava seus dízimos a alguma cafetina exigente e impiedosa, mas sempre mudava de assunto quando eu procurava saber alguma coisa a respeito. Que me importa? A partir da noite gloriosa em que me declarou ternura, mediante o simples gesto de tirar as botas antes de se aconchegar, mostrar-se-ia tão companheira, tão gentil, sofrida e honesta, que mesmo um virtuoso, caso houvesse algum no mundo, não ousaria lhe atirar a primeira pedra.

No outono de 1975, procurando Yvette em cada mulher de vida airada deste quarteirão, encontrei uma outra, Micheline, mais bonita (Yvette era sofrida, beleza castigada), loura de cabelos lisos (Yvette era morena de cabelos negros), mas igualmente oriunda de Marselha. Naquele outono, duas novidades me esperavam nos Halles: a explosão do comércio pornográfico — com cinemas, lojas e teatrinhos onde a sexualidade pervertida era encenada no palco — e um gigantesco buraco, 10 vezes mais largo e fundo que qualquer escavação do metrô no Rio de Janeiro. Era o mercado de Les Halles, que Zola chamou "o ventre de Paris", destruído, estripado.

Hoje ainda há aqui uma cratera de tamanho respeitável, na qual são feitas obras mais profundas de remodelação do metrô. Mas, olhando em certa direção, nos surpreende um prédio moderníssimo construído sobre a esplanada de Beaubourg, na qual o buraco se prolongava naquele outono de Yvette e botas negras. É o Centro Pompidou, inaugurado em 1977 e já famoso no mundo inteiro. Esse conjunto alucinante — prédios antigos rodeando a terra destroçada e, mais além, o Centro Pompidou, e sobre tudo isso o céu tempestuoso de Paris — esse conjunto alucinante me fez pensar que, se não foi aqui, será certamente aqui que algum dia o circunspecto Joseph K. será chamado a cumprir o seu destino absurdo. Aqui, neste ermo, dois burocratas esmagarão a cabeça de Joseph K., punindo-o por um crime que ele nem sabe se cometeu, pois nada lhe disseram no decorrer do processo.

Meu plano é visitar a exposição de Magritte, o maior sucesso da temporada. Entretanto, me demoro a passear nestas ruas que me são familiares. Eu as reconheço porque sempre faço assim nas cidades onde chego: — escolho um quarteirão qualquer, ao acaso, e passo a freqüentá-lo dia e noite, circulando nos bares e restaurantes, cumprindo sempre o mesmo trajeto de ida e vinda. Desta forma, o lugar escolhido passa a ser minha morada provisória e posso fazer turismo no resto da cidade. O conhecimento pela impregnação do ambiente é o único que considero válido e frutuoso. Do contrário não seremos andarilhos — um estilo de vida, uma arte — mas tão-só turistas, ou seja, pessoas que confundem lazer com obrigação, que se sentem obrigadas a ir aos lugares indicados nos guias, que acordam cedo para pegar o ônibus, que fotografam tudo e se deixam fotografar, e que finalmente voltam para suas casas, em seus países de origem, e nada têm a mostrar além de cartões-postais. Se viajar fosse isso, eu preferiria ficar deitado em minha cama, sonhando o mundo.

Eis aqui a Rue Saint-Denis. As *porno-shops*, os teatrinhos de safadeza, os cinemas pornô de sessões contínuas continuam funcionando, mas já não atraem praticamente ninguém. A democracia e a liberdade provam desta forma, e mais uma vez, que entrelaçadas conduzem à saúde espiritual, porquanto nenhuma perversão resiste finalmente à suspeita de ser uma doença solitária. Conheço países que gastam rios de dinheiro fazendo exatamente o contrário do que pretendem — quer dizer, acionando a polícia dos bons costumes e da moral ilibada. Isto, essa polícia, é uma tremenda vigarice administrativa. Basta passear num sábado qualquer de 1979, na Rue Saint-Denis, que vocês ficarão convencidos do que lhes estou dizendo.

Bonecos na garrafa

Um gigantesco paralelepípedo articulando sua ossatura de aço, suas paredes de vidro, suas cores nítidas. Assim é descrito no guia turístico o Centro Pompidou, cuja concepção arquitetônica de vanguarda, comparada a uma escultura surrealista, poderia chocar algumas sensibilidades pouco habituadas à novidade e ao arrojo.

Quanto a mim, nenhum assombro: sou brasileiro, a arquitetura moderna plantada nesta esplanada de Beaubourg me lembra imediatamente o meu país e sua capital: — o edifício plantado no chão como um bólido descido do céu para ficar, algo contrariado, algo adunco, algo sombrio, à mercê da visitação dos homens. Alguns volumes sensuais de Niemeyer, sem dúvida, tornam-se líricos em face desse monumento sem músculos, que ergue na luz seu esqueleto e suas vísceras. Mas se meu olho apreende de imediato sua lição formal, é só porque me habituei a estudar pessoas e coisas; outro brasileiro que aqui chegasse apressado, contente por ser sábado em Paris e estar fazendo um programa cultural, se aproximaria do famoso paralelepípedo sem lhe dar muita bola, e dentro dele se sentiria em sua casa de trabalhar ou se instruir, porquanto a casa de morar obedece a outros critérios de formas e função.

Dito isto, é belo o Centro Pompidou. Para ele convergem multidões, principalmente nos *week-ends*, as quais fluindo dos bulevares adjacentes, reúnem-se numa larga e ondulada praça na qual um gigante de longas barbas e longos cabelos, funâmbulo renascentista imorredouro, ali está desafiando os tempos, zombando do futurismo de aço e vidro, convocando o distinto público a contemplar sua mágica em troca de alguns vinténs. Sim, lá está ele, o artista popular, o cigano, o bizarro, o gigantesco engolidor de fogo que engole e depois sopra labaredas, fazendo a imitação do dragão em pleno século do lança-chamas e do napalm...

Entretanto, nos tubos transparentes que galgam o edifício em Z sobre Z, os visitantes da exposição se deixam conduzir, dóceis, pelas escadas rolantes, o que nos provoca, aqui do lado de fora, uma sensação de maquete. Parecem bonecos de gesso e, embora feitos de carne, a imaginação vacila: acaso não serão bonecos no porvir que nos ameaça a todos, bonecos de carne, não será esta uma premonição desalentadora? Obedientes ao comando do computador, da razão arquitetônica e da energia elétrica, lá vão eles, lá vamos nós, subindo um sábado artístico por ordem do Estado onipotente, que zela pelas nossas necessidades espirituais...

Entretanto, o enguiço, a pane (formosa redundância), não foi ainda excluído dos cálculos mais friamente eficazes, de modo que nos deparamos com uma porta de entrada estreita, pela qual podem passar quatro pessoas de cada vez, e somos quatrocentos, somos oitocentos, somos grupos sucessivos e maciços de pessoas que para aqui convergiram no intuito de entrar — mas não passam 400 numa porta de quatro e, além disso, do saguão à primeira escada rolante, outro círculo de pessoas estão à espera, esmagadas umas nas outras, desconfortáveis como num reles trem da Central às 7 da noite. Por que estão ali paradas, amassadas, impacientes? Pelo seguinte: a escada rolante enguiçou. Será preciso galgá-la degrau por degrau; em cada degrau podem pisar simultaneamente duas pessoas e meia; ora, somos 400, somos 800... O engarrafamento, aqui, não é um modo de dizer feliz. Os visitantes se comprimem de fato ao redondo, no saguão, e se alinham em gargalo diante da escada provisoriamente destituída de suas veleidades de tapete voador. Isto é sem dúvida uma garrafa! Ou antes: assim, ancha me lembra mais a moringa.

Mas é agradável. Diluir-se na multidão, não ser parisiense ou turista, provir de todas as pátrias, ter todas as idades (de criança de colo a um velho fantástico de que falarei outro dia), não ter que dar satisfações a ninguém por ser si mesmo, por ter sua própria pele, seu próprio cabelo, seu próprio olho azul, oblíquo, escuro ou mongólico, eis aí algo estimulante, o desinteresse generoso de um pelo outro!

Manhã sobre a noite

Este apontamento vai na frente de uma longa história de sofrimento físico, consultas médicas, reflexões sobre vida e morte. No momento, interessa apenas a vida, o futuro imediato e a prova dos nove da fraternidade. Escrevo no apartamento de um artista aqui residente de longa data e casado com uma brasileira. Eles não me deixaram desesperar. Samuel — podemos chamá-lo assim? — adora cozinhar e cultiva uma suave hipocondria. Devido à sua excelente saúde e a uma notável gulodice, está proibido de fazer dieta; ora, eu de minha parte devo cumprir uma dieta rigorosa, e Samuel me estimula a renunciar às gorduras tal como ele próprio renunciaria se estivesse adoentado.

Dominique está chorando. Ela veio de outra capital européia e me encontrou magro, desorientado e terno. Mostrei-lhe as ladeiras de Montmartre, suas escadarias, e sobre os telhados retorcidos pela pátina violácea, o firmamento íngreme, de um azul diáfano.

— Magritte — eu lhe disse — tem um quadro que lembra esta tarde. Vemos em primeiro plano, na base da tela, um casario surpreendido na madrugada; sobradinhos sonolentos; as vidraças apagadas; na rua em frente das fachadas, um lampião alumia a marcha erma dos notívagos. Não há notívagos; não há gatos nos telhados; e sorumbático, esquálido, um cão amarelo *de* forma alguma atravessa, lerdo, a cena tristonha. Entretanto, sentimos a necessidade: é imperioso crer no bêbado que acenderá o cigarro sob a luz do lampião, e no gato espreitando do outro lado da chaminé de tijolos, e no cão esquálido, fulvo, que surge farejando de um lado a outro da tela. Pois muito bem. Por trás da penumbra e do isolamento sem remédio, a manhã mais azul e ouro resplandece. O amanhã, o amanhã — inquietante como um ladrão!

Esse quadro de Magritte, que você pode ver no Centro Pompidou — continuei falando, no intuito de consolar Dominique — me lembrou a cena absurda de Lisbeth e Nietzsche. Ele, o glorioso irmão de Lisbeth, por todos os seus semelhantes ignorado, e por todas as idéias malferido, vem bruscamente da soturna loucura e, os olhos despertos em chama lúcida, murmura atônito: "Por que choras, Lisbeth?... Acaso não somos felizes?" Porventura, digo eu, o amanhã não é uma clarinada azul e ouro, no avesso desta noite amargurada? Oh Senhor! Vem comigo, Dominique, vamos ver a exposição de Magritte...

Foi quando me ocorreu que, no Rio, muita gente deve estar preocupada comigo. Estarão pensando que... Oh não. Meus amigos, meus inimigos, o quadro que venho pintando é o da minha transformação em coisa melhor. Tudo o que estava sujo no meu corpo e no meu espírito, toda essa lama acumulada, vou largando na estrada. Estou ficando limpo e espero, pacientemente, tornar-me límpido. Não negarei que dói muito, mas a recompensa (o amanhã radioso) vale o preço que venho pagando. Entrementes, escrevo a crônica da minha viagem por dentro de mim; descrevo a passagem da juventude à idade madura; e em momento algum me esqueço de que isto é literatura, a impudica literatura existencialista, feita de fragmentos soluçantes — e que, ao menos na minha geração, ninguém ousou ainda experimentar.

Estou perto do homem do quinto andar — eis tudo. O homem do quinto andar, no Wetter Hotel, subia pesado os degraus, pelas duas horas da madrugada, e vinha falando sozinho. Cada lance da escada tem 17 degraus; ele subia cinco lances, fatigado, bêbado e preocupado com sua sombra, a qual lhe é fiel como um anjo. Eu escutava a sua ascensão, degrau por degrau. Ele passava pelo quarto andar, onde eu escutava, e subia mais 17 degraus. Abria a porta. Jogava-se na cama, que rangia, estremecendo o assoalho. Para ele, era o assoalho; para mim, no andar de baixo, era o teto que estralava. E então o homem se punha a cantar... Uma voz gorda, sábia e mansa, de cinqüenta e poucos anos de idade. Cantava, por incrível que pareça: "*Allons enfants de la patrie,/ Le jour de gloire est arrivé!*" Cantarolava a Marselhesa, consolando sua sombra — até que, ela, a sombra, adormecia, e o homem abria e fechava a janela, deixava a água escorrer da torneira, descalçava espalhafatosamente as botinas, povoando de barulhos bruscos sua insônia e nostalgia.

E eu no quarto andar admoestava deste modo a minha dor de vesícula:

— Você é fútil, companheira. Mire-se no sofrimento do homem do quinto andar, um sofrimento que lhe advém de uma ferida na inteligência!

E eu por minha vez adormecia, bem como a minha espasmódica, minha estúpida vesícula.

Nos jardins da escuridão

"Aquilo que não me mata, me torna mais forte."

Nietzsche

Quarta-feira — Após quatro dias de antibiótico, a dor não apenas continua instalada em minhas tripas como recrudesceu. Talvez eu esteja carregando a morte em mim, a minha morte madura, cansada de preparar-se para florir e disposta a tomar conta de tudo aquilo que um dia fui eu. Não tenho medo, mas faço questão de ser enterrado ou cremado no Brasil. Quero me diluir no mapa da minha pátria, familiar como um rosto querido. Um sonho delicioso: Maria do Arco-Íris ao meu lado, chamada às pressas para colher o meu derradeiro sorriso de gratidão e saudade. Vivi, fiz loucuras adoráveis, amei algumas pessoas. Outras pessoas me amaram e deixei sofrer. Alguns me estimaram, outros me detestaram. No fim, toda existência termina empatada, excetuando a das crianças que não tiveram ocasião de escolher. Durante algum tempo sentirão minha falta, assim como se sente a ausência brusca e inexplicável de um mosquito que descia a fazer cócegas num nariz chateado, e finalmente me esquecerão. Ah! A doçura de ser esquecido! A paz de surgir esmaecido num retrato de formatura e perguntarem: — Como era mesmo o nome desse aqui?

Escrevo em completo desconforto na madrugada do Wetter Hotel, esse cubículo que em nada se assemelha a um lar, esse microcosmo exato de qualquer existência de homem. Digo pois a verdade: saber que vou morrer elimina o pavor que tinha da morte. Mas será que vou morrer? Não é rebate falso? Não será o ensaio geral de uma peça cuja estréia adiarão *sine die*?

Seja como for, aceito a dor que me oprime; e quero passear de olhos bem abertos nos jardins da escuridão.

Sábado — Os dentes do mar são os peixes, flechas de luz, pura fome; no mar só há necessidade, nada é fortuito ou gulodice. Abocanha os transatlânticos embalados na ilusão dos violinos. O mar é um leão a quem as balalaicas trazem um furor vingativo. Ah! Deixa-me a balouçar na escuridão musculosa, a degustar a minha morte ébria de não ser outra!

Entre a pirâmide e a miragem, o cameio engole bolhas de sol ácido.

Atrás do seu bigode espesso e frenético, o Samuel está a me desenhar. Seu lápis devora folhas e folhas de papel. Às vezes cintila um Dostoievski por trás do meu nariz; outra vez é Lenin com sua testa larga, calva e implacavelmente compassiva. Por trás da vidraça do banheiro varada de luz grená, a Jô está a tomar banho de *Badedas*. Um cheiro de calcinhas de noiva suspende-se na noite fria e fina de Montmartre. Dormem nos cemitérios famílias reunidas em jazigos perpétuos, seus nomes inscritos no mármore, e as datas do passamento. Tive um amigo fanho: campeão no jogo de damas, resolvia por correspondência os mais complicados problemas: as pretas fazem o lance e, tudo perdido, vencerão as brancas. Tive uma viúva siciliana por afinidade. Tive um asilo de velhos a esperar-me, a fachada arruinada, numa curva de minh'alma. Finalmente tive tudo aquilo que os caranguejos não querem alojar em suas túnicas de lua e de lama.

Paris é roxa como um soco no olho.

Domingo — A médica de cabelo ruivo me aplicou uma injeção no traseiro magro. Diz ela que não vou morrer tão cedo — e eu replico que, esvaindo-se a dor que incha a consciência que tenho do Absurdo, posso morrer tranqüilo, posto que angélico, e crescerão asas em minhas espáduas, e voarei para o céu dos nostálgicos. Ai que saudade que tenho, de fato, que saudade da vida que não era essa adrede construída num planeta indecifrável. A médica tem sardas no rosto. Certamente as clavículas também andam salpicadas de sardas. Felizmente minha sensualidade hiberna, por não ser compatível com a dor, pois não misturo amor e masoquismo. Do contrário eu lhe morderia a clavícula e lhe arrancaria uma fremente gota de sangue da jugular sob a pele clara como o luar num sonho de Sherazade!

Vamos?

Manhã primaveril fechando fevereiro com chave de ouro. E me ponho a andar, como todo mundo. No eixo Saint-Michel/Saint-Germain, contrariando minha vesícula que se acha em estado lamentável, provocando dores que não me deixam dormir uma noite sequer, mas ao amanhecer me sinto bem-disposto (moralmente falando) e lá vou eu andando como todo mundo. E no eixo, entro no Café de Cluny, um boteco bastante agradável que funciona quase ininterruptamente, e peço ovos com presunto e suco de *pamplemousse*. Ao diabo com a vesícula, só daqui a quatro dias, de manhã cedinho, vão tirar dela uma radiografia contrastada; até lá e além, até que um eminente especialista se pronuncie, estarei condenado às famosas dores. Entretanto, escrevo no meu caderno esta frase auspiciosa, se bem que bombástica:

"Aqui, a alma desorientada, embora a carne não vá bem, reencontra os antigos caminhos de sua perdição; sua revolta juvenil."

Isto quer dizer que voltei à fonte: os filósofos existencialistas. Leio um livro por dia. As notas de leitura serão arrumadas em crônicas inseridas entre estas anotações de viagem. Mas o Cluny está vazio a esta hora e me lembrei do outono de 75, quando aqui estive todas as noites, entre uma escapada e outra aos lugares que me interessava visitar, e me pareceu o mais alegre bar de Paris, tirante o Le Select e ganhando longe do La Coupole. Hoje me pergunto: mudaram os parisienses, ou mudei eu? — Mudei eu. Bebendo aos potes naquelas noites, trazendo para cá minhas camundongas e meus companheiros, quem fazia a festa era eu mesmo, quem tornava o bar alegre era a minha presença tempestuosa. Hoje, completamente abstêmio — mas me recuso a declarar guerra à boemia —, fico no ritmo europeu do ambiente: calmo, estudioso, atento, sonhador, nunca intempestivo.

De vez em quando passa um brasileiro. Já andei quatro estações de metrô com um cidadão que vi sair da agência da Varig e que se pendurou no trem ombro a ombro comigo, e viajamos em silêncio enquanto ele lia um jornal de São Paulo. Ele sabia bem quem sou eu e desconfio que sei quem é ele. E daí? As aproximações em que me gastei nos últimos 20 anos eram apenas pretexto para estudar *in vitro* (ou seja, no botequim...) a alma dos meus dessemelhantes. Agora não há dúvida que sou diplomado, doutor em alma humana, a não ser que o desgosto mais profundo me tenha forçado a abandonar a meio caminho essa dilaceradora universidade. Os novos amigos, se surgirem, terão que demonstrar as qualidades que aprecio: lealdade, sinceridade, desprendimento, ternura sem mácula e inteligência intimorata. Os demais que se afastem: minha solidão precisa de espaço para florir. Não foi à-toa que cheguei aqui no inverno: fugia não do verão, mas do Deserto.

Quanto aos brasileiros exilados, devem estar famintos de informações frescas enquanto eu, francamente, não quero nem saber de política nacional. Paguei o preço, gastando-me na controvérsia e tive o desprazer de ver até mesmo, por dentro, o mecanismo mais indecente que se possa imaginar — sempre tendo-se em conta, que minha preocupação dominante nesses dias era a atividade política. Um mecanismo indecente: pequenos patrões de esquerda extremada, *nouveaux riches*, explorando desapiedadamente alguns intelectuais também esquerdistas, no sentido amplo do espectro. Essa exploração, está claro, feita de maneira astuciosa, desde que o gancho da camaradagem impede, quase sem querer, o funcionamento da caixa registradora... Ladrões de *gauche* lutando pela libertação das classes oprimidas! Tão Brasil! Embora não seja elegante, cuspo neles — e me reservo o direito de narrar esses acontecimentos na ordem transcendente em que eles se vão arrumando, entrelaçadas a minha memória e a imaginação. Não adianta que a vesícula não vai me matar: escreverei agora o romance da minha geração. E pouco importa o resultado, isto é, se será um belo romance ou uma (mais uma) aventura frustrada: nasci mesmo — e é inelutável — para descrever o lado da moeda que não desvanece ninguém.

Ah! Terminou o café do Cluny, meu pequeno almoço. Lá fora faz sol, mais um dia que a primavera rouba a neve e a chuva. Vamos ficar alegres?

Guerra e dor

C'est la Guerre, dizia a manchete do *France-Dimanche*. No quiosque de lona azul, rodeado de parisienses encapotados, cada qual com sua *baguette* debaixo do braço, me dá medo de ser a terceira guerra mundial. Porque o único jornal que circula aqui aos domingos é o *France-Dimanche*, especializado em fofocas. Em suas páginas, as pequenas guerras ocupam uma coluninha mixuruca lá dentro, esmagadas entre quem-casou-com-quem e quantas voltas tinha o colar de pérolas d'alguma velha arquiduquesa russa, excepcionalmente retirada do baú para ir ver em Beaubourg a exposição de Kandinsky.

Et voilà! São os comunistas que se entre-estraçalham. Os chineses decidiram demonstrar aos vietnamitas que, doravante, o buraco será mais embaixo. Sem essa de invadir o Camboja em nome do solidarismo proletário. Muito embora o Camboja, vocês sabem, tenha inventado o inferno sobre a Terra, uma atrocidade tamanha que não se pode descrever em língua de gente. Os russos rosnam: que os chineses também não se iludam. E o velho Marx, no Purgatório, solicita visto de passagem para o Céu, alegando que se arrependeu de ter escrito *O Capital*. Tenho pena de Karl Marx, ele realmente sonhava com um mundo melhor, igualitário e pacífico.

Enquanto o mundo se torna cada dia mais sombrio, como se vivêssemos na atmosfera atormentada da *Guernica* de Picasso, vou com amigos ao Hôtel-Dieu — belo nome para um hospital! Apresento a carta do Dr. Schiaparelli, grande figura, excelente clínico, que solicita a minha internação urgente. Minha vesícula dói tanto que, estando com Dominique — ela veio de Amsterdã especialmente para me dar conforto moral — não encontro jeito de sorrir sem articular a máscara do sofrimento. Aos médicos, meus amigos, aí do Rio, devo explicar que eles estavam certos, fizeram diagnóstico correto. Mas o laboratório de pesquisas biológicas, que me indicaram como sendo um dos melhores do Brasil, provavelmente trocou o resultado dos exames de sangue. Quando cheguei ao Galeão, meu sangue não apresentava qualquer anormalidade. Duas semanas depois, em Paris, outro exame acusava uma infecção na vesícula que se ainda não me levou para o túmulo é só porque não pretendo morrer antes de 10 anos e quatro novos romances, um dos quais me dará o Prêmio Nobel.

Enfim, tenho muita coisa a fazer na Europa, muitas crônicas-reportagens inscritas no meu caderno de andarilho, porém antes há que curar a vesícula, quando não extirpá-la. Espero que ninguém se preocupe exageradamente comigo. Para o escritor, desde que sobreviva, toda experiência enriquece. E se ele morre no processo, acreditem que seus cromossomos, em conluio com sua complexidade psíquica, decidiram partir desta para melhor. Um escritor só morre por volição ou assassinado. Ora, não tendo inimigos obliterados pela paixão homicida, será inútil esperar que eu apareça, seja onde for, com um punhal nas costas.

A dor dói e eu a sofro. Às vezes é intolerável. Algumas vezes, até a cama onde estou deitado começa a doer. A dor extravasa de meu corpo e se alastra nos objetos em que me apóio. Mas quando ela passar, saiam da frente os estilistas de salão, porquanto ocupará a cena um ficcionista que trabalha com a enxó...

Podemos terminar este bilhete com uma nota de humor negro. O pai de uma amiga minha, hoje septuagenário, não se cansa de apregoar o fato de já ter emplacado os 70. E de vez em quando vem a Paris, e se hospeda no Hotel Maurice. No dia seguinte, telefona aos filhos — que venham (um dos filhos é médico), que lhe tragam carinho e conforto! Pois ele não tem medo de morrer em Paris. O medo que ele tem é de voltar ao Brasil fechado num caixão de chumbo.

Por que os americanos, me digam, por que os japoneses, tão engenhosos, não inventaram ainda um caixão menos claustrofóbico?

Até logo, crianças. Me queiram bem, que vou viver ainda muitos anos.

Quinquilharias

O contra-ataque do inverno, batido por sucessivas manhãs primaveris (azul e ouro) e noites límpidas, não se fez esperar. Neste momento uma chuvarada gris desaba na Rua Saint-Jacques. São 13h40m e estamos em *mercredi*: quarta-feira. Até ontem eu não sabia recitar na ordem certa os dias da semana em francês. Agora sei: *dimanche*, *lundi*, *mardi*, *mercredi*, *jeudi*, *vendredi*, *samedi*. A dificuldade decorria de algo tão simples, mas tão arraigado em nossos hábitos brasileiros — o primeiro dia da semana, para nós, é segunda-feira — que ninguém deve me considerar particularmente estúpido, embora geralmente eu até prefira ser estúpido, sim. O caso é que nunca fui um decoreba no sentido melancólico da palavra: só guardo na memória aquilo que passou pelo crivo da experiência. Sou, portanto, refratário de nascença às abstrações, por mais grandiosas que se apresentem, e por isso mesmo não dou muito valor às noções de pátria, família, glória e coisa e loisa.

Família, em minha opinião, é aquela que me acolhe e em cujo seio me sinto em casa. Glória, quando chamada à medida humana, é aquilo que aureola um danado como Baudelaire, um maldito como Van Gogh e o mais solitário e infeliz dos artistas: Nietzsche. Já a pátria, eu a amo quando diluída em seus símbolos e no calor do meu povo: a bandeira brasileira, o Hino Nacional, a nostalgia das caravelas e dos descobrimentos, que tanto nos liga ao mar a ponto de fazer de nós inimigos inconscientes da floresta bravia. Qualidades e defeitos de nossa raça brasileira, em cujas veias correm sangues variados — sim, eu vos amo! Mas não daria a vida pela minha "pátria", se, por exemplo, o governo declarasse guerra ao Paquistão. A pátria não é o governo — nenhum governo — e isto que é filosoficamente óbvio, politicamente os poderosos do dia, com a força e a propaganda, acabam por tornar confuso, em proveito próprio. Se o governo tem um projeto de nação, nada me impede de sonhar com outro projeto, que lhe seja quem sabe diametralmente oposto.

Ora bolas! O Brasil estava assim quando o deixei há poucas semanas: necessitando urgentemente de desembaraçar os conceitos básicos do cipoal em que foram constrangidos. (Isto que estou dizendo vale tanto para os direitistas quanto para os esquerdistas, extremados ou não, armados ou desarmados.)

Voltando à vaca fria: a chuvarada na Rua Saint-Jacques faz um barulhinho no ombro, são quebradiças gotículas de gelo. Provavelmente, ao terminar este bilhete, encontrarei o Boulevard Saint-Germain transtornado por uma rajada de neve, esse espetáculo festivo que nos lembra (mas promovida pela Natureza) uma chuva de papel picado na Avenida Rio Branco, ao meio-dia de 31 de dezembro.

Hoje comprei uma calça de veludo mostarda. Duas semanas atrás comprei um blusão de nylon marca Levi's, negro-brilhante, e uma boina de veludo azul-escuro. Antes disso eu andava com um pesado capote de pele de cabra, franjado do pescoço à cauda. Um capote de príncipe, um capote de Dr. Jivago entrando no Teatro Bolshoi para uma seqüência de filme de Hollywood — ou definitivamente, o próprio capote do santo-mártir entre os burocratas humildes, Akaki Akakievitch! Mas era uma vestimenta que, como diz o Alécio, cria situações, e uma vez criada a situação, você tem que se mostrar digno dela. Seria preciso cantar em voz alta, passar a mão no joelho da dama ao meu lado num restaurante três estrelas, discutir a guerra China-Vietnã com um búlgaro — mas ele falando búlgaro e eu português... Assim se criam as situações, quando se usa um capote monumental como esse que me foi emprestado por um amigo. Mas, para honrálo desta maneira, eu precisaria beber. Tendo me proibido a bebida (embora os médicos não sejam tão radicais), sou um tímido dos mais refocilados em sua pudicícia. Era, portanto, imperioso abandonar o capote, declarada de uma vez por todas a nossa incompatibilidade de temperamentos.

Na Rua Saint-Jacques há uma pequena butique Levi's e ali comprei meu blusão. Com meu blusão e meu boné, me perco na paisagem elegante, sou qualquer um. Qualquer um, vírgula: ao ver-me chegar fantasiado de outra maneira, o *maître* do nosso bistrô habitual me apertou a mão:

— Quer dizer que, doravante, o senhor se apresentará deste modo, fazendo o autêntico gênero *voyou*... Parabéns!

Voyou é malandro, porém, um malandro quebra-galho, chegado às pequenas contravenções, mas incapaz de um gesto criminal. Na mitologia cinematográfica dos cariocas: Hugo Carvana é *voyou*. Jece Valadão seria barra-pesada.

Bem, a chuva terminou — Paris me espera. *Au revoir!*

Hora de Ave-Maria

Acicatado pela dor, que cada dia se torna mais cruel, acordo o *patron* do Wetter Hotel que dorme num cômodo junto ao balcão de recepção, ele estremunhado e assustado enfia umas calças por cima do pijama, suspende uma pesada trava de madeira, enfia uma grande chave na fechadura e a porta da rua se abre, eu lhe digo um *merci* enraivecido e já vou subindo a rua Saint-Jacques, na montanha Santa Genoveva (a padroeira de Paris), são seis horas da manhã, os cães ladram nas vitrinas de comestíveis — esses grandes cães de guarda que a longa reclusão tornou irascíveis. No palor de cobre dos lampiões vou subindo. Lá no alto da montanha me oriento por um painel do metrô: estamos em Denfert-Rochereau, há quase meia hora estou indo em sentido contrário. Faço meia-volta. Desço. Andar é a única maneira de distrair as fisgadas fulgurantes nos meus quadris.

Venho de passar outra noite de cão. Às oito horas, na véspera, comi um sanduíche de queijo com presunto. Como estava gostoso! Meu apetite voltou a funcionar em Paris, o paladar e o olfato refloriram, tenho fome de pão, de queijo, do porco agridoce de um restaurante vietnamita na Rue des Écoles, do *cassoulet* da Brasserie Balzar, das tortas de pêra, dos ovos fritos com presunto, e principalmente o pão, o nunca assaz louvado pão de Paris que, após uma refeição monumental, ainda serve para rasparmos o prato e ainda o quebramos na boca e o mastigamos enquanto esperamos as frutas, os queijos, o sorvete... Às nove horas da noite, ainda na véspera, produzi um jantar de faminto proibido de comer: duas caixas de biscoito amanteigado e uma garrafa de suco de fruta. Nada mais me será permitido consumir até a manhã seguinte, quando em jejum absoluto devo entrar no Hôtel-Dieu. Se não posso comer, muito menos tomar algum remédio que alivie a dor... Eis por que um animal ferido sobe rapidamente a montanha, e só lá em cima descobre que marchou em direção contrária à do seu destino... Muita gente pega a trilha errada, mas eu avanço nela com tal ânsia de me perder que finalmente me pergunto se não tem sido justamente a perdição o que venho procurando...

Finalmente atravesso a praça em frente à Notre-Dame — mas pensando bem, por que não, me sento num banco e por que não, rezo uma Ave-Maria, não tenho medo de morrer mas tenho medo de enlouquecer de dor, e neste caso por que não rezaria? Se quando era criança e, transido de pavor, me arrependia de todos os meus pecados, por que não balbuciaria agora uma Ave-Maria? Porventura alguém, no fundo do coração, pode ter mais de sete anos de idade?

Na manhã gelada um vulto se aproxima. É Dubonnet. Ele sofre de insônia e só adormece de madrugada; por isso, acorda pelas 10 da manhã. Mas deu um jeito, acordou cedíssimo e veio ao meu encontro, para me dar apoio moral. Ele se aproxima, pequenino, leve, num capote rosê, tendo um lenço de seda violeta em torno do pescoço. Não nos falamos; não nos apertamos a mão; apenas nossos olhos se defrontam e, num sorriso de pálpebra, viril, levemente gaiato, nossos olhos dizem tudo. Vou entrar no hospital e vão examinar minhas tripas. Depois disso, tudo pode acontecer. Estamos de pé, um diante do outro, eu de frente e Dubonnet de costas para a catedral. Posso estar com câncer, por que não? Certa ocasião passei sete, oito meses — dia por dia — acompanhando a evolução de uma dor "no estômago" de um querido amigo, o elegante playboy A. S. A dor, esse objeto indescritível, essa ausência que apunhala, alastrava-se em seu aparelho digestivo. Ele desistiu de sair. Ficava deitado no quarto ou numa poltrona da sala. Todos os dias, pelas duas da tarde, eu chegava com alguns livros, bebia uns uísques, almoçava com A. S. Ele geralmente provava a comida e desistia de almoçar. Bebia. Tornou-se neurastênico, foi brutal com a mulher que eu então amava e que era uma criança. Eu disse a essa criança: "Quem foi brutal com você não foi ele, e sim a dor que o consome." Ele lia os livros que eu trazia. Eu também lia. Ele brincava:

— Quem diria... Você acabou transformando minha casa num Real Gabinete Português de Leitura... Eu quando era jovem passava sempre pelo Real Gabinete Português de Leitura, um prédio tão bonito ali na Praça Tiradentes, e imaginava os livros maravilhosos que deveria haver nas prateleiras... Nunca entrei lá, mas sonhei muitos livros que deveriam estar naquelas prateleiras... E agora estou lendo aqui com você... Romances policiais e de espionagem... Sabe que está me agradando? Nunca pensei que ler fosse tão bom...

E assim ele foi definhando até morrer. Não deixei um dia sequer de visitá-lo. Ele era bem mais velho que eu, mas a amizade eliminara essa distância — e outras. Eu gostaria que ele chamasse um médico, mas ele resistia. Depois que tudo terminou, compreendi que A. S. sabia perfeitamente qual era a doença de que deveria morrer.

Agora, andando lado a lado com Dubonnet a caminho do Hôtel-Dieu, pensei que poderia estar indo ao encontro do nome da minha morte. Por que não? O saudoso A. S. era grande, belo e saudável no momento em que sua máquina de viver começou a pifar. E eu que sou feio, pequenino e doentio? Eis aí.

— Coragem — disse Dubonnet.

— Foi tudo muito bom — repliquei. — Levo algumas alegrias e esqueço os ferimentos morais. Perdôo. Peça à minha adorável Maria que queime todos os meus escritos inéditos. Não há nada agraciável nesses papéis, nem foram escritos para serem divulgados. E, evidentemente, os poucos amigos devem tomar um pileque monumental em minha homenagem...

Desgraça pouca é bobagem

Sala de espera do setor de radiografias. Entre as pessoas que esperam, destacam-se uma velha e um homem jovem. A velha está toda vestida, num conjunto saia-e-blusa cinzento, meias opacas, sapatos de fivela dourada e um chapeuzinho com uma grande pérola falsa espetada. Se não estivesse numa cadeira de rodas, segurando na destra a bolsa de alça e na canhota um saco plástico cheio de material amarfanhável, pensaríamos que se arrumara assim para ir à missa ali pertinho. A velha está gemendo. No rosto magrinho e enrugado, a expressão é de criança chorona. E seus gemidos variam: uiii-aaaiii-ueuuu... Ela muda de tom como se a natureza do seu sofrimento variasse. E ninguém, até certo ponto, se julga na obrigação de socorrê-la, pois a expressão da velha e seu murmúrio infeliz se assemelham demasiado aos de uma criança fazendo birra. Finalmente uma senhora de aspecto saudável se aproxima dela e pergunta onde lhe dói.

— Aaaaiii... uuuiii... ucuuuu — faz a velha. E se põe a reclamar furiosa. O caso é que a largaram ali com a bolsa na destra e um trambolho dum saco plástico na canhota e ela quer coçar o joelho e não sabe onde botar esses dejetos... A senhora saudável sorri. "Não seja por isso", diz, e pega o saco e puxa uma cadeira e coloca o saco na cadeira e depois faz o mesmo com a bolsa. Então a velha senhora coça gostosamente ambos os joelhos e — despudoradamente, cinicamente, volta a gemer, ganir, uivar...

Quanto ao homem jovem, já não é um rapaz, também chegou numa cadeira de rodas, mas usa o pijama do hospital. Tem a cabeça rapada em ponto-zero e um rosto profundamente desgostoso. Ao lado dele uma ruiva bonita, tipo noiva, acende um cigarro e lhe oferece. O homem esconde o cigarro nas mãos em concha e suga a fumaça profundamente. Percebe-se que está transgredindo o regulamento interno; percebe-se igualmente que sofreu o diabo lá dentro e não acredita que vá viver ainda muito tempo. Quando cruza as pernas e um chinelo cai no chão, observamos um pé magro e amarelo de pré-cadáver. Ele está revoltado porque vai morrer — isto se percebe!

Mas me chamam e vou. A médica com focinho de raposa (todavia é bela!) e olhos muito negros me deita num objeto metálico, gelado, em forma de maca. Faz frio e estou de torso nu. Ela se dirige a um compartimento envidraçado onde estão os painéis de controle. Antes disso, ajustou sobre o meu ventre um aparelho de televisão semelhante a uma chaminé de cabeça para baixo. E agora começa a trabalhar: "Não respire... Respire! Vire o corpo na minha direção — docemente!" Ficaremos 15 dias assim. Depois *Mademoiselle le docteur* Renard introduz no aposento um velho completamente banguela que também veste pijama e, ao tirar o paletó, deixa à mostra uma carnadura mole, branquela, corcunda. Agora, o velho e eu alternamos na cama metálica ou que outro nome tenha. Enquanto ele vai, eu fico espiando suas vísceras projetadas num monitor de TV. O velho até que não está muito escangalhado, não. Em comparação comigo...

Sim, eu que deveria publicar em fac-símile esses documentos médicos, como fazem os pintores conceituais, apropriando-me nos diversos tipos de escritura relacionados com minha dramática experiência de turista derrubado em Paris por uma doença que já vinha há muito tempo roendo minhas tripas e que poderia ter sido diagnosticada antes de agravar-se desta maneira, pois no Rio temos essas mesmas engenhocas eletrônicas, inclusive no Hospital de Ipanema já me submeti a radiografias do estômago... Mas como é que eu poderia saber que não era a bebida que me fazia mal — que a partir de certo instante a bebida já não tinha nada a ver com os sintomas? Pois eu mesmo "vendi" ao distinto público uma personalidade alcoólica que nada tinha a ver comigo... Eu era uma ficção — o Carlinhos Oliveira apronta e quem paga o pato é o José Carlos, boêmio moderado, não o meu duplo, mas eu mesmo no singular...

De oito da manhã ao meio-dia rolei o meu esqueleto naquela cama metálica. Em jejum absoluto. Padecendo dores cruciantes e sem poder tomar sedativos. Pelas 10 horas (quando entrou o velho *clochard*), Dra. Renard me apresentou um pote e me mandou beber o conteúdo: uma gosma amarelada. Bebi fazendo careta, mas no caminho aspirei a gororoba e percebi que era saborosa. Chama-se "sopa de Boyden". O Dr. Boyden produziu quimicamente essa beberagem equivalente a dois ovos fritos. Dez minutos depois que você engole, ela provoca uma contração da vesícula, exatamente o efeito produzido por dois verdadeiros ovos fritos, de preferência com presunto, e com pão... Por que o Dr. Boyden insiste em humilhar a gente com sua sopa de aspecto repugnante, quando seria cabível e humanitário oferecer às suas vítimas algo tão delicioso quanto dois ovos fritos? Não sei; mistérios da Ciência...

Quando terminou essa etapa de minha odisséia, apanhei na caixa o meu passaporte (depois de pagar pelo sofrimento, está claro) e, em outro guichê, as respectivas radiografias. Sentei-me então num bistrô — e devorando um gigantesco sanduíche de queijo com presunto, tomei conhecimento das conclusões da Dra. Renard.

Colessistografia oral — Nos primeiros clichês, a vesícula biliar é de tamanho grande. Não existem litíases vesiculares. E depois da sopa de Boyden, a vesícula se evacua em prazos normais. Há opacidades atípicas de calcificações de tipo pancreático.

(Desgraçadamente, há também artefatos.) — O canal hepático aumentou de volume, o colédoque parece laminado em sua porção pancreática.

Conclusão: pancreatite calcificante. Completar o exame por uma colandiografia.

Pancreatite calcificante. *Et voilà*, o nome do defeito no meu motor! Ainda haveria outra surpresa, porventura mais dolorosa, conforme relatarei adiante; mas naquele momento o medo encheu de fato o meu coração e transbordou, não por causa da pancreatite calcificante, e sim pelo "desgraçadamente" que escapou à fria apreciação da Dra. Renard... "Desgraçadamente, entre parênteses, há também artefatos"... Diante disso, abriu-se à minha frente a perspectiva da morte.

Um dragão nas tripas

Quanto ao exame de sangue requerido pelo Dr. Schiap, 16.400 leucócitos (em mm^3) indicavam que por dentro das minhas vísceras a situação não era nada agradável. A infecção visivelmente antiga, alastrava-se 4.400 m^3 além de um quadro já gravemente infeccioso. Os antibióticos do Dr. Schiap exterminaram os leucócitos, que são todavia bichinhos de sete vidas, e eu precisava correr ao Hôtel-Dieu antes que eles se reagrupassem em suas grotas e tocas, quais guerrilheiros de libertação que um feroz bombardeio aéreo matou e mutilou, sem contudo exterminar completamente. Em pouco tempo, os sobreviventes recomeçarão suas escaramuças, a menos que...

Olhando de frente a fachada inverossímil da Notre-Dame, na qual a pedra maciça, tão sábia, e duramente trabalhada, parece guardar em si o diáfano poder da levitação — bastando para isso que um Anjo qualquer, ou homem santificado na penitência, lhe diga: "Levante-se do chão e voe!"; contemplando-a de frente, teremos à nossa direita o Sena turbilhonante, que parece descer apressado ao encontro de algo muito importante para os lados de Saint-Michel, e à nossa esquerda o pesado conjunto do Hôtel-Dieu, construído não muito depois da catedral, e que representa o núcleo do sistema hospitalar da capital francesa.

No dia 19 de agosto de 1944, um *guardien-de-la-paix*, trajando aquele uniforme azul-marinho com casquete de pala dura e comprida, que é também um dos emblemas turísticos de Paris, foi fuzilado contra o muro do Hôtel-Dieu, no curso provável de uma expedição punitiva das SS de Hitler. Hoje, uma dália no muro relembra esse episódio. Nesse mesmo dia e ano, ao amanhecer, em Vitória do Espírito Santo, um menino descia descalço da cama e pisava por primeira vez o chão do seu 10.° ano de vida. Chamava-se José Carlos e era no chão da vida que pisava, não na estrada da existência, pois esta última só palmilhamos a partir do momento em que nos decidimos a procurar um destino, seja qual for. Três décadas e meia depois, José Carlos iria encontrar o seu destino, ou melhor, o dragão empedrado de sua morte, escalavrado, tendo a desdentada boca obliterada por um chumaço nauseabundo de gordura entupida — lá estaria ela, a sua morte, gelatinosa, da cor do escuro peixe esfaqueado nas profundas do oceano, esse monstro aquático que só nos amedronta e ameaça depois de mortalmente ferido; estava dentro de seu corpo e se projetava em três telas de TV embutidas na parede, isto no gabinete do Dr. Tym, no subsolo do Hôtel-Dieu. Lá estavam as três cópias eletrônicas de um pâncreas — e o pâncreas tinha nesses painéis a forma e a índole de uma bola de futebol recheada de quiques. Uma bola de futebol e também a superfície desolada de uma lua surpreendida pelo telescópio no meio dos astros luminosos que, unicamente estes, dão prestígio aos abismos silentes para os quais se orienta a nostalgia humana. Uma lua gorda, de geografia familiar (se a compararmos com a face da nossa cruel e querida Terra), na qual três objetos brancos, redondos, parecem pousados — objetos que seria preferível não identificar, mas o Dr. Tym, passando o indicador num dos painéis, em razão de seu condicionamento científico, demonstra não poder suportar nenhum objeto sem a sua respectiva etiqueta.

— Está vendo? São três pedras. Ficarão aí pelo resto de sua vida. Você bebeu demais e não consumiu proteínas capazes de compensar o desgaste. O seu pâncreas está escangalhado, *M'ssieu Olivierá!*

Ouvindo essas palavras (mas seria preferível não ouvir, é evidente!), José Carlos procurou em sua enciclopédia cerebral a página referente ao pâncreas. Agarrava-se a uma esperança tão vertiginosa que na verdade parecia jorrar de suas inesgotáveis jazidas de pânico. Pensava: "Eles vão extrair meu pâncreas. Ora, suponhamos que o corpo humano tenha dois pâncreas. Se me extraírem um, poderei viver com o outro; viverei desconfortavelmente, mas viverei! Serei um artista de saúde frágil dando as costas à futilidade do mundo para se empenhar na fabricação de sua obra! Terei tempo; terei calma. Dias e noites consagrarei à edificação da morada da minha alma. Amém."

Mas essa formosa ilusão duraria menos de um segundo... Porque só os desatinados da esperança poderiam supor que há dois pâncreas no corpo humano; posto que há somente um, e se alguém cometeu a imprudência de deixar escangalhar-se o seu único pâncreas, nunca mais recobrará a saúde, nunca mais!

— Dr. Tym... Será que poderei viver ainda algum tempo? Digamos cinco anos... 10 anos...

— Tudo depende de você — disse ele. O Dr. Tym é um homem corpulento e extremamente cioso de sua aparência exterior: unhas bem cortadas e polidas, um bigode negro sobre lábios carnudos. No Hôtel-Dieu, usa o jaleco branco; em seu consultório da Rue Angélique-Vérien, apresenta-se num terno de casimira inglesa, impecável nas abotoaduras de ouro, nos cabelos partidos ao meio e fixados com glostora, na emissão professoral de sua voz de barítono. — De sua disciplina, de seu amor por si mesmo é que vai depender doravante a sua vida — ele prosseguiu. — E também dos médicos. De hoje em diante, você só terá futuro se no presente estiver sob controle médico. Como é mesmo o nome do seu romance?

— *O pavão desiludido*.[1]

— Ahn... O pavão que perdeu sua plumagem... É justamente isso, *M'ssieu Olivierá!*

[1]Publicado em 1972.

História de dor

Ninguém morrerá em Paris por falta de informações precisas a respeito do Hôtel-Dieu. Numa noite de cão, crispado o meu ventre pela dor enlouquecedora que se irradia em formigações de agulha pelas espáduas, reduzido a um repasto de biscoitos amanteigados e goles de suco de *pamplemousse* — ignorando aliás que dentro em breve os médicos me proibirão uma coisa e outra —, ferindo os nós de uns dedos entre os dentes trincados — o que sem tardança provocará pequeno desastre estético —, não podendo sair porque a portaria do Wetter Hotel está fechada e de qualquer maneira eu não saberia onde ir —, tendo recebido um telefonema de Dominique que em outro lugar da Europa defronta intrépida sua própria loucura, não podendo vir de novo ao meu encontro e suplicando que eu vá ao encontro dela, por estar só com seus instintos primários açulados pela intermediação cruel porém promissora de uma psicanalista que fuma charuto e não lhe dá folga, à minha querida Dominique, não permitindo (ela, a psicochata) ao menos aquele átimo de fuga em cujas asas Dominique voaria para o estágio desconfortável, entretanto familiar, de sua velha neurose... Posso me deitar? Não. A cama está doendo! As paredes, o teto, o guarda-roupa, a medalhinha de Nossa Senhora, o Crucifixo de alumínio, a sanfona maciça da calefação que emite um silencioso mas poderoso acorde de baixo profundo, o espelho e meu rosto deformado, a gotícula amaldiçoada que plimplinga da torneira na pia — tudo está doendo, o céu uivou sem parar no curso desta madrugada!

Parei de ler um esplêndido retrato de Nietzsche por Stefan Zweig: as letras embaralham, o sofrimento físico entortou as linhas de composição, as idéias ferem minha inteligência palpitantes como um nervo exposto...

Ansiando por indicações objetivas que me recoloquem no tempo, no lugar e na situação em que me encontro, leio e releio à maneira de quem fervorosamente reza, a papeleta que me deram no Hôtel-Dieu:

"Assistência Pública de Paris — O Sr. Oliveira tem encontro amanhã, às 10 horas, com o Dr. X., no Centro de Diagnóstico, consulta e tratamentos. Guarde cuidadosamente este atestado de consulta, que lhe será exigido da próxima vez. Como chegar até aqui? Por trem: Estação SNCF — Saint-Michel. Pelo metrô: Estação Cité (linha n.º 4). De ônibus: linhas 21 — 24 — 38 — 47 — 81 — 85 — 96. De carro: parqueamento pago em Notre-Dame e no Mercado das Flores. Atenção: as consultas serão dadas mediante encontros marcados em horas fixas; não se atrase. Se não puder vir, telefone antes para desmarcar e combinar outro encontro."

Não, aqui ninguém morrerá por falta de informações... Nem será proibido de entrar no hospital por falta de dinheiro ou documentos hábeis. Qualquer dificuldade desse tipo será resolvida à saída. A mim me bastou mostrar o passaporte e dar um endereço, isto depois de ser examinado por cinco médicos de ambos os sexos, todos beirando aos 30 anos de idade, e que ao se debruçarem no meu pré-cadáver me fizeram pensar na *Aula de Anatomia* de Rembrandt. Finalmente ficamos apenas dois médicos, o Dubonnet que me acompanhava e este vosso malcriado. O médico moreno eliminou os indícios e se agarrou aos sintomas, O médico louro me deu os telefones através dos quais devo combinar os dois primeiros de uma série de exames radiológicos e biológicos. O moreno escreveu uma carta me recomendando ao chefão da Gastroenteorologia, ao qual me apresentarei depois que me entregarem os resultados daqueles exames.

Dois dias mais tarde, ou seja, neste momento de solidão e uivos, recebi um *pneumatique* informando quanto fiquei devendo pela consulta dos cinco médicos. Vale a pena transcrever — ou não vale? Tanto faz. A dor me impele a tresler tais documentos; insólitos ímãs que me puxam para dentro da situação da qual, devo confessar, pensei em fugir me suicidando. (Mas só pensei: o problema do suicídio fechou o seu ciclo de tormentos ideológicos quando, aos 25 anos de idade, me convenci de que o espetáculo, bem ou mal, deveria continuar...).

"Hôtel-Dieu de Paris — 1, Praça do *parvis,* Notre-Dame. — Tenho a honra de comunicar o montante das despesas de consulta e cuidados externos de que V S se beneficiou no dia 20 de fevereiro/79. Total: 172,55 Fr. Peço-lhe o favor de providenciar o pagamento no mais breve prazo possível — seja por reembolso postal, utilizando o impresso anexo; por cheque postal em nome de *Madame* Contador do Hôtel-Dieu; por cheque bancário depositado na conta do Sr. Tesoureiro. Se V S é beneficiário da Assistência Social, queira nos encaminhar seu número correspondente, o número de seu comprovante de pagamento mensal, sua região respectiva e seu endereço; se o tratamento foi conseqüência de um acidente de trabalho, é favor enviar-nos o canhoto das papeletas assinadas por seu patrão." (Seguem algumas ameaças, não muito severas, para o caso de "V S" esquecer de pagar...)

Et voilà! Às cinco horas da manhã, destroçado pela flagelação instalada no reduto de suas vísceras, meu corpo perde a consciência de si. Às nove horas regresso a este inferno corporal. Desço, bebo o café com pão e geléia, fumo os primeiros cigarros saborosos desde que me tranquei no quarto para consumir pilhas de cilindros nauseantes, e me entrego ao anestesiante frio que está fazendo lá fora.

Flocos de neve

Por acaso consultei meu relógio e eram cinco horas em ponto da tarde. Eu saía da melhor *brasserie-bar* que se pode encontrar atualmente aqui, na Rue des Écoles, pertinho da Sorbonne. Através do terraço envidraçado, observei uma transformação brusca na qualidade do chuvisco que há horas, senão há dias, vem caindo sobre as ruas. De vez em quando, a precipitação se avoluma e temos uma chuvarada de inverno, pesada e rápida como as nossas, de verão. Desta vez, contudo, não se tratava disso. Como os caracóis dalguma cabeleira branca cortados a tesoura por um cabeleireiro frenético, rodamoinhavam silentes uns flocos de neve. Ziguezagueavam, conforme os caprichos desse ventinho particularmente frio e enjoado que os homens cultos chamam *bise* — por ser bem diferente da nossa deliciosa brisa e de sua co-irmã, a *brise* deles: — neste caso, uma agitação atmosférica veloz e irritante, a lembrar um agulheiro glacial de conto de fadas que de repente ganhasse asas, transfigurado em multidão de mosquitos finos e quebradiços. Uso muitas imagens para não dizer nada, talvez? Pois é assim a *bise*. No dicionário, chamam-na "o vento do Norte".

Entretanto nem *bise* nem chuvisco *a las cinco en punto de la tarde:* flocos de neve em torvelinho (esta palavrinha cabe neles como a lã na suéter), inquietando os parisienses que dentro em pouco deixariam seus afazeres e marchariam aos zilhões para os trens do metrô, onde viajam amassadinhos uns nos outros, feito os cariocas nos trens da Central, à mesma hora.

Ah, mas eu venho da terra do Sol e esse espetáculo me emociona. Saio à rua e me deixo acariciar pelas borboleteantes mechas alvas (estão cortando os cabelos de Iemanjá, *je le jure!*) que me pousam no ombro e nele se desfazem. Não é caspa, é cabelo encaracolado. Lembra a poda que precede o renascer das árvores, e não a decrepitude morosa das folhas no outono.

Entro no Boulevard Saint-Germain e vou andando sem nenhuma pressa, atrapalhando a passagem agitada dos trabalhadores do *quartier*, que soltam pela boca vapor e queixas quanto à inconveniência do presente fenômeno. "Não se poderia esperar uma coisa dessas, e logo a esta hora... A neve é bela nas montanhas, e poética nos campos, quando se pode contemplá-la através da vidraça, bebendo conhaque ao pé do fogo... Em Paris, ô-lá-lá, é um desastre... *Si çà continue*, daqui a pouco estaremos escorregando na calçada enregelada, quebrando braços e pernas..."

Atualmente não é fácil encontrar um bistrô decente nos grandes bulevares. Estão em decadência. Três vezes num dia, em três bares diferentes, me serviram chá em xícaras trincadas. Tudo muito caro e porcamente preparado. Os garçons impacientes ou totalmente alheios ao serviço. Andei pesquisando a motivação psicológica de tal decadência e não a encontrei: cada pessoa aqui está insatisfeita com o governo, por ser o governo democrático "de centro", porém, satisfeita consigo mesmo — por ser, cada pessoa, um esquerdista militante, simpatizante ou maria-vai-com-as-outras. A extrema-direita está guardada atrás da porta que encontramos em cada bistrô, e que ninguém ousa abrir, porquanto pendurado na maçaneta podemos ler este cartaz ameaçador: "*Attention — chien méchant.*" Cuidado, cão feroz! Atrás de cada porta, um doberman assassino, treinado para atacar o pescoço do intruso, passa os dias rosnando, atormentado pela reclusão, ansiando pelo momento de provar sua ferocidade indiscriminada e algumas vezes incontrolável. Um cão pastor é valente, mas dócil às ordens do mestre, enquanto o doberman tem razões que a própria razão desconhece.

Escolho finalmente uma varanda, pelo motivo que me parece carioca de avistar no interior de sua redoma uma bonita mulher chinesa ou indochinesa. Sento-me ao lado dela. Vejo o livro que tem nas mãos: está escrito em caracteres chineses. Certa ocasião Deng Xiao-Ping disse: "Pouco importa a cor do gato, desde que cace ratos." Intuindo agora a próxima transformação de Paris numa cidade medíocre, mercantil, amargurada por sua mais recente desilusão — a perda da fé no socialismo marxista, provocada pela criteriosa avaliação das evidências — me ocorre jogar com palavras — assim: "Pouco importa a cor do doberman. Concordo. Mas desde que cace o quê? Os democratas liberais? Os turistas? Os ciclistas?"

Tanto faz. Não sou daqui. Rajadas continuam a lançar flocos de neve que bailam nas ruas. Peço café expresso, satisfeito por ter recebido, ainda agora, um sorriso puramente circunstancial da mulher chinesa que está lendo na mesa ao lado. Não foi um sorriso enigmático. Não há sorrisos enigmáticos, muito embora a Gioconda continue desafiando nosso discernimento. E não há chineses ou tártaros, povos exóticos, raças diferentes. Vivi o bastante para não ter mais dúvida de que em toda parte os homens são todos iguais. Ao que um personagem de Faulkner acrescentaria: — e todas as suas mulheres também são iguaizinhas!

Ai de mim

Ri-se da cicatriz quem nunca foi ferido.

Shakespeare

Sofrendo e estudando uma crise dolorosa das mais brutais que se pode instalar num corpo humano, próxima daquele paroxismo de sofrimento que justificaria a aplicação continuada e misericordiosa de morfina — para não falar no suicídio por impaciência e na eutanásia que a seu tempo serão aqui examinados não friamente, mas ao contrário fervorosamente, minha curiosidade se sentiu atraída pelos seus efeitos no meu psiquismo. Haverá tempo e discernimento para a meditação ordenada; em bruto, no entanto, já podemos surpreender tais efeitos por meio da simples denúncia de sua trajetória no meu diário íntimo, um caderno no qual me recuso a fazer literatura. Aqui está, portanto, a dor colhida na fonte, um tempo além do gemido e um segundo aquém do rugido:

Domingo — Dói tudo. Dubonnet *répond pas*, Doc Lang é voz mecânica, metálica, no telefone. Mensagem gravada: só poderemos ouvi-lo em pessoa depois do meio-dia de segunda-feira. *Est-ce qu'il devient donc un vrai canaille?*[1] Ontem à noite a ferida do fraterno desprezo, a humilhação de me sentir abandonado e enjeitado, doeu mais fundo que essas esfoladuras em algum ponto do meu aparelho digestivo. Por que não seria Doc Lang um canalha, me respondam? Suas relações com as mulheres

[1]Ele se transforma num verdadeiro canalha?

que o amam (conheço três, alternadamente) são afetuosas no começo, calculadamente gélidas no curso e abertamente nojentas no final. Artista frustrado que todos sabem mas ele finge ignorar — ou nem sequer artista, apenas a veleidade infanto-juvenil que seguiu cultivando como se cultiva no rosto uma espinha, fazendo-a renascer com sujas unhadas — hem? — o falso artista não teria bons motivos para se sentir anão diante do intrépido, do estrondoso fracasso assinalado por singular talento, que sou eu? Ele me odeia porque desperdiço o dom com que Deus me cumulou e lhe negou a ele? Deus é por definição profético: já vê nos cromossomos quem poderá, se quiser, malbaratar a augusta vocação da beleza e da lúcida simetria... O fato é que estou abandonado neste domingo e ele sabe o que significa. Portanto: para o inferno Doc Lang; o inferno de quem a Arte não passou a asa na testa nem no coração. Quanto a Dubonnet, sendo doido e meu irmão no que der e vier, esse pode me abandonar. Escrevo no Au Saint-Severin, um bistrô de duas estrelas, caro mas decente. La Coupole em miniatura. Caso não haja nada a fazer hoje, irei à missa das 18 horas na catedral de Notre-Dame. Tem órgão, canto gregoriano e, dizem, de vez em quando Deus aparece por lá.

Segunda-feira — Montaigne todo em mármore branco está sentado numa cadeira de encosto alto, com sapatos de fivela tipo Luís XV (???). Pernas cruzadas, queixo na mão direita, quase posição do *Pensador*, de Rodin. Não está fazendo cocô... Rue des Écoles. Passaram batom nos finos lábios marmóreos de Montaigne. Eu nunca tinha ouvido falar em vândalos gays! *Ça devient très violente, la douleur. Eau de Vichy gazeuse avec élixir "parégorique"... Faut écrire une chronique avant trois heures. Telephoner. Paradoxalement, la douceur de vivre* "coexiste" *(la joie de), dans l'ombre, avec la douleur émaigrissante. Jusqu'à quand ça? Oh merde*[2]. Saudade de Dominique. Terá ela saudades de mim? *Lili attend son bébé aujourd' hui.* A poetisa neurótica não é bonita, mas trescala confiança, lealdade e força. O homem dela tem força negativa, trescalando desleal-

[2]Ela está muito violenta, a dor. Água de Vichy gasosa com elixir "paregórico"... Preciso escrever uma crônica antes das três horas. Telefonar. Paradoxalmente, a doçura de viver "coexiste" (a alegria de), na sombra, com a dor dilacerante. Até quando? Oh, merda. (...) Lili espera seu "bebê" hoje.

dade e traição. Por que as mulheres, mesmo as mais nobres, preferem canalhas em tempo integral; patifes sem fissura?

Na minha caligrafia pequenina e torturada, há muito mais coisa anotada. Tecnicamente anoto todos os minutos de minha vida. Um diário completo sem finalidade. A fina flor do absurdo. Transcreverei oportunamente outros trechos, ou não. Está doendo muito o meu pâncreas e não quero ser um escritor em crise dolorosa relendo esse mesmo escritor surpreendido em outra crise dolorosa, isto aqui não é romance de André Gide, não sou moedeiro falso e detesto a ficção fundada em simetrias psicológicas. Odeio os personagens que agem de acordo com seus condicionamentos. Viva a inverossimilhança. *Et merde!*

Beco com saída

Em minha agenda, três compromissos pouco comuns para um turista: exames de sangue, urina e "caca" em dois laboratórios biológicos e num grande hospital da Rue Didot, bem longe de Saint-Germain. Essas coisas me tomarão duas semanas. Em seguida voltarei ao Hôtel-Dieu, onde o Dr. Tym só recebe às terças-feiras. Estamos num meio-dia de sexta-feira; ora, pelos meus cálculos o negócio todo não terminará antes de três semanas — se é que vai terminar depois do meu encontro com o Dr. Tym. Nesse período, pouca coisa poderei fazer além de andar e ler. Ir ao teatro, por exemplo, não dá: durante o espetáculo, a emoção ajudando a dor sobreviria e nenhuma conveniência me forçaria a continuar sentado. Essa dor semicircular que me cinge os quadris precisa de espaço para alcançar o ponto mais agudo; só se atenua, sem ir embora, depois que atravesso em marcha militar dois bulevares e me embrenho na mesma velocidade por suas ruelas. Em suma, sou prisioneiro de Paris. E nem sei se, no fim de tudo, não me darão um diagnóstico irreparável, "você vai me desculpar" (diria o Dr. Tym), "mas o seu caso é de faca e fé em Nossa Senhora de Fátima"...

Engraçado: a Virgem de Fátima tem em mim o seu mais devoto agnóstico. Mesmo que fosse uma alucinação coletiva, sua aparição milagrosa perturba o meu senso de credibilidade; mesmo que fosse uma fantasia, seria uma das mais lindas fantasias do século XX, um século brutal de homens realistas que crêem na morte e não crêem nas evidências de um espaço sobrenatural filtrando todas as coisas e seres para a sua dimensão silente e diáfana e redentora. Não confio nessa morte por achatamento, no sacrifício de Joseph K. nos baldios do Absurdo, se bem que simbolize o destino do homem nas mãos dos seus contemporâneos roídos pelo ódio a Deus, a quem maltratam na pessoa do semelhante. Quando vejo um materialista fervoroso, penso invariavelmente num anjo que houvesse ele mesmo amputado suas asas. Como são feios esses anjos aleijados! E como a compaixão, sincera, neles se manifesta alterada pelo horror a si mesma! Quanto a mim, é de um herói de Dostoievski que peço emprestada a compreensão dolorida de sua paralisia de alma: — Se creio, não creio que creia; se não creio, não creio que não creio. Dá-se então o impasse e nos largarmos no abismo de nossas paixões mesquinhas...

Mas onde ando eu? Ah! Eu ando. Como um frade fugindo das flores num poema amargurado que escrevi, fujo dela e levo comigo a tortura que se instalou semicircularmente na minha cintura. De vez em quando chamo um médico de plantão e lhe suplico uma injeção aliviadora. E durmo o sono bruto do animal que ultrapassou os limites do sofrimento físico, e desperto quando o efeito do remédio já se evaporou, e estou vestido como quando cheguei, nem as botas consegui tirar, e desço de meu quarto de hotel tornado inóspito como uma cama de espinhos e sigo andando, fugindo da dor que me segue a latir, a morder vorazmente o meu pâncreas, sem contudo devorá-lo. Tenho apetite, meus nervos estão em ponto de bala, aspiro todas as variedades de perfume suspensas nos jardins gradeados e saboreio como nunca antes o pão, a manteiga, o sangrento filé chateaubriant e suas batatas crocantes, os biscoitos que se desfazem na boca e que acompanham o sorvete de cassis, o grená, o azedinho sorvete de cassis que é aqui a coisa mais próxima que tem da nossa jabuticaba... Depois de comer, tomo um café expresso que exala um odor poderoso de áfricas negras, acendo um cigarro, espero a dor crescer com o processo da digestão... Imagino o perfeito manual da tirania burocrática, a ser praticada neste planeta depois que triunfarem entre nós as idéias do mais assustador dos terroristas, o velho Bakunin. Por exemplo, na penitenciária dos dissidentes da arte sem compromisso propagandístico, no corredor dos irrecuperáveis, os guardas vão de cubículo em cubículo anunciando as novas disposições baixadas pela Diretoria do Processo Acelerado de Extermínio:

— A partir desta data, fica proibido o fornecimento do último cigarro aos condenados à morte...

Eis no que penso. Quando não estou pensando no assunto propriamente dito... O assunto propriamente dito é a minha chance de escapar vivo desta embrulhada. Em três semanas de vaivém, antes que o Dr. Tym pronuncie a minha sentença, e sem qualquer espécie de medicamento receitado, nada impede que a dor destrua a minha deliberação mágica de sobreviver. Estou seriamente confrontado com meu orgulho; tenho relações muito especiais com Deus... Se Deus não fosse um objetivo a ser alcançado pela conturbação mística — a Graça — que virá donde vier e quando lhe aprouver; se Deus, em outras palavras, já fosse uma realidade em meu coração, eu não suportaria este sofrimento. Preciso da incredulidade para ter esperança... Mas se a incredulidade se aborrece e o sentimento de uma humilhação cósmica torna a prevalecer, sou bem capaz de me atirar nas águas do Sena... Contudo, me conheço plenamente e sei que isso não ocorrerá. Devo fazer um gesto brusco, arrebentar a situação. Vou então à Varig e marco minha passagem de volta ao Rio. No hotel, arrumo a bagagem e fecho a conta. Procuro Dubonnet por telefone e lhe declaro sem mais aquela que dentro de seis horas estarei voando sobre a Europa a caminho de casa...

— Mas você não estava disposto a levar isso até o fim? Saber o nome da doença e fazer o tratamento adequado? Tornar-se um homem todo novo, por dentro e por fora, aqui no seu pequeno exílio?

Tudo isso é verdade. Dubonnet repete minhas palavras, ditas alguns dias antes. Mas insisto: vou-me embora. Ele pergunta por quê.

— Ora bolas — eu respondo. — Porque já estou cansado de arrastar o meu esqueleto nessas ruas geladas, debaixo desse céu constantemente casmurro e, de meu ponto de vista, insolente...

Dubonnet vem ao meu encontro. Outras pessoas vêm ao meu encontro. O Samuel e sua mulher, Jô. Eles me oferecem uma solução intermediária. Aceitarei?

Propósitos de vida

Desde que anunciei a umas poucas pessoas a minha resolução de voltar imediatamente ao Brasil, resolução essa tornada quase irrevogável ao marcar a passagem de regresso para aquele mesmo dia — inclusive arrancando de sua poltrona no vôo noturno um turista sem pressa e, ademais, solícito — um telefonema de Dominique aos prantos, desesperada, suplicando de algum lugar na Europa que eu não o fizesse, me fez pensar friamente a situação, por vez primeira, posto que até então eu procedera frenética e sonambulicamente, obedecendo tão-só aos interesses da dor física que cingia meus rins como um cinturão de agulheiros.

Dominique me pediu dois dias: o mínimo de tempo de que dispunha para chegar a Paris num vôo charter. Pensei que tanto ela quanto eu merecíamos essa oportunidade. Mas a dor não era espiritual, não era um capricho, não era algo que dependesse, para tornar-se suportável, de minha fortaleza moral. Dei-lhe (à dor), em outro texto, foros de sofrimento indescritível; mas agora estou persuadido de que com palavras tudo se pode descrever; que essa mesma dor, em período ainda não enlouquecedor, fora em todo caso descrita nitidamente por mim mesmo no romance do 1001; que ela me inspirara as declarações intempestivas, controvertidas, brutais, chulas, lançadas em sucessivas entrevistas no decorrer do ano passado; porquanto nessas entrevistas quem falava por mim era a dor do pâncreas, a necessidade de transferi-la a outras coisas e outras pessoas — vivas e mortas, decentes ou desprezíveis — por conseguinte ficando tais declarações, e aqui o digo solenemente, nulas por privação de inteligência crítica.

Antes que o repórter terminasse a pergunta eu já ia respondendo, ansioso por companhia, convívio, conflito e escândalo. Uma dor dessas se descreve mediante a acumulação de símiles insólitos, onomatopéias de substituição — a referência sensual em lugar do fonema expressivo ou a este mesclada, tal como o faria João Cabral de Melo Neto; ela se descreve em sua forma psicossomática mediante uma progressão rítmica em espiral, desferindo uma espiral de conceitos num símbolo adequado, como um corvo de Poe. Trago aliás nos meandros da imaginação o pressentimento de uma dialética cujo desenvolvimento possa fazer a dor fulgurar concreta, quase marmórea, à maneira de certas sombras projetadas pelos volumes de Vermeer — tal dialética outra coisa não sendo que o resultado do confronto do torturador com o torturado, num ponto qualquer da ficção que venho elaborando em cima dos 10 anos de terror vividos por nós brasileiros desde que a divisão da família (política) alcançou o nível da bestialidade, no pior caso, e da tragédia em seus momentos de cruciante contradição.[1]

Entretanto, literatura à parte, a dor me oblitera a razão, me torna impaciente, irascível, me emagrece 10 quilos, me macera, me humilha, germina em meu coração projetos sombrios contra os quais se insurge meu orgulho de homem, e estou num país estrangeiro, só, tão sozinho, tão entregue à índole invisível dessa infelicidade que não pode ser partilhada. Bem sei que no Rio há pessoas que se inquietarão lendo estas minhas crônicas; bem sei que no Brasil as meditações sobre a morte — a verdadeira, a existencialista, a morte abertamente autobiográfica — sempre foram pouco apreciadas. Nenhum brasileiro gosta de lembrar que, como qualquer outro, vai morrer. Eis por que seria preferível deslocar o drama para o cenário de meus amores e de meu funambulismo; se me vêem, se têm consciência de que estou ali pertinho, pensarão que é mais uma brincadeira minha e, depois de lerem a crônica, passarão a comentar a novela de TV ou a alinhar palpites infalíveis no talão da loteca. Tudo se leva a sério no Brasil, excetuando a morte de cada qual.

O Samuel, que discute comigo todos esses problemas, coloca dois argumentos contrários à minha partida. Samuel é artista, é solidário, é dos poucos amigos em quem, nesta altura, ainda confio. Ele começa pondo

[1]Refere-se ao que seria o romance *Um novo animal na floresta*, lançado em 1981.

em dúvida que eu consiga suportar uma longa viagem de volta por via aérea, sujeito à pequena reclusão da poltrona e proibido de comer as deliciosas iguarias de bordo; Samuel receia que eu desembarque na Ilha do Governador em completo desmantelo nervoso, psíquico e fisiológico; a viagem poderia apressar minha morte, ou melhor, torná-la previsível, ao passo que algum repouso e um criterioso respeito aos conselhos médicos me garantem, até agora, uns anos mais de vida: 10 anos, 20 anos, cinco anos... Tempo suficiente para o meu salto de qualidade em todos os níveis, a começar pelo nível moral, visto que não mais transigirei com os heróis sem nenhum caráter, com os fúteis, os desonestos, os trapaceiros, os mentirosos, os frustrados profissionais, os invejosos, os ciumentos do sucesso alheio, os reis midas de titica que transformam em m... tudo aquilo em que tocam ou pensam...

Se digo salto de qualidade, seria ocioso interpretá-lo como presunção de que me tornarei melhor artista ou indivíduo finalmente enamorado de respeitabilidade. Apenas me recusarei doravante a compactuar, e até conviver, com todos aqueles que, por tantos anos, me fizeram deslizar na crista de uma onda de fantasia, não fundamentada em princípios de justiça e de honra, e sequer efetivamente posta à margem de qualquer compromisso com os frutos deleitáveis da boa conduta. Passei boa parte de minha vida cercado de pulhas que se ignoram; quero agora os preclaros companheiros, militantes da fraternidade, incapazes de negar a lealdade simplesmente por esta se revelar ocasionalmente incômoda — mas os pulhas abissais, quero-os, dostoievskianos, brandindo satisfeitos a efêmera glória que lhes é dado extrair da proclamada, renitente, reiterada abjeção... A ralé do espírito, as patotas, os brincalhões execráveis que exibem nos carnavais de todo dia os restos assassinados de seus melhores sonhos juvenis — e se dizem felizes, e o são, e triunfam no seio desta sociedade complacente e promíscua — oh não, que estes se afastem de mim, que estes já por demais me macularam...

O segundo argumento de Samuel: — até aqui cheguei ao diagnóstico da pancreatite calcificante crônica. (Haveria de figurar na doença a palavrinha crônica, plena de cintilações irônicas...) A partir daqui, o quadro sintomatológico poderá conduzir a outros graves distúrbios fisiológicos.

Mas em princípio eu não estaria condenado à morte, do contrário não me deixariam sair livremente do Hôtel-Dieu, sem outra recomendação que a de evitar a bebida alcoólica e o excesso de gorduras na alimentação. Se comecei a investigação a respeito do estado calamitoso do meu organismo, acredita Samuel que devo ir até o fim, de modo a chegar ao Brasil com um retrato eletrônico completo dessas mazelas, em face das quais os médicos cariocas, especialistas de escol e amigos do peito, terão apenas o trabalho de me impor uma disciplina de sobrevivência.

Ambas as ponderações me parecem válidas. Devo comparecer ainda a dois hospitais, ficando depois disso à disposição do *diktat* do Dr. Tym. Já gastei bastante dinheiro, mas tenho ainda o suficiente para concluir esse inesperado périplo. Contudo, minha debilidade física, as necessidades de que sou agora escravo tornam inviável ficar esperando o desfecho do drama em qualquer hotel, por mais bem equipado que seja.

— E quem falou em hotel? — interfere Jô, mulher de Samuel. — Nosso apartamento é modesto, mas nele cabe um hóspede. Já vimos que você é chegado a ambientes confortáveis, mas não a um despropósito de cuidados e solicitudes. Venha, vamos pegar sua bagagem e subamos para Montmartre, onde distribuiremos entre nós as tarefas domésticas, de tal forma que ninguém se cansará além do necessário...

Ela é brasileira. Ele é português e, algumas semanas depois, a mansuetude em figura de gente, meu querido Dubonnet, visitando-me em Montmartre, comentaria: "Mesmo sendo ateu de pai e mãe, conheço Paris o bastante, cidade rude e fechada aos forasteiros, para ver em tudo isso o sinal irretorquível de que Nossa Senhora de Fátima, caso não exista, deva ser ao menos uma emanação de sua espetacular empatia..."

Zanzando em Montmartre

Os aclives de Montmartre não são suaves; suas largas ou estreitas escadarias, tenham mais de seis lances ou apenas três, são íngremes; as crianças descem em correria e os jovens alegres avançam pulando dois degraus de cada vez, porém os mais velhos — e há muitos velhos em Paris, além de doentes (e sou um deles) — vão devagar, a mão pousada no corrimão, quando há. De qualquer modo, na subida, seja ladeira ou escadaria, ninguém acredita o suficiente em sua elasticidade muscular e óssea para imprimir à marcha uma velocidade intrépida. Na Bahia há quem suba lento mas lépido certas rampas sem ondulação, sem trégua, erguidas a prumo de muro, porém na Bahia o ar é aéreo, enquanto em Paris ele pesa nos pulmões. Aqui se resfolega, aqui se descansa num degrau os pacotes de compras e se respira fundo meio minuto, recuperando aparelho respiratório e pernas e músculos abatidos pela densidade da atmosfera. Se esta montanha fosse nua e áspera como o Languedoc, onde não há uma única promessa de parada e espairecimento — em Montmartre há numerosas promessas, mas são engodos — subiríamos curvados para a frente, lerdos, pesados, maldizendo a sorte. Mas há promessas aqui, já disse, e são falsas, e de algum modo cruéis, pois a montanha é na verdade nua e áspera como o Languedoc e se arruma nessas íngremes plataformas superpostas que formam pequenos quarteirões de características diversas. Ao longe se vê Paris plantada no chão, coroada de colinas por sua vez coroadas de igrejas, palácios, fachadas escuras com estátuas em seus nichos, cúpulas, abóbadas, agulhas, zimbórios, telhados esmagados como uvas...

Um alpinista neófito veria na Rue du Mont-Cenis um paredão adequado a uma escalada com pregos, picaretas, martelos e cordas. Lá no alto há um bulevar de bistrôs pouco acolhedores, onde homens de boina e barba mal rapada, bebericando Pernod, jogam cartas em silêncio, cada qual com um *Gauloise* pendurado no canto do beiço. Quando entra um forasteiro, eles o observam de esguelha. Atrás do zinco, junto às manivelas das quais esguicha o chope, o *patron* não me dedica algo além de um relâmpago de curiosidade, mas ele tem olho clínico e isto lhe basta para avaliar a qualidade de minhas roupas, o meu previsível grau de periculosidade, o estado geral da geléia que guardo no escrínio da minha caixa craniana (posso ser louco manso, furioso, bêbado, tímido ou pária) e a quantidade provável de dinheiro que trago no bolso. Ele vai demorar 15 minutos para sair do balcão e vir à minha presença. Deve ter concluído que meu dinheiro só dá mesmo para um café expresso e talvez — desde que venho tão magrinho de minhas visitações aos hospitais da cidade — um ou dois *croissants*, esses pãezinhos deliciosos em forma de lua crescente que, com a gentileza de um mil-folhas, ao mesmo tempo cricam nos dentes e se desfazem na língua, uma coisa teoricamente negando a outra e por isso mesmo exigindo uma ode em louvor do confeiteiro que arrancou de seu forno essa síntese.

Faço o reconhecimento do *quartier* antes de me apresentar ao Samuel e à Jô, em cujo apartamento vou morar algumas semanas. Daqui já conhecia o lado pitoresco e boêmio, além de ter, anos atrás, permanecido minutos sem conta em frente ao número 32 do *faubourg* Montmartre, onde viveu, ou melhor, onde fez sua aparição esguia, roxa, esquelética, esquálida, formoso e terrível como um filho de Lúcifer tornado homem para endemoninhar a humanidade, o mais empolado e circunspecto dos poetas, o senhor dos ritmos largos e de um oceano de lirismo, o não crucificável, o Cristo pelo Avesso, o apologista da maldade evangélica, o fundador da Igreja de Pernas para o Ar, o Deus das Carnificinas — o jovem, silencioso, pouco afeito ao convívio dos seus semelhantes, chamado Isidore Ducasse, aliás Conde de Lautréamont, aliás Maldoror...

Faubourg Montmartre 32... Um hotel parisiense como milhares de outros, a fachada estreita, formosa, dotada dessa leveza inquietante do edifício que poderá desabar a qualquer momento, em razão de sua estrutura de índole precária, e sem dúvida desconfortável no interior, com suas escadas que rangem e a distribuição exígua dos compartimentos... Aqui morou no entanto o mais enigmático dos poetas, de uma contundência teoricamente insuportável — e o mais anônimo dos homens, o portador glorioso de uma "ausência de identidade" que ainda hoje fascina quem se aproxima dos despistamentos por ele colocados no coração de sua escritura. Sabemos com certeza certa, apenas que nasceu e morreu: a esta convicção nos conduzem uma certidão de nascimento (em Montevidéu, Uruguai) e um atestado de óbito em Paris, no qual surpreendentemente não consta a *causa-mortis*. Morreu aos 24 anos de idade após publicar um livro demoníaco (*Os Cantos de Maldoror*) e outro angélico, ingênuo, edificante, crivado de sinceridade louca, se não for sublime cinismo...

De si mesmo, ou de um si inventado para melhor cretinizar os pósteros, deixou ele este retrato: "Ninguém se aproximava dele sem veneração, porque em seus olhos brilhava o olhar de um anjo. Mas não, eu sabia que as rosas felizes da adolescência não deveriam florir perpetuamente, trançadas em grinaldas caprichosas, em sua fronte modesta e nobre que todas as mães estreitavam freneticamente. Eu começava a crer que o universo, com sua abóbada estrelada de globos impassíveis e enervantes, talvez não coincidisse com aquilo que eu havia sonhado de mais glorioso". Quem é, aqui, o narrador, que fala na primeira pessoa, e quem o herói de olhos de anjo? É preciso ler Lautréamont palavra por palavra, e com fervor, até chegar à conclusão de que, talvez, nunca se saberá ao certo do que e de quem se trata...

Era assim que eu passeava em Montmartre, descendo na direção do cemitério onde enterraram o estranho poeta e depois desenterraram e finalmente seus restos mortais desapareceram da face da terra... Eu ia entretido nessa preocupação abissal. Eu ia andando alegre, embora roído pela famosa dor que me devorava o pâncreas sem, no entanto, causar-lhe uma destruição irreparável...

Charlot no fogão

Se Jô não viu o Brasil nos últimos 10 anos, a não ser em fotografia e através de palavras, pouco dano teria isto causado em sua visão do nosso país. Acontece porém que ela saiu garotinha do Rio e agora é mulher feita — uma jovem mulher exuberante, solícita, generosa, extremamente inteligente e capaz de considerar sem preconceito qualquer opinião sobre os mais variados assuntos. Demonstra contudo uma certa ansiedade quando o assunto é Brasil. Sua brasilidade não perdeu um pingo de substância, mas 10 anos de distância, combinados com 10 anos de transformação no coração e na mente, acabam por tornar difícil e às vezes impossível uma apreciação exata do quadro. Quanto ao seu marido Samuel, português de rosto infantil por trás de um vasto bigode quarentão, dá sempre um jeito de passar uma temporada em Lisboa. Além do mais, artista e dos bons, traz dentro de si um retrato paralelo de sua pátria, o qual seria igual e diferente dela, lá estivesse ele sem ter saído nunca, ou não.

Eles ocupam um apartamento relativamente amplo: o quarto de dormir, a sala de jantar e o estúdio onde Samuel se debruça em sua prancheta a fim de criar seus nacos paralelos de universo, e onde ali pelas 11 da noite, abrindo em gomos um largo sofá, invento a minha cama e nela durmo. Jô acorda cedo e vai trabalhar; volta pelas oito horas, cansada sem dúvida mas satisfeita por exercer uma profissão que lhe gratifica. Ela estuda a cuca das pessoas, em especial a de crianças. Samuel desenha, pinta, faz capas de livros, ilustra narrativas infantis com mão de mestre. São felizes; são calmamente felizes; são ordenadamente felizes, vivendo ao compasso compartimentado do cotidiano parisiense.

Na hora de comer, quando não jantam fora, o Samuel vai para a cozinha e de lá transmite deliciosos cheiros de comida saudável, toda enfeitada e condimentada de ervinhas. A Jô também gosta de cozinhar e de vez em quando solicita delicadamente ao marido que desamarre o avental e vá ler o suplemento literário do *Le Monde*. Ele não se faz de rogado. Mas nem sempre lê o *Monde*: impulsionado pela alegria de contrapor o seu mundo interior ao que o Senhor Deus criou um tanto estabanadamente, ei-lo que empunha o pincel, mistura as tintas e vai cobrindo de líricas, tristonhas figuras, as madeiras e vidros de portas e janelas.

Jô só almoça em casa nos fins de semana. Samuel, quase todo dia. Certa ocasião, um compromisso sumamente importante o forçou a largar a prancheta na qual se debruça ao longo da tarde — surgindo então, nesse lar sossegado, um problema perfeitamente idiota se o considerarmos de um ponto de vista europeu, mas perfeitamente natural se examinado à brasileira. Não estando ele em casa, não poderia fazer o almoço, eu comeria o quê?

Direis que me bastaria descer uma ladeira, subir uma escadaria, quebrar uma esquina, e daria de cara com restaurantes de todo tipo, especialidade e preço. Acontece, porém, que devo seguir uma dieta não muito rigorosa, porém precisa, e além disso sempre invejei os homens que sabem cozinhar.

Jô, Samuel e eu discutimos a situação na véspera do famoso compromisso ao qual ele não podia faltar. Decidimos que estava mais do que na hora de me ensinarem a cozinhar. Na manhã seguinte, às 10 horas em ponto, fizemos um — digamos assim — ensaio geral...

Um dia calmo

Cinco dias já, não escrevo a não ser no Diário manuscrito, onde cabem queixumes e mesquinharias, e onde não é preciso articular frases até o ponto em que se tornem inteligíveis. Eis a última frase inteligível que escrevi: "Estou zonzo; tenho medo." Era tudo o que poderia dizer: nada a acrescentar.

Hoje é segunda-feira. Da madrugada de sexta até o anoitecer de domingo, uma crise dolorosa me pôs fora de combate. Em vão me agarrei aos três remédios que tenho para essas ocasiões: um sedativo de ação retardada, um antiespasmódico de efeito fulminante (mas cadê o efeito?) e um calmante que se alastra no sistema nervoso, sendo que este último uso freqüentemente, por saber que nas seis horas subseqüentes, o consumo de bebida alcoólica poderia me levar à loucura. *Hèlas!* A dor triturou os remédios, essa dor poderosa ante a qual a guerrilha química se revela quase ineficaz...

Entretanto, dormi um longo sono do anoitecer de domingo até agora de manhã. Acordei bem disposto, lúcido, diria mesmo lépido se esta disposição psicofísica não pertencesse doravante, com exclusividade, ao meu duplo, o Carlinhos Oliveira. O homem circunspecto que escreve estas linhas nunca mais será um frívolo peralta.

Estou só num apartamento em Montmartre. Samuel e Jô, que me deram guarida, foram trabalhar. Reina aqui um silêncio longamente acumulado, como poeira. Quebrei o jejum com café preto sem açúcar e duas torradas, uma seca e outra amanteigada. Tomei as cinco pílulas de Eurobiol, obrigatórias nas três refeições diárias. Quinze minutos depois, fiz um chá de verbenas e bebi naquele jeito moroso, característico de bebedor de chá mais ou menos afeiçoado ao ritual japonês. Comi uma pêra e um pedaço de queijo. Fumei. Embora o Dr. Tym, num rasgo de generosidade, não me tenha proibido o cigarro, eu mesmo me sinto inclinado a fumar cada vez menos, e só quando a ocasião favoreça umas baforadas verdadeiramente saborosas.

O Dr. Tym, eminente gastroenterologista, foi quem realizou os exames decisivos no meu pré-cadáver, tendo diagnosticado pancreatite calcificante crônica, complicada por uma crise aguda de diabete. Isso aconteceu no Hôtel-Dieu, mas ao cabo de um longo processo que pretendo descrever detalhadamente. Mais tarde, marquei uma consulta com o Dr. Tym em seu consultório particular, em Neully-sur-Seine. Chovia gelado. Na Rue Angélique-Vérien, a 10 metros do consultório, fomos obstruídos por uma camioneta estacionada no meio da pista, entre duas fileiras de carros parqueados. Um homem em uniforme de trabalho — blusão e calças pardas, botinas pesadas — desembarcava sacos de carvão da camioneta. Com um saco de cada vez, entrava num edifício igual aos outros, sólidos, burgueses, velhos de talvez um século, que dão um aspecto maciço a esse pedaço de Paris. Ao volante ia Samuel, eu ao lado dele, e Dubonnet no banco traseiro. A camioneta estava abarrotada de sacos, e o homem do blusão pardo fazia o seu trabalho com extraordinária aplicação, não dando a mínima importância aos carros que, como o nosso, iam alongando a fileira de veículos obstruídos. Isso durou 15 minutos, marcados em meu relógio em razão do compromisso urgente com o Dr. Tym — mas devo dizer que, mesmo sem relógio e sem encontro marcado, não apenas ninguém levaria menos de 15 minutos para esvaziar uma camioneta atulhada de sacos de carvão, como por outro lado nada nesta cidade acontece em menos de 15 minutos. *Un quart d'heure* — dizem os franceses. Outro dia, o trem enguiçou na estação do Louvre e uma voz no alto-falante, depois de pedir desculpas, anunciou que a composição partiria dentro de 10 minutos. Tanto bastou para que todos os passageiros desistissem da viagem, abandonando a estação entre resmungos. Eles sabiam (e eu também já sei) que "10 minutos" em Paris nada mais é que uma confissão de incerteza... Se tivesse prometido que em 15 minutos — *un quart d'heure!* — seguiríamos viagem, todos acreditariam e, além do mais, o conserto estaria mesmo concluído nesse prazo.

— Você talvez esteja estranhando a nossa paciência — observou Samuel. — Estamos aqui parados, aguardando que aquele tipo termine sua tarefa. Mas o que se pode fazer? Se fosse num *quartier* mais movimentado, estaríamos todos buzinando frenéticos. E daí? Aquele homem continuaria o seu trabalho, sem sequer apressar o passo...

O trabalhador braçal, aqui, merece respeito. Todo mundo sente um pouco de remorso ao contemplá-lo. E ele sabe, ele é de esquerda — e tem motivos reais para odiar a burguesia — e portanto ele continua trabalhando sem dar a menor pelota aos aborrecimentos que certamente causará a nós, gente apressada que anda de carro e não carrega saco...

Oh, quanta alegria!

Descemos cedo de Montmartre e, na gelada chuva, empoleirados no meio-fio, com caras de bobo debaixo dos nossos bonés, as mãos tiritando dentro das luvas, colocados em prioridade no ponto de táxis, no princípio acenamos, em seguida assoviamos, e finalmente começamos a denunciar aos berros, para quem quisesse ouvir, as mais espetaculares e por isso mesmo impublicáveis façanhas sexuais das mães dos choferes de táxis de Paris que por nós passavam livres e fingiam não nos ver... Filhos disso! Filhos daquilo!

Afinal, um deles encostou e entramos. Não se sentira ofendido; não por ser surdo, mas em razão de sua avançada idade: esse não era filho de ninguém; com a má vontade que entrávamos em sua viatura, concluímos que nem sequer avô ele não tinha mais idade para ser.

— Rue Didot, *s'il vous plaît* — indiquei, enquanto esperava que ele se voltasse contrariado em razão da longa distância a ser percorrida. Felizmente não fez nenhuma observação; tocou o bonde. Assim, as coisas pareciam começar bem, embora os meus sentimentos naquela manhã não fossem dos mais propícios à consolidação da paz no Oriente Médio.

Afinal de contas, naquela segunda-feira de podrida estação, nem alvo inverno nem colorida primavera, eu me levantara tresnoitado e me arrumara, em jejum, e seguia para um hospital longínquo, onde deveria fazer determinados exames. Afinal de contas, tudo aquilo já acontecera muitas vezes e ninguém me prometera estar cumprindo por derradeira vez a experiência. Ninguém me prometia nada, apenas me expediam de um hospital a outro, de um laboratório a outro, e eu já comprara uma sacola para carregar documentos, cartas de médicos, receitas de remédios, radiografias; a sacola engordara e eu emagrecia, e não se via a luz no fim do túnel.

Dois dias antes, no sábado às nove da manhã, eu estava na Rue Solferino. Em jejum rigoroso; com um vidrinho de geléia sem geléia: havia barro dentro, aquele barro que se descome. Uma senhora de seus 50 anos, vestida ao estilo algo militar dos anos 40, me fez sentar diante de si e, com um instrumento agudo e rombudo, deu de furar minhas impressões digitais, uma por uma. Cada vez que o sangue aflorava, ela espremia bem o dedo, colhendo bastante sangue num quadradinho de gaze. Introduzia o quadradinho no orifício de uma balança, pesava, anotava o peso, enrolava meu dedo com band-aid e me mandava aguardar sua chamada em outra sala. De 10 em 10 minutos, abria-se a porta contígua e ela me chamava. Era uma boa senhora, competente e atenciosa. A lenda de que os médicos de Paris são invariavelmente grosseiros já pode ser arquivada. Eles são diligentes e gentis. Eles e elas. Freqüentei praticamente toda a rede hospitalar da cidade e posso afirmá-lo de cadeira. Entre os médicos de ambos os sexos, surge uma nova classe: a dos jovens especialistas. Falarei disto outro dia.

A cada 10 minutos, a senhora tornava a furar um dedo até então intacto. Eu estava em jejum, com sono (a dor não me deixara dormir), e Dominique me fazia companhia na sala contígua. Dominique estava diferente. Tensa, o rosto duro, feiosa, um tanto parecida com a palavra pernóstica. Tinha vindo de algum lugar da Europa para me dar apoio moral e afetivo. Mas parecia uma rocha, uma pedra de gelo desdenhosa. Fiquei triste por duas razões: a principal é que daqui a alguns anos ela compreenderá que me ama realmente, quererá voltar, e eu já estarei em outra. Acontece sempre na minha vida. Deus queira que Dominique não se enquadre nessa pantomima. Em razão de minha doença, sofri fundo seu desprezo, seu distanciamento. Assim que chegar a ocasião, estou pronto a lhe dar o troco à minha maneira, humilhando-a de uma forma que ela nunca esquecerá. Deus queira que não seja assim.

Às 11h me mandaram beber um grande copo de um líquido doce. Quinze minutos depois, tornaram a furar os meus dedos. Estavam provocando uma pocket-diabete. Na Rue Solferino era sábado, chovia pedrículas de gelo.

Já passava do meio-dia quando me mandaram embora. Depois de tudo, eu ainda haveria de ir na segunda-feira à Rue Didot, onde fica o imenso Hospital Broussais. Minha paciência estava terminando. Eu estava querendo xingar todos os palavrões que conheço e ainda outros que iria inventando ao sabor da cólera. Decididamente os demônios me haviam quebrantado. Gostaria de chorar, mas Dominique não me ajudava, ela me detestava de todo o coração. O táxi rolava na chuva, com Samuel e comigo. O Xá do Irã já não era Xá de coisa alguma.

Fugindo num tapete voador

Na minha pauta de trabalho, em giro pela Europa, constava a freqüentação continuada de alguns lares de estrangeiros residentes em Paris e Londres; em Amsterdã, nada menos de 15 dias de convívio com os antigos *provos* (hippies holandeses) reunidos há quase duas décadas em comunidade auto-suficiente, formando não uma cidade nem um bairro, mas uma verdadeira cidadela de ecologistas, humanistas, artistas do tipo futuro, os quais trabalham a terra em condições primitivas, entre os quais o dinheiro não tem o valor de usura que tanta desgraça provoca no mundo capitalista, e onde a família constitui um núcleo formado em círculo amplo — a própria comunidade — com homens e mulheres fazendo as mesmas tarefas, alternadamente, e as crianças crescendo sem a identificação sublime (e traumática) de pais singulares, insubstituíveis. Todos os adultos são pais de todas as crianças. A autoridade se exerce por consenso. A polícia foi expulsa dessa República na qual o velho e nem sempre sábio Platão teria considerado perniciosos os poetas, ou seja, os homens mais livres, os rebeldes por vocação, índole e convicção... Perto de Amsterdã há um lugar assim e perto de Copenhague se ergue a mirífica cidade de Cristiania, contra a qual a sociedade tradicional investe com todos os seus regulamentos, códigos, impostos, denúncias sobre apropriação e exploração indébitas de terras pertencentes a outrem... Eu iria a Cristiania, sem temor aos 20 graus abaixo de zero sob os quais ela hibernava quando desembarquei na França... Iria, enfim, o repórter e o ficcionista entrelaçados, viver por dentro a aventura real do indivíduo que vai enfrentar o Estado hipereficiente do século XXI, e provavelmente derrotá-lo... Não apenas neste aspecto — o estilo de vida — mas ao longo do vasto espectro do desenvolvimento acelerado da tecnologia, a Europa de agora está enamorada de utopia e ao mesmo tempo dela tem um pavor irracional. As utopias que fizeram sonhar gerações e gerações de humanidade, estando hoje ao alcance das mãos e da vontade, revelam-se muitas vezes mais fecundas e perigosas que a invenção e utilização da pólvora. Daí a angústia do milênio que atormenta os chineses: com suas Quatro Modernizações, eles pretendem tornar-se contemporâneos do planeta finalmente unificado como condição *sine qua non* de sua destruição pura, simples e definitiva.

Bem. Lá no Rio o meu editor, embora preocupado com meu estado de saúde — inda mais que não digo para onde vou, onde estou, quando pretendo lançar meu esqueleto no hospital, sonegando informações objetivas que poderiam tranqüilizá-lo (bem como a alguns poucos leitores-irmãos), mas não pelo amor do suspense, muito menos por displicência, e sim por não saber se os compromissos marcados para amanhã na minha agenda serão cumpridos ou contrariados por não sei quais imprevistos perfeitamente previsíveis... O editor pode estar certo de uma coisa: já me movimento no interior de um lar parisiense, partilhando a existência de um casal que aqui vive e trabalha. Disto darei notícia mais adiante.

Meus bons samaritanos, o Samuel e a Jô, salvaram-me a vida no momento em que não era só a doença que me matava, era antes a humilhação inerente à doença que se tornava, essa humilhação cósmica, intolerável, inaceitável, um castigo divino desproporcional ao número e natureza dos meus pecados... Entre Samuel e Jô, conheci alguns momentos de relativa paz. Uma serenidade crispada: nada me doía então, mas uma câimbra se instalava em meu ventre, preparando-o para resistir a novas investidas dessas crises dolorosas que quase destruíram meus nervos. Nesses instantes de alívio, escrevi alguma literatura de sofrimento, literatura de fuga, a pretexto de "pensar em outra coisa". Trechos de prosa que valem pelas circunstâncias em que foram construídos. Um deles seria um conto que ainda pretendo escrever, quando minha mão estiver controlada pela convergência harmônica do desejo e da vontade. Trata-se de um fragmento, uma paródia de Guimarães Rosa, a qual eu poderia desenvolver em mil páginas, em 10 grossos volumes, se fosse um escritor milionário e condenado a gerir unicamente o sofrimento físico do qual se escapa, um dia ou outro, pelo suicídio metafórico da arte em desespero. Esse fragmento faz parte da crônica veraz de minha via dolorosa — e aqui está ele, portanto, talvez interessando apenas àqueles a quem preocupam os descaminhos do espírito submetido à pressão brutal da dor. Os outros dois textos — um poema em prosa e algumas frases soltas, ficam para a próxima. A "narrativa" transcrita agora mereceria um título-pastiche inspirado no estilo dos racontos que deram origem à verdadeira ficção, e que através dos tempos eram geralmente anônimos, construídos, reconstruídos, deformados, acrescentados, crivados da mais formosa inverossimilhança...

De Como um Contador de Histórias, Cavalgando Seu Pâncreas Esfrangalhado, Abstraiu o Inverno, Mergulhou no Verão Tropical e Encetou uma Fuga de Fonemas e Metáforas Estapafúrdias, no Propósito de Alcançar e Perder-se no Território Encantado do Aniquilamento Espiritual.

"Histórias de Ipanema, a senhora quer escutar? Já lhe contei tantas e a comadre não se cansa. Está bem. Concordo que cada uma é mais incoerente que a outra, e por isso mesmo cada qual mais interessante. Ora, hoje ao meio-dia passei na esquina de Montenegro com Prudente de Moraes e lá encontrei o Léo, do outro lado da rua — não no Veloso que estou cansado de encontrar gente lá e depois informar à Madame de quem se trata, mas do outro lado, bem em frente, no Nictheroy, sentado na calçada juntamente com um negro e uma mulata, em torno de uma mesa redonda e amarela com o escudo da Brahma no centro; uma dessas mesas que a Brahma espalhou nas calçadas da Zona Sul e que todas apresentam a singularidade de um pé em falso, de forma que balançam ao menor gesto, derrubando garrafas e copos. De modo que invariavelmente o freguês acaba firmando o pé capenga em duas rodelas de papelão, cada uma representando um chope encomendado e bebido gulosamente enquanto está estupidamente gelado. Era pois meio-dia e o sol já havia rolado para o zênite, ficando como um satélite de ouro parado entre o mar e a lagoa, e batendo de chapa não apenas nas duas calçadas que ali fazem uma quina, mas também passando sob o toldo de lona azul e invadindo o interior do bar, faiscando inclusive nas bandejas e outros metais existentes na copa. Meio-dia, comadre, em meados de janeiro: o sol é quase uma tatuagem cobrindo por inteiro as peles, ou verdadeiramente um macacão dourado, diáfano; haja desodorante, haja toalha para enxugar a testa na qual o suor se arruma em gotículas como numa vidraça. Bebe-se um chope atrás do outro, antes que esquentem. Então lá estava o Léo. Um homem de 40 anos redondos, por estranho que pareça; estou farto de conhecê-lo, já vai para uma década, e ele sempre me pareceu ter completado 40 anos três ou quatro meses antes de qualquer ocasião. Belo de cabelos lisos e negros, tem uns olhos negros amendoados. Embora bem torneado, com espáduas largas, parece frágil — e embora rosadas, as maçãs de seu rosto dir-se-iam irremediavelmente pálidas sob a enganosa aparência de saúde. Penso que ficaria melhor, mais ajustado à sua índole, se vivesse ao pé das montanhas de neve, furtando-se ao contágio do sol em razão de uma incompatibilidade mórbida de sua carnadura com os raios do astro-rei. Seria então o homem de *peau douce*, o filho da sombra e dos ventos gélidos, diante de quem as mulheres enlanguescem e lhe dão tudo: amor, dinheiro, piedade, honra, compaixão e o que mais houver em seus corações de generoso e pérfido. Esse tipo andrógino, mas viril, nada precisa fazer para atrair a fêmea. Sua presença é magnética, ele é um sedutor sem projeto de conquista, e em certo sentido odeia as mulheres porque são fáceis, a começar por sua própria mãe que o largou ainda infante, ainda de fraldas, para seguir o cigano que recorta com facas a loura de cetim vermelho."

Jean-Jacques, artista

A partir das duas da tarde, servido já o almoço à clientela habitual, a Brasserie Balzar se transforma em ambiente acolhedor para os que desejam estudar e escrever. Esse é o período mais agradável para o garçom Jean-Jacques Panini, um homem de seus 45 anos, em cuja cara vermelha se desenham os traços de um antigo adolescente, hoje emurchecido. Nas próximas três horas, não terá as gordas gorjetas da freguesia refinada — 15% sobre uma nota preta, pois a casa serve muitíssimo bem mas cobra caro; porém, em compensação, poderá circular entre os jovens estudantes da Sorbonne, dentre os quais surgirão alguns dos grandes homens da próxima geração, e dos quais Panini se tornou meio amigo, devido à sua curiosidade incansável de autodidata. Ele poderia trabalhar à noite, quando não há essa espécie de hora de recreio no restaurante; ganharia o dobro e conheceria celebridades de todo gênero, inclusive alguns homens ilustres (pensadores, artistas devidamente provados) da geração presente. Entretanto, já se considerava muito bem pago pelo seu trabalho no turno da tarde, uma vez que o dinheiro era apenas a garantia de que, a qualquer momento, poderia abandonar a bandeja e o avental para se entregar finalmente, em tempo integral, à realização de seu sonho juvenil. Panini era pintor de domingo; seus momentos de folga, passava-os debruçado no cavalete; produzia em média dois quadros por semana, e isto era a sua missa negra, visto que nessas telas propunha uma desordem friamente calculada para roçar o caos sem nele despedaçar-se; a fria paixão da inteligência e da revolta que nunca fora apanágio de Deus.

Essa vasta produção, todavia, lhe provocava distúrbios neurovegetativos, aflição continuada e uma perfurante, violácea angústia diante de cada quadro terminado. Erguendo o pincel, após assinar seu nome no canto mais recôndito da tela, considerava com os olhos exigentes da posteridade esses telhados terrosos, podres de chuva e bolor, e aquele céu repetidamente roxo, de um sangue bem pisado, entre cujas gordas manchas se alastrava uma claridade alarmante, contrária às provas da percepção, pois que se erguia por trás dos telhados e não em sentido inverso, como se os raios de um sol aprisionado se arrastassem para dentro da noite, e neste afã ferissem e empastelassem os seus dedos amarelos. Ali havia certamente alguma coisa dura, alguma coisa dura e intratável se crispava no coração do artista, à medida que a sua mão torturava a tinta sob o pincel, à medida que crescia dentro dele a túrgida persona intratável, feroz e livre, que desde sempre houvera por bem admitir que se manifestasse. E contudo, uma vez terminado o trabalho, a persona se desmilingüia, escorregando roxa feito um uivo, pura lama de angústia deslizando nos vidros ocos desse alçapão traiçoeiro cujo nome bem poderia ser inautenticidade.

Panini não dava por terminada cada tentativa, embora esta configurasse uma tela pronta e acabada. Assinando seu nome ao pé de um enxame de pinceladas em desvario, simplesmente consignava um novo desastre numa longa seqüência de fracassos. Morava com a família num quinto andar, no alto da montanha de Montmartre. No sexto andar, furando às telhas túmidas e úmidas como queijo de cabra, sua mansarda-atelier abria no entardecer violeta um olho de vidro encimado por impiedoso acento circunflexo. Ele desistia. Era terça-feira — a Balzar não funciona às terças — e trabalhara desde as luzes geladas do meio-dia. Mais uma tela ficaria no corrimão, enfileirada com uma dúzia de outras. Algumas, ele desmancharia e pintaria outra coisa por cima; as demais seriam transferidas para uma casa no Languedoc, onde vivia sua velha mãe aposentada e bêbada. Era uma casa de três pavimentos, a velha ocupava metade do primeiro andar onde guardava os destroços do naufrágio da outrora elegante e impávida escuna familiar... Multidões de roupas e retratos e castiçais e as condecorações, o capacete, o sabre, a pistola de uma só bala que *Lieutenant* Panini (o pai de J. J.) introduzira dentro da orelha esquerda, da qual o sangue fluiria longamente em pingos como de uma torneira mal fechada, como um barril de Beajoulais gotejando o ombro do herói fatigado pelo duplo embrutecimento da guerra e da paz...

Na quarta-feira, portanto, Panini contava passar uma tarde agradável entre estudantes de diversas nacionalidades, entre dois ou três intelectuais do *quartier* — um deles escrevia um *Repositório das Leis Draconianas*, para uso e abuso dos tiranos deste mundo, padronizando enfim os formulários das mais desvairadas proibições — e nessa atmosfera entregue, Panini, às suas divagações de artista confuso e homem atormentado. Mas a porta se abriu às duas e meia em ponto e todos os olhares se concentraram na figura pequenina, vesga atrás dos óculos, cuja cabeça rodou lentamente sobre os ombros, examinando o ambiente e (a julgar pela velocíssima palpitação das pálpebras) habituando os olhos à claridade branda ali reinante. Era um homenzinho bastante conhecido na França e foi sentar-se à mesa de sua predileção, seguido por um senhor de seus 35 anos, um e outro bem vestidos e agasalhados, mas sem traço de elegância procurada. O homenzinho, vesgo, sobre cuja careca passava uma rala mecha de cabelos grisalhos, encaminhava-se satisfeito à sua mesa predileta, naquele momento vazia, junto à grade de reluzente madeira e ferro retorcido que demarca a descida para os *toilettes* e telefones automáticos.

Panini esperou que se acomodasse. A curiosidade despertada pelo homem célebre já se desvanecera e a freguesia voltara a ocupar-se de seus próprios negócios. E Panini, devolvido ao anonimato de suas funções, que tinham por emblema uma camisa branca de punhos abotoados e um colete negro de cetim, empunhando o bloco de papel e a caneta, apresentou-se ao velho, a quem cumprimentou numa inclinação de cabeça, não tendo olhos nem gesto para o outro homem que com ele chegara.

— *Bonjour, maître...*

— *Bonjour, Monsieur* — respondeu o velho Sartre, abrindo o cardápio.

O homem em questão

Jean-Paul Sartre abriu sobre a mesa o cardápio da Brasserie Balzar e, passando o indicador nas linhas escritas a caneta, fingiu escolher uma entrada. O garçom Panini — que se apresentara em lugar do *maître d'hôtel*, ausente desde que, cinco minutos antes, fechara-se o período habitual do almoço em Paris —, o garçom que era também um artista, embora totalmente desconhecido, esperava em atitude calma e respeitosa. Mas logo o célebre autor de *L'Être et le Néant*, fechando o caderno, ergueu em sua direção um rosto no qual se lia desolação resignada e até divertida.

— Esse papel já não me serve para nada — disse Sartre. — Quase não enxergo.

— Sinto muito, senhor — balbuciou Panini, indeciso quanto à expressão de seu próprio rosto: deveria mostrar-se triste, o que corresponderia a seu sentimento naquele instante, ou seria mais delicado sorrir também? Na dúvida, recebeu aliviado a interferência do companheiro de Sartre, de nome Michel Contat:

— Isso não tem importância — e Contat pegou o cardápio. — Vejamos o que eles têm aqui...

— Nem você precisa desse papel, *mon cher* — ponderou Sartre. — Eu sei de cor as especialidades da casa. Além do mais, desde antes da Grande Guerra, quando venho aqui, sempre peço corações de alcachofra como primeiro prato. Não há razão para temer que o menu tenha sofrido uma transformação substancial.

— De modo algum — informou Panini. — Corações de alcachofra, então, para o Mestre... E o senhor?

Michel Contat acompanhou. Foram pedidos outros pratos para depois das alcachofras e um vinho da predileção de Contat. Panini providenciou tudo, indo e vindo da copa, e enquanto ia e vinha teve a felicidade de ouvir Jean-Paul Sartre dizer coisas sumamente interessantes. Mal sabia ele estar tendo o privilégio de ouvir em primeira mão uma entrevista do autor de *La Nausée*, a qual figuraria num volume da Gallimard — *Politique et Autobiographie; Situations X*. Eis o que dizia Sartre:

— Penso que em todos os momentos a transparência deve substituir o segredo, e imagino perfeitamente o dia em que dois homens não terão mais segredos um para o outro porque não o terão para mais ninguém, posto que a vida subjetiva, tanto quanto a vida objetiva, será totalmente ofertada, dada. É impossível admitir que continuaremos a oferecer nosso corpo, como o oferecemos, enquanto persistiremos escondendo nossos pensamentos — uma vez que, para mim, não há diferença de natureza entre o corpo e a consciência. Revelamos nosso corpo a todo mundo, mesmo à margem de qualquer relação sexual: pelo olhar, pelos contatos. Você me revela seu corpo, eu lhe revelo o meu: é como corpo que cada um de nós existe para o outro. Mas não é dessa maneira que existimos como consciência, como idéias, embora as idéias representem modificações do corpo. Se queremos verdadeiramente existir para o outro, existir como corpo, como corpo que portanto pode ser perpetuamente desnudado — mesmo que nunca se faça isso —, as idéias devem aparecer ao outro como vindas do corpo. Os vocábulos são traçados pela língua na boca. Todas as idéias deveriam aparecer assim, mesmo as mais vagas, as mais fugazes, as mais esquivas. Em outras palavras, não deveria mais haver essa clandestinidade, esse segredo que certos séculos acreditaram ser a honra do homem e da mulher, e que eu acho uma estupidez. Não se pode dizer tudo, você bem sabe. Mas acredito que mais tarde, quer dizer, depois de minha morte, e talvez depois da sua, as pessoas falarão mais e mais de si mesmas. E isso provocará uma grande mudança. Penso, aliás, que tal mudança está ligada a uma verdadeira revolução.

Ele saboreava um sorvete de cassis, antes de rebater sua refeição com um café expresso, quando um homem pequenino, magro, de óculos, aspecto doentio, entrou na *brasserie* e veio sentar-se na mesa ao lado do controvertido filósofo. Jean-Jacques Panini, o garçom-artista, conhecia aquela figura. Era um escritor brasileiro, de nome Carlino, amigo de Doc Lang. Esse Carlino chegara pela primeira vez ao restaurante trazido por Doc Lang, freguês antigo da casa, de profissão psicanalista.

Carlino sentou-se depois de cumprimentar Panini. Pediu uma torta de pêra e meia garrafa de *pamplemousse*. Abriu na mesa um *pocket book: Les Faux-Monnayeurs*, e retomou uma leitura na qual certamente vinha absorvido desde longo tempo. Enquanto Panini providenciava a torta e o suco de fruta, Carlino sentiu um *frisson* na orelha, provocado pelas frases do senhor da mesa ao lado, que ele não sabia quem era. O tal senhor dizia:

— Naqueles dias eu projetava escrever uma novela... O elemento de ficção seria muito tênue; eu criaria um personagem do qual o leitor teria de dizer: "Aqui, o homem em questão é Sartre." Era o que eu gostaria de escrever: uma ficção que não fosse uma. A verdade dessa escritura estaria no fato de eu dizer: "Pego a caneta, meu nome é Sartre, eis o que penso."

"Mas esse homem me tirou o pensamento da boca!", espantou-se Carlino — tal como pronunciavam os garçons daquela *brasserie*, e que era na verdade um tipo conhecido em Ipanema, longe sobre o Atlântico, chamado Carlinhos Oliveira e quase nunca compreendido.

Hoje vou namorar

Tão esmaecida aquela noite — quase fantasmagórica ou, menos que isso, sonambúlica, em razão de não me ter trazido nenhum conhecimento notável. No entanto, há nela um núcleo de melancolia e um princípio de irredutível solidão que convém examinar, juntamente com os leitores que tenham chegado até aqui comigo, nesta viagem a bordo de um pâncreas esfrangalhado e sem destino conhecido.

Eventos e efemérides inscritos no calendário, mais cedo se desvanecem que qualquer jornada saturada de rotina e tédio. Pois eu andava na Rue du Sommerard esquecido de que algo devia estar acontecendo em algum lugar. Ia deixar no Wetter Hotel uma sacola de compras muito pesada. Passaria uma água no rosto, pentearia os cabelos e me encaminharia a uma *brasserie* onde era possível, mas não muito certo, que me procurasse uma garota de nariz arrebitado. Portanto, às oito e meia eu já estava no terraço envidraçado da *brasserie*, sorvendo calmo uma xícara de chá e anotando num quebra-cabeça de André Gide a falência do romance "racional". Como escreve bem André Gide — e como, escrevendo bem, nos diz coisa alguma com imbatível e febril formosura! Tanto trabalho teve ele, investigando dia e noite, e dilacerado, os famosos abismos do homem, quando todos sabem (se bem que os tolos e os "profundos" fingem ignorar) que abismo e homem não passam de dois conceitos designando o mesmo fenômeno! Ora, que vá para o inferno o torturante abismo gideano: era tudo uma questão de declarar-se — ou não — pederasta e agir em conseqüência. Teria ele medo do martírio, tão próximo de si geográfica e afetivamente, sofrido pelo *dandy* efeminado e atrevido que altivamente respondeu pelo nome, pelos escritos e pelos atos de Oscar Wilde?

Pretenderia Gide alcançar o bem-bom de sua luxúria seletiva, sem correr o risco de sofrer aquele castigo desproporcional? Além do mais, com que direito alguém me descreve os meandros da "alma humana" se também sou, sem qualquer dúvida, um homem, e tenho para todos os efeitos uma alma? Ninguém precisa sair de sua casa para estudar psicologia.

Peguei então minha chave na portaria do Wetter, e arrastando minha sacola de compras — havia remédios, caixas de biscoitos e principalmente livros, que são objetos particularmente pesados — galguei moroso quatro andares do velho prédio, sendo que cada andar se compõe de 17 degraus de madeira espiralada e ofegante, e no meu quarto me tratei convenientemente, alguém me esperaria de nariz arrebitado, desde garoto sou fã dos narizes arrebitados e das sardas nas clavículas, e ademais me sentia bem-disposto, após um coquetel de medicamentos dosados à maneira mágico-suicida daqueles que não nasceram (e lhe guardam a ciência) para uma dessas mortes banais produzidas por mera imprudência. E fiz a barba e enrolei no pescoço a minha *écharpe* colorida e desabalado qual garoto, a assoviar, desci os degraus que se retorcem em espiral. Ia alegre a pensar na crônica que escreveria a propósito do encontro. Porque se neste seriado descrevemos em suas minúcias as conseqüências na carne e no espírito de uma esfoladura pancreática que faz o pâncreas espremer-se por si mesmo em ciclos cada vez mais breves, e destilando a cada espremedura uma lâmina fria e metálica, uma enguia saracoteante como punhal retorcido, lâmina essa que fere fulgurante todos os miúdos ao seu redor, e os músculos, e as ramificações nervosas, e lá no alto o entendimento e o orgulho até então endesmentido de ser entre os animais, a máquina arquitetada pelo superior esmero de um artesão ocioso, a quem um dia ocorreu não mais seguir dormitando num caos meramente cosmicaceteante de massa e energia; posto que nos dispomos a uma tal dolorida, humilhante e intrépida descrição, não seria o pudor dos tolos que nos impediria de afrontar publicamente a relação da dor com o desempenho natural do impulso sexual.

Já ia eu traçando em pensamento as linhas gerais desse estudo, sem dúvida raro em qualquer literatura confessional e mesmo nas ficções inclinadas à miniaturização do experimento sempre renovado e sempre igual e sempre surpreendente a que chamamos ir vivendo, ir levando a vida, ir de encontro à multidão de alternativas que espreitam qualquer homem nas dobras do mais ínfimo segundo de seu distraído ou eriçado fluir para dentro da luminosa escuridão — ou vice-vórtice — cuja boca haverá de engoli-lo no imprevisto final desta sua comédia estapafúrdia.

Ia eu a escrever o que não fora ainda vivido... Não seria melhor, mais honesto e instrutivo, fazê-lo após a prova dos nove, ao final do anunciado e ansiado encontro com a mulher de nariz arrebitado? Seria, evidentemente; e por conseguinte, será.

Flor ferida

"A única flor que lhe poderia dar era essa, geléia nem pedra, desastre em meu pâncreas cuja nobre função é viver abrigado das estações, a funcionar com a impecável regularidade de um relógio concebido para filtrar as horas, óleos, gorduras, guardado nos recônditos duma fábrica febril de satisfações inefáveis. Meu corpo. O corpo gasto que desafiei a ir aos extremos da gastura e ainda assim não se quebrou por inteiro, preferindo me dar um sinal de perigo iminente na forma dessa nem pedra e geléia, flor que ofereço à minha namorada portuguesa de nariz arrebitado."

Este o poema que escrevi enquanto a esperava num bistrô de estudantes ao pé do Boul'Mich. Enquanto não vinha, risquei uma palavra: onde se deveria ler "parisiense", troquei por "portuguesa". Com oito anos de Paris, trabalhando de arrumadeira num hotel, mãe solteira de uma criança de cinco anos nascida, registrada e batizada em França, para todos os efeitos era ela uma parisiense, porém seu coração, sua índole, a acariciante doçura de sua pronúncia nas duas línguas, tudo trazia a marca singular das ribeirinhas do Tejo pobre, o Tejo rural, místico, bucólico, que sofre uma transformação perceptível aos olhos atilados, no momento em que se arroja na paisagem lisboeta que dele fará uma estrada de água cosmopolita, almofadinha, ambiciosa, ávida de vencer na vida embora ciente de que perderá, no processo, aquilo que dele fazia um verdadeiro rio, uma verdadeira pessoa: a raiz.

Chamava-se Mariana. Numa associação mecânica de idéias, logo se pensaria em Mariana Alcoforado e seu louco amor, mas esta era Mariana em sossego posta, e encomendou uma fatia de torta de pêra acompanhada de um copo de leite gelado. Ah! De nascença detesto leite, embora aprecie seus derivados. Mesquinho como sou, pensei quão enjoado seria colher um primeiro beijo de leite naquela boca de pérolas e de amoras.

Disse que vinha do povo mais humilde, que rude rapariga de poucas letras era tudo quanto pudera ser, e que todavia o meu poema lhe agradava — nem poema era, me abstive de replicar: tão-só o rabisco sonambúlico de um homem esperando alguém num bar desconhecido. Acrescentou que não assimilava o significado (gostei do verbo "assimilar"), mas a música lhe despertava uma sensação de beleza; seria (se fosse) o fado tristonho de um intelectual por demais afastado do coração da vida.

Mais tarde me disse que não poderia ir ao meu hotel, nem a qualquer outro albergue daquele *quartier*, porquanto a conheciam ao menos de vista todos quantos morassem ou trabalhassem lá; e ademais precisava acordar cedo, era madrugadeira e só Deus sabia a quantidade de sono que vinha acumulando por trás dos olhos calmos, redondos e castanhos. Que no entanto, numa noite de sábado, lá pelos lados do Chatelet, poderia até dormir comigo a noite inteira num hotelzinho *bon marché*, desde que eu não precisasse de uma cama só para mim, na qual ...Ela já tinha visto uma pessoa, sua irmã caçula, sofrendo desesperadamente a lenta progressão de uma pedra de rim na finíssima estrada que conduz ao misericordioso alívio ...Na qual cama eu haveria também de rolar em todas as direções, lançando pelos ares os travesseiros, mordendo com furor os lençóis, gritando pragas e súplicas selvagens, tendo estampada no rosto a máscara de uma revolta assassina, uma revolta voltada contra todas as estrelas que uma divindade cruel havia engastado nas noites sem fim, sem felicidade, sem desculpas... Uma noite encravada no céu por motivo torpe...

Mariana, a portuguesa, amava, em mim, o meu sofrimento. Ela via através de meu nome um conceito universal: "o homem que sofre". Parecendo, portanto, perdida de ternura por uma abstração, era na verdade solidária com a única concretude que importa — a concretude simplesmente, a vera.

O Demônio esteve aqui

Num daqueles textos de desespero que vêm dando um tempero inusitado a estas reflexões, afirmei que me desesperava não por medo de morrer mas após avaliar criteriosamente a coleção de atitudes socialmente incompreensíveis que se punham à minha disposição a partir do momento em que uma certa dor física, que não me deixa em paz há quase três anos, alcançou aquela perfurante região de algo que considero, em princípio, intolerável, além de humilhante, além do aceitável. Que faria a minha vontade diante dessa impaciência monumental, sequiosa de embrutecimento e misericórdia? Invadiria de armas na mão uma farmácia e me suicidaria engolindo uma montanha de sedativos? Voltaria a arma contra a minha têmpora, diminuindo bruscamente a espetaculosidade do evento? Me jogaria nas águas do Sena, nas quais não me seria fácil morrer, pois sempre fui um nadador emérito e tenho ainda um fôlego de respeitável mergulhador? Que faria a minha vontade, torno a perguntar, desde que desejo é sinônimo de apetite, estando fora de questão: tenho o vasto apetite da vida, a curiosidade pantagruélica; nunca tomaria por dístico aqueles versos premonitórios de Mário Faustino: "Não morreu de mala sorte/ Morreu de amor pela morte."

A minha vontade se encaminhava no sentido de surpreender, nomear e enumerar a legião de demônios que após reunidos em suas grotas brasentas, fétidas, se dispersaram em convergência, cada qual seguindo em minha direção, conluiados no propósito de quebrantar-me. Quebrantar-me no mais frágil, naquilo em que me tornei mais vulnerável: o baço, o afeto, o fígado, a estima instantânea, o estômago e seu irmão metafísico — a compaixão — os olhos e sua lúcida piedade, o pâncreas, a vaidade (tão agradável quando sopra a vaidade, brisa da noitinha!), a sensualidade exposta às ninfas, o engenho e a arte bem como a ciência de fazer deles o que bem quero, quando o quero (porém a preguiça tem prevalecido), a coluna vertebral avariada por força da inamovível postura do trabalhador sequioso de fantásticas fadigas... Etc. — e etc.!

Ah, sim, os demônios. Já lhes disse que entre mim e Deus são muito especiais as relações, e já lhes dou uma pista, lhes avanço uma ponta do enigma, vos introduzo na microscópica rachadura do labirinto: pouco importa que não creia em Deus e pouco importa que creia, e tanto faz que o apregoe num sentido ou noutro ou em ambos simultânea e contraditoriamente: crer ou não crer nunca foi a questão, posto que de dia e de noite, no sorriso e na amargura, confio! Confio nele assim à moda graficamente antiga: n'Ele! E descobri no pináculo do sofrimento físico que tenho ciúme de Jesus Cristo, porquanto esse teve por mãe Maria a Piedosa, esse bebeu o leite no olhar materno, esse não comeu gafanhoto porque no deserto e entre gafanhotos a doçura se forma feroz e catastrófica; João comeu o veneno que anda, o veneno com seu gládio mortífero sob o seixo, o emblema da perversidade, o escorpião, a mais augusta manifestação da tecnologia de Lúcifer, o escorpião! Desse pão malvado, a clarividência que é seu próprio brasão, sua própria armadura, sua própria lança, seu próprio escudo, desse veneno não comeu Jesus! Ele não era um intelectual — graças a Deus. Contudo João foi, não era mais, um intelectual a quem em boa hora lhe jogaram uma pedra na vidraça da inteligência, ficando cego de entendimento utilitário, aleijado em sua cobiça... João jorrou de dentro de sua clarividência imaculada, a quem lhe faltavam méritos para ser crucificado: nem era o Messias, nem era o Filho do Homem, nem era o Bom Ladrão, não era sequer o Mau Ladrão — mas tão-só o sedutor imanente, o homem silencioso que traz a água que traz o Sinal!

Eu até estava disposto a morrer em Paris, na forma concebida pela Ciência mais avançada, quando me chamaram por telefone e era o Demônio — um deles — fantasiado de Velho Bolchevique, quem me chamava para comer carne de porco no sábado, quem me aliciava, quem chegava no intuito de farejar meu corpo, a ver a quantas andaria o odor do meu pré-cadáver...

Foi por isso que decidi me embrenhar na literatura feita de fragmentos febris, alguns indecifráveis... Que lhes chamassem crônicas, ou relatos de viagem, ou ais e rugidos, ou qualquer coisa que de qualquer modo palpitasse — vivendo, pois, à minha maneira, nunca à maneira do Velho Bolchevique, nunca à maneira dos milhentos diabos dispersos em convergência nos meus calcanhares...

Na fímbria do urro

Em frente tem uma livraria com todo um subsolo de pé-direito alto, com tantas prateleiras e estantes que os corredores são estreitos, e em todas as prateleiras e estantes há livros, livros a mancheias, livros grossos, livros de bolso, enciclopédias, livros ilustrados, recém-escritos, reeditados, traduzidos — romances, biografias, poemas, dicionários, tratados de filosofia e culinária, livros a dar com a mão, livros a dar com o pé... Mas está fechada. É noite fria na Rue des Écoles, faltam 15 para as nove. Não quero ler livro nenhum, estou com ódio de tudo, só uma pessoa me ama e dentro de 15 minutos estará aqui: Dalila do Sol Ladra. Nove horas da noite em ponto, ela chega. Pensa que é gata, mas é onça. Pensa que arranha mas deixa um lanho fundo e sangrento. Pensa que mordisca, mas abocanha. Pensa que é peixinho dourado mas é piranha... Aqueles livros lá...

Aqui cabe um parágrafo. Na estrutura tumular da língua brasileira escrita hoje em dia, todas as vírgulas são obedientes a Machado de Assis, todas as simulações de monólogo interior na verdade não passam de cópias servis dos resmungos de Graciliano Ramos — um escritor que se salvou por ter vivido bravamente, mas se fôssemos comparar seu estilo ao de Jorge Amado (e esta comparação seria mesmo para humilhar um e outro), ele perderia de 10 a zero, ou melhor, continuaria prefeitando em Palmeira dos Índios. Como no magnífico verso de Lamartine Babo definindo o torcedor do América F.C., tenho horror aos escritores brasileiros — a começar por mim... "Aqui cabe um parágrafo". Eis aí uma herança retórica de Machado de Assis, que tinha graves defeitos de pronúncia, era gago, mesquinho na concepção das frases, estreito na visão de mundo. O adorado Machado de Assis... Adorado, seus idiotas! Por que não lhe ofertam a leitura que ele merece, devolvendo-lhe o adorável frescor? (Avisei, no momento certo, que começaria a estudar os estragos causados no meu psiquismo pela dor que devasta as minhas tripas. Agora, agüentem.)

— *Bon soir,* Dalila...

— *Ça và,* José?

— *Ça marche.* Quer beber alguma coisa?

— Não, obrigada. Acabei de comer dois rins grelhados ao ponto... Estou precisando tirar um cochilo, fazer uma siesta-de-bolso... Posso me engalfinhar no seu umbigo?

— Quem dá as ordens no meu ventre é você. Faça como quiser.

Ela se aninhou no meu umbigo. Não sabe falar português, mas acredita que sim. Por isso, quando pretende dizer "aninhar-se", traduz "engalfinhar-se". Já lhes informei que presume ser peixinho dourado quando na verdade é pantera.

Dalila do Sol Ladra, de negros e longos cabelos, sedutora e castradora, é a filha bastarda de um anagrama com um tropo. Todo mundo sabe o que é um tropo: alguma coisa excessiva, demasiada, fora de propósito. *Allegro ma non tropo.* Filantropo. Quanto a Anagrama, é um grama de uma Ana fazendo regime para emagrecer.

Dalila do Sol Ladra... Sansão latiu ou uivou quando se deu conta da traição? Não precisavam furar os olhos dele, afinal seu nome não era Édipo. Ela se engalfinha (perdão, aninha, de ana) no meu umbigo. Lá na frente, do outro lado da calçada chuvosa, tem uma livraria. Tem muito livro lá, mas falta um, essencial: esse que ando a escrever enquanto Dalila me estraçalha as entranhas. Oh! Por que só argentino pode escrever mistérios, por que só escritor colombiano pode ser mágico? Por que, em suma, gostamos de ser espiritualmente subdesenvolvidos? E notem que falei "espiritualmente". Alguns canalhas diriam "intelectualmente". Mas, graças a Deus, tenho pelos intelectuais um desprezo do tamanho de um bonde.

Ladra Dalila atrás da vidraça. Ela ainda há pouco devorou rins grelhados, mas parece que não lhe mataram a fome. Lutaremos ferozmente pela noite adentro. Já tendo lido todos os livros que arrumei no hotel, formando uma pequena biblioteca, me distrairei compondo mentalmente um alentado estudo cujo objetivo é provar ter sido João Guimarães Rosa um artista perdidamente enamorado do til.

O gato-que-pesca

Num sebo da Rua Saint-Jacques, descubro esta preciosidade: a primeira edição francesa de *La Rue du Chat-qui-Pêche*, romance húngaro de Jolanda Foldes. A Rua do Gato-que-Pesca... Passo sempre por lá quando vou me perder no dédalo de Saint-Michel.

"Duas fileiras de quatro casas cada uma — mas nas extremidades, essas casas abrem para o cais (do Sena) ou para a Rue de la Uchette; portanto, no fim das contas, ficam só duas casas de cada lado... Serão velhas? Ninguém sabe. São casas sem idade, tanto podem ter 500 como 50 anos." Confere.

Existe uma tradução brasileira desse romance que me caiu nas mãos quando eu tinha 14 anos. Foi quando me apaixonei por Paris. Li umas 20 vezes *A Rua do Gato-que-Pesca*. Suponho que figura no maravilhoso catálogo de ficção internacional da Editora Globo de Porto Alegre. É até possível que a tradução seja de Paulo Rónai, mas acontece que no umbral da juventude eu mal me dava conta de que os livros eram escritos por pessoas; não me entrava na cabeça a idéia de que certos romances são inclusive transportados de uma língua para outra.

Este exemplar que peguei no sebo foi transposto do húngaro por Denise Von Moppes e lançado pela Editions Albin Michel. A data: fevereiro de 1937. Por quantas mãos terá passado nesses 42 anos de existência? Acredito que por uma única mão. Misteriosa mão estrangeira, que marcou a lápis apenas uma passagem de três linhas numa narrativa de 316 páginas! Eis aqui:

"A família está feliz nesse momento — mesmo que seja apenas um momento, feliz de uma felicidade simples, primitiva e sublime."

Há passagens muito mais interessantes, mas essa foi a única que tocou a pessoa que leu antes de mim. Tocou fundo: o leitor se deu o trabalho de apanhar um toco de lápis a fim de assinalar o encontro de seu coração com o generoso coração que pulsa no romance. Devia ser um tipo solitário e pobre, vivendo em condições tão desconfortáveis que não podia trazer consigo um lápis. É isso! As três linhas marcadas coincidem com o instante em que o primeiro leitor encontrou espaço e tempo para se dar ao luxo de assinalar sua própria viagem naquelas páginas... Estaria, então, "feliz, de uma felicidade simples, primitiva e sublime"... Em seguida veio a guerra, a Europa explodiu, e o romance de Jolanda Foldes, só Deus sabe após quantas peripécias, acabou sendo vendido a um livreiro de velharias da Rua Saint-Jacques.

Ali o encontrei eu. Imediatamente me pus a ler. Sabem que não me lembrava de nada, mas de nada mesmo? É uma história de refugiados; uma narrativa de trama fluvial, lerda e fascinante. O peleteiro Barabas e sua pequena família se transferem para a França, em 1920, em razão do desemprego em Budapeste. Alojados num hotel da Rua do Gato-que-Pesca, travam conhecimento com a comunidade dos refugiados, multidão de seres partidos ao meio num solavanco da História. Um capitalista russo, um socialista lituano, um príncipe espanhol, uma comunista finlandesa, outro espanhol anarquista, um ministro de Estado italiano, um grego perseguido pelos turcos... Há mais, há legião de personagens reunidos pela identidade da comum desgraça, pela saudade das respectivas pátrias, pela necessidade de sobreviver numa França tradicionalmente chauvinista...

É esse o núcleo do romance. Paris, a moldura. Entretanto, só agora verifico que guardei a moldura, enquanto o quadro se desfez na minha memória. Assim, pela segunda vez, li *A Rua do Gato-que-Pesca* pela primeira vez... E como a evidência se impõe, devo segurá-la pelo rabo e exibi-la, raposa arisca, ao leitor assombrado. Sim, meu caro leitor: — todos os livros que li foram escritos por mim!

Psicologia de metrô

A borboleta do metrô tem três barras metálicas, roliças, que entram em posição de rolamento quando você introduz o ticket na fenda de contagem, e rolam sob a pressão do seu corpo. Alguns garotinhos recém-chegantes à adolescência pulam por cima, como no jogo de carniça, e isto é proibido, mas eles são garotos e os funcionários toleram. As crianças mais pequenas (até sete anos) passam por baixo, de cócoras. A finalidade de ambas as ginásticas é entrar de graça.

Hoje, entrei de tarde na estação Maubert-Mutualité, num momento em que não havia ninguém nos corredores. Dois funcionários, por trás do guichê transparente, batiam papo. Um senhor de casaco marrom, que ia à minha frente, simulou introduzir o ticket na fenda, mas o conservou na mão e, num gesto brusco de contorcionista, passou por baixo das barras metálicas e saiu do outro lado, inteiriço, longilíneo. Seu esqueleto, da cabeça aos pés, não media menos de um metro e setenta; no entanto, para entrar de graça, ele o reduziu a um volume do tamanho do corpo de uma criança de sete anos, posta de cócoras.

Observei de banda a falcatrua, fingindo que não estava vendo. Os dois funcionários do guichê continuaram conversando: o gesto simulado de colocar o ticket na fenda desviara do homem a atenção deles. O homem e eu descemos a escadaria. Ele olhou para trás, na minha direção, e eu fingi que estava lendo um cartaz na parede (Yves Montand de capa de chuva, fazendo um gesto de quem ri por trás da boca, enquanto a mensagem no cartaz anuncia que seu espetáculo no *Olympia*, sem nenhuma publicidade, vendera todos os ingressos para todos os shows da temporada. Uma demonstração espantosa de prestígio. Parece que vem até um avião especial de Tóquio, cheio de japoneses, para rever o *chansonier* Montand, há anos afastado do palco e dedicado exclusivamente ao cinema de combate).

Na plataforma onde esperamos o trem, o homem de casaco marrom sentou num banco e puxou uma cigarrilha. Ficou fumando a cigarrilha. Pensei que era um gesto de despistamento psicológico, para disfarçar o nervosismo. Nisto, a estação se encheu de mocinhas com blusões coloridos e mochilas. Sentaram-se ao lado do homem e conversaram em algazarra. O homem fumava. Eu andava de lá para cá, observando. Imaginei que o homem fosse um desses batedores de carteiras que andam nos metrôs, abrindo sacolas, dedilhando o dinheiro graúdo e seguindo viagem com a cara-de-pau que a natureza lhes deu. Atacam de preferência as mulheres, entre outros motivos, porque mulher costuma andar de bolsa desafivelada.

Mas o trem chegou e as moças se levantaram. O homem e eu seguimos para os vagões abertos. Como eu o observava, observei, ao mesmo tempo que ele, um casaco azul esquecido no banco onde estiveram as moças. Deveria pertencer a uma delas. Pensei: "Pronto. Nosso batedor de carteira vai ficar com o casaco, que é evidentemente novo e deve custar caro."

Ele, entretanto, chamou uma das moças e apontou o casaco. Ela agradeceu a gentileza, mas disse que aquilo não lhe pertencia, nem a alguma de suas companheiras. Era um casaco esquecido por outra garota antes de nós todos chegarmos à estação.

O homem jogou fora a cigarrilha e entrou no trem, levemente decepcionado por não ter feito sua boa ação. Eu entrei em outro vagão e nunca mais nos vimos e provavelmente não nos veremos; ele e as moças de um piquenique que deve ter sido emocionante, pois elas o comentavam em algazarra.

Viajei em pé, pensando no homem. Ele cometera uma infração absurda, entrando de cócoras no metrô, sob o risco de quebrar um osso nessa sua redução contorcionista. E no entanto, recusava-se a se apossar de um casaco esquecido por ninguém — um casaco novinho, desses que custam caro nas butiques elegantes, e que até podia conter um bolo de dinheiro num bolso interno... Seria ele um homem que, por princípio, se recusa a dar à Municipalidade um tostão que seja? Porque efetivamente, na escala dos serviços municipais de Paris, o ticket do metrô não custa mais que um tostão. Seria ele, talvez, um contorcionista desempregado, que se reduzia às dimensões de uma criança de sete anos apenas para manter os ossos em condições de, futuramente, realizar façanhas mais espantosas? Seria um ladrão perigoso cuja filha teria a idade da garota que perdeu o casaco, fazendo assim o coração paterno falar mais alto, recusando-se a roubar algo pertencente a uma criatura da idade de sua filhinha querida?

Não sei. Jamais saberei. Posso dizer apenas que há muitas ciências psicológicas, todas elas baseadas na presunção de que o homem é um animal doente de nascença, precisando curar-se desde o berço. Muitas escolas e práticas psicológicas voltadas para o homem — que, este, é um só.

Um homem só que, ao nos mostrar quem é, nos desnorteia. Pois aqui ele é um pequeno delinqüente, praticando um delito infantil. E ali, eis um homem honrado e atencioso, que vê um casaco perdido e procura sua legítima proprietária.

A única coisa certa a respeito dele é que, um dia na vida, esteve na estação Maubert-Mutualité e usava casaco marrom. A outra certeza, mas que pode ser um indício circunstancial, é que ele fuma cigarrilha.

Notícia invisível

Há sol no domingo, e faz frio. Convém sair de capa e guarda-chuva, pois choverá em algum ponto desta tarde, mas não uma chuvarada, só uma chuvinha lerda, descendo do céu com uma qualidade tremelicante, parisiense, outonal. *On parle français*. Nos bares, nas ruas, nos trens, fala-se francês o tempo todo, se bem que de vez em quando uma voz duplamente estrangeira venha martelar nosso sossego: uma alemã, um búlgaro, um negro dialetando queixas africanas ao telefone. Mas essas interferências são raras. O normal é que abram a boca para falar francês.

Os jornais refletem uma preocupação bizarra. Parece que este país está marchando para o socialismo. Os jornais que antes eram de centro, de direita moderada ou fascistas escrachados, agora estão fazendo oposição ao governo. Os jornais de esquerda procuram ensinar ao Presidente Mitterrand como é que se marcha para o socialismo. O debate, à esquerda, está centrado na graduação do movimento: uns querem a marcha batida, outros acham mais prudente a marcha lenta. Do centro para a direita e do centro para a esquerda, observa-se um certo receio do comunismo. Os comunistas abiscoitaram uma fatia do poder. Teme-se que eles acabem comendo todo o bolo. É um temor fundado na própria natureza do movimento. Dizem os franceses de centro e de esquerda moderada que não se sabe muito bem qual é o momento ótimo para o socialismo deter sua marcha. Parece que há um degrau desconhecido nessa descida ou nessa subida (conforme você esteja subindo ou descendo, a partir do resultado das últimas eleições) — um degrau obscuro que já não será democracia e não será mais socialismo: será o comunismo, ou então a guerra. Isso dizem os "media" (pronuncia-se mídia).

Os mídia são os formadores de opinião. É bem recente a instalação desse vocábulo no mundo inteiro: data do instante, não muito bem determinado, em que a notícia e a propaganda se entrelaçaram. E tem razão de ser, esse apelido novo (mídia) para a velha profissão jornalística. Exemplo: quando cai um avião no Irã e morrem todos os chefes militares iranianos, o mídia iraniano fica tranqüilo se o aparelho tiver sido derrubado pelos iraquianos ou devido a um ato de sabotagem dos inimigos internos de Khomeini. Mas se foi um mero desastre de aviação, o mídia pensa duas vezes antes de redigir sua notícia, pois ela pode ser a confirmação inequívoca, ao menos no campo da propaganda, de que o Deus dos aiatolás já não está garantindo a guerra santa dos aiatolás. Não se pode fuzilar uma falha no motor, e também não se pode creditar aos ímpios do Iraque a invenção do terremoto. O desastre de avião e o tremor de terra são fatalidades. Contra a fatalidade não há argumento. Os aiatolás enterram os militares mortos no avião destruído e mudam de assunto. Mas se houver um desastre de avião no Iraque, matando todos os comandantes da guerra do Iraque com o Irã, podem creditar a desgraça à fé dos aiatolás: desta vez terá sido o Deus deles, e não uma falha mecânica, o autor do "auspicioso acontecimento". Todas as desgraças que nos beneficiam provêm do nosso Criador; as demais são simples fatalidades. É assim que se faz política hoje. Na ausência geopolítica de Deus, a culpa será dos capitalistas, conforme demonstrou Fidel Castro em recente discurso. Qualquer praga de grandes dimensões nas lavouras cubanas terá sido criminosamente produzida pela CIA, devendo ser arrolada (e ao mesmo tempo condenada) entre as escaramuças de uma não declarada guerra química.

O homem moderno está proibido de viver sua infelicidade ao nível primitivo. Cada povo deve saber que qualquer flagelo que caia sobre si terá sido provocado pelo povo que lhe é antagonista. Deus não entra em cena para consolar o iraniano soterrado pelo terremoto, e sim para instilar no iraniano mais ódio ao seu vizinho iraquiano. Se não for possível dialetizar os abalos sísmicos, os mídias se calarão.

E quando não há inimigos em confronto, quando o povo destroçado pelo sol não está em guerra com ninguém, a imprensa escrita, televisionada, falada e fotografada fica cega, surda e muda: não se deve revelar ao mundo que as crianças de Uganda estão morrendo de fome às pencas, como bananas desidratadas que caem da bananeira. Socorrer essas crianças seria uma questão de caridade, mas a caridade não é política, e não sendo política, não produz dividendos políticos, e não produzindo dividendos políticos, simplesmente não existe.

Não há crianças morrendo de fome em Uganda: ponto final. Esta é a notícia que os mídias internacionais espalham nos quatro cantos do planeta. Uma informação invisível, transmitida por teletipos enguiçados. É este o mundo em que vivemos; perdão, o mundo em que vamos morrendo, em Uganda.

Camarão com gravata

Não há ninguém no Au Boeuf Grillé. *Il n'y a personne* no Boi Grelhado. Já são quase nove horas da noite e não apareceu ninguém para o jantar. O Churrasco de Boi é restaurante fino, na descida da Montanha de Santa Genoveva. No seu cardápio estão anunciados, para esta noite, um *hors-d'oeuvre* de *six escargots de bourgogne* e uma porção indeterminada, mas deve ser farta, de *avocats aux crevettes*.

Não é difícil traduzir *six escargots de Bourgogne*. São seis caramujos comestíveis que pegaram um trem na Borgonha e se apresentaram aqui no Boeuf Grillé, como candidatos ao sacrifício de suas vidas no fogo e na gordura e nos temperos, para maior glória da cozinha francesa. Seis caramujos sem bagagem, pois eles moram na própria casca. E é de dentro da casca que são tirados por um garfo especial, já fritos, já falecidos, já devidamente temperados, e são comidos, um por um, pelo *gourmet* de fino trato.

Seis escargots da Borgonha, sacrificados inutilmente, pois não há ninguém esta noite no Au Boeuf Grillé. Está chovendo fino, a noite é triste, a Montanha de Santa Genoveva não fica num *quartier* de vida noturna intensa, mas sempre se esperariam cinco ou seis fregueses. Que diabo, os escargots são da Borgonha e foram preparados com esmero! E o Boeuf Grillé é restaurante alinhado: um sério candidato às três estrelas do próximo Guia Michelin.

E que diremos dos *avocats aux crevettes*? Primeiro, é preciso traduzir. À primeira vista, eles se parecem com um grupo de advogados de gravata comemorando no Boi Grelhado a vitória obtida numa causa judicial extremamente complexa. Serão seis advogados de gravata, um para cada escargot? Se assim for, ficarão famintos (embora ainda estejamos nos *hors'd'oeuvres*) e deverão pedir, em seguida, alguns corações de alcachofra, que os há em grande quantidade, e devidamente passados na manteiga quente, aqui no Au Boeuf Grillé. Só depois pedirão o famoso boi grelhado, que é o prato de resistência deste simpático, porém incompreendido, restaurante.

Mas serão mesmo advogados de gravata? Não seriam, preferivelmente, um grupo de camarões recém-formados pela Faculdade de Direito?

A dificuldade de falar essas línguas estrangeiras começa quando surgem as expressões de duplo sentido. *Avocats aux crevettes*. Você pode traduzir isso das duas maneiras sugeridas no início. Primeiro: *avocats aux crevettes* quer dizer: advogados usando gravatinha-borboleta. Segundo: *avocats aux crevettes*, sem tirar nem pôr uma letra, também quer dizer: camarões recém-formados em advocacia. Na hora de comer é que você decide o que está comendo. Questão de gosto. Quem gosta de advogado na manteiga, come camarão com molho forense. Quem prefere camarão ao molho jurisprudente, extrai a gravata do advogado, usando para isso uma pinça especial, e pode mastigar sossegado qualquer coisa que tenha sobrado no prato.

Ah, mas que importa a confusão das línguas quando o verdadeiro problema, a coisa aflitiva, é não haver ninguém neste momento no Au Boeuf Grillé? Já está mais do que na hora do jantar, e no entanto ninguém apareceu. Se você der uma espiada no interior do Boeuf Grillé, olhando através da vitrina envidraçada, verá lá dentro uma cena pungente: o patrão e o *chef de cuisine* estão em pé, em torno da única mesa ocupada. Nessa única mesa, está sentado um garoto bem-vestido: calças negras de smoking e camisa branca de punhos de renda. Você pode reparar que o garoto é tão parecido com o patrão que só pode ser filho dele; e, por tabela, tão parecido com o *chef de cuisine* que só pode ser sobrinho dele.

Os dois homens estão convencendo o garoto a comer alguns *avocats aux crevettes*. O garoto chora. Ele detesta *crevettes*, e prefere morrer a provar um pedacinho que seja de *avocat*.

— Mas se você recusa, toda essa comida vai sobrar! — pondera o pai.

— Que desperdício! — grita o *chef de cuisine*.

Mas o garoto bate o pé, ele detesta aquele prato, detesta *boeuf grillé*, odeia ser filho e sobrinho de donos de restaurante.

A solução, posta em prática pelo pai e pelo tio, é fechar o estabelecimento, à espera de dias melhores. Assim foi feito. Agora, está fechado o Boi Grelhado. E a julgar pelos grafites espalhados nos muros do metrô, com ferozes ameaças ecologísticas, quando ele reabrir, será um restaurante vegetariano.

Socialismo mete medo?

Quase 2 milhões de desempregados na França. O franco desvalorizado em face do marco alemão. Os jornais estão chatos, só falam economês. O observador estrangeiro, ademais ignorante nessas questões, não vê esses milhões de homens e mulheres sem emprego. Também não observa amargura ou ansiedade nas vozes e fisionomias que se mostram nas ruas.

Mas no quadro da crise social, que é européia e mundial, a França insere um fator específico; uma incógnita, que justifica a aflição observada na imprensa. É que a França marcha para o socialismo. Esse avanço se faz, até agora, dentro da democracia e das regras republicanas. Sendo considerada uma quase grande potência, e tendo seus brios de nação desenvolvida, ela até agora não foi invadida pelos revolucionários internacionais, do gênero Régis Debray, que tragam as fórmulas mágicas capazes de acelerar e levar a bom termo o processo de transformação da sociedade. Não se discerne no horizonte a figura de um General Pinochet, prestes a derrubar o governo constituído e a expulsar os guerrilheiros alienígenas.

Mesmo na questão das nacionalizações, Mitterrand, como parceiro majoritário dos comunistas, tem que fazer concessões bizarras. No *Express*, a coisa é descrita com malícia:

"Por que os bancos estrangeiros que operam na França não serão nacionalizados? Em parte, porque François Mitterrand receia que a tomada do controle desses bancos pelo Estado desencadeie uma especulação internacional contra o franco. Mas também porque o Partido Comunista Francês freou ao máximo o processo. É que entre esses bancos estrangeiros se encontra o Banco Comercial para a Europa do Norte, controlado por dois organismos soviéticos. O PCF, o jornal *L'Humanité* e numerosos altos dirigentes comunistas são clientes do Banco Comercial. E eles não gostariam de revelar suas contas ao governo francês."

Baseados nesta informação, podemos afirmar que o socialismo francês, se não anda mais depressa na direção de alguns de seus objetivos de doutrina, é por causa do conservadorismo comunista. Os comunistas evidentemente não querem proteger os lucros norte-americanos, mas preferem que os americanos não sejam incomodados — desde que, em troca, ninguém ponha a mão na poupança dos comunistas franceses e soviéticos...

Os adversários do socialismo estão, segundo parece, imobilizados por falta de argumentos. E também por falta de coragem. Um deles, Louis Pauwels (conhecido no Brasil por suas obras de magia simpática, futurologia interplanetária etc.), entrevistando Raymond Aron, abre o jogo:

— É preciso que os opositores do socialismo tenham a coragem e a vontade de refazer em sentido inverso o caminho percorrido pelos seus adversários. Para isso é preciso que eles disponham de uma ideologia coerente e rejuvenescida. Neste sentido, você (Aron) escreveu: "Deixo a outros a tarefa de renovar a oposição ao socialismo, e principalmente a tarefa de rejuvenescer o pensamento liberal."

Raymond Aron responde: — Se eu tivesse 20 anos menos, me dedicaria, com exclusividade, à procura de um programa para a oposição.

Com alguma crueldade, podemos extrair desse diálogo a suspeita de que os opositores do socialismo (ou o "pensamento liberal") não sabem como lutar contra o socialismo porque, ai deles, sofrem de incurável inautenticidade. Pensavam, talvez, que o mundo estava partido e que os franceses não se inclinariam tão cedo por uma plataforma governamental socialista. Agora que Mitterrand está no Poder, seus adversários remexem bem fundo a sua caixinha mágica de idéias consistentes, contrárias ao socialismo. Mas, ai deles, a caixinha está vazia. Sempre esteve vazia. Era um blefe.

Finalmente, Louis Pauwels aborda a questão, entre todas, dramática e desagradável: se Raymond Aron tivesse hoje 35 anos, que atitude tomaria em face de uma França que se embrenha no socialismo por numerosos anos? Partiria para o estrangeiro?

— Se meus netos me fizessem essa pergunta — responde Aron —, eu lhes pediria que ficassem, sem dúvida. Quanto a mim, me perguntaria se posso continuar levando uma existência normal numa França socialista. E me diria, ainda, que não se muda de pátria, a não ser que ela mesma se tenha fundamentalmente transformado. Até o momento, o estilo de vida dos franceses não está ameaçado: você pode continuar sendo um indivíduo independente, sem ser considerado, por isso, um ser a-social, bizarro ou suspeito... Portanto, eu poderia continuar na França e aqui continuaria o combate pelas idéias que são as minhas. Mas isso não quer dizer que eu pretenda, hoje, aderir à resignação e à inatividade...

Música no metrô

Na estação Odeon do metrô, quando vai chegando a hora do último trem, um *clochard* dorme num dos bancos da plataforma, encolhido no seu capote amassado, tendo deixado um litro de aguardente no chão, perto de suas mãos escalavradas e geladas.

Num corredor coberto de cartazes publicitários, dois músicos dão um recital. Um rapaz e uma garota. O rapaz toca saxofone. A moça dedilha uma guitarra de matéria plástica, na forma dos óculos amarelos de um ídolo do rock internacional: Alice Cooper. O saxofonista deve ter 25 anos. É grande, moreno claro, cabelos negros laqueados, ondulados. Veste-se com peças soltas de vestuário jovem: colete amarelo, camisa branca de mangas compridas, calças de brim, pequenas botas castanhas. Ele tira no saxofone um velho tema dos músicos negros de Nova Orléans. A moça, sentada no chão, encostada num cartaz, acompanha-o na guitarra. Ela é magrinha, branquinha, quase translúcida, os braços finos, as pernas magrelas surgindo da saia larga, um par de botinhas carmesim. O estojo do saxofone, lançado aberto no meio do corredor, ostenta uma moeda de 1 franco — o chamariz de outras moedas que, eles esperam, os passantes lançarão ali.

A guitarrista tem no máximo 20 anos. Sua fragilidade não lhe advém apenas da vida dura que anda levando: é algo constitucional, uma fragilidade de berço. Percebe-se que foi criada com excesso de conforto e carinho nalguma família abastada de Londres, Buenos Aires, Roma ou Amsterdã.

Podemos facilmente imaginar de onde eles vêm. Erraríamos nos detalhes e acertaríamos no essencial. Mas o passado pessoal é o que menos importa quando estamos em marcha para um futuro escolhido por nós.

O certo é que ele vem de um país moreno e ela de um país louro. O certo é que não se conheciam antes de se encontrarem em Paris. Ele toca bem; ela toca mal. Ele estudou música, sabe tocar outros instrumentos além do *sax*; ela dedilha a guitarra como autodidata medíocre, mas por isso mesmo comovente. O rapaz devia pertencer a um conjunto musical que se desfez. Seria a hora de voltar para casa. Mas ele, com o apoio dela, decidiu ficar. Resolveram dar esses recitais no metrô, em troca de moedas que são jogadas no estojo aberto no chão. Às vezes recolhem um bom dinheiro; às vezes não recolhem nada.

Vestem roupas assim: cada peça é elegante em si, mas não combina com as demais. Maltrapilhos bem-vestidos. As roupas estão limpas. Foram lavadas numa lavanderia automática. O rapaz toca com entusiasmo e a moça não está alegre nem triste. Um observador romântico imaginaria que a garota deu à luz recentemente um bebê que, neste momento, está sendo ninado por outra menina, de outra nacionalidade, igualmente perdida em Paris. Perdida, não: obstinada; tal como os dois artistas do metrô, essa babá fraternal decidiu ficar aqui porque aqui é o lugar que escolheu para ser ela mesma, em meio às maiores dificuldades.

O trem está demorando. Os passageiros rodeiam os dois músicos. Alguém lança uma moeda no estojo, provocando um solo de saxofone verdadeiramente virtuosístico. O rapaz ficou contente. A moça balança os ombros e acelera o ritmo: ela também está contente e grata. Os parisienses são generosos. (Ou seja: qualquer estrangeiro no metrô. Todos somos parisienses em Paris.)

Imaginemos os cartões-postais que essa moça envia à sua família na Califórnia ou no Canadá. Ela conta a verdade: moram num hotel pequenino, sem elevador; sobem cinco andares e descem cinco andares sempre que entram ou saem de casa; almoçam sanduíche de queijo com coca-cola e jantam uma sopa italiana, quente, gostosa e barata. Sua saúde é frágil neste princípio de outono, e de vez em quando ela passa o dia inteiro de nariz entupido, respirando pela boca. Já o rapaz é forte, saudável; deve ter comido muito bife antes de vir para cá.

Os olhos deles são límpidos. Não tomaram droga. A própria aventura em que se meteram, o próprio fato de estarem fazendo música a troco de esmola no metrô, é já uma droga inebriante. Eles fortalecem sua vontade, realizam seu sonho (viver em Paris) e demonstram às suas famílias, em seus respectivos países, que não precisam delas para sobreviver. (O problema da droga aqui é aterrador: em 10 jovens drogados, nove estão sendo assassinados pela heroína; dois vivem no embalo pouco perigoso do haxixe; e 1, muito raramente, cheira cocaína. Não é um problema social: os nove da heroína querem mesmo morrer, equiparando-se nisto a qualquer suicida, às prostitutas sem outro futuro e aos bandidos de toda espécie.)

Subitamente, o recital se interrompe. O público se dispersa. O saxofonista recolhe as moedas, guarda seu instrumentos. A moça se ergue do chão. Eles vão ver o que se passa uns vinte metros adiante, em outra curva do corredor.

Na outra curva do corredor, quatro guitarristas e cantores indochineses, vestindo ternos escuros, cantam em inglês uma canção dos Beatles. Contam com uma platéia bem maior que a do saxofonista e da guitarrista. O saxofonista e a guitarrista, eles próprios, engrossam agora o grupo de ouvintes. Os indochineses são terrivelmente parecidos (na execução e no vocal) com os Beatles, se os Beatles tocassem mal e cantassem pior ainda. Mas não importa: o som dos Beatles é o som da alegria jovem. Ninguém resiste. Todos sorriem no metrô Odeon. Alguns aplaudem. Aquele é o som da nossa época — o único, na era do rock, que sobreviverá aos modismos, tal como a bossa nova de Tom Jobim nunca morrerá.

Truques de pobres

Se você vem a Paris, desafiando as duas inflações (aqui também não está mole); e se você é turista de meia estrela — mais um andarilho do que um turista —, convém tomar nota de alguns truques capazes de diminuir suas despesas pessoais.

O sonho de todo viajante é sentar no bistrô e ficar espiando, através da vidraça, a multidão que vai e vem. Você pode ocupar um lugar quase indefinidamente, não precisando pedir mais que um café ou uma água mineral, ou um sorvete. Não vale do meio-dia às três, hora de almoço, mas ainda assim eles deixam duas ou três mesinhas sem toalha de papel, indicando que ali não precisa comer. Mas nem sempre você está disposto a ficar espiando a vida passar. Às vezes, quer apenas tomar um cafezinho para fazer boca de pito. É quando perde tempo e dinheiro: ocupa uma mesa, espera o garçom, espera o café, espera que o garçom venha cobrar a despesa, e nisso se vão 10 preciosos minutos, tempo suficiente, no horário europeu, para você perder a namorada que está à sua espera a uma estação de metrô de distância.

Nesses casos, é conveniente pedir o café no balcão. Eles aqui chamam *comptoir* (corredor). Mas na gíria é *zinc*, igual à gíria da antiga Lapa (zinco), por ser desse metal o tampo do balcão. Pelo mesmo café, servido com maior rapidez e garantindo seu encontro com a loura húngara na primeira estação de metrô depois desta, você estará economizando de três a cinco francos.

Se você está com sede e quer tomar uma água mineral (pois brasileiro jamais pediria água da bica em botequim francês), fique também no balcão e não peça uma garrafa pequena (1/4), e sim um copo, *un verre d'eau de Vittel s'il vous plaît*. Ele encherá seu copo com a água da garrafa grande e cobrará menos dois francos pela água e menos três pela ocupação da mesa. E não se preocupe com a sede, pois ela passará: na garrafinha há exatamente um copo da água mineral, nem uma gota a mais nem a menos. Convém não beber muita água de Vichy, pois vicia: é a água mais gostosa do mundo; mil vezes mais gostosa do que qualquer refrigerante e quase tão agradável quanto um chope gelado.

Examine os preços no cardápio afixado do lado de fora de todos os restaurantes. Um bife com fritas nesta esquina pode custar a metade do preço do bife com fritas na outra esquina. E muito cuidado se lá dentro houver uma senhora recolhendo capas, capotes e guarda-chuvas: é sinal de restaurante chique, e portanto caro. Aquela senhora vai querer cinco francos de gorjeta ao devolver o capote; e, no banheiro, geralmente no subsolo, você encontrará outra senhora esperando pelo menos um franco pelo nosso direito de fazer pipi. Só para tirar o capote (mesmo que não queira, é constrangedor recusar) e "lavar as mãos", você já gastou seis francos.

Há restaurantes sem conta onde você pode comer e beber vinho por cinqüenta francos (para menos). Há pequenas casas onde a comida é maravilhosa. Há os restaurantes chineses, que também cobram preços razoáveis, e sobretudo os italianos, onde a *pizza* e o espaguete custam quase o mesmo que no Rio e São Paulo. A gorjeta está incluída: 15 por cento; assim, você tem a sensação de que não precisou dar gorjeta.

Mas seja um nababo de quinze em quinze dias ou uma vez por semana. Vá ao La Coupole e coma e beba do melhor, rodeado da gente rica, elegante e cheirosa. Vá à Balzar na Rue des Écoles, que, quanto ao luxo do ambiente e ao requinte dos pratos, é uma reprodução miniatura da Brasserie Lipp (aspecto interior) e do La Coupole (tipo de freguesia). Na Lipp estão os milionários de toda parte. Na Balzar estão estes e aqueles, dependendo da noite. Se você for um rapaz querendo agradar uma garota, telefone antes e reserve a sua mesa. Vai gastar 100 francos por cabeça, o que aliás não é muito em comparação, com os cinqüentinhas do almoço modesto de todo dia, mas em compensação vai se sentir por uma noite poderoso e feliz como só os imbecis se sentem em permanência...

Finalmente, para um caso (convém evitar) de confusão generalizada, você não entendendo o garçom, o garçom não entendendo você, e o *maître* comparecendo para piorar as coisas, fique tranqüilo, companheiro! Faça cara feia. Respire fundo. E diga encolerizado:

— Meus senhores... Essa conta eu não pago de jeito nenhum. (Pausa. Suspense no salão.) Não pago e vou chamar a polícia!

Pronto. Você ganhou a guerra. Ameaçar não pagar e ainda por cima chamar a polícia é dose para elefante, nunca para um pobre garçom parisiense. Eles darão um jeito de diminuir os números; você até poderá sair sem pagar, sorrindo amarelo, que eles lhe dirão *au revoir*.

Fique em paz com sua consciência, mesmo que depois, pensando bem, você conclua que a culpa foi sua, por não dominar perfeitamente a língua e o sistema de moedas. Não tenha remorsos, pois alguma culpa no cartório eles devem ter, ao contrário não ficariam tão amedrontados ao ouvirem falar em polícia.

Encontro de amigos

— Você vem?

— Vou.

— Então vou lhe explicar. Não precisa pegar o metrô que é perto. Você vem descendo a Rue des Écoles.

— Está bem. Vou descendo a Rua das Escolas.

— Então você chega à Rue Saint-Michel, certo? E dobra à direita.

— À direita ou à esquerda?

— À direita.

— Então há alguma coisa errada nesse nosso caminho. Eu diria que, chegando à Rua São Miguel, deveria dobrar à esquerda.

— Se você fizer isso, irá em direção contrária e nunca nos encontraremos.

— Tem certeza? Eu tenho minhas dúvidas. Mas tudo bem. Vou confiar na sua topografia. Vou descendo a Rua das Escolas e chego à Rua São Miguel. Está vendo?

— Estou.

— Você tem certeza que está me vendo na esquina de Rue des Écoles com Rue Saint-Michel?

— Certeza plena.

— Mas será que está vendo eu mesmo, ou não será uma pessoa parecida comigo?

— Ora, não amole.

— Não estou amolando. Desejo evitar confusões desnecessárias. Você diz que está me vendo na esquina das Escolas com São Miguel. Muito bem. Se isso é verdade, me diga uma coisa: como é que estou vestido?

— Está bem. Você tem uma fé descomunal na sua imaginação. Porque certamente não se trata de memória. Porque sem dúvida você nunca me viu parado, assim, na esquina das Escolas com São Miguel. Você só pode estar imaginando. Sabe que não estou usando o blusão?

— Não. Tomou um banho e trocou de roupa?

— Mais ou menos. Me lavei na pia e tomei uma ducha de *bidet*. Estamos em Paris, num hotel não muito caro, não se esqueça. A ducha verdadeira, tomarei amanhã num banheiro que há no corredor. Hoje estou gripado e não quero me arriscar a pegar um vento encanado depois de sair do banho. Nisto, sou tão cauteloso ou supersticioso quanto um verdadeiro parisiense. Tenho medo de *courrant d'air*. O popular vento encanado. Mas, como eu ia dizendo, dobro à direita, na Rua São Miguel, e vou descendo. É isso?

— Isso. Desce até a Place Saint-Michel.

— A Place Saint-Michel é aquela que tem a fonte ou aquela que não tem a fonte?

— Aquela que não tem a fonte. Aquela que tem a fonte fica bem do lado.

— Então, evito aquela que tem a fonte e entro naquela que não tem a fonte.

— Justamente. Agora você atravessa a praça...

— Agora, não. Dentro de 15 minutos. *D'ici à un quart d'heure*, como diz o outro.

— Justamente 15 minutos é o que eu preciso para dar alguns telefonemas antes de descer ao seu encontro. Você procura na praça um bistrô chamado La Boule d'Or.

— Laboule dorme?

— A bola de ouro. La Boule d'Or.

— *Le jour se lève? Allons enfants de la patrie?*

— *Dis-donc...*

— Ô lá lá! (exclamação traduzida ao pé da letra) Ô lá lá! Estou aqui há 10 dias e você é a primeira pessoa a dizer *dis-donc*. Antigamente, era *dis-donc* pra cá, *dis-donc* pra lá...Está bem, te encontro na Boule d'Or. E aí?

— Aí... *On prend un verre et puis on...*[1]

— A gente prende um vidro? Está maluco? Mesmo que o vidro tenha cometido algum delito, não sou da polícia para ir prendendo vidros assim sem mais nem menos.

— A gente toma uma bebida, rapaz.

— Ah, bom. Um boa água mineral e um excelente cafezinho, antes do jantar. É isso?

— Não é outra coisa. Você toma a água e o café, mas eu vou de cerveja, pois ainda sou alcoólatra.

— Não existe alcoólatra. Tanto isso é verdade, que se você quiser tomar um porre de cair no chão, eu te acompanharei solidário até o amargo fim. Irei ao seu enterro bebendo água.

— Mas antes eu irei ao seu bebendo um Beaujolais.

— Confere. Praga com praga se paga. Daqui a pouco, então, na praça sem fonte, bem do lado daquele lugar onde está a fonte. E não se esqueça de trazer sua melancolia, pois eu estou disposto a ajudá-lo a fortalecê-la...

[1]Pega-se um copo e depois...

Noite de *clochard*

Sexta-feira à noite, em suas ruas velhas e tortas e estreitas, sob uma iluminação tão débil que na verdade produz recantos de obscuridade, a Rive Gauche recebe uma horda jovem procedente de todo o mundo, vestida de todas as maneiras (sempre em estilo extravagante), pouco ruidosa, pouco apressada, alegre em grupos e tristonha quando solitária, mas atraída ao Quartier Latin pela fome saudável da juventude: restaurantes cheios, bistrôs superlotados, grupinhos comendo sanduíche junto a uma parede. Há sempre alguém comendo alguma coisa, em qualquer lugar de Paris e a qualquer hora. Na Rive Gauche, porém, há um momento, entre oito e nove horas da noite, em que todos comem.

Há vagabundos velhos, maltrapilhos, bêbados, mendigos, algo sinistros, cujo olhar amedronta. Raramente se encontra um verdadeiro *clochard*, um filósofo da solidão e da miséria, como um que conheci no Café de Cluny em 1975. Ele jogava uma ratazana de borracha em cima das turistas obviamente milionárias: era por esse susto asqueroso que pediria, depois, dois francos de recompensa, pois considerava aquele gesto agressivo um número de circo: ele era o artista da ratazana voadora que se transforma em borracha inerme ao bater na turista apavorada. Esse *clochard* estava bêbado, tropeçou, caiu no chão, eu me precipitei para socorrê-lo — também eu, bêbado de dar gosto — e lhe acariciei o rosto de barba espinhenta, olhando-o bem nos olhos, e lhe disse: "Tudo em paz. Você é meu irmão" — e ele me fitou por uma eternidade, e se levantou do chão e voltou a me olhar — agora como um homem — e de repente começou a chorar aquelas duas lágrimas que escorrem de fonte inesgotável sobre as faces do palhaço, desmanchando a pomada de sua máscara; guardou no bolso a ratazana, recusou a moeda que lhe ofereci (era uma reluzente moeda de cinco francos) e foi indo para a obscuridade do seu destino. Na noite seguinte, e nas outras noites, reapareceu recuperado de seu sentimentalismo. Mas, antes de lançar a ratazana sobre a turista distraída, piscava um olho na minha direção e em seu rosto se entreabria um sorriso que não ousava alargar-se. Vivemos assim uma amizade à distância, silenciosa e fraterna durante quase todo um outono. Quando nos sorríamos, separados um do outro por três metros de distância e mais um abismo social e filosófico (mas não psicológico), eu me lembrava de ter lido o relato de uma situação algo semelhante, se bem que desbordante de brutalidade, no velho Charles Baudelaire, que também se chamava Carlos e era também um *clochard* de luxo. Isso aconteceu seis anos atrás, quando eu ainda era assim. Agora, toda vez que digo "eu", tenho a impressão de me referir a uma outra pessoa, que conheci outrora e que não voltarei a encontrar, tal como provavelmente nunca mais voltarei a ver o artista da ratazana.

Por falar nisso, terminei de ler, acho que pela terceira vez, uma narrativa de Simenon extremamente astuciosa: *Maigret e o Clochard*. Neste caso, o *clochard* era um médico de província, casado, com uma filha, e quando a mulher recebe uma herança inesperada, ficando milionária, ele desaparece da França e vai reaparecer no Gabão, cuidando dos pobres, ele próprio reduzido à extrema pobreza, numa simulação da vida exemplar do Dr. Schweitzer. Mas ali não encontra o que procurava e volta a sumir. Já a mulher está morando em Paris (ela não pediu divórcio por ser católica), a filha já se casou com um homem abastado, e o antigo médico é visto por um amigo da família no Boulevard Saint-Michel, reduzido à condição de homem-sanduíche, carregando no peito e nas costas os cartazes que anunciam o cardápio e os preços de um restaurante das proximidades. Há uma tentativa de morte contra ele, surpreendido pelo agressor quando dormia debaixo duma ponte, ferido gravemente na cabeça e lançado às águas do Sena. A investigação do Comissário Maigret não chegará a bom termo, porque o *clochard*, após sobreviver a essa tentativa de homicídio, não lhe dirá nada. Mas ele não está envolvido na trama criminal: foi por equívoco que o criminoso o atacou. Mesmo assim, não dirá nada. Ele se recusa a julgar os seus semelhantes. Maigret, e com ele Simenon, e também o leitor da novela, hão de concluir que o *clochard* está certo — e por decorrência, admitirão que se ainda resta valor "social" a respeitar — seja a verdade, seja a justiça, ou ambas, o *clochard* ainda não se tornou um *clochard* autêntico.

Anda-se agora pelas ruas obscuras da Rive Gauche e não se vêem *clochards*. Mas eles devem estar por perto. Eles são misteriosos. Podem estar, digamos, bebendo genebra à beira dos canais de Amsterdã, outra cidade propícia a essa expiação atroz de um pecado talvez imaginário. Amsterdã e Paris: não creio que exista uma terceira cidade onde um *clochard* autêntico possa florir — mas florir à sua maneira decadente, à maneira formosa e melancólica da folha de outono que se despega da árvore, rodopia e se arrasta no chão, tangida pelo vento gelado.

Compatriotas a bordo

Perto de 10 da noite, ele entra num pequeno restaurante italiano da Rue de la Harpe. A Rue de la Harpe tem certamente sua longa história pessoal: recantos de amor na pobreza, de solidão no expatriamento, de chegadas bruscas e partidas assustadas. Todas essas estreitas ruas tortas da Rive Gauche são novelescas, de um modo balzaquiano ou de outro. Na Rue de la Harpe, agora, e na obscura Rue de la Harpe de um antigo inverno que forceja a memória e procura a luz, mas não achará a luz porque o homem cuja memória ele forceja decidiu conservar na obscuridade esses estilhaços de um passado confuso; aqui, agora, passam fantasmas que eram exilados de carne e osso quando aqui estiveram num antigo inverno e depois morreram; descansem em paz na perpétua obscuridade...

Deslembrando-se de década e meia de sofrimento coletivo, ele está na mesa junto de dois rapazolas e duas garotas, parisienses da gema, que riem nervosamente e conversam por gestos e olhares, sem palavra. Comem bife com batatas fritas e bebem vinho. Uma das garotas é bem novinha; a outra deve ser da mesma idade, pois o frescor de seu rosto não combina com as tintas que passou nas sobrancelhas e nas faces, nem com os cílios postiços. São namoradinhos de primeira geração, sem dúvida, e esta será a primeira noite em que se aventuram a jantar sozinhos, com vinho, num restaurante "de adultos". Um dos rapazes desenhou no braço um triângulo com um rabicho — pode ser um papagaio, uma pipa, uma raia — e fez essa tatuagem com caneta esferográfica, denunciando mediante esse sinal a sua condição de adolescente encruado, que no entanto se sonha um velho e viajado marinheiro. Há que ter paciência com essas crianças, pois somos estrangeiros na cidade em que elas nasceram e vão crescendo. Mas os risinhos nervosos incomodam. O rapaz da falsa tatuagem passou bruscamente o vidro de azeite de sua mesa para a do homem taciturno. Depois, ameaçou passar a cesta de pão, logo agora que o garçom pôs a cesta de pão correspondente ao repasto do homem taciturno. O rapaz recebeu em troca um olhar plácido, mas severo, e desistiu da brincadeira. O homem se lembrou de uma página de Stendhal sobre Napoleão: na escola militar em Paris, o Corso foi objeto das mais cruéis e desgraciosas brincadeiras, por parte de seus colegas franceses, e só obteve respeito, e até afeição incondicional, no dia em que decidiu resolver o problema com os punhos, enfrentando bravamente o grupo que o atormentava.

Quem conhece o senso de camaradagem do francês não duvida que, desse momento em diante, alguns rapazes desse grupo já se predispunham a morrer por Napoleão e por suas idéias — tanto por serem elas as idéias de Napoleão (uma idéia francesa, *la grandeur*), como por ser Napoleão aquele bravo rapazola que conquistou a afeição deles na marra...

O homem come espaguete à bolonhesa. O espaguete à bolonhesa se come com garfo e colher. Se você se dá bem com esse truque, será recompensado, no final, com a alegria de comer com a colher a carne e alguns fios remanescentes de macarrão, raspando em seguida o prato com um pedaço de pão. Trata-se, neste caso preciso, de produzir um espetáculo capaz de impressionar favoravelmente o dono do estabelecimento e seus garçons; e de fato, eles passaram a ocupar-se em prioridade desse homem estrangeiro, de nacionalidade problemática, um homem que fala por monossílabos e pode ser, não parece, mas pode ser um pequeno senhor italiano comendo à moda de seu belo país...

Ele então se apercebe de que em outra mesa, em frente à sua, estão falando português. São três brasileiras e dois brasileiros, todos na casa dos 30 anos, bem-vestidos e bem-falantes, mas não como pardais em convescote, não como um bando de tagarelas estridentes: falam pausadamente; quem tem a palavra não é indevidamente interrompido pelo outro... O homem do espaguete pensa: "Meus compatriotas, naquela mesa, são bonitos, elegantes e formam um conjunto agradável. Perderam, se é que algum dia a tiveram, a ansiedade brasileira, que se manifesta no estrangeiro, e que consiste em fazer algazarra não propriamente para chamar a atenção, e sim para esconder que são tímidos e sofrem de complexo de inferioridade... Sairei daqui feliz se nem sequer desconfiarem que eu possa ser alguém que veio do mesmo lugar."

Assim pensou, assim procedeu e assim aconteceu. Mesmo quando a música ambiente, até então anódina, explodiu no *Lança-Perfume* de Rita Lee, cantado por ela na língua brasileira artística (ou cosmopolita), o homem só se deu conta disso após se sentir impregnado pela conhecida melodia e pelo significado jovialmente erótico dos versos. Na outra mesa, felizmente, houve apenas um primeiro movimento de surpresa, seguido de contentamento, e finalmente não se tocou no assunto. Eram brasileiros realmente interessantes.

Quando veio a torta de pêra quente, antes do cafezinho, ele se sentiu despojado de todos os sinais de sua origem e proveniência. Uma calma *sui generis* tomou conta dele. Chegou a devanear obscuramente algumas situações, pequenos desastres, que o levassem a socorrer seus compatriotas, ou vice-versa. Um mal-entendido com os garçons, por exemplo. Uma dificuldade do grupo ao pretender pronunciar a palavra correta, insubstituível, no francês exigido pela situação imaginária. Ou vice-versa: poderia ser ele vitimado por algum *imbroglio* provocado pelos francesinhos da mesa ao lado, neófitos em restaurantes noturnos, e então caberia aos brasileiros da mesa em frente o esclarecimento da confusão.

Mas não houve necessidade de contato. Tudo transcorreu civilizadamente. Ao bebericar o café bem pressionado e fumar lentamente um cigarro, ele pensou obscuramente no drama brasileiro e refletiu:

— Seria bom se todos fôssemos assim. Mas não somos assim por motivo de separação radical das classes sociais. Por mais simpáticos que sejam os da mesa em frente, e por mais plácido que me tenha forjado eu mesmo, a verdade é que não se é verdadeiramente compatriota em mesas separadas.

Obscuramente (esta palavra vai e volta!), anteviu o dia em que as mesas se unem, em que a mesa é servida ao mesmo tempo a cada um e a todos, e em que desaparecem como por encanto os conflitos, manifestos e latentes, gerados pelo egoísmo de uns poucos ante o desamparo de multidões.

Era uma reflexão interessante, parecendo uma sineta que alguém tocasse chamando os compatriotas para o almoço. Era interessante por parecer nítida, quando na verdade o seu encanto provinha das ressonâncias infinitas, das vibrações da sineta encadeadas em grau decrescente, até o murmúrio final, penumbrento, daquele som que se iniciara cristalino e inequívoco. Era ainda uma vez a obscuridade, agora querendo e ganhando terreno: depois de cobrir o passado com sua poeira, ela atenuava em surdina o barulho do futuro imediato.

A loura estabanada

Descendo uma ladeira, numa tarde chuvosa, ouço uma voz chamando alguém que já nem lembro direito quem é:

— Eh! Carlinhos Oliveira! Vem cá, meu querido!

Há uma cabina telefônica na calçada. A mulher grande, loura, de seus 30 anos, estava telefonando e me viu passar. Ela escancarou a portinhola de vidro e começou a gritar meu nome sem interromper seu telefonema. (O nome de um outro.) Não tendo como evitar a confusão, aproximei-me. Dois senhores que aguardavam a vez de telefonar, debaixo da chuva, me examinaram com desdém.

— Você está em Paris, querido? — disse a mulher, que nunca vi mais gorda. E tornou a falar ao telefone: — Escuta, Olga, espere um instantinho que estou aqui combinando uma coisa com o Carlinhos Oliveira. Mas desde quando você está em Paris, querido? Raspou a barba, não é, malandro? Eu já te vi assim na televisão... (Tornando a falar com Olga:) Então tá. A manhã de tarde a gente faz o *trottoir* das butiques. Beijão.

Desligou o telefone, saiu da cabina, me deu beijinhos nas faces, disse que me conhecia apenas de vista, pediu o telefone do hotel onde eu estava e combinou almoçar comigo na tarde seguinte.

Dia seguinte. Meio-dia. Toca o telefone. Atendo. É ela.

— Miltinho?

— Errou.

— Ai meu Deus, essa cidade de Paris faz uma confusão danada na minha cabeça. É o Carlinhos? Então. Vamos almoçar ou não vamos? Você desce ou eu subo?

Eu desço. Ela é carnuda, grande, alegre, saudável, e está acompanhada de um cidadão de cabelos grisalhos.

— Conhece o Nestor?

— Não.

Ela cochicha no meu ouvido:

— Eu também não conheço, seu bobo. É um português de Lisboa. Ele está hospedado aqui. Me viu falando português e se apresentou. Mora em Londres, é gerente de hotel na Inglaterra e me disse que quando eu passar por lá, vai me dar todas as mordomias. Coitado, uma cantada pobre. Deve ser porteiro noturno em Londres. Então: vamos almoçar?

Fomos. Chovia bastante e ela se protegia num guarda-chuva colorido e eu num guarda-chuva negro. Ela era muito alta e não caberia debaixo do meu guarda-chuva.

No caminho, ela viu uma sapataria e entrou para comprar sapato. Mas não era uma sapataria, e sim uma loja de artigos esportivos. Ela fora atraída por sapatos de tênis que estavam na vitrina, especiais para alpinistas. Mandou descer um par, experimentou no pé esquerdo e coube. Experimentou no pé direito e deu um grito:

— Ai! Esqueci que estou com uma pereba no calcanhar, de tanto usar esse sapato apertado que trouxe do Brasil. O senhor vai me desculpar, *monsieur... Je vous demande pardon, mais, il faut que moi...* Sabe onde tem uma farmácia?

— *Pardon*? — disse o vendedor.

— Olha aí, Carlinhos, ele não entende o meu francês. Pergunte a ele onde é que tem uma farmácia.

Perguntei, e o vendedor, com um tênis de alpinista na mão, disse que do outro lado da rua, "juste en face", havia uma farmácia.

Ela atravessou a rua correndo e eu atrás, ziguezagueando entre os automóveis. Ela comprou uma caixa de band-aid. Seguimos andando e ela disse que na manhã seguinte iria à Suíça com um brasileiro que estuda na Sorbonne:

— Eu pago a minha passagem e ele paga a dele. Acho que vamos dormir no mesmo quarto de hotel. Será que ele vai dar uma de brasileiro e querer se aproveitar de mim?

— Não sei. Você quer?

— Aqui na Europa quero ser mulher com os mesmos direitos do homem. Se eu pago o hotel e ele também, dormimos em camas separadas no mesmo quarto e não quero nada de gracinha pra cima de mim. Quero ver se ele segue esse sistema civilizado ou se vem naquele de brasileiro, que dormir no mesmo quarto é o mesmo que transar na mesma cama.

— Não se preocupe — expliquei. — Você é grande e pode se defender. Mas se ele insistir, se ficar uma fera, chame a polícia. Na Suíça, ele pega 15 anos de cadeia por tentativa de estupro.

Encontramos uma sapataria verdadeira. "Aquilo lá, *solde*, disse ela, não é o mesmo que liquidação?" Era. Então ela entrou para comprar uma bota. Sua entrada na loja, mulher grande e faladeira, alegre e linda, causou sensação. Uma jovem vendedora se aproximou. A brasileira apontou um par de botas e disse: é isso que eu quero. Sentou numa cadeira e esperou. Quando a jovem veio com as botas, ela exclamou:

— Ora bolas! Esqueci de botar o band-aid. Onde fica o toalete, minha filha?

— Não temos toalete para a freguesia — disse a francesa.

Eu então expliquei que não era o toalete, mas um lugar reservado para ela tirar a meia. A brasileira estava usando meia-calça — ou que outro nome tenha — debaixo das calças compridas e justas. Para tirar a meia, deveria tirar as calças e arriar a meia que começava no umbigo. (Pensei, com algum desgosto, que aquela peça de lingerie transformava a mulher numa falsa sereia.)

A francesa arranjou uma cabina; a brasileira voltou de lá com a meia-calça (é assim que se diz?) na mão. Aplicou o band-aid e experimentou as botas de couro, cano longo. Deu certo. Ela mandou embrulhar os sapatos e comprou um par de meias normais. Vestiu as meias e calçou novamente as botas. Escutou o preço do artigo, tirou da bolsa uma calculadora manual e fez as contas. "Epa! Está tudo tão caro na França!" Pagou e fomos embora.

Já passava da hora do almoço dos parisienses, e fomos comer num restaurante grego no qual éramos os únicos fregueses. Ela pediu o primeiro prato que viu, onde entrava arroz. Achou o arroz muito duro, seco, bem diferente do nosso. E quando eu ia comer um pedaço de pão, observou um pontinho negro, menor que uma lentilha, no miolo branco. Era sem dúvida um pedacinho de pão carbonizado. Ela deu um grito:

— Atenção! Cuidado com esse negócio preto, aí! Está parecendo meleca!

Jurei que não era meleca, embora parecesse, e comi o pão. Depois do almoço, fomos passeando debaixo de chuva nas ruelas de Saint-Michel, e ela estava alegre. Sentamos num bistrô, pedimos café e ela escreveu alguns cartões-postais. Finalmente nos despedimos, e ela prometeu me procurar quando voltar da Suíça.

Segui meu caminho, depois de comprar um livro grosso como um tijolo: o segundo tomo (são quatro) da *Encyclopédie des Mystiques*. Subi o Boul'Mich convencido de que o Carlinhos Oliveira teria aproveitado melhor aquela tarde e a noite que viria em seguida. Mas essa pessoa, com esse nome, só existe agora na cabeça das louras estabanadas que vêem falsas melecas no maravilhoso pão de Paris.

A loura de cabelo escuro

O caso desta mulher que chamou um homem na multidão, em Paris, e foi com ele procurar a sapataria onde desejava comprar um par de botas de cano alto, é preciso voltar a ele a fim de discutir um problema engraçado e dramático. Convém desde logo abandonar a descrição estereotipada, deliberadamente machista, concebida unicamente para fornecer dela uma fotografia três por quatro, tirada instantaneamente e revelada à frente dos curiosos, que são vocês os leitores. "Eis a loura estabanada"; o cronista exibiu a foto e passou sem delongas a contar o caso, ocorrido em Paris, que demonstrava ser ela a famosa loura estabanada dos filmes de Hollywood, logo adotada pelo resto do mundo e servida em série pelas mais diversas escolas cinematográficas e as mais variadas literaturas. Porém o caso é grave — já foi dito: engraçado e dramático — e devemos estudá-lo em média profundidade. Eliminemos a cor dos cabelos, e nossa tarefa estará simplificada, para não dizer que no ato ficará escoimada do preconceito machista mecanizado e superficial — uma pequena verdade que é também uma pequena mentira, servida sem má fé, porém, com alguma malícia e alguma perfídia pelos *mass-media* (os mídias! vamos aportuguesar a palavra duma vez por todas?).

Marilyn Monroe era uma loura estabanada. Judy Hollyday, com seu delicioso sistema de covinhas sob os zigomas, sistema acionado através de deslumbrante sorriso idiota — era também, a adorável Judy, uma loura estabanada. Mas Carmem Miranda era uma loura estabanada de cabelos castanhos. Cabíria, de Fellini, e também Gelsomina[1] do mesmo Fellini,

[1]Personagem do filme *La Strada*.

ambas interpretadas pela mulher do cineasta, a impecável atriz Giulietta Masina — Cabíria e Gelsomina, eternas na tela, são louras estabanadas tendentes à desgraça pessoal e à tragédia, não por causa da cor de seus cabelos, mas por causa da cor de suas almas. Uma loura estabanada brasileira, estereotipada *ad nauseam* na televisão, porém contida nos limites convenientes da simpatia que dela emana, é aquela lourinha cujo nome esqueço e que é também conhecida por viver, na vida real, um caso de amor moderno, independente, inteligente e feliz com o antigo campeão mundial de futebol, Carlos Alberto, atualmente jogando no Cosmos.

A loura estabanada se tornou best seller americano (leiam "galinha dos ovos de ouro"), no livro e no filme, em dois tempos intitulados assim mesmo, com a rigorosa crueldade capitalista: "Os homens preferem as louras... mas se casam com as morenas."

Ora, esta mulher que identificou um brasileiro na multidão, e gritou seu nome, numa ladeira parisiense, teria todos os elementos para ser uma legítima loura estabanada, mas não é necessário e, talvez nem seja verdade que estejamos diante de uma loura. A cor da pele e dos cabelos veio junto com o estereótipo, que, por ser oriundo de Hollywood, nos foi servido louro, tagarela, desastrado, dado a gafes calamitosas, puro de coração e de cabeça, algo idiota, ou melhor, burro... Toda loura estabanada, se é que existe alguma, deve ser loura, estabanada, ingênua no trato com os homens, e burra. Daí sua tendência a se casar com intelectuais ou celebridades, e também sua simplicidade profundamente constrangedora para aquele que sofre os efeitos das atitudes de um coração assim simples e confiante. (A loura estabanada é, também e portanto, simples e confiante.)

Deve haver às pencas a negra estabanada, a mulata estabanada, a ruiva estabanada, e não há nenhum motivo para não haver o seu sósia do outro sexo: o homem estabanado. (Jerry Lewis faz o gênero: o Príncipe Mishkin, de Dostoievski, faz o arquétipo.) Ah, mas vamos parar por aqui, pois já estou vendo uma loura estabanada no fundo da alma varonil de Dom Quixote.

Acelerando o movimento: — a loura estabanada não precisa ser loura. Caricaturada pelos homossexuais exibicionistas (um pequeno grupo que existe em toda parte, e que geralmente forma uma *troupe* no estilo

Dzi Croquetes), a loura estabanada se revela como o tipo feminino idealizado do homossexual exibicionista, que vê nela a sua perfeita ambição realizada na natureza, sem necessidade de mutilação que não seja a mutilação de origem, a metafísica, a freudiana.

Acelerando mais: a loura estabanada é, simplesmente, uma mulher. Por acaso essa mulher estava em Paris, telefonando numa cabina ao ar livre, quando por ela passou um homem no qual ela identificou uma outra espécie de loura estabanada, calva e de óculos, e gritou:

— Carlinhos Oliveira! Que é que você está fazendo aqui? Vem cá, meu querido!

Toda a França parou para ver o encontro daqueles dois. Foi nesse instante que ela ganhou o apelido de Loura Estabanada. Mesmo que estivesse ostentando uma peruca tricolor — *bleu, blanc, rouge*, seria uma loura estabanada. O cronista, que não se chama Carlinhos Oliveira, embora antigamente o puxassem por esse apelido como quem puxa um cão pela coleira, não pôde furtar-se ao abraço amplo e aos beijinhos da mulher da cabina telefônica. Era um encontro desencontrado, conforme se verá no decorrer deste relato. Um encontro estabanado. Nem ele era Carlinhos, nem ela era loura. Simplesmente um homem, uma mulher que se encontram, não se conhecem, se abraçam, se beijam, e cinco minutos depois estão indo às compras, como dois velhos amigos. Seria terrivelmente ridículo se não fosse tão espontâneo e evidentemente brasileiro.

Daremos a essa mulher um nome: Marília, e nenhuma conformação física, se bem que a circunstância de ser fisicamente bela, do tipo grandalhona bem-feita, tenha tido influência no rumo dos acontecimentos. No segundo ato — a próxima crônica — seguiremos o seu coração, e não as suas pernas, e veremos como foi que ela avistou outro homem na multidão e como viveu com esse outro homem uma atribulada aventura de amor.

Marília e outras coisas

Marília está em Paris há menos de 15 dias. Veio fazer um curso técnico que pode durar um ano, com possibilidade de renovação por mais um. Juntou 10 mil dólares no Brasil, com muito sacrifício, para suplementar a bolsa de estudos que não dá para sobreviver aqui. Por ser a primeira vez que sai do Brasil, e por ter caído logo nesta cidade que enfeitiça o consumidor, nos 10 primeiros dias gastou quase 2 mil dólares. Foi então reduzindo sua fome de compras, procurou um hotel barato perto de Saint-Michel e estabeleceu uma quantia mínima que pode gastar a cada dia, freqüentando restaurantes de 35 a 40 francos e determinando, contra os hábitos europeus, que "quem convida dá banquete": se um homem, brasileiro ou de outras terras, pretende namorá-la, e se acha que namoro e vida noturna são indissociáveis, Marília avisa que é estudante pobre e que qualquer despesa fora de seu padrão habitual deve ser paga pelo cavalheiro. Mas ela não anda muito nas badalações. Vai estudar bem cedo, almoça na escola, e às sete horas da noite chega em casa morta de cansaço. Após meia hora de repouso, vai jantar por 40 francos.

Quando avistou na multidão um escritor brasileiro que só conhecia de nome e por tê-lo visto na televisão, e ao gritar intempestivamente por ele, ela exprimia obscuramente o estado de desamparo em que se encontrava. Naquele dia, com efeito, a escola não funcionava. Sempre às quintas-feiras, Marília teria um dia de folga. Mas o que é que se faz em Paris num dia livre, quando não se conhece a cidade nem as pessoas, não se fala direito a língua, e não se pode gastar dinheiro?

Aqui, entra apenas psicologia: — é natural que os desamparados procurem a companhia do escritor. O escritor é um confidente profissional.

É a testemunha por interposta pessoa. Ele se interessa pelos problemas individuais, não se cansa de escutar queixumes, não põe o sexo em primeiro lugar quando se aproxima das mulheres, e ainda por cima valoriza o material que lhe é entregue em confiança, mas com direito de uso. O desamparado sabe que o escritor não é um padre. O escritor escreve. Quando se aproxima do escritor, por motivo de ansiedade até então mantida sob controle (por timidez e boa educação), o desamparado vem tangido pela ilusão, sempre, aliás verdadeira, de que a sua vida "daria um romance". Vem desabafar e espera que o escritor conclua que o desabafo "dá uma crônica". Aproximar-se do escritor é, já, insinuar que ele deve escrever sobre isso.

Mesmo quando o escritor já não se interessa pelas aflições miúdas — e era este o caso quando Marília se aproximou — não há como fugir à aproximação e à confidência. Quem cria esse tipo de fama não tem, aparentemente, o direito de deitar-se na cama. Conforme o caso, sempre entram em cena sentimentos e princípios relacionados com fraternidade, solidariedade, compaixão, caridade. Ao abandonar a pequena curiosidade, ao desafivelar sua máscara de alcoviteiro, o escritor se descobre atrelado a um dever elementar do homem. Os outros são bocas que precisam falar e ele é a orelha que precisa escutar. Nem padre nem psicanalista; nem querendo salvar nem querendo curar; apenas atrelado ao dever elementar de ouvir e se isso cansa, e se isso é repetitivo, e se isso finalmente não tem importância alguma, nem para quem fala nem para quem ouve, o escritor continua, no entanto, atrelado ao dever, do qual só pode fugir fugindo, isto é, isolando-se, furtando-se fisicamente à eventualidade desses encontros. Não será esta a primeira vez que este cronista postula para o escritor o status do "monge profano", com direito a convento e tudo o mais. O cronista está convencido de que futuramente o Estado reconhecerá essa ordem, para o escritor em particular e para o artista em geral. O cronista antevê esse "conventilho" espalhado no mundo inteiro, para equilíbrio definitivo nas relações do escritor com o Estado, porque o escritor é o marginal de nascença, do qual só se deve esperar que não diga o que todos dizem, não creia no que todos crêem, não se submeta às ordens dos poderosos, e que ao mesmo tempo seja visto nos palácios, falando como um príncipe, e nas tavernas, falando como um salteador. Na madrugada de seu destino, ele se recolhe ao castelo maldito adrede construído para recebê-lo, e o Estado lá não chegará, pois a atividade do escritor tem tudo a ver com a sociedade e nada a ver com o Estado, e ali o escritor, esse vampiro que se alimenta de sangue espiritual, transmudará esse sangue em matéria lisível. Um ofício criminoso, cuja pantomima é a mesma dos ofícios altamente criminosos — eis a questão, e eis nela própria a solução.

Voltemos a Marília. Naquele primeiro dia, ela foi às compras com o cronista, e depois almoçaram, conforme relato aqui publicado no dia 23 de outubro. Depois disso, ela viajou para outro país, e na volta houve uma série de desencontros assinalados por sucessivos bilhetes deixados por ela no hotel onde o cronista está hospedado. O cronista confessa que fugia dela. O cronista anda à procura de mulheres inteiriças (e tem encontrado), entre as quais surgirá a mulher inteiriça, que, por ser inteiriça, não poderá ser a "cara-metade" do cronista, mas sim a sua paralela. O cronista se recusa a ir à Torre Eiffel abrir a boca de espanto ante a beleza inaudita de Paris. O cronista prefere o subterrâneo, onde os olhos dos homens brilham como lâmpadas mortiças em procissão. Às vezes parece que Deus morreu e estamos indo ao enterro; outras vezes parece que Deus ressuscitou e estamos a festejá-lo nas catacumbas.

Finalmente, Marília entrou no cotidiano do cronista. Ele passou a ser a referência dela na Europa, a prova de que "tinha alguém". Um amigo. Um desinteressado amistoso. Quase, mas quase mesmo... uma dama de companhia! Que é que se pode fazer? Quando se é, ou se quer ser escritor, é para sê-lo no bonito e no feio, no sublime e no ridículo...

Um homem para Marília

Hoje não tem aula e Marília está só em Paris. Depois do almoço em Saint-Michel, ela vai de metrô para a Champs-Elysées, onde gosta de passear olhando as vitrines, rodeada de pessoas elegantes e ricas. Geralmente, quando se cansa de andar, entra num cinema, preferindo filmes italianos com legendas (não dublados), porque o que lhe escapa em francês o italiano preenche, e vice-versa.

A tarde está linda, com céu azul e uma brisa gelada. Ela se lembra de seu amigo, um cronista do Rio de Janeiro, que partiu em viagem ao desconhecido e não se sabe quando voltará. Ele a fez provar um sorvete delicioso, de cassis. O cassis é uma fruta com cara de jabuticaba — isto numa fotografia — e o sorvete de cassis tem aquele azedinho da pitanga. Marília se dirige a um bristrô chique, todo cristais e muros dourados; ocupa uma mesa na calçada e pede um sorvete de cassis.

A Paris real, neste momento, se parece com a Paris sonhada, vista em filmes românticos, insinuada nas canções de Trenet, Bécaud, Aznavour. Marília experimenta uma alegria estonteante, sem motivo aparente. Todas as mesas do bistrô estão ocupadas, por isso ela não se espanta quando um senhor pede licença e puxa a cadeira à sua frente.

É um homem de seus 50 anos, com capote vinho e chapéu castanho. Tira o capote e mostra um terno cinza com colete e gravata combinando. Nem feio nem bonito; distinto, elegante, de mãos finas e gestos delicados. Sem chapéu, tem cabelo enroladinho sem ser crespo. Quando o garçom se aproxima, ele pede duas taças de champanhe. Piscando um olho e sorrindo, diz a Marília:

— A outra taça é para *mademoiselle*. Pela gentileza de povoar minha solidão nesta linda tarde.

Marília se apaixona na mesma hora. O homem fala coisas lindas, que ficam mais lindas pelo seguinte: como entende pouco o francês falado rápido, ela encaixa suas próprias imaginações sonoras nas frases dele, como se estivesse pondo legendas brasileiras num filme de amor rodado em Paris.

Às cinco horas da tarde vão de mãos dadas a um bar na Rue George V. Às seis, ele diz que deve viajar, por prazer, a Viena, e gostaria de levá-la. Às sete, ela salta de um táxi em frente ao hotel, perto de Saint-Michel, e ele, dentro do carro, lhe diz para não se esquecer de estar pronta dali a meia hora. Marília quer quinze minutos de repouso e um banho. Às oito, eles vão de táxi a um restaurante que só ele conhece. No caminho Marília salta, sobe ao apartamento de uma família brasileira, abre uma mala trancada a chave, tira de dentro uma bolsa, enfia a bolsa na sacola de couro que leva a tiracolo e volta ao táxi e ao homem de chapéu castanho.

O nome dele é Arsène Michel Al Charif. Nasceu no Líbano, tem um escritório em Londres, passeia em Paris e Viena, e é viúvo.

Depois de alguns drinques, jantaram com vinho. Ele quer levar Marília ao seu apartamento na Champs-Elysées.

— Você vem ao meu hotel — sugere ela. —É pobrinho, mas confortável.

De fato, ela quer mostrar a Al Charif que é uma brasileira pobre, se bem que batalhadora e estudiosa. Quer que ele não se engane, pois Al Charif é evidentemente rico e sofisticado, e Marília não deseja fazer fita com ele, para depois decepcioná-lo. Ela já decidiu entregar seu desejo e sua vontade a esse homem. Já se prometeu largar tudo para segui-lo, onde quer que ele vá. Na bolsa que ela tirou da mala trancada a chave, está a sua fortuna: oito mil dólares em dinheiro vivo, mais 500 dólares em *travellers'checks*, mais 10 mil cruzeiros. Marília tem a sensação adolescente de estar fugindo da maior coisa do mundo: o próprio Brasil.

Antes de subirem ao hotel, Arsène Michel Al Charif passa num bistrô das proximidades e volta trazendo nas mãos dois copos cheios de uísque. Marília já está bêbada, mas se ele gosta de fazer amor bebendo, tudo bem. Marília tem um plano erótico: enquanto ele estiver trocando de roupa no quarto, ela se tranca no banheiro, de onde sairá usando uma calcinha nova, uma lindeza de calcinha, comprada por impulso irresistível para ser usada numa ocasião que não esperava tão próxima.

A cena de amor arrebatado entre homem e mulher não precisa ser descrita. O erotismo literário, quando meramente descritivo, não chega um milímetro além da vulgaridade.

Quando acordou, ainda zonza, Marília sentiu a falta de Al Charif na cama e no aposento. Também sentiu falta das jóias caras que lhe enfeitavam orelhas, pescoço, braços e dedos. (Ele pedira para tirar, dizendo, "estão me arranhando". Al Charif fez a mímica do arranhão, pois Marília não sabe como se diz isso em francês, e ela tirou as jóias.)

Na famosa bolsa, faltavam 8 mil dólares e 10 mil cruzeiros. Restavam 300 dólares em *travellers* (pois só ela poderia trocá-los) e o passaporte brasileiro de Marília.

Ao dar queixa à polícia, na Rue de Sommerard, Marília insistiu, mas não obteve que o policial francês registrasse o lindo nome de seu amor: Arsène Michel Al Charif.

— Esse nome é evidentemente falso, *mademoiselle* — disse o policial, sorrindo torto. — E a senhorita não é a primeira vítima desse conquistador árabe. Lamento dizê-lo, mas a senhorita não é a primeira...

Ela ficou tão infeliz! Não pelo dinheiro que sempre aparece, nem pelas jóias, que outras podemos comprar: mas por não ter sido a primeira e, naturalmente, porque outras virão...

Bye-bye, Madame Guilhô!

Uma velha e sanguinária senhora foi finalmente mostrada na televisão colorida. Madame Guilhô para os íntimos, e Guilhotina para quem não gosta de brincar com atrocidades, foi a figura principal num programa de atualidades, a propósito da data de sua aposentadoria, decorrente da abolição da pena de morte na França.

Essa máquina portentosa, um pouco mais complicada que a roca e o fuso, mas cujo anacronismo de origem só foi percebido agora, foi construída há 200 anos e matou cerca de 4 mil pessoas. Seu tempo útil de funcionamento ainda não se esgotou, mas uma decisão de Governo socialista tornou-a desnecessária no aparato repressivo do Estado.

Universalmente conhecida, nem é preciso descrevê-la. O pescoço do cliente é colocado numa roda de madeira, semelhante ao colarinho folgado do palhaço de circo. O corpo fica de um lado e a cabeça do outro. A pesadíssima lâmina desce: a cabeça descai para uma cesta posta na base da engenhoca para recebê-la, e está acabado o espetáculo. Dizem que é um dos modos menos dolorosos de matar um homem, graças à brusca e afiada descida da lâmina. Mas dizem também que algumas cabeças continuam vivas durante algum tempo, o cérebro funcionando, os olhos contemplando o ambiente através das derradeiras lágrimas, a boca se contorcendo, querendo dizer alguma coisa — em vão. Madame Guilhô nunca esteve interessada em saber se há vida depois da morte.

Quando se perguntou para onde iria Madame Guilhô, agora que está aposentada, foi dito que provavelmente seria desmantelada. Declara-se desta forma a extinção física das guilhotinas, que assim, amanhã, serão incluídas num mundo fantasmagórico onde passeiam o dinossauro, o okape e outros bichos mais recentes, inclusive alguns exemplares do bicho homem que habitavam as florestas da América. As baleias não cortam cabeças, mas também passarão brevemente à dimensão da História Morta.

O desmantelamento da guilhotina me parece um desses erros generosos que, nem por serem generosos, justificam que os chefes de Estado e os povos os cometam. Um dos mais graves crimes involuntários cometidos em nome dos bons sentimentos foi a destruição de montanhas de documentos sobre o tráfico de escravos entre África e Brasil: papéis de valor inestimável mandados queimar em praça pública pelo Conselheiro Rui Barbosa. O homem não pode ter uma tão feroz vergonha dos atos que ele próprio cometeu: pode, isto sim, jurar que nunca mais ninguém haverá de cometê-los. Não se pode abrir um buraco na História, em nome de uma decência, felizmente reencontrada, que no entanto não havia quando o buraco estava cheio de atrocidades vivas e vis, cometidas pelo homem contra o seu igual. Ninguém, Rui Barbosa ou qualquer outro, é senhor de uma decisão desta ordem, envolvendo a memória coletiva e impedindo que se conheçam os motivos recônditos, por baixo do mesquinho interesse mercantil, que tornavam legalmente correto, e portanto socialmente honrado, a caça ao negro na África e sua transformação em animal de carga, em terras estrangeiras. Nem só de pão vive o homem, e nem só pelo vil metal ele desmoraliza e trucida o seu semelhante. Há motivos que não chegam à evidência dos fatos e que se movem na alma — a alma do escravocrata e a alma nossa, habitada também por desejos inconfessáveis, que é preciso trazer à luz para compreender e desestruturar. No caso do Conselheiro Rui Barbosa, o erro produziu um desastre cultural que não pode mais ser consertado.

Mas a guilhotina está intacta. Ela deve ir para o Museu do Homem ou então para um Museu de Armas e Instrumentos de Ferir e Matar. Por que podemos examinar um bacamarte, um canhão de 400 anos, um convés de antigas escunas de guerra, uma cruz (a guilhotina dos tempos de Jesus), uma espada de conquistador, etc. etc., e não podemos ver a guilhotina, construída para matar os reis e os nobres, mas que no processo se revelou carnívora insaciável e chegou a comer Robespierre? A guilhotina, que depois de dizimar as figuras históricas, positivas e negativas, da Revolução Francesa, dedicava-se ainda hoje a justiçar os criminosos comuns? (Da realeza à Revolução; da Revolução à Ralé em nome da qual se fez a Revolução.)

Os costumes de uma época evoluem (quando evoluem) da barbárie à civilização, da autoridade inclemente à autoridade compassiva. É preciso estudar esse movimento. Talvez, estudando-o, se chegue a contemplar com olhos menos desamparados os arsenais de engenhos nucleares acumulados nos dois lados da — iminente — guerra final pela hegemonia no mundo. Há de haver um motivo recôndito para essa preparação do holocausto planetário.

Mas onde está o pacifista corajoso o bastante, o visionário, que pedirá a entronização da guilhotina nos templos consagrados ao engenho e à arte do Homem Sanguinário, esse noivo perpetuamente "reaparecente" de Madame Guilhô?

Samba do outono

Esta cidade no outono, num momento qualquer, com ou sem motivo aparente, produz uma embriaguez que tem afinidade com o vocábulo "sortilégio". A pesquisa desse estado de espírito só pode ser feita no reino das palavras, e por isso mesmo o outono em Paris é a estação dos poetas. Esse homem que vai andando na rua, vindo de parte alguma e indo a lugar nenhum, já experimentou muitas vezes essa embriaguez outonal e se decidiu, agora, por deixar que ela se desenvolva, que floresça, na obscuridade de um jardim que há no coração do homem, e que foi tocado, agora, pela varinha mágica de uma fada de manto azul-celeste. Ele não se considera eufórico, porque a palavra euforia apodreceu como a uva ou a amora apodrecem, produzindo doçura pungente, naquele outro jardim que há no coração humano, onde eclodem as felicidades calamitosas. Não, ele não tem nenhum motivo real para estar assim. Outrora, confundiu esse estado de espírito com um sentimento de amor — a certeza de que a mulher existe, e espera, do outro lado da pinguela do existir; também (confundiu) com a satisfação por ter dito, momentos antes, a parola graciosa entre todas; também já viu a roleta girar e lançar em seus braços a montanha de dinheiro; também... Nada disso intervém agora, para justificar — maculando-a — essa alegria gratuita, embriagadora como a infusão duma talagada cavalar de outono, com todas as suas cores e perfumes e sonoridades. Um homem sem biografia, que fechou o livro de sua existência anterior e ainda não abriu o livro da próxima existência; que marcha no *boulevard*, de tardinha, sem ter uma amada que possa ser chamada assim; sem saber se vai ter as condições necessárias ao cumprimento de sua missão específica, que consiste na aquisição da liberdade plena, a qual não depende dos valores materiais, morais e mesmo espirituais considerados pelos seus contemporâneos; sem ter o que fazer no âmago da noite que já rosna a Oeste, num céu resmunguento como um gato gordo, castrado e preguiçoso; um homem, enfim, senhor de si mesmo, tanto que vai cantarolando um samba de roda improvisado pela saudade que ele teria de sua terra, se ele ainda fosse um homem desses que têm saudades de sua terra. Assim:

Paris tem mais ladeiras do que o morro da Mangueira
Mas ninguém tira samba, ô, na frigideira... (bis)

Tem agora a mão apoiada num balaústre metálico do trem subterrâneo e vai cantarolando o samba embriagado, mas embriagado de cintilações outonais, depois de beber a água da fonte, água mineral, *l'eau de Vichy*. Em face dele, sentada, viaja uma linda mulher morena, de olhos e cabelos negros, lábios em gomos pintados com batom vermelho; uma lasca de erudição relampagueia na consciência dele, lembrando um quadro de Vermeer e uma estampa de mulher dançando em Sevilha — mas ele a rejeita, pois já não se deixa arrastar pelas associações de idéias serializadas; olhando a mulher, que viaja de olhos baixos, segue cantarolando:

Paris tem mais ladeiras do que o morro do Salgueiro
Mas ninguém batucando, ô, ô, no pandeiro... (bis)

A mulher ergue os olhos e o olhar, produzindo uma estrutura lingüística tipicamente machadiana, e seu olhar é quente no olho negro. O homem do balaústre (mas será isso um balaústre: aquele poste no meio do vagão onde a gente se agarra para não cair quando o trem balança?) — o homem completamente liberado de seus desejos infantis, em cujo coração desejos mais profundos crescem vigorosos, assustadores e pacíficos; o homem alarga o rosto num sorriso que é seu, dele, de seu rosto, de seu contentamento, de si mesmo, para ninguém e para qualquer um. O olhar da mulher lê o sorriso; ela vacila; ela faz um muxoxo (pois em tais ocasiões o muxoxo é inevitável) e baixa a pálpebra sobre o olho, tirando de cena o olhar que fazia tanto sucesso... Ela interpretou o sorriso como sendo uma provocação de sedutor; interpretou errado; é linda, mas burra, como toda mulher que ainda acredite no poder ilimitado de sua beleza física. Outrora, aquele homem destroçaria aquele sorriso de seu rosto e se sentiria enjeitado. Mas é o jogo antigo de um tipo de mulher ultrapassado pelos acontecimentos: aquela que produz o desejo para em seguida iniciar uma guerra de negaças. O homem nunca mais cairia nessa. Ele seguiu cantarolando:

Paris tem mais colinas do que a capital de Minas.
Mas não tem o requebro, ô, ô, daquelas meninas... (bis)

A mulher incapaz de sorver um sorriso que não lhe seja endereçado... E mesmo quando lhe é endereçado, não sorve se não vem de um sorridente especial... A mulher impudica, a verdadeira escrava, que esconde o seu olhar no escrínio da pálpebra, como numa caixinha de Pandora, para só desatá-lo — amassado de tanto esconderijo — ao homem ou criatura de outro sexo que oprime o seu olhar, sem ela se dar conta, e só pensa — o homem — no seu umbigo... Ah, o sentimento amoroso sem mácula (e falamos da paixão carnal) é o avesso perfeito do ciúme... Quantos tiroteios economizaríamos, se pudéssemos amar assim! Mas para amar assim é preciso não desejar a morte do ser amado: não desejá-la nem no fundo obscuro do tacho do nosso amor... A espanhola de olhos negros esconde a lentilha do seu olhar num recanto viscoso da sua estrutura genital... É linda, e o homem que cantarola não duvida que também seja limpa em todos os sentidos, mas ele sabe o que ela não é: límpida.

Paris tem mais igreja do que a terra do Bonfim
Mas ninguém se interessa, ô, se interessa por mim... (bis).

Ele saltou do trem, deixando em sossego a mulher que aprisionou o próprio olhar, em nome do carcereiro a quem obedece à distância. E foi andando no chuvisco do entardecer, querendo que perdurasse aquele estado de espírito outonal, mas ciente de que para tanto a disciplina há de ser a mais vetusta.

Paris tem mais igreja do que tem lá na Bahia
Mas não vejo a baiana, ô, ô, nessas escadarias...
Etceterrá, monsieur, madame! Etceterrá, mademoiselle!

Em Lyon e além

O TGV (trem de alta velocidade) desamarra do cais de Lyon e lá vamos nós, correndo de costas nos vagões de vidraça panorâmica. É um comboio misto, para fumantes e não fumantes. A sensação, altamente tecnológica, é de estarmos dentro da palavra "equipamento". Tudo aqui é veloz e limpo e brilha e não faz barulho. A França passa por nós em casarios que um brasileiro já viu nas ilustrações de histórias infanto-juvenis; e passam, em planos inclinados, os pastos verdes com suas vacas malhadas.

Três horas depois, pontualmente, desembarcamos na estação terminal, chamada Perrache, da cidade de Lyon. É aqui que a engenharia rodoviária e a informática entram em conluio para nos perturbar a cabeça. Não é a engenharia ferroviária (ainda não), e sim a rodoviária, que lá fora nos espera com seus anéis de asfalto sobre os quais correm os veículos pesados em todas as direções e desabalada carreira. E dentro da estação, uma chuva de flechas nos tange incessantemente para os lugares que elas estão indicando, enquanto um jogo obsessivo de silhuetas nos ensina onde guardar a bagagem (mala), almoçar (garfo-e-faca), fazer pipi (homem-mulher), e negros painéis, fazendo um ruído de leque se fechando, mostram qual o trem que vai partir de onde, para onde e a que hora.

Em todos os corredores e plataformas há, ainda, monitores de televisão anunciando partidas e chegadas que nem sempre correspondem à verdade, pois no dia seguinte, olhando bestamente um desses aparelhos, na plataforma (ou cais) por ele indicada, verifiquei que o trem que deveria sair dali, e no qual eu viajaria para outra cidade, não passou nem antes nem depois do horário anunciado: 13h01m. Isso mesmo: 13 horas e 1 minuto. Depois de reclamar bastante, embora delicadamente, acabei obtendo o reconhecimento de uma falha nesse equipamento, pois a composição que partiria da linha Norte-1 acabara saindo do Cais nº 5. Aqui, nestas condições de automatismo, um minuto é desumanamente implacável, pois você desce ao cais numa escada rolante, mas se desceu errado, ou se esqueceu alguma coisa lá em cima, tem que voltar por uma longa escada normal, de degraus de pedra, carregando sua bagagem que pode ser pesada (não era o meu caso). E não existe ninguém para ocupar-se de suas dificuldades, pois logicamente, se o trem ainda não partiu, não há nenhum problema, e se ele já vai longe, não há mais solução.

A estação terminal de Lyon é a mais automatizada e a menos agradável de quantas conheci. E não se dirá que isto se deve à minha inexperiência de estrangeiro, pois inúmeras senhoras francesas estavam perdidas nos corredores e plataformas, e vinham pedir socorro a mim, e quando descobriam que eu não era francês, revelavam-se bastante encabuladas.

Mas ao chegar de Paris, procurei um hotel perto da estação. Eram cinco horas de uma tarde fria, nublada mas encantadora, quando saí à procura das aglomerações humanas. Porém era preciso passar por dentro de um labirinto de túneis cavados nas passarelas que se enroscam umas nas outras a uns 10 metros acima do solo, de forma que desisti.

Na manhã seguinte, depois do café, me aventurei nessas passagens onde o pedestre vai numa calçada estreita e os automóveis correm na pista larga. O sol estava quente na manhã clara. Descobri afinal um recanto de Lyon, com uma praça, um bistrô, umas lojas, e principalmente algumas pessoas de sorriso franco e olhar modesto — a gente de Lyon, boa e bonita gente.

Olhando agora em perspectiva o lugar de onde surgira, por baixo dos viadutos, percebi o truque. Deste lado da praça, você está em Lyon: do outro lado, num palácio comercial de tubos transparentes e altos, você está na estação ferroviária, construída como se fosse um aeroporto internacional distante do centro urbano. Esse palácio — a palavra se torna recente, designando o modernoso — equivale a um shopping center vertical como já há muitos no Rio e em São Paulo, e está geminado às instalações da estação propriamente dita. Quem bolou esse conjunto, com essa dupla finalidade, pensou que estava sendo inteligente (leiam: funcional), mas o resultado é catastrófico. A psicologia de um terminal rodoviário, a menos que os engenheiros se obstinem no equívoco, há de ser sempre regional, quase suburbana, sempre romântica, porque ninguém vai tão longe nos trilhos que justifique um tubo de passagem. A psicologia de quem vai no trem é ele brevemente voltar ao lugar de onde parte, quando não é menos que isso — um pulo que se dá de Lyon a Paris, no comboio, ou do Rio a São Paulo, na ponte-aérea.

Às 10h, deixei minha mala num cofre da estação e fui visitar o shopping center. Às 12h45m, desci na escada rolante e ocupei um banco na plataforma do trem que partiria às 13h03m. Às 13h03m, já disse lá em cima, o trem não apareceu. Quinze minutos depois, procurei esclarecimentos no *accueil* (recepção), e havia outras pessoas preocupadas. O caso é que o monitor de TV suspenso no cais Norte-1 — de onde partiria o "nosso" trem — começou a dizer:

— Atenção... Esse trem não pega passageiros.

Ficou assim indefinidamente. A mensagem estava incompleta. Devia dizer:

— O trem que partiria deste cais às 13h03m teve sua partida transferida para o cais nº 5, à mesma hora.

Você não poderia adivinhar que a mensagem estava errada, e muito menos que para uma viagem no horário, seria necessário mudar de plataforma. Mas tudo bem. Aproveitei a ocasião para avaliar o estado atual dos meus nervos, e vi que estou muito bem controlado, sem ter no entanto perdido a espontaneidade demonstrada seis anos atrás, entre Amsterdã e Paris, quando peguei o trem errado e saltei em Rotterdã antes que o comboio me deixasse na Prússia, um país aliás que eu gostaria de conhecer se ele ainda existisse.

Finalmente, às 14h45m, me instalei num vagão de fumantes do comboio parador, uma composição apenas três gerações adiante da saudosa Maria-Fumaça. Parando em pequenas estações escurecidas pela chuva farta, e andando no bom sentido... conforme me disse uma senhora francesa, que vinha de Nice, via Paris e Lyon, e ia para um lugarzinho pequeno cujo nome a gente esquece... "*Ça marche dans le bon sens*", disse ela, significando que viajaríamos de frente para a paisagem, e não de costas para ela, conforme nos acontecera de Paris a Lyon. A viagem de costas, com a paisagem voando "no mau sentido" de encontro à vidraça panorâmica, enjoa e dá sono.

Saltei então em L'Arbresle debaixo de chuva pesada, e fui entrando nesta cidadezinha que tem apenas 3 mil e 4 habitantes.

A chave do quarto nº 2

O forasteiro entra na cidade carregando uma grande bolsa de couro em bandoleira e debaixo de um guarda-chuva preto. Chove pesadamente; ainda não são quatro horas da tarde e já está escuro. Esta é a cidade de Arbresle, onde só se vem à procura de um enforcado. Atravessamos uma ponte sobre um riacho cachoeiroso, tendo numa das margens um chorão verde, cabeludo. A ponte e o chorão recordam obscuramente um quadro "japonês" pintado por Van Gogh em sua fase psiquiátrica. São 3.004 habitantes nesta cidade de Arbresle, onde só entra debaixo de chuva alguém que se tenha inquirido longa e profundamente sobre a loucura e o suicídio dos homens. A rua central, entre duas curvas — o coração da cidade —, está exposta a um tráfego pesado e desordenado, pondo em risco a vida de quem se atreva a mudar de calçada. Não é uma rua para cachorro sem dono, nem uma rua para cachorro com dono e sem cabresto. Não é uma rua para alguém atravessar contemplando a pequena torta de cereja exposta na vitrina do outro lado. Caminhões e automóveis, nas duas direções, parecem estar fugindo céleres daqui. Talvez tenham razão, pois em Arbresle não cabem mais que 3.004 pessoas, a julgar pelo aglomerado de sobrados, menor à primeira vista (bem menor) do que o bairro da Urca no Rio de Janeiro. Com o forasteiro, são 3.005; com as cinco pessoas que virão depois de amanhã dizer adeus a um amigo que vai morrer amanhã, são 3.010. Amanhã vai morrer um homem aqui, e o velório de corpo ausente será de tarde, no Hotel X; onde o forasteiro estará hospedado, sendo por isso presenteado com uma fatia de brioche. Vai sobrar um brioche depois que os amigos do morto, tendo comido e bebido, se retirarem deixando a viúva com seus quatro filhos em escadinha: 14, 13, 12 e 11 anos.

Exclua-se esse defunto da população viva: agora Arbresle tem 3.003 habitantes. E não é Arbresle, e sim L'Arbresle. Mas não é fácil manter um pensamento brasileiro nessa tensão labial: *L'Arb*.

A chuva avança por dentro da noite e não há nada a fazer em Arbresle. A hoteleira ficou doida ao ver surgir o forasteiro. Ela o conduziu ao quarto número 2, bastante espaçoso se você precisa apenas de uma cama e uma pia para ser feliz, e depois, na hora de fechar e descer para jantar no restaurante do próprio hotel, a chave não era encontrada. Ele deixou a porta aberta, podendo ser visto por quem passasse no corredor, e procurou em todos os lugares. Foi surpreendido pelo hoteleiro, um senhor de rosto largo e lúgubre:

— Perdeu alguma coisa?

— Não sei se perdi ou se não me deram a chave do quarto.

Desceram os dois. Falou o forasteiro:

— Madame, a senhora esqueceu de me dar a chave...

Ela, assustada, levando a mão à boca para roer as unhas (mas sem roer):

— A alemã levou a chave do *chambre* 2... A alemã levou...

— Que bobagem é essa — disse o hoteleiro, marido dela.

— *Ça ne fait rien* (não tem importância) — propôs o forasteiro. — A porta não fecha por dentro, com o trinco? Pois então. Se ela fecha por dentro, pode ficar aberta por fora. Nada tenho a esconder, a não ser a minha pessoa...

O hoteleiro foi a um determinado lugar e voltou com a chave do *chambre* 2, pendente de uma miniatura em bronze da pirâmide. "Aqui está a chave", disse ele. Mas a hoteleira já estava calma e já amarrava um avental na cintura, e já abria o restaurante e já perguntava ao forasteiro qual o cardápio que lhe poderia oferecer. Ela serviu um delicioso contrafilé com arroz e salada de alface. A alucinação já se dissipou. Por algum motivo, ela viu o forasteiro e reviu, na memória ou no delírio, uma alemã que se hospedou no quarto nº 2 e saiu levando a chave, provavelmente sem pagar a diária e certamente para nunca mais voltar. Seria interessante estabelecer se isso aconteceu alguns meses atrás ou há 27 anos.

Continua chovendo e o forasteiro sitiado, bem alimentado, desconfortavelmente encostado na cabeceira (nos pequenos hotéis franceses, um travesseiro é coisa rara e dois travesseiros fariam uma pobre hoteleira recordar novamente uma alemã malvada), rabisca seus apontamentos habituais, cuja finalidade é garantir que não precisará consultá-los quando quiser relatar os incidentes desta viagem e das outras. Mantidos na obscuridade, graças a uma gradual ruptura entre o ego e o eu (o ego não tem biografia pessoal; o eu só tem isso), seus devaneios giram em torno de uma impressão escura e intratável, aquela claustrofobia cósmica que cinge o coração de um homem, no *Mal-Entendido* de Albert Camus. O forasteiro despe-se gradualmente de sua casca existencialista. Pois a fraternidade começa na solidão e vai ao encontro do outro, ao invés de esperar por ele, e assim o inferno não é o outro (não é mais), e sim a minha desesperança em relação a ele. O inferno é deixar-se humilhar pela confusão da hoteleira; deixar-se instilar pelo delírio dela; procurar em si, indignado, a alemã que roubou a chave. O outro está circunscrito ao seu mistério, e há que estimá-lo assim e ali. Ao contrário do eu, que se acerca das futilidades biográficas e se compraz nelas, o ego vê no seu semelhante, antes de mais nada, a natureza humana. O meu semelhante é uma árvore, um tamanco, um bacilo de Koch, uma lasca de granito: tão opaco quanto o universo. A partir desta postulação, será talvez possível desenvolver uma consciência ecológica do Outro. A Sociedade Protetora dos Animais será, então, a verdadeira confraria dos anos vindouros.

Mas ainda estamos neste ano e ainda chove em Arbresle. O forasteiro apaga a luz e sonha que voa por cima (a 200 metros de distância) de Vasco que voa por cima (a 200 metros de distância) de Débora. O forasteiro vê Vasco e Débora; Vasco vê Débora; Débora não vê ninguém. Eles voam em linhas paralelas e vão inteiriços, o que é diferente de irem contentes e também de irem soturnos. Voam inteiriços. O murmúrio do eu indórmito — atenção ao neologismo — produz um significado, ou melhor, costura uma interpretação no tecido do sonho, uma interpretação que será reconhecível ao despertar mas será lançada de volta ao reino da obscuridade, de onde não deve mais sair. Tudo o que é dobradiça, ligando uma porta entrefechada a uma porta entreaberta, será rejeitado. O ego é uma biblioteca de pranchas maciças que uma não se apóia na outra, mas se erguem solitárias do coração esvaziado de todos os afetos e desafetos inconsistentes.

Meditando no caminho

A primeira impressão, embrulhada em chuva e isolamento, é positiva e negativa. Positiva: — um perfeito forasteiro chegando a uma cidade minúscula é como um grande pássaro, de ânimo indecifrável, que se houvesse perdido de seu bando migratório no turbilhão chuvoso. Ele inquieta a pequena comunidade. E se inquieta entre essas pessoas que formam uma família no meio da qual ele é o perfeito estrangeiro, o pássaro de outras terras. De um lado e de outro, a curiosidade e o medo. Aliás, os filmes americanos de faroeste têm por base essa situação. Ora, o atual viajante esperava justamente isso, uma poderosa impressão de exílio voluntário e passageiro, e neste sentido a chegada foi positiva. Seria monótono encontrar sempre aquilo que se espera, onde quer que se vá; monótono e inútil.

Agora, L'Arbresle amanhece sob um céu azul e um sol gelado. Os cidadãos vão trabalhar; as lojas se abrem; Chez Solange, bebe-se um café expresso quente e bem comprimido, fuma-se um cigarro, lê-se um livro, ninguém nos incomoda. A hoteleira que ontem nos recebeu amedrontada, porque nossa presença lhe recordou uma experiência amarga com uma viajante alemã, hoje nos trata com delicadezas até excessivas. O forasteiro tem algo a fazer aqui — uma visita ao cemitério. Não o cemitério de L'Arbresle, mas um menorzinho que fica a dois quilômetros daqui, subindo a montanha.

Quando fez seus apontamentos sobre um velório que houve no hotel, e que mais parecia uma festa de aniversário de criança, o forasteiro não se deu conta de que o mundo é pequeno, tão irremediavelmente pequeno que ele ainda não ousa demonstrar, numa figuração fotográfica (mas construída com palavras), quão pequeno é este nosso mundo, e precária esta nossa vida na extensão total do planeta. Fez apenas um apontamento sobre os costumes, como o faria um escritor-viajante europeu envolvido sem querer num velório brasileiro, e foi examinar outros aspectos da comunidade.

No entanto, morreu um homem, e a viúva estava no saguão do hotel recebendo as condolências — a viúva e seus filhos em escadinha de 14, 13, 12 e 11 anos. Eram pessoas saudáveis, estavam vestidas de acordo com a ocasião, e sofriam. O homem morto, marido e pai, deixara uma formosa família, que na sua ausência deverá agora ocupar-se dos negócios familiares. Além deste peregrino, havia três hóspedes no hotel, instalados por um dia, e mais duas pessoas de passagem na cidade: os cinco amigos do falecido, que moram em outros lugares e viajaram de automóvel até aqui, para o último adeus.

Mesmo alguém que narra a sua viagem enquanto vai andando, contando com um público certo e numeroso — e oferecendo a espontaneidade como garantia única de interesse — mesmo esse tem que parar, de vez em quando, para pensar o problema de um ponto de vista moral. Tem-se o direito de estudar os costumes de outros povos como estudamos, por exemplo, o funcionamento do metrô de Paris? Não haverá no Brasil, neste instante, um outro amigo do homem que morreu em L'Arbresle? Pode ser que não um milhão de vezes, e pode ser que sim uma única e fantástica vez. Ora, o forasteiro-escritor, feitas as contas na ponta do lápis, e tendo como amostragem os incidentes de sua já longa vida, aprendeu que é mais fácil acontecer aquilo que é estatisticamente improvável, desde que estejamos lidando com um tipo de existência completamente estranho aos demais — uma existência em ziguezague. É altamente improvável, vejam bem, que um turista desejoso de visitar a catedral de Chartres, para louvar o esforço anônimo do homem medieval que se fez engenheiro-arquiteto para construir um monumento de multidão, para a multidão, em nome da fé em Deus — é altamente improvável que ele se desvie de seu caminho e vá desembarcar em L'Arbresle. No entanto, aqui estamos. Contra um milhão de tendências inteligíveis e razoáveis, escolhemos uma necessidade metafísica, a qual talvez nem encontre aqui em L'Arbresle um terreno propício ao seu florescimento em satisfação espiritual. Porém é possível que a moderna catedral de Chartres deva ser construída no espaço arquitetural do ser, como um sonho que produziu um castelo há mil e tantos anos revolve a consciência de Coleridge, cento e poucos anos atrás, e determina a construção de um castelo-poema, conforme nos ensina Jorge Luís Borges numa aula sobre a perpétua iminência.

Não há atividade cultural popular em L'Arbresle. É uma cidade-dormitório: quase todos trabalham e se divertem em Lyon, a alguns minutos daqui pela estrada. (Pela ferrovia são 45 minutos, no simpático trenzinho-parador). Existe uma placa, numa porta, que define a condição de coágulo deste município. É a sede de uma empresa individual sui-gêneris, pois oferece os bons serviços de um "táxi-ambulância", a qualquer hora do dia, para qualquer lugar. Só pode ser uma empresa de transporte exclusiva dos doentes em estado grave.

Mas se um escritor que vocês conhecem ganhasse uma bolada na loteria, L'Arbresle não seria de forma alguma a última cidade em que ele pensaria para se recolher durante a longa temporada preparatória de algum livro. É estimulante a idéia de partilhar o cotidiano de uma comunidade na qual você não tem o menor interesse. Mas isto é mais que um sonho — pois a procura está sendo feita — e menos que um projeto. Há outros lugares estimulantes, mas tudo depende de ganhar na loteria, mas para ganhar é preciso jogar e, principalmente, possuir desde o berço uma conjugação de astros inclinada à boa sorte na roleta. Uma astróloga demonstrou, com o mapa aberto na mesa, que certo escritor problemático jamais terá sorte no jogo. Não é, pois, por aqui que se há de procurar a solução do pequeno problema, este que nos embaraça, e que consiste em estar inserida uma alma contemplativa numa consciência andarilha. Não é por aqui e não se sabe por onde é. Por conseguinte... *on marche.*

O convento dominicano

Em L'Arbresle, na doce manhã do riacho cachoeiroso sob a ponte amarela, atravesso a linha do trem e começo a subir a montanha. São dois quilômetros daqui até lá. Descem e sobem automóveis na estrada asfaltada. A subida a pé é cansativa e levemente asfixiante, pois meus pulmões não estão acostumados a aspirar o puro oxigênio do campo e da montanha. À minha direita se estende uma paisagem de prados verdes, tabuleiros quadriculados de legumes tenros e montanhas azuladas. Em marcha suave, me aproximo do convento de La Tourelle, projetado por Le Corbusier. Junto ao portal há uma estátua de Nossa Senhora com o Menino Jesus.

Finalmente estou na sala de recepção, onde Irmã Françoise, uma secretária vestida tal e qual, batendo à máquina e arrumando papéis, põe-se à minha disposição. Explico que venho do Brasil e gostaria de falar a um dominicano. Irmã Françoise lamenta que um frade que esteve recentemente no Brasil não se encontre neste momento ali. Deve chegar dentro de dois dias. Mostro-lhe um livro de crônicas, e nele um texto que tem a ver com esta subida de montanha. ("Bento que bento é o frade..." — a dramatização de uma voz na hora do seu desespero, em *O Saltimbanco Azul*, editado em 1979.)

Ela telefona e aparece na sala um frade francês e eu lhe explico.

— Faço uma viagem procurando no mundo exterior os objetos (símbolos) correspondentes a uns ferimentos que trago no peito desde sempre e que não cicatrizam. Estou abandonando sistematicamente as lascas do meu eu, que se desintegrou — e que, quando inteiriço, só me trazia aborrecimentos — em troca do predomínio do ego que pouco a pouco se desvenda (ainda enterrado na obscuridade) e que me colocará, acredito, em estado de isolamento íntimo permanente. Esta viagem pode ser descrita assim: — Egoterapia mediante acupuntura com agulhas invisíveis.

Evidentemente, não disse isso. Falei que sou escritor, que nunca entrei num convento, nem sequer para uma rápida visita, mas que há muitos anos me seduzem os claustros, a contemplação, o estudo, a meditação, nesses lugares onde não se toma por enfermiços os espíritos desorientados. Acrescentei uma informação que a mim, ainda me preocupava intensamente: o místico que veio comigo desde Paris (meu novo duplo em formação) desaparecera de mim, de minha alma e de meu corpo, como enxugado; que me sentia opaco entre opacidades; que sempre que me aproximava de alguma coisa tendente a Deus, a minha inclinação se desfazia, como um companheiro de viagem que salta e desaparece numa estação desconhecida, a meio caminho da libertação, sendo necessário fazer o caminho de volta a fim de procurá-lo.

O frade, cujo nome lamento não ter guardado (fui apresentado a muitos, sem formalidade, e seus nomes se embaralharam), escutava calmo e paciente. Em nenhum momento me afligiu a suposição de que ele pudesse estar pensando ser o forasteiro um louco. Eu me sentia bem e calmo, falando. Eu estava denso. Ele me disse que haveria uma missa ao meio-dia (faltavam dois minutos) e me perguntou se gostaria de ir. Fui. Numa capela despojada, sem ícones, foi oficiada a missa por um frade alto e que tossia muito, e acompanhada por uns oito frades e duas irmãs. Na hora da distribuição do pão e do vinho, não me atrevi a receber a hóstia consagrada. Uma das irmãs, com um jeito modesto de doutora em Teologia e, sem dúvida, Psicologia, mostrou-se apenas com o olhar — apreensiva por me ter eu furtado à comunhão. Eu lhe disse num murmúrio inaudível, mas que poderia ser ouvido claramente na leitura labial: "Não posso. Estou em pecado mortal."

Eu tinha um trabalho a fazer, um trabalho de romancista. Precisava me impregnar do silêncio de um claustro. Irmã Françoise me conduziu a um claustro onde, alguns anos atrás, viveu Frei Tito de Alencar, entre uma exaltação católica e um deprimente confronto com seu passado recente, povoado de homens perversos que torturaram sua carne e desmantelaram sua consciência. O claustro é um claustro: uma pia, um guarda-roupa, uma cama, uma mesa, uma estante de livros. Abre-se uma pequena porta, na claridade dourada e fria, e se avista um prado verde cercado de árvores altas e gordas. No prado de uns 100 metros, nas dimensões de um campo de futebol, avista-se um banquinho branco, um só, isolado no verde, esperando aquele que ali se sentará, no dia de seu bem-estar, e provará o verdadeiro êxtase místico.

Almocei duas vezes no refeitório dos dominicanos. Eu não me sentia em casa: sentia-me na casa dos meus Irmãos. Eu me sentia denso, consistente e verdadeiro. Alguns dias depois, embora prometendo voltar, ao descer a montanha (nessa noite, deveria dormir no claustro), dirigi-me à pequena estação de L'Arbresle e comprei uma passagem para o trem que passaria por ali na manhã seguinte, negra e gelada, às 6 horas.

Antes disso, porém, o frade que me levou à missa perguntou se já não estava na hora de visitar o cemitério dos dominicanos. Respondi: "Sim, está mais do que na hora", e ele então me conduziu por um caminho sinuoso de saibros, nossos sapatos produzindo um rumor de grãos de café na moenda.

Jacob me deixou só

Depois de me demorar meditando diante de um túmulo no cemitério dos dominicanos, em La Tourelle, desci dois quilômetros até L'Arbresle, onde comecei a ler um livro, tomando notas que se cristalizarão (talvez) mais tarde, em Paris. Devo ainda obter alguma informação a respeito da situação brasileira neste momento, pois será inevitável escrever alguma coisa que se insere de um modo ou de outro no drama nacional, e me é imperioso evitar que meu texto se preste a interpretações políticas. Há negócios que nós começamos, negócios de trucidamento e furor incontrolado, que esta nossa geração deve solucionar no espaço de sua existência, para que os jovens de amanhã não sejam forçados a gerir uma herança de culpas que não lhes dizem respeito. Eles não podem começar a viver uma geração atrasados.

Façamos um desvio nessa reflexão. Há tempo para cometer injustiças e tempo para repará-las. Aqui, agora, é tempo de despistamento e espera.

São quatro horas da tarde, faz frio mas o céu está límpido, amanhã cedo devo subir outra vez a montanha ao encontro dos dominicanos. Devo levar uma muda de roupa e pasta de dentes. Tudo indica que me instalarão num claustro — o nº 40, onde um frade ora enterrado no cemitério procurou "exterminar" um passado que o perseguia e adoecia. Quando peguei o avião no Rio, trouxe comigo um duplo, um personagem de romance, totalmente imaginário, mas produzido por um sofrimento místico que se apossou de mim, e não por acaso, não oriundo de matriz nenhuma, e sim maturado em dois ou três acontecimentos chocantes, de natureza moral e psicológica, surgidos do lado de fora e prontamente confirmados no lado de dentro do meu olhar e do meu discernimento. O duplo tem um nome — Jacob — e um sobrenome que ainda não posso dizer para não fornecer dele uma imagem errônea; o duplo quer ser frade, mas não quer abandonar a vida que vem levando até aqui, não uma vida de pecador, mas uma vida entre pecadores. Ele vem comigo, ele se configura em minha imaginação nos momentos mais inesperados, ele se parece com o meu ego mas é estranho ao meu eu — aquele mim de que eu próprio procuro me desvencilhar, por não passar de uma ficção (ou simulação prolongada) servida aos *mass-media*.

Pois muito bem, quando finalmente, no terminal de Lyon, embarcamos no trem-parador que nos levaria a L'Arbresle, Jacob-o-Duplo sumiu. Fiquei eu no vagão, denso de incredulidade, sem fé, sem esperança, sem caridade. Mas havia tarefas objetivas a cumprir — uma tarefa, ao menos, necessária e inadiável — e disso não dependia a inquietude religiosa de Jacob. Tendo subido escritor no trem-parador, desci repórter em L'Arbresle. Não me canso de repetir: há sempre duas viagens, uma por fora e outra por dentro, e se uma não vai embutida na outra, não haverá viagem, haverá turismo. Nunca fiz uma viagem especificamente turística e não pretendo fazer.

A ausência brusca do duplo nos deixa sem álibi. Não podemos dizer as palavras de lastro religioso, pois seriam verdadeiras mas não seriam sentidas. Pobre como um romeiro de cajado tosco e sandália esfarrapada, vi aproximar-se o cenário da minha procura. E admiti já não estar em estado de procurar. Talvez apenas aquele que sofreu uma angústia espiritual muito violenta, pungente como a mirada sincera sobre a existência individual, e vasta como a contemplação do mundo dos outros homens em todos os seus aspectos, poderá, quem sabe, me compreender. Sentir-se subitamente esvaziado de um tesouro longamente ambicionado, e do qual ainda não se é o habitáculo... Estar opaco em face do translúcido... É esse o caso.

Às seis horas da manhã seguinte, tornado manifestamente um fugitivo, voltei a subir no pequeno trem, e meia hora depois estava de volta a Lyon. Doze minutos mais, e eis-me aboletado no trem de alta velocidade, a caminho de Paris. O hoteleiro da Montanha de Santa Genoveva só me esperava dentro de cinco dias. Meu antigo quarto estava ocupado e fui parar no quinto andar, fundos, mas não me pareceu um cômodo detestável. Havia uma cama, uma mesa, claridade boa de lâmpada. Abri a Bíblia primeiro ao acaso, e depois procurando os textos prediletos, mas as palavras me pareceram inconsistentes. Quando Jacob estava comigo, elas eram frementes, por baixo delas eu podia ver a luz, o pó, os pés, os murmúrios do povo que via Jesus passar... Agora não ouço nada, não vejo nada, voltei a carregar uma alma escura e árida. Será preciso — será? — recomeçar a viagem do ponto de partida.

Bonjour alegria

Comi um magnífico *cassoulet* de *gigot* na Balzar, e fui andando a caminho do Sena, batido pela brisa gelada do meio da tarde, sob um céu azul esmaecente que as nuvens gordas já vão cobrindo, prenunciando a chuva. Atravesso o cais de Montebello e me vejo diante do Petit Pont, que me convida a passar, mas prefiro ir seguindo o cais, espiando as gravuras nos quiosques, sentindo muito frio nas mãos e nas orelhas, mas um frio delicioso. O rio cor de burro quando foge desce veloz entre os planos inclinados de pedra, brancos, que o comprimem. Atravesso a ponte de Saint-Michel e vou pelo outro lado, aproximando-me da Place du Parvis que é, na verdade, o adro monumental da catedral de Notre-Dame.

Chego a uma escadaria de pedras brancas e desço até à beira do rio tumultuado. Almocei bem, fiz uma boa digestão, sinto-me mais do que contente. Fisiologicamente feliz. Hiperestasiado nesta inebriante atmosfera de outono.

Ainda não disse o que Paris me oferece. Não são, a não ser em parte, esses monumentos, esses museus, a densidade histórica desses quarteirões, e sequer um pensamento moderno sobre a vida humana, pois neste aspecto a cidade já viveu seus dias de esplendor e, atualmente os saudosistas clamam pelo renascimento. Em Paris, num sábado, na penúltima hora do metrô, quando tudo pode acontecer nos corredores e na beirada dos trilhos, às vezes tenho medo de homens que se aproximam com caretas inamistosas desenhadas no rosto; homens bêbados, fatigados, sonolentos, que discutem entre si e evidentemente não andam alegres. Tenho medo deles, mas quem são eles? São os estrangeiros. São os seres humanos, meus irmãos, e me amedrontam. São os meus indecifráveis semelhantes, de imprevisíveis desígnios, trazendo no coração uma angústia que não posso traduzir por falta de tempo (na circunstância dada) e quem sabe, se tivesse tempo, também, não poderia traduzir, por desconhecimento do idioma que essa angústia fala.

É assim que Paris me reduz à medida da solidão por mim procurada. E nesse isolamento, quanto mais os dias passam, quanto mais me diluo nessa paisagem humana, mais me aproximo dos murmúrios do meu próprio coração, que desejaria ouvir na fonte, sem as interferências desfiguradoras inevitáveis no Brasil. Gostaria de viver aqui assim, isolado, mas não apartado, por dois longos e abençoados anos ou por toda a vida se tivesse a chance. Já no entanto me debruço na amurada e começo a dizer adeus a essas águas castanhas que atravessam escachoantes a cidade querida. Cinco dias mais, e será tempo de seguir viagem, trocando o sentimento do estrangeiro pela emoção do parentesco, meio a meio agradável e inquietante.

Sento-me num café e vejo a catedral, o Hôtel-Dieu, os edifícios anteriores à República, as pontes. O Brasil está quase esférico, girando numa obscuridade quase cósmica, tal como gostaria de observá-lo por dois anos ou a vida inteira se tivesse chance. Mas, como da primeira vez (eu era jovem na Rue du Vieux-Colombier), como da segunda vez (eu era o último noctívago a chegar ao hotel perto da Gare Saint-Lazare), como da terceira vez (eu era o hóspede predileto num excelente hotel do Trocadéro), como da quarta vez (eu era um doente roído pela mais brutal das dores físicas, e ia toda manhã suplicar um diagnóstico aos médicos do Hôtel-Dieu), como agora neste outono, a viagem há de se interromper antes que eu tenha escutado na fonte, límpidos, os murmúrios do coração. A verdade sobre um homem é uma única frase com a duração de sua vida, e seu destino neste mundo não se cumprirá antes do dia em que ele possa escutar esse discurso desde o princípio e até o ponto em que se quedou a ouvi-lo. Ansiando por esse momento, venho andando em busca de sítios apropriados à meditação.

Nesta tarde de Paris, hiperestesiado como um nascituro (pois o bebê nascido de parto normal é feliz como ninguém será depois dele — nem ele próprio — ao contrário do que dizem os teóricos do trauma), quase ouço a melodia simples de minha vida, quase apreendo os versos simples que dela e nela decorrem, quase faz pleno sentido ter nascido outrora acolá, e estar aqui agora. Três meses mais de isolamento nesta multidão estrangeira, de perquirição infatigável no âmago em que a minha carne se crispa, talvez me dessem finalmente a chave desse mim que sou eu *plus* a totalidade e, obscuro, apenas vislumbro quando se move como uma esfera na direção da luz, e logo se dissolve na obscuridade mansa.

No *toilette* do Café de Cluny, de onde saio cantarolando, a boa senhora que mantém o local em excelentes condições de higiene me fala num sorriso jovial estampado em rosto antigo:

— O senhor está contente, hem? Espero que continue assim por muito tempo.

Respondo que sim, estou contente, e lhe agradeço os votos de permanência neste sentimento. Desço ao bar do rés-do-chão e peço uma taça de sorvete com cinco sabores diferentes. Desbordando de amor por Paris, acordarei amanhã, e depois, e depois, sem ter perdido uma faísca dessa felicidade nascida de uma solidão transcorrida no lugar propício.

LONDRES

Minha querida Lady – 1

Chuva e neve em Londres. Lady Whitebread determina os lugares à mesa e nos sentamos. Lady Whitebread é alta, corpulenta, tem um sorriso encantador no rosto de faces rosadas e olhos azuis. Lorde Whitebread, extremamente parecido com Alec Guiness, tem ausências de paralítico, das quais retorna com uma expressão terrivelmente cruel. Comemos trutas e bebemos um excelente vinho branco. Somos cinco: os anfitriões, um casal que vive em Paris e eu, sem contar com Esperanza, a tímida cozinheirinha espanhola, que traz as coisas e volta à sua timidez. Os parisienses e os londrinos conversam em inglês — a pronúncia de Lorde Whitebread é particularmente refinada — ao passo que eu apenas ouço essas vozes, pois em Londres descobri ser completamente analfabeto. Estou encabulado e perco a fome: na minha imaginação, um Lorde e uma Lady eram monstros de protocolo e *five o'clock tea*, e tenho medo de estar pegando o talher impróprio ou fazendo muito barulho ao mastigar.

Passamos à sala de estar. Há carvão na lareira e o fogo crepita. Lorde Whitebread finalmente descobre que existo e me mostra uma das peças favoritas de sua coleção de obras de arte. Trata-se de uma reprodução fiel, em pedra, de Sekhmet, a deusa leontocéfala, rainha do fogo. A deusa da cabeça de leão era minha velha conhecida, pois eu a vira em todos os tamanhos, no Louvre, e então conversamos, Lorde Whitebread e eu, sobre os museus e sobre as antigas civilizações. Falamos em francês; até que Lady Whitebread, em inglês, pergunta ao marido se ele quer um conhaque. Ele aceita e Lady consulta, em seguida, o meu amigo parisiense, o qual não quer o conhaque. "E seu amigo brasileiro?" diz a anfitriã. "O Carlinhos", responde o parisiense, "certamente vai querer. Uísque, conhaque e outros álcoois são coisas que ele não recusa." Lady Whitebread então se ilumina, naquele sorriso de criança, e me diz em espanhol:

— *Carlino*, acá también somos borrachos perdidos...

Ah Londres! Como nos sentimos em casa, em Londres!

Os ingleses não correspondem absolutamente à imagem que uma tradição literária faz deles. Os ingleses são talvez o único povo brasileiro do mundo, com a mesma gentileza, a mesma cordialidade, a mesma paciente preocupação para com os outros que nos aquece aqui no Brasil. O inglês gosta de falar mal de si mesmo: isto não é tido como uma virtude exclusivamente brasileira? Lady Whitebread me disse, quando íamos a um *pub*: "Você que veio de Paris deve estar horrorizado aqui. As ruas de Londres são muito sujas." Os ingleses fumam no cinema e nos trens do metrô. Eu disse a Lady Whitebread que estava encantado com a simpatia dos londrinos, e ela comentou: "Isto é porque você está conhecendo gente boa, está freqüentando artistas e boêmios. A realidade é muito outra. A realidade é que nós, os ingleses, somos muito chatos!"

Londres! Sob a chuva e sob a neve, encontrei em ti um calor de seio!

Minha querida Lady – 2

Em Paris, conheci uma jovem dinamarquesa que se chamava Frederique; ela morria de rir quando eu a chamava de Auguste Frederique Schmidt... Em Londres, Lady Whitebread ficava séria, mas séria como só as mulheres muito amoráveis costumam ficar, quando eu lhe dizia: “Você é a minha *fair lady*”. “E você, Carlino, dizia ela, “você não tem juízo.” Ela preparou um jantar especial para que conhecêssemos uma sua amiga. Essa amiga era uma loura que teria sido extraordinariamente bela, porém, em seu rosto atual, o sofrimento, a solidão e o álcool haviam modelado uma máscara mais comovente que a beleza. Comemos salmão, rosbife; à sobremesa Lady Whitebread me deu na boca a torta, para frisar que me considerava muito criança — consideração essa na qual havia uma dose bastante forte de sensualidade. Depois fomos ver os melhores *pubs* (*publics*) isto é, os botequins típicos de Londres. Inventei uma fórmula para sintetizar os momentos encantadores por que passei nesses botequins, e Lady Whitebread a repetiu, com sucesso, para todos os amigos que encontrou nessa noite: “*Pub sweet home*”... Na rua, na noite, debaixo da chuva e da neve, fomos abraçados eu e Elizabeth, a moça da máscara sofrida. Tudo em Londres é nítido e austero, e nos corações, em Londres, tudo é alegre — de um certo modo desesperado. Entre os telhados de neve fomos andando, debaixo da chuva e da neve, e apanhei um punhado de neve que cobria a capota de um automóvel e o ofereci, como uma rosa, a Elizabeth. “*Un cadeau*!” disse ela. “*Merci, mon ami*” — e, exatamente como se faz com uma rosa, abriu a camisa e colocou a flor de neve entre os seios.

Agora, estávamos num *pub*, e Elizabeth, ao meu lado, bêbada, e com fome de ternura, pousou a cabeça no meu ombro. Bebíamos uísque puro.

Elizabeth falava, sempre com a cabeça pousada em meu ombro, e falava nos homens, na inconstância dos homens, nos homens que chegam e nos homens que partem, nos homens carinhosos e na solidão de certas mulheres. Subitamente trocávamos beijos, no *pub* festivo com seus vidros e rótulos, e Elizabeth parecia que ia chorar, e me dizia à maneira de quem repreende, mas sempre roçando o rosto no meu: "Os homens que avançam o sinal são os mais insinceros." Lá fora, nessa escuridão nítida que dá à noite londrina uma qualidade de ametista, continuava a cair a chuva gelada. Elizabeth estava à minha esquerda; à minha frente estavam Lady e Lorde Whitebread. Então Lady Whitebread mudou de lugar, veio sentar-se à minha direita e começou por sua vez a roçar o seu rosto no meu. Beijou-me a orelha e disse com uma espécie de raiva amedrontada: "Não estou gostando nada dessa conversa, Carlino. Não estou gostando nada desses carinhos. Elizabeth é muito velha para você." Empurrei docemente Elizabeth e lhe disse: "Chega um pouquinho para lá, porque Lady Whitebread está com ciúme." Elizabeth se afastou pesadamente, com um sono de bêbada, e falou de olhos fechados: — Ela me disse que você é um rapaz muito confuso. — Ela está com ciúme — repeti. — Pois então — disse Elizabeth. Agora estou vendo que era justamente por isso, por estar com ciúme antecipadamente, que ela me havia dito que você era um rapaz muito confuso...

Lady Whitebread agora procurava abraçar-me.

Minha querida Lady – 3

Devo esclarecer que Lorde Whitebread não é, na verdade, um lorde, mas o neto de famoso personagem da história da Inglaterra, do qual não herdou o título. Toda vez que ia visitá-lo, em Chelsea, eu tinha que atravessar a Albert Bridge Road, e no caminho havia uma loja com uma tabuleta: Whitebread. Batizei-o com esse nome caricato para não cometer uma indiscrição. Lorde Whitebread, como já disse, tinha ausências de paralítico; estava sempre pensando em outra coisa. Todas as manhãs, metodicamente, fazia trinta quilômetros de marcha batida ao longo do Tâmisa, e sempre que podia se punha a andar, solitário, perdido em sinistros devaneios. Mas voltemos à noite em que estávamos, uma noite de chuva e de neve. Duas belas mulheres maduras me cingem os rins, num *pub* do bairro boêmio. Elizabeth, a escritora de rosto sofrido, está sonolenta, mas é esse o seu estado normal. Bebe toda noite. Lady Whitebread, com suas unhas, arranha a minha nuca. A minha adorável Lady tem um rosto deliciosamente fresco e pequeninos olhos azuis que estão sempre sorrindo. À nossa frente, bebendo uísque sem pressa, Lorde Whitebread contempla a sua mulher com expressão atroz, até que se levanta, beija-a, me cumprimenta e vai-se embora. "Ele foi passear um pouco", diz Lady Whitebread. "Ele gosta muito de andar sozinho." Uns dez minutos depois, o bar se fecha e voltamos à casa dos Whitebread. No caminho, encontramos o casal parisiense que havia jantado conosco e que agora voltava do teatro. Os cinco fomos para junto da lareira e ali ficamos bebendo uísque e conversando em francês. Elizabeth estava ao meu lado, e namorávamos ante o olhar enciumado da dona da casa. Subitamente, Lady Whitebread me pegou pela mão e me conduziu por dentro da casa enquanto dizia: "Você vai embora amanhã, não vai? Pois bem. Se eu não te levar para ver uma coisa, agora, ninguém acreditará, mais tarde, que você esteve numa casa verdadeiramente inglesa." Chegamos à cozinha e ela abriu uma janela: no oitão, onde uma lâmpada estava acesa, vi um canteiro com pobres ervas cobertas de neve. "É o meu jardim. Agora, no inverno, está muito feio, mas na primavera temos muitas flores. Toda casa inglesa tem um jardim, e em toda casa inglesa as visitas devem ser levadas para ver o jardim." Olhei o jardim e lhe beijei a mão. "Eu gosto muito de você", disse ela. "Não sei o que está acontecendo, mas a verdade é que eu gosto muito de você." E, para evitar que algo mais grave ocorresse, fechou a janela e me trouxe de volta à sala de estar. Ali, Elizabeth reiniciou o namorinho sem compromisso que havíamos começado no *pub* e Lady Whitebread foi ficando cada vez mais inquieta. Perto da meia-noite, ela disse, dirigindo-se a Elizabeth e aos parisienses: "Vocês fiquem à vontade. Vou visitar uns amigos. E você, Carlino, vem comigo."

Lady Whitebread ia ao volante e eu já estava divinamente bêbado e a neve continuava a cair em Londres. "Onde estamos indo?", perguntei. "Nada de melancolia", disse ela, "nada de ficar melancólico. Vamos visitar uns amigos meus." Chegamos a um sobrado, subimos alguns degraus, tocamos uma campainha e uma porta se abriu. Uma jovem morena lindíssima apareceu, cumprimentou-nos e nos fez entrar. Lá dentro estava o marido dessa moça, também muito jovem e com uma barbinha ruiva. A sala, ou quarto — enfim, o lugar em que estávamos era inacreditável. Havia uma cama, uma mesa, um quadro-negro todo escrito a giz e dezenas de brinquedos de crianças. Se você entrasse de noite num jardim de infância, a impressão seria a mesma. Lady Whitebread, mais tarde, me explicou que aquele casal tinha três filhos, os quais naquele instante dormiam em outro cômodo. Agora, sentados no chão, bebíamos uísque e Lady Whitebread contava quem era eu, de onde era e de onde vinha. Deu-me um beijo e disse à moça morena: "Eu estou apaixonada por ele." Dirigindo-se a mim, sem transição, enquanto suas unhas arranhavam minha nuca: "Carlino, me desgosta ser mui vieja para usted." Foi então que apaguei, isto é, acordei no dia seguinte no Adria Hotel, perto de South Kensington, com um gosto de carambola na boca. Atrás do vidro da janela vi a chuva brumosa e pensei: "Londres é a minha pátria." Algumas horas depois, em Dover, eu andava à beira do cais, adiando a volta a Paris, sempre sentindo na minha pele o contato de outra pele, macia e perfumada, e sempre com gosto de carambola na boca.

Dover

Dover é uma pequena cidade imprensada entre o Canal da Mancha e uma soberba falésia cor de cânhamo. Há muitos anos eu esperava a oportunidade de usar a palavra falésia... Em Dover as noites são frias e um vento assustador sibila nas janelas. As gaivotas pousam nos altos nichos que o tempo cavou na muralha granulada, e dali elas partem em todas as direções, de dia ou de noite, soltando grasnidos que soam como o próprio clamor da angústia humana. Em Dover eu viveria uma eternidade sob o clamor da minha angústia; no Hotel Continental, cujo salão envidraçado contém poltronas e bibelôs de um mau gosto sublime, eu tomaria o meu chá às cinco horas da tarde e fumaria o meu cigarro 555, e depois iria andar ao longo do Canal enfumaçado, vendo ao longe os vultos de navios que raramente mugem (mas perdidamente), sempre sob a dança das gaivotas lancinantes. Em Dover eu compraria uma bicicleta e andaria de bicicleta na bruma do amanhecer; e também tossiria atrás da minha *écharpe*, com o nariz transido de frio e a alma séria, os olhos claros, o coração batendo no compasso da humilhação gloriosa que nos sucede quando, um belo dia, abrindo-se uma vereda fatal, resvalamos para a claridade e perturbação do mundo.

Ali é a pátria dos homens; ali a alegria de viver é constantemente corrigida pelas aves que os deuses dotaram de uma voz cujo vocabulário só os homens conhecem. Estamos de tal modo mergulhados neste esquecer-se de si que é um certo silêncio, nós, de tal modo mergulhados e afeiçoados, que perguntamos pela moça de olhos azuis que no ano passado aqui estava, servindo o chá e as torradas e a geléia, e toda mansa, de tal modo mansa que bruscamente nos sentimos traídos em Dover, como quando se quebra uma taça alhures. É preciso esquecer que há Londres e outras cidades, e que em bravias fímbrias de areia o sol se deita atrás dos coqueiros; para desejar o esquecimento em Dover, debaixo da bruma, diante do mar que no inverno ergue suas capelas escuras e galopa contra a amurada resistente.

Aqui é o lugar mais longe que há de uma infância; aqui, quando chove, *je suis le roi d'un pays pluvieux, moi*, com a fronte coroada de água e atônito, isto é, alegre, pois a tristeza mana do meu coração ao compasso dos gritos das gaivotas que os deuses dotaram de uma voz semelhante à humana humilhação.

Londres – 1

Novamente em Londres, que é a mais agradável das cidades. Quatro graus abaixo de zero: de madrugada cai a neve, mas quando acordo há apenas uma leve camada de gelo nos gramados. O Eros Hotel (belo nome!) fica na Shaftesbury Avenue, entre Piccadilly Circus e o Soho. Aqui, as noites são boêmias, com quarteirões coloridos de letreiros luminosos e multidões extravagantes, de moças loiras, rapazes com cabelos longos, hindus, chineses e italianos. Os bares se abrem às 7 da noite e todos se embriagam rapidamente, porque às 11 em ponto o dono da casa, anguloso e sorridente, bate palmas e adverte: "*Ladies and gentlemen! Ladies and gentlemen!*" No princípio é uma advertência alegre, mas cinco minutos depois ele perde a paciência e grita com a severidade de um pai que repreende o filho: "*Ladies and gentlemen*!" Tradução: "Vocês não têm juízo! São onze horas e cinco minutos e vocês continuam com os copos na mão! Assim não é possível! Que é que a Rainha vai dizer?"

Mas há diversos clubes de dança que ficam abertos até 3 da madrugada, embora a única bebida à disposição dos fregueses seja a Pepsi-Cola. Os estrangeiros precavidos trazem sempre, no bolso traseiro da calça, uma pequena garrafa de uísque.

Um bar aqui se chama *pub*, e é uma das mais belas instituições que conheço. A cordialidade é geral. Há poltronas, mesas e um longo balcão onde bebem os que preferem ficar em pé. A decoração é ao mesmo tempo austera e alegre, combinando paredes de madeira com alguns espelhos e uma alta prateleira ornada dos mais variados rótulos. No Brasil você pede simplesmente "um uísque" ou "um chope". Aqui você se aproxima do garçom e diz: "Se o senhor não se incomoda, eu gostaria de tomar um uísque". "*Thank you sir*", responde ele, e vai preparar o uísque. Depois ele coloca o uísque à sua frente e diz: "*Thank you.*" Você corresponde: "*Thank you.*" Ao mesmo tempo, você tira do bolso uma moeda e entrega a ele, ao que ele declara: "*Thank you.*" Em seguida, ele abre a caixa registradora, lança a moeda, apanha o troco e lança o troco à sua frente, dizendo: "*Thank you.*" Você apanha as moedinhas e diz: "*Thank you.*" Esta cerimônia se repete tantas vezes quantas sejam as doses que você pretende tomar.

Direi finalmente que esta segunda visita a Londres confirma plenamente a impressão que tive da primeira vez. Ou seja: em Londres não há *fog*; os ingleses não usam chapéu-coco nem guarda-chuva; e todos eles falam português castiço! (Esta última observação parece uma escandalosa mentira. Contudo, é a pura verdade. O inglês coloquial foi de tal forma trabalhado pelos grandes escritores que você, se tem simplesmente o primeiro ano ginasial, não encontrará nenhuma dificuldade para compreender o que os ingleses falam.)

Londres – 2

Todo inglês é curioso e cordial. Gabrielle, uma amiguinha parisiense (meio inglesa e meio francesa), me disse que "nós ingleses somos como a Lolita de Nabokov. Estamos dispostos a todas as iniciações".

*

Pedi à recepcionista do hotel, uma loura magnífica, o endereço de um *pub* próximo. Ela pensou um pouco e me deu indicações. Eu lhe perguntei então se não queria ir beber alguma coisa comigo; depois poderíamos dançar em algum lugar. Resposta: "*Thank you so much*. Eu gostaria muito, realmente. Mas, infelizmente, sou casada."

*

Alécio Andrade é um fotógrafo brasileiro que, segundo parece, custará muito a voltar ao Brasil. Vive em Paris e acaba de conhecer Londres; está completamente apaixonado pela Inglaterra. Nós dois fomos visitar um casal em Grosvenor Gardens e nos perdemos. Fazia frio e chovia; eram oito horas da noite. Passou um inglês apressado; nós o interceptamos e lhe perguntamos se conhecia o hotel que procurávamos. Ele disse: "*I am sorry*", e partiu apressadamente. Mas os ingleses ficam com remorso quando tratam alguém desta maneira, de modo que três minutos depois ouvimos um grito: era ele que, ao longe, nos chamava. Paramos e ele veio correndo em nossa direção:

— Queiram desculpar. Eu estava distraído, e além disso não sei realmente onde fica o hotel que vocês procuram. Mas, se vocês estão com problemas de alojamento, venham comigo que eu deixarei vocês ficarem em minha casa esta noite.

Foi magnífico o nosso reveillon na Churchill's, uma boate. Dançamos até quatro da manhã. As inglesas de todas as idades nos apanhavam na mesa e nos levavam para o salão. Havia dois brotinhos lindos (aqui as mulheres são sempre belas), com papai e mamãe. Alécio escolheu uma e eu a outra. Fomos ao papai e dissemos: "Queira desculpar. Nós gostaríamos de dançar com vossas filhas."

Resposta:

— *Thank your, sir.*

Em seguida, papai deu pancadinhas nos joelhos de suas gentis filhinhas e disse:

— Levantem-se e divirtam-se. Estes senhores aqui desejam dançar com vocês.

É por isso que eu digo e repito: não há cidade como Londres.

A vingança da porta

Em Londres, no Eros Hotel, que fica na Shaftesbury Avenue, a telefonista era uma loura magnífica. Eu e Alécio passamos o reveillon numa boate chamada Churchill's; houve um show com mulheres de pernas imensas, e depois as danças e o champanha. Às quatro horas da manhã, divinamente felizes, fomos andando pelas ruas geladas. Então Alécio saiu correndo, naquelas carreiras que ele improvisa quando está tonto, e desapareceu na escuridão londrina, palpável e brilhante como a ametista. Fui encontrá-lo cinco quarteirões adiante, jogando futebol com um jovem casal que também andava sem destino pelo Soho. A bola era um balão que ele trouxera da boate, um balão vermelho. A mocinha inglesa chutava e ria; e o namorado dela não havia jeito de pronunciar "Alécio". Depois Alécio sentou no meio-fio, o casal foi embora e ele disse:

— Oh-lá-lá! Minha casa fica muito longe, não aparece um táxi, e aliás não tenho mais que um xelim no bolso. Vou ficar aqui. *Bye bye!*

Deixei-o lá, sentadinho junto de um automóvel, e fui andando a meditar se o Alécio não seria o próprio Vampiro de Londres. O Eros Hotel ficava ali perto; a porta era de vidro e eu confesso que não estava com disposição para enxergar portas de vidro. Arremessei-me contra ela, e a bandida me devolveu brutalmente à calçada. Fiquei lá, entornado na calçada, rindo com a vingança da porta. Depois me levantei, entrei no saguão e disse delicadamente: "Por favor, porta. Quero entrar, pois moro aí. Não me machuque novamente." Empurrando-a, tive a satisfação de verificar que ela já não me opunha resistência. "*Thank you*", disse eu então. Apanhei a chave, subi dois lances de escada e desabei na cama. Às 10 horas da manhã do dia 1º de janeiro, acordei com uma dor violenta no joelho esquerdo. Tentei me levantar mas a dor era insuportável; rangia os dentes. Liguei para Maida Vale 84-80:

— Alécio, meu anjo, vem me apanhar aqui e me leve para o necrotério. Estou morrendo.

Dez minutos depois, Alécio e Fernando[1] chegaram. Cada qual me botou a axila num ombro e fomos os três capengando. Para entrar no carro foi de amargar. Fernando botou meu corpo para dentro e depois Alécio apanhou minha perna, que havia ficado na rua, fazendo o possível para dobrá-la sem me matar de dor. Declarei:

— Fernando, estou morto de fome e de sede. Não entro no hospital enquanto você não me arranjar um sanduíche e uma garrafinha de cerveja.

Rodamos 50 quilômetros até encontrar um boteco. Fernando foi lá e voltou com uma garrafa de Guinness e um sanduíche de presunto. Comi e bebi. Depois: "Avante." Encontramos um hospital, os dois me carregaram para lá. Veio primeiro uma enfermeira lindíssima. (Na Inglaterra só tem mulher bonita.)

Bem, a história é um pouco longa, contarei o resto amanhã.

[1]Fernando Sabino.

Miss Lovett

Conforme relatei, gastamos todo o nosso dinheiro numa farra de almirante em Londres, no dia seguinte fui carregado para um hospital. A enfermeira era uma linda morena. Miss Lovett: mal acabara de me conhecer e já queria que eu ficasse em trajes menores diante dela. Expliquei que no Brasil essas coisas levam tempo, que em geral é preciso casar antes etc., mas ela insistia vivamente, prometendo que aquilo seria "para o meu bem". Não tive outro remédio. Deitei-me naquela cama torta de hospital e vi, horrorizado, Fernando que brandia na direção do meu joelho aquele martelinho de borracha com o qual os médicos testam os nossos reflexos. Gritei na língua local: "*Help! Help!*" Miss Lovett desarmou o bandido e disse qualquer coisa capaz de me consolar. Em seguida, chamou o médico, um homem jovem em cujo olhar estava escrito que ele e *Miss* Lovett se casariam dentro de pouco tempo e teriam muitos enfermeirinhos e enfermeirinhas. Ele apalpou meu joelho de modo a fazer a dor clamar. Depois me fez perguntas minuciosas:

— Onde nasceu?

— Brasil.

— Que pancada foi essa?

— Dei de cara na porta do hotel.

— Como era a porta?

— De vidro.

— Desmaiou?

— Não creio.

— Dói?

— Quando você apalpa dói como o diabo. Quando você deixa de apalpar, dói mais ainda.

Ele então disse gravemente:

— Preste atenção. Não houve fratura, não é nada grave. Apenas a pancada foi no osso, de modo que a dor irradia, tornando-se insuportável. Miss Lovett vai botar você em forma.

E logo Miss Lovett passou uma pomadinha e envolveu o joelho em quilômetros de gaze. Declarei: "Miss Lovet, estou disposto a quebrar o joelho todos os dias só para ter o prazer de revê-la." Ela hesitou: olhou o médico; ele sorriu encorajando-a, e ela então respondeu: "*Thank you.*" Saí novamente carregado pelo Alécio e pelo Fernando, fomos para um *pub* e pedimos uísque. Era em Chelsea, o dia estava maravilhoso, e os boêmios andavam lançando uma nova moda: as calças eram esburacadas, e em cada buraco se inseria um remendo pintado a mão... Nem eu nem Alécio éramos capazes de atravessar o Canal da Mancha a nado, e para atravessar de barco seria preciso um bocado de dinheiro. Decidimos morrer ali, em Chelsea. Mas sobrevivemos.

Carta à Rainha da Inglaterra

Querida Rainha:

Bem sei que Sua Alteza não tem muito tempo para conversar fiado. Eu também, se fosse rainha, dedicaria os meus dias às mais diversas tarefas, tais como: andar de carruagem para lá e para cá; visitar as antigas colônias; pronunciar a fala do trono; passar em revista aqueles soldadinhos que caem desmaiados; torcer para o Príncipe Philip quando ele joga tênis; além de cuidar das crianças, Anne e Charles — que aliás já estão bem crescidos e, segundo me informaram, são muito educados.

Sua Alteza vai me desculpar, portanto, este bilhete que pretendo breve e que, estou certo, terá agradável repercussão no Palácio de Buckingham. Sou um cidadão brasileiro sem muita eira nem muita beira; tive na adolescência uma violenta paixão pela França, até que a jovem Inglaterra se atravessou no meu caminho. Agora, a minha anglofilia é um fato notório — e nesse amor desmedido, com o devido respeito, incluo Vossa Alteza e toda vossa ilustre família. Essas referências me autorizam, creio eu, a dizer hoje com açúcar e com afeto: Obrigado, Rainha! Obrigado pela Georgiana!

Ela é a filha do Embaixador de Sua Majestade, Sir John, e de sua gentil esposa, Lady Russell. Mas não é simplesmente uma garota bonita, e sim a expressão viva daquilo que há de belo, juvenil, gaio e livre na Grã-Bretanha de hoje. Olha, Alteza: eu agora só leio as colunas sociais para ver o que anda fazendo a Georgiana. Ela faz sucesso em toda parte. Nas recepções da Embaixada inglesa, os convidados chegam e vão logo perguntando: “Cadê a Georgiana?” Porque ela é o centro dos acontecimentos, a suma do que é britânico. Outro dia, um jornalista amigo meu foi entrevistar o pai dela. Quando voltou, perguntei: "Então? Confere?" Ele respondeu: "Acima e além do que a gente imagina. *Ela* pessoalmente é ainda mais sensacional do que nas fotos".

Pois bem, um dia abro a *Manchete* e que vejo? Minha querida Rainha, eis o que eu vi, em foto colorida, página inteira: Sir John em pé, discreto e distinto; Lady Russell ao piano, tocando certamente *Penny Lane*, de Lennon-MacCartney; e sobre o piano, sentadinha — minissentada, aliás — a divina Georgiana dedilhava um violão. Recortei a fotografia, emoldurei-a, e agora ela está em meu escritório, entre um retrato do velho Winston e uma bandeira da nação que Sua Alteza bem sabe qual é.

Foi quando me ocorreu que a Grã-Bretanha havia nomeado, para representá-la no Brasil, não propriamente um Embaixador, mas um Embaixador que é pai de uma filha cujo sorriso e gentileza bastariam para neutralizar qualquer dificuldade surgida, no terreno diplomático, entre os dois países. Era mais um golpe de gênio de Sua Majestade, mais uma prova do discernimento demonstrado ao condecorar os Beatles e Mary Quant. Georgiana tomou conta do Rio de Janeiro, sua graça se irradia pela cidade, o mundo ficou melhor depois de Georgiana.

Obrigado, pois, Elizabeth! E *God save the Queen!*

P.S. — Diga a Margareth que tenho dois álbuns de fotos feitas pelo Tony Armstrong. São trabalhos muito bons. E queira recomendar-me ao Príncipe Philip.

Minha popularidade em Londres

Parece que em Londres estourou feito uma bomba a minha carta à Rainha Elizabeth, publicada aqui quarta-feira passada. Na quinta-feira, o representante do *Daily Telegraph* no Rio me telefonou: recebera um telegrama em que o redator-chefe, ou coisa parecida, lhe pedia uma foto aqui do papai, ao lado do retrato de Georgiana Russell que recortei de uma revista e coloquei na parede. Pouco tempo depois, era a vez do *Daily Mail*: meu velho companheiro Jaime Dantas foi logo declarando, com algum exagero:

— Toda a imprensa inglesa está à sua procura! O *Daily Mail* quer que eu localize Georgiana e descubra por que é que ela está fazendo tamanho sucesso no Rio.

Contei-lhe então um episódio ocorrido há duas ou três semanas. Diante de um sinal vermelho, conhecido industrial espera o sinal verde, no automóvel em que se encontra com os dois filhos. Em outro automóvel, à sua esquerda, ele vê o Embaixador John Russell, que está passeando com os dois cães de estimação. São conhecidos, cumprimentam-se. O Embaixador, apontando as crianças:

— Quer trocar?

O industrial, fulminante:

— Troco, mas pela Georgiana!

Depois disso, fiquei saboreando a minha popularidade em Londres. Imaginei o diálogo da Rainha com o Príncipe, na sexta-feira, quando chegaram ao Palácio de Buckingham alguns exemplares do *JB*. A Rainha e o Príncipe consorte estão diante de taças de chá.

Rainha — Você já leu o Carlinhos Oliveira?

Príncipe — Ainda não. Sobre o que é que ele escreve hoje?

Rainha — É uma carta aberta endereçada a mim. Ele me agradece por ter mandado *Sir* John me representar no Brasil, já que assim os cariocas puderam ter a ventura de conhecer Georgiana.

Príncipe — Bonita moça, a Georgiana...

Rainha — Os brasileiros estão encantados com ela. As jovens elegantes do Rio de Janeiro copiam o estilo Georgiana.

Príncipe — E os nossos laços de amizade com o Brasil se estreitam ainda mais.

Rainha — Sir John e Lady Russell também são muito estimados por lá. Logo ao chegar, Sir John deu um golpe de charme, acordando de madrugada para ir examinar, com uma picareta, as condições da encosta junto à qual está erguida a sua residência. Os cariocas, naqueles dias provocados pelas chuvas, acharam engraçado, além de adequado e portanto tipicamente britânico.

Príncipe — Me diga uma coisa... Liz... Onde é que os homens do *Times* estão com a cabeça? Por que é que até agora não pensaram em publicar em inglês as crônicas do Carlinhos? Se eles fizessem isso, nós poderíamos economizar o dinheiro que estamos gastando com o intérprete. Aliás, aqui para nós: desconfio que Mr. Smith nem sempre traduz com exatidão. O português do Carlinhos é extremamente coloquial; ele apanha as palavras na rua e bota dentro da coluna. Pois bem, nem sempre Mr. Smith me parece coloquial*.

Rainha — Um momento, Philip... Acaso está você insinuando que eu devo intervir no *Times*?

Príncipe — É. Realmente, minhas palavras poderiam dar essa impressão. Esquece.

Rainha — Está esquecido. Mais um pouco de chá?

Príncipe — *Yes, please. Thank you.*

*Quero interceder junto ao Príncipe Philip em favor de Mr. Smith. Se este, por exemplo, ao ler a minha carta traduziu *Her Highness* (Sua Alteza) e não *Her Majesty* (Sua Majestade), como seria correto, a culpa foi minha. Deu-me um ataque de burrice plebéia e misturei os dois tratamentos.

AMSTERDÃ

Amsterdã – 1

Em Amsterdã, como em Londres, a noite é uma ametista. Nos seus mais de duzentos canais há barcos que são casas, atrás de cujas janelas imaginamos um velho marinheiro a fumar cachimbo. Em Amsterdã há um segredo que todos escondem; ali começa uma Europa sombria (não é esta a palavra), cuja curiosidade sexual, levada à exasperação na Suécia, recorda com esmagadora nitidez a tentação de Eva. Na Holanda, começa a Europa estrangeira; estamos em outro país e vemos outro povo: tudo aqui é diferente do nosso país e do nosso povo.

A Holanda é rente ao chão, suas casas são de brinquedo, ofuscadora, a claridade de suas manhãs. O drama (ou segredo) que seus habitantes escondem só eclode assustador, sombrio, magnífico, nas telas de Rembrandt ou de Van Gogh. Aqui a claridade come os telhados com seus dentes vagarosos; o espaço desce como um corvo do céu, e assola as ruas; é uma tempestade, as casas tremem, é um terremoto de luz.

Essa claridade está contida num quadro de Vermeer de Delft. Algumas figuras no primeiro plano: o canal; um barco; o cais, as fachadas; e acima de tudo a claridade que denuncia como mentirosas as sombras de Rembrandt. Proust dizia que este é o mais belo quadro jamais pintado, e Van Gogh: "É simplesmente inacreditável." Pois bem, eu tive a impressão de que Deus existe, isto é, Vermeer viu a Justiça, cuja visão Rimbaud considerava um privilégio unicamente de Deus. É preciso ir à Holanda.

Amsterdã, Haia, Delft. Noites de ametista, manhãs em que a claridade vem faminta, e algum segredo horrível bóia nesses canais. À noite as moças de pouca virtude vão para a vitrina e os homens passam, contemplam, escolhem. Elas ficam sentadinhas atrás do vidro, quietas, lendo ou bordando; e os homens passam, contemplam, escolhem. É preciso ir à Holanda.

Diante de certas experiências, a prosa se revela estranhamente pobre. Diante de certas visões de beleza acompanhadas da intuição de um mistério, a língua acostumada a falar sem temperança se descobre gaga. Em Amsterdã, eu queria ser poeta.

Amsterdã – 2

Esta linda cidade que parece de brinquedo, com suas velhas casas de tijolo e vidro debruçadas sobre numerosos canais, está comemorando 700 anos de idade. Contudo é jovem, alegre, hospitaleira, no estilo desta nova Europa na qual a tolerância vem a ser o pressuposto da democracia — o que lhe dá o direito, por exemplo, de advertir Portugal sobre os riscos a que está sujeito no caso de uma virada violenta à esquerda, e de lançar as mais duras reprimendas ao governo espanhol, atualmente empenhado em liquidar fisicamente seus inimigos internos.

Aqui surgiu o movimento jovem mais original de quantos convulsionaram o mundo nos anos 60 — os *provos* (provocadores), de longos cabelos floridos, para os quais "toda autoridade é cômica". Um deles, Luud Schmmelpennink, logo seria eleito conselheiro municipal. E demonstraria que imaginação e senso prático não se excluem necessariamente quando se é um contestatário, um hippie ou equivalente. Hoje circula nas ruas de Amsterdã um estranho veículo, movido a baterias elétricas e que se assemelha a uma cabina telefônica de vidro. É o *witkar*, desenhado por Schmmelpennink, como opção para os que insistem em dirigir automóveis no centro urbano agravando a poluição e infernizando a vida em geral.

Ah, e os bondes? Aqui os bondes cruzam a cidade em todas as direções, velozes, confortáveis, conduzidos por um motorneiro que pelo microfone anuncia aos passageiros qual será a próxima parada. Com o bonde, a bicicleta e o *witkar*, além dos transportes comerciais, Amsterdã pode vir a ser a primeira cidade ocidental a eliminar o congestionamento de veículos no perímetro urbano.

As minorias são aceitas (toleradas), mesmo as especialmente bizarras, Há numerosos clubes, bares e saunas exclusivos de homossexuais masculinos. A idade legal consentida para os *pedês* é a mesma reconhecida para os heterossexuais: 16 anos. O clube das lésbicas é o Tabu, situado na Leidsekruisstraat 19, e lá a presença de um homem, levado pela curiosidade, causa profundo mal-estar.

Mas nem tudo é liberação sexual e *porno-shop*. (Tem-se observado, aliás, que a pornografia perde paulatinamente o interesse à medida que vai sendo assimilada entre os costumes de época.) Os horários das duas cadeias de televisão estão distribuídos por igual entre católicos, protestantes conservadores, protestantes liberais, socialistas e liberais. Cada categoria, no tempo que lhe cabe, faz o melhor que pode para puxar a brasa para a sua sardinha.

As garotas da VVV, agência de turismo oficial, depois que souberam o que eu pretendia fazer em Amsterdã, me mandaram para o Hotel Cok, um albergue de estudantes situado junto do Voldelpark. Com 400 beliches, oito em cada quarto, o Cok hospeda "estudantes" do mundo inteiro. (Considere-se estudante qualquer viajante entre 17 e 40 anos de idade que queira entrar em contacto com outras pessoas.)

Na primeira noite, depois de examinar o ambiente no bar — um lugar bastante animado, com meninas lindas, onde se bebe álcool normalmente — fui ao quarto 113 e me deitei no beliche número 8. Pouco depois, um rapaz de seus 28 anos, de nacionalidade indefinível, mas de pele morena e cabelos negros, despia-se para dormir no beliche 7. Antes de se afundar nos lençóis, surgiu com um cigarro cujo formato conheço muito bem. Puxou a primeira baforada, profunda, e sem soprar a fumaça indagou se eu queria dar uma tragada. A fumaça tinha um cheiro óbvio.

— Você está fumando *cannabis sativa*, bicho? — perguntei.

— *Pardon?*

— Isso aí não é por acaso a falada marijuana, a popular maconha?

— É isso mesmo.

— Mas você não tem medo de ser surpreendido? Olhe que não estamos sozinhos no quarto; há outras pessoas deitadas, alguma das quais certamente ainda não caiu no sono.

— Não tem perigo; irmão. Aqui eles só são rigorosos com as drogas pesadas, em especial a heroína. Marijuana você pode fumar em sua casa ou nos parques. Então, quer dar uma tragada?

— Obrigado, não faz meu gênero. Já tomei uma pílula para dormir. Boa noite.

O olho azul

Vincent era sardento e tinha olho azul. Há nele calma; uma calma holandesa, nítida no sol; cada cor no seu lugar, sujeita ao rigor do deserto. Não. A geometria do deserto é caprichosa e aqui não há capricho. Severo como em Mondrian; exaurido de sombra, batido de luz por todos os lados, como em Vermeer. Assim, às vezes, Vincent é calmo.

Depois, e definitivamente, tudo ficará tempestuoso — o céu, o girassol, a pêra, o sapato, o moinho de vento — eis que todos os objetos já se dobram numa tempestade multicor. Nada mais em repouso: o vento soprou onde quis. Depois disso você pode muito bem cortar uma de suas orelhas para ofertá-la a uma prostituta. Aliás, já não havia orelha em parte alguma, nem moinhos de vento, nem trigais, nem chapéu — eram tudo pigmentos, como quando o arco-íris passa veloz no meio dos homens, destruindo todas as ilusões e inaugurando a festa das cores, a primavera. A ilusão ótica, que é por excelência a maneira pela qual o espírito nos ludibria. Vincent não arrancou um olho; só a orelha; ele não precisava escutar nada; estava inundado, inebriado de luz, ensurdecido. Seu sistema nervoso centralizado na íris, mandando ordens exclusivas e sem interferências à mão que brandia os pincéis, ele não precisava mais de nada; era um projeto de mutilado de guerra.

Era de fato uma carnificina: alguém, algum dia, antes ou depois de Vincent, já teve a ousadia de desaparecer fisicamente, sem sair do lugar? Alguém já quis ser apenas olho azul, nervos, mãos e sardas? E o resto do corpo que vá às prostitutas?

As mãos e os nervos eram necessários para explicar o que estava acontecendo. Quando finalmente se disse o necessário, os nervos murcharam, as mãos se recolheram:

— *Dimanche dernier, à 11 heures 1/2 du soir, le nommé Vincent Van Gogh, peintre, originaire de Hollande, s'est presenté à la maison de tolerance n° 1, a demandé la nommée Rachel, et lui a remis... son oreille, en lui disant: "Gardez cet objet précieusement." Puis il a disparu. Informée de ce fait qui ne pouvait être que celui d'un pauvre aliené, la police c'est rendue le lendemain matin chez cet individu qu'elle a trouvé couché dans son lit, ne donnant presque plus signe de vie. Ce malhereux a été admis d'urgence à l'hospice.*[1]

Vincent, doravante, era só olho. O mundo se reduzira à catatonia. Ele que, rebelde por índole, recebia e cumpria ordens imperiosas — como por exemplo: "Vincent, hoje vai passar o vento em Montmartre" — ele agora havia batalhado, havia cumprido a sua missão, ganhara a guerra, estava exausto, não tinha mais vontade. Deus só dá ordens a quem se acha em condições de cumpri-las; aprecia a chamada carne de canhão; depois da batalha, reúne os soldados que escaparam ilesos e abandona à própria sorte os inutilizados. Vincent, assim, se viu despojado do sétimo sentido, que eram as instigações divinas, mas estava alegre em seu desmedido desamparo; não era um desertor; era verdadeiramente o soldado desconhecido.

Olho azul e sardas. A aparência crescendo como heras (a barba ruiva) numa casa abandonada. Os esquizofrênicos devem ser considerados em conformidade ao dispêndio de energia a que se sujeitaram antes da rendição à doença. Vincent era um trabalhador braçal infatigável e, no fim das contas, incoerente; um proletário menosprezado, por dar-se ao luxo da profecia. Deus fez isso com Jonas: essa maldade sublime, para não dizer satânica, que consiste em dar ordens secretas, a um ser determinado, cujo objetivo (de tais ordens) transcende a mera existência dos seres designados.

Aqui, está tudo embrulhado: essência... existência... o ser... o nada...

[1]No último domingo, às 11 e meia da noite, Vicent Van Gogh, pintor originário da Holanda, se apresentou à casa de tolerância n° 1, perguntou por Rachel, e lhe mandou... sua orelha, dizendo-lhe: "Guarde esse objeto com desvelo." Depois desapareceu. Informada desse fato que só podia ser de um pobre lunático, a polícia se dirigiu no dia seguinte pela manhã à casa desse indivíduo que ela encontrou deitado em sua cama, não dando praticamente mais qualquer sinal de vida. O infeliz foi admitido na emergência do hospício.

Jan e Erasmus

Um português que encontrei num barzinho perto da Estação Central, e que conhece bem Amsterdã, me contou algumas histórias que fazem parte do folclore da cidade. Havia por ali, em 1921, um botequim freqüentado por cachaceiros da pesada. Bebiam gim, discutiam futebol e iam levando a vida assim, como em qualquer bar em qualquer parte do mundo. Dois deles, que chamaremos Erasmus e Jan, gostavam de falar mal do governo. Uma noite, Jan apontou no jornal uma notícia aterradora:

— Você está vendo? Vão aumentar o preço do gim.

— Oh não. Não posso acreditar — disse Erasmus. — Eles não podem fazer isso conosco... Isso é uma indignidade!

Todos os freqüentadores do boteco entraram na discussão. E todos concordaram com Jan e Erasmus.

— Precisamos fazer alguma coisa — disse Erasmus.

— Só há uma coisa a fazer — decidiu o outro. — Vamos fundar um Partido e vamos disputar as eleições municipais e vamos lutar no Conselho Municipal contra essa medida iníqua! Afinal, isto aqui é ou não é uma democracia liberal?

Os dois apresentaram-se candidatos e participaram dos comícios. Seus simpatizantes sabiam que, nos quatro anos de mandato, eles só se interessariam pela manutenção do preço atual do gim. Que aumentassem o preço da batata, do leite, da manteiga e o escambau — mas deixassem em paz o velho gim, de perfume entontecedor e que queima a goela como nenhuma outra bebida.

Após as eleições de 1921, nas quais recebem expressiva votação, Erasmus foi empossado no Conselho Municipal da Cidade de Amsterdã.

Nos quatro anos de funcionamento do Conselho, ele se revelou um orador brilhante, empolgado pela causa de uma parcela do povo, graças a cujos votos lá se encontrava, na tribuna, martelando dia e noite um só lema: "O gim é intocável!"

Infelizmente, encontrava-se em minoria. Acabaram mesmo aumentando o preço do gim. A Erasmus nada mais restou que acrescentar alguns florins à sua despesa mensal nos botequins da vida. Embora decepcionados, os eleitores reconheceram que ele fizera todo o possível para evitar que a hedionda medida se consumasse.

Isso aconteceu nos anos 20, e é uma história que faz parte do folclore boêmio de Amsterdã.

— Fantástico episódio, não há dúvida — comentei, sugerindo ao português que brindássemos a isso, comandando sem mais delongas um gim-tônica.

— Agora me diga uma coisa — perguntei finalmente. — O Jan também não foi eleito? Neste caso, que foi feito dele? Renunciou aos seus princípios? Traiu os eleitores? Aderiu ao partido majoritário? Tornou-se abstêmio?

— Oh, o pobre Jan... Esse não tinha mesmo vocação política. Imagine que, antes que o novo Conselho Municipal tomasse posse, Jan foi devidamente trancafiado numa prisão, preso em flagrante por provocar distúrbios na via pública, após consumir uma quantidade excessiva daquele gim dos idos de 21, que custava tão baratinho...

Estação central

Me despeço de Amsterdã — de seus parques com lagos onde patinhos gorduchos, erguendo pequenos vôos, descem na água com as patas articuladas em forma de pranchas de surfe: deslizam velozes na água como surfistas, depois afundam e flutuam, gorduchos e satisfeitos; os parques de gramados verdes, viçosos, entre cujas árvores sobressaem os chorões, despencando na água suas densas folhagens. Me despeço do Hotel Cok às seis horas da manhã, e às 7h28m, na Central Station, perco o primeiro trem que me levaria a Paris Nord. Ou melhor, não perco, entro no trem que está na plataforma A-5 às 7h28m e vou parar em Roterdã. No caminho, o *controlleur*, o homem que picota as passagens, me avisa que peguei o bonde errado e devo saltar em Roterdã, de onde mudarei de plataforma a fim de apanhar outro comboio, que este vai a Amsterdã, e lá então começarei tudo de novo.

A estação de Roterdã é triste, nua, com um barzinho. Bebo cerveja. Tenho os olhos constelados de papoulas, vacas, ovelhas e moinhos de vento; além da janela veloz do comboio, a caminho de Roterdã, a Holanda desfilava lerda, vacum, verde: a calma do campo sujeito à circunspecta monotonia da natureza. Enfim, lá vem o trem de Amsterdã, e lá vou eu com a minha bagagem, mancando da perna esquerda por causa de uma distensão no músculo da coxa. Dói muito, mas não me queixo; estou acostumado a maltratar meu corpo, quase tanto quanto tenho maltratado a minha alma.

Uf! Há aqui um vagão-restaurante. Sento-me com três italianos, uma jovem de seus 25 anos, seu marido uns três anos mais velho, e um amigo, ou parente, já entrando na casa dos 40. Nós quatro bebemos cerveja em lata. Os italianos discutem ninharias em voz alta e com gestos veementes. Os holandeses ao redor não compreendem nada, espiam assustados a discussão, o tom das vozes, pensam que vai sair uma briga. Mas não é nada disso, são apenas três italianos batendo papo.

Em Amsterdã, de novo, me informam que o próximo trem de Paris partirá às 12h27m. Guardo minha mala e minha máquina de escrever num armário (50 centavos holandeses por um dia de depósito), fecho o armário, guardo a chave no bolso e me perco na multidão que se movimenta em todas as direções no Damrak. São 10h30m, tenho duas horas menos três minutos. Compro duas revistas pornográficas, daquelas bem cafonas, e vou olhar as figuras no bar do Hotet Damrak — uma varandinha ensolarada cujo garçom me conhece e não tem um só dente na boca. É um senhor agradável, de gestos lentos, magro, alto, trazendo nos pequenos olhos o sinal de uma tristeza irremediável, como nos filmes de Bergman. O caso dos dentes (a ausência deles) pode ser estudado no livrinho *Viver em Amsterdã*. Os médicos, aqui, você procura quando tem necessidade, e são pagos pela municipalidade. Já os dentistas... "são uma espécie difícil de encontrar. Estão sobrecarregados e só aceitam novos clientes por recomendação de clientes antigos. Praticamente só te receberão em caso de urgência; mas urgência, no caso, significa arrancar um dente. Quem quiser salvar um dente deve procurar um dentista estabelecido longe do centro urbano".

O garçom aqui do Damrak, trabalhando no coração de Amsterdã, não teve tempo para se dar a esse luxo, razão pela qual não tem mais dente nenhum. Mas como a Holanda é um país que funciona, neste momento algum protético deve estar construindo a dentadura dupla que lhe devolverá o sorriso, embora eu não creia que lhe devolva a alegria pisoteada miseravelmente, só Deus sabe em que dia, em que lugar, por causa de quem...

Bom. Três vinhos brancos depois, volto à estação central, pego minha bagagem, subo à plataforma A-5 e novamente perco o Amsterdã—Paris Nord. Agora, só às 19h58m... Volto ao Damrak. Observo a poluição visual, que aqui chegou ao paroxismo, com estímulos publicitários nas paredes, vitrinas, quiosques, bondes, ônibus... Um verdadeiro inferno de informações (incluindo grandes bandeiras comemorativas dos 700 anos de Amsterdã) numa cidade feita ao nível da beleza repousante...

Finalmente, às 19h58m, tomo lugar no comboio certo. Este é o trem mais chato do mundo, excluindo os que andam nos trilhos do Brasil. Imaginem que não tem sequer água potável. Sentado desconfortavelmente, com sede, deixo-me conduzir noite adentro através da Holanda, e quando entramos na Bélgica, como estou sozinho na cabina, apago a luz e tiro um cochilo. A horas tantas, a luz se acende e me levanto: um militar fardado me pede os documentos. Mostro o passaporte. Ele é da Securité: estamos chegando à França. Eu tenho sono. Mas ele me põe à vontade e, sentando-se diante de mim, põe-se por sua vez à vontade. É colecionador de moedas... Tem uma coleção de moedas de quase todos os países do mundo... Um dos únicos países cuja moeda não possui é justamente o Brasil... Será que eu não trago comigo uma moeda brasileira?

Oh senhor! O que é que eu faria em Amsterdã com um punhado de moedas brasileiras?

— *Ça ne fait rien*[1] — o general sorri (se não for almirante). — Desculpe incomodá-lo. Durma bem.

Dormi mal.

[1]Não tem importância.

LISBOA

Uma noite em Lisboa

O telefone nos acorda. O dia ainda não nasceu. Nas ruas, porém, já se movimentam os homens a caminho do trabalho. As horas passadas em Lisboa foram suficientes para conhecê-la à maneira dos turistas, quer dizer, superficialmente. Quando agora me levanto para fazer anotações, só guardo na memória a visão do castelo de São Jorge, coroando a sua colina e dominando a cidade como uma obsessão. A jovem e delicada recepcionista (ou hospedeira de terra, como ela mesma se intitula), se referia aos fantasmas que algum dia passaram pelo castelo como quem opina sobre uma personalidade contemporânea. "No castelo de São Jorge", disse ela, "foi assinada uma lei por um grande ministro que nós tivemos: o Marquês de Pombal." O coração puro dos portugueses é um fato verificável em sua capital: basta ver a seriedade com que essa moça responde a todas as perguntas que lhe são feitas por um brasileiro de 14 anos que viaja sozinho para Londres. E nem de longe se poderia imaginar ter ela a mesma idade mental do menino, pois fala quatro línguas, sabe conduzir-se com absoluto desembaraço entre os passageiros de todas as idades por cujo conforto deve zelar, e guia ela própria o seu automóvel. Independente, é contudo discreta como uma donzela educada no Sion por um pai ciumento.

À noite, andei pelas ruas e entrei nos bares. Lisboa é bela. Lembrei-me insistentemente da descrição que dela faz Saint-Éxupery, quando aqui esteve e se confessou esmagado, pois era esta uma cidade cujos habitantes andavam pelas ruas, olhavam as vitrinas, compravam mantimentos e, enfim, viviam como habitualmente se vive no mundo, enquanto o resto da Europa conhecia as vicissitudes da guerra. Mas também me ocorreu insistentemente que as contingências da política enodoavam de certo modo os largos com suas estátuas e seus chafarizes, e que dizer "Lisboa é bela" poderia ser tido, no Brasil e alhures, como uma declaração de amor ao regime de Salazar. Visitei uma taverna freqüentada por prostitutas e soldados das diferentes armas. Era divertido como qualquer botequim, em qualquer parte do mundo, no qual se misturem essas mulheres e esses homens rudes. Mas o sabor da cerveja alemã que eu bebia estava um pouco atraiçoado pela suposição de que esses homens ali estavam para dizer adeus às noites de seu país. Quando partissem, quantos milhares de africanos continuariam sonhando com uma pátria nacional, deles? É possível que estes homens, pensava eu (e a cerveja já não estava tão saborosa), tenham por missão, justamente, adiar a realização daqueles sonhos... De modo que hoje em dia não se pode viajar com olhos demasiado claros: a todo momento a consciência faz fuzilar as pupilas por um movimento de solidariedade que condiciona todas as mentes honestas. Lisboa é bela, mas esta beleza se ostenta sobre quantas liberdades?

Na Albergaria

O Hotel Albergaria da Senhora do Monte, já em seu papel timbrado para cartas, se declara residencial. Está situado na Calçada do Monte, 39 (Miradouro da Senhora do Monte da Graça). O endereço telegráfico não poderia ser mais sofisticado: "Senorita".

De minha janela, ao sol áspero do meio-dia, vejo o Castelo de São Jorge e também a ponte sobre o Tejo. Cá estou há dois dias, mas creio que só cheguei agora. No primeiro dia descontei a diferença de fusos horários, dormindo em todo lugar onde me levaram. Ontem fui ao Pabe, um bar lindíssimo ao estilo inglês. Encontram-se lá os jornalistas portugueses e estrangeiros, os literatos e demais interessados no processo revolucionário. O Pabe, aliás, funciona em sistema de autogestão, desde que seus proprietários partiram, apavorados com a chegada do comunismo.

Quanto ao comunismo, o que se fala aqui é que dentro de uns 10 dias os correspondentes estrangeiros poderão arrumar as malas, pois tudo estará, então, assentado naquela base do socialismo pluralista. O problema com Vasco Gonçalves — não me lembro de ter lido isto aí no Brasil — é que o homem tem um tremendo carisma. Quando ele abre a boca, as massas populares emudecem, enquanto os mais convictos perdem a segurança quanto às idéias que trazem na cabeça. Outro tipo fascinante (foi a palavra que usaram: fascinante) vem a ser o Álvaro Cunhal, com seus cabelos brancos, sua cara quadrada e sua inquebrantável fé no estilo stalinista. Por causa desse estilo, ele espalhou o pânico neste país recém-saído da ditadura mais retrógrada que se possa imaginar.

Devo ir hoje ao aeroporto, para observar a chegada dos refugiados de Angola. São pessoas que trazem apenas a roupa do corpo e um pedaço de pão embrulhado num saco plástico. Mas há detalhes que descrevem por mil palavras a situação em Angola. Exemplo: a mãe portuguesa, trazendo seus três filhos brancos e, de quebra, um pretinho, que ela achou perdido na rua e houve por bem resgatá-lo ao inferno.

A política, naturalmente, é o tema obsessivo. As donas-de-casa costumam interromper assim as suas reuniões mundanas: “Por favor, será que nós podemos passar os próximos 30 minutos sem falar em política?” Não há, contudo, uma divisão brutal; o rancor ainda não veio à superfície. Há uma lua grande na noite azul e Lisboa me aparece bela e pacata.

Onde anda a revolução?

Pego um bonde na Graça, o número 11, em frente a um centro de trabalho do Partido Comunista. Isso quando estou com preguiça. Quando não estou, desço essas ladeiras tão íngremes, estreitas, com seus sobrados antigos em cujas varandas há roupas coloridas postas a secar, e espero o meu elétrico, que é como cá se chama o bonde, em frente a um grupo de trabalho do Partido Socialista, cujas bandeiras (a de Portugal e a do PS) descaem murchas, rotas e sujas dos mastros.

O bonde é ainda a mais lerda, a mais admirável máquina feita para transportar um homem de um lado a outro, nas distâncias curtas. Aqui em Portugal são amarelos, pequenos, e dentro deles o povo está perto de nós. O motorneiro usa paletó cinza e o condutor, bem mais jovem, trabalha com roupa esporte.

Desembarco num largo que não sei ainda como se chama, e no qual há quiosques para vendedores ambulantes. Toda sorte de objetos são aqui apregoados: calças compridas de brim, rádios de pilha, discos, vitrolas, estatuetas de ninfas. Deve ser este o Largo do Socorro, ao qual corresponde a estação do trem metropolitano; mas não tem a cara que lhe caberia sob tal nome, cheio como é de sol e de comércio calmo. E com seus lances pitorescos — pois venho de observar uma senhora gorda, de seus 47 anos, que em plena calçada provou uma calça comprida, vestindo-a por baixo do vestido em cores e flores alegres.

Desço ao metrô, que em qualquer parte do mundo tem sempre um cego ao pé da escada, e pego o trem que vai à Rotunda. Dali da Rotunda, como é natural, me perco em Lisboa. Estamos em algum lugar entre o Rossio e a Praça do Comércio; quero chegar à Rua Duque de Palmela, onde fica o restaurante Pabe, pois é ali que devo estar às duas horas da tarde. Mas não encontro Duque de Palmela, o sol está muito quente, e termino por alugar um táxi para andar 20 metros na direção contrária àquela que ia indo.

No Pabe começa a revolução. Os jornalistas telefonam, os coronéis do outro lado da linha comunicam que talvez saiam esta noite, dependendo de ordens que estão a aguardar, e no final da noite não acontece absolutamente nada. Há quartéis de elite onde tropas de elite estão reunidas, discutindo sofregamente o processo; mas a reunião em si mesma já é um pedaço da revolução, de modo que fica tudo combinado para o dia seguinte. Os correspondentes estrangeiros vivem esse drama (a ausência de) da forma previsível: cada qual acha que o outro está mais bem informado que ele próprio, e acaba um jornalista perguntando a outro jornalista o que está acontecendo além do mundo dos jornalistas.

Bom. Além do mundo dos jornalistas, posso referir os assaltos a sedes do PC ao Norte de Portugal, conforme o mundo inteiro já sabe. Um militante morre, há feridos, os jornais da capital ficam furiosos. Mas são acontecimentos ao Norte, enquanto em Lisboa as discussões prosseguem ao estilo Fidel Castro — horas a fio.

Ouvi dizer que o general Carlos Fabião é o homem providencial. Dele se sabe que é militar profissional, demonstrando um sentimento próximo da impaciência diante das futricas dos profissionais da política.

E há também manifestações aqui na capital. Correu hoje um boato segundo o qual haveria uma manifestação popular. Um amigo me levou lá, e só vimos um jovem louro, belo como uma estátua grega, suspenso num pedestal e fotografando 15 pessoas amontoadas num local de difícil passagem. Se você se põe, com máquina fotográfica na mão, às cinco horas da tarde, na esquina de Santa Clara com Nossa Senhora de Copacabana, a fotografia será a mesma. O povo passando, fazendo compras, indo buscar as crianças na escola, e a Revolução passando ao mesmo tempo — mas ao largo, como se fora um navio pirata.

Nos dias quentes

Ufa! Está mais quente aqui do que em qualquer verão carioca de que me recorde. Falta um ventinho que nos surpreenda numa esquina, justo na hora de desejarmos beber um chope estupidamente gelado. O jornal *O Século*, que pela manifesta veleidade de abranger 100 anos deve saber o que diz, nos informa que ontem em Lisboa (e hoje também) fez uma "atmosfera de forno acendido".

Nosso tema seria, portanto, o calor, que a mim me faz sofrer especialmente, mas este nosso Portugal tinha que misturar alhos com bugalhos, caindo na ironia política, que é um assunto (a política, não a ironia) de que ninguém consegue fugir. Assim:

— O calor foi tema de conversas, quase se sobrepondo às preocupações políticas. Tema especulativo, naturalmente, como qualquer outro — que fez mais calor do que no mesmo dia do verão passado... Que fez menos... Que isto não se agüenta... Que ainda nos resta muito para agüentar... A verdade é que o calor não é de esquerda, nem de direita, nem está pela ruptura, pela evolução ou pelo imobilismo.

As noites, no entanto, são agradáveis. Me indicaram um bar que fica a 30 passos do meu hotel e só fecha às três e meia da madrugada. Há nele um pianista tão antigo e calmo que me lembra, não sei por quê, Jorge Luís Borges. Há aeromoças lindas e outras moças igualmente aéreas. Cantam-se fados. E só fecham às três e meia da madrugada, graças a Deus...

Os cinemas estão levando filmes pornográficos, inclusive o sueco *Sou Curiosa* que iniciou a série no mundo. Não quero ainda entrar neste problema, pela simples razão de que fui sempre um homem de pudor, um homem que na minha idade ainda fica ruborizado por qualquer coisa, e ignoro qual a cara que a gente deve fazer para ingressar num cinema que esteja exibindo um filme pornográfico.

Mudando de assunto, ou voltando à preocupação obsedante: venho observando, no trato com pessoas dos mais diferentes níveis sociais, que em Lisboa a revolução não se assemelha ainda a um remédio ministrado em dose cavalar, conforme Sartre observou em Havana. Não se quebraram os ossos da sociedade. A ruptura brutal não se cumpriu, e todas as indicações é que não se cumprirá. Jogaram fora o salazarismo, que nunca serviu para nada, e debaixo dele havia a consciência clara e paciente de um futuro melhor. Este povo soube perseverar, e uma vez que lhe são dadas as condições para dizer o seu nome, deparamos a multidão alegre, dividida sem amargor, esperando com incomparável calma o desfecho do processo.

São todos portugueses, pá! E isto se nota.

Conversa de bar

Há aqui um bar que dizem freqüentado por "social-fascistas". Peço esclarecimentos a um brasileiro, que explica:

— Os social-fascistas são os comunistas.

Então conheci, nesse bar, um homem que ao longo da noite se queixou da vida. Queixou-se da vida em geral e do governo em particular. Ora, por mais que portugueses e brasileiros se pareçam, em Lisboa sou estrangeiro; quando cá me falam em política, fico em silêncio. E assim passei a noite em silêncio, escutando o homem que se queixa da vida em geral e do governo em particular.

Na noite seguinte, atraído pela minha disponibilidade internacional, entrei no mesmo bar, e o mesmo homem me chamou, em festa. É um homem desesperado, mas de uma forma agradável. No piano, uma senhora fazia um belo escândalo, cantando paródias violentamente contrárias ao general Otelo Saraiva de Carvalho. O meu homem (já o considero de minha propriedade — o meu bêbado de estimação) — então o meu homem me fez uma festa, assim:

— Aprecio muito os seus longos silêncios.

Muito bem. Já que ele gosta dos meus silêncios, ficarei calado. Surge então em cena uma bela figura, moreninha de pele clara, cabelos lisos e pretíssimos, com sinais de nascença por todo o pescoço. Já a conheço; ela gosta de mim; tem 20 anos e gosta de mim, mas só para namorar. As lisboetas são janeleiras e namoradeiras, como as inesquecíveis meninas que adorei, inalcançáveis, na adolescência.

Este bilhete está ficando meio confuso. Já temos um bar, uma pianista, um homem desesperado e a moça com os três quilinhos a mais que uma verdadeira mulher deve ter. Bem, eu estou em silêncio e o meu homem se põe a conversar com a minha namorada. O diálogo é gentil e desesperado:

— A senhora o que é?

(Quando ele diz "senhora" já é grosseria, pois a minha namorada vem a ser nada mais e nada menos que uma senhorinha; uma gatinha portuguesa, com certeza.)

— O que eu sou? — defende-se ela.

— Sim — reafirma o meu homem do meu bar "social-fascista" no meu bairro da Graça, em Lisboa. Quais sãos as idéias políticas da senhora?

— Bem — responde ela. — Eu sou comunista.

— Ah, é comunista? E a senhora já foi a Moscou?

— Eu? Eu nunca fui além de Cascais...

— Pois a senhora devia ir a Moscou. Só assim iria saber o que é o comunismo.

— Mas o senhor é o quê? — pergunto-lhe eu. — Por acaso não estou rodeado de social-fascistas?

Ele abre uma longa pausa e começa a me contar a história de sua propriedade (uma fazenda, ou coisa parecida). Diz-me que seus trabalhadores eram também amigos e todos comiam e bebiam juntos. Mas chegou a maldita revolução e os trabalhadores disseram: "Nós lamentamos, patrão, mas doravante não nos sentiríamos bem comendo e bebendo com Vossa Excelência..."

A minha gatinha comunista, que nunca foi além de Cascais, bebe vinho e sorri. Ela não tem nada a dizer, e eu também não. O meu homem abre em seguida o coração, permitindo que eu escreva o que ele declara, e que aqui vai transcrito sem qualquer espécie de censura:

— Eu sou fascista. Não era antes, mas agora sou. Depois que esses bandidos tomaram conta do país...

Os bandidos a que ele se refere eu não sei quem são. Mas ele acrescenta:

— Esses comunistas, só matando a tiros! Eu, cá, tenho comigo três G-3!

Mais tarde, pedi a um brasileiro que me explicasse qual é esse negócio de G-3. E fui informado de que G-3 é metralhadora altamente operacional — ou seja, o *gadget* mais cobiçado atualmente na confusão de Lisboa...

Uma palavra infeliz

Há uma fadista que, a certo instante da noite, vai ao piano e, com grande vigor, interpreta canções contra-revolucionárias. Mulher quarentona, de aspecto agradável, com unhas e cabelos muito bem tratados. Pessoa fina; vê-se que tem um passado ilustre e recente. Eu lhe peço as letras, para divulgá-las no Brasil, e ela recusa, alegando que antes deveria consultar o autor das mesmas.

Nisto, um garçom magro, arruivascado, a quem faltam três dentes no lado esquerdo da boca, mas que nem por isso deixa de ser eficiente e simpático, chega-se a mim e diz aquilo que, em seu entender, esclareceria a recusa da mulher. Diz:

— Ela é saneada.

— Como?

— Ela é saneada.

— Que vem a ser saneada?

— Foi posta a correr, pá! Tiraram do lugar onde estava e não a deixam fazer mais nada...

Concluo que sanear seja algo assim como cassar. A artista do fado, todas as noites, protesta contra o que lhe fizeram. A pequena clientela do bar aplaude com entusiasmo — menos a minha pequenina namorada comunista, que nunca foi além de Cascais e provavelmente imagina Marx como um velho barbudo e maníaco, que andava pelas ruas de Londres a gritar: "A propriedade é um roubo! Proletários do mundo inteiro, uni-vos!"

Em outros lugares, temos os anarquistas — a malta de velhos senhores alegres, moleques joviais, que se manifestam ruidosamente na vanguarda de um grupúsculo adolescente. Esses tentam incutir na mente do povo um programa verdadeiramente radical: "Seja realista: exija o impossível!"

Temos ainda os bispos, que, por causa de uma palavra colocada inadvertidamente, fracassam na sua tentativa de diálogo com os diversos extremismos. Eles "exortam particularmente as comunidades e organizações católicas a contribuírem com inteligência e solidariedade para a solução dos problemas dos retornados do Ultramar"...

Tal exortação vem lamentavelmente prejudicada pela última palavra, pois os jornalistas de esquerda retrucam:

— Retificamos, pela nossa parte, que "Ultramar" já não há. Acabou com Marcelo Caetano e Spínola. Passou a haver apenas colônias, exploração que nos envergonhava como povo livre que queríamos ser, dívida histórica que urgia liquidar.

Por causa dessa dificuldade em achar as palavras certas foi que o bispo de Braga decidiu impaciente:

— Com os comunistas não se pode conversar! Essa malta só compreende o discurso do varapau!

E lá saiu o bispo de Braga, com seus pequenos proprietários de terra, a ensinar a linguagem do varapau aos comunistas entrincheirados em seus grupos de trabalho, em suas sedes, e até casualmente apanhados no meio da rua. Varapau neles! Há nisto, só que numa escala de violência incalculavelmente maior, alguma pitada de humor — como se estivessem defrontados novamente Dom Camilo e o camarada Peppone.

E eu, estou fazendo aqui o quê? Pelas seis horas da tarde irei ao Pabe, onde me servirão um delicioso vinho seco, gelado, que se chama A Porca de Murça. Já vi uma revolução na minha vida e escapei ileso; esta outra, que não me diz respeito, demora tanto que me sinto irremediavelmente cansado.

Os anarquistas

No meio da confusão, do calor, dos comunicados a que seguem os contracomunicados, dos slogans, das reuniões, das manifestações de rua — os lisboetas ainda encontram tempo para colecionar pérolas de humor político. Já na maneira de se definirem, alguns partidos de esquerda são muito mais esquerdistas que os demais. O MRPP, por exemplo, se define como "marxista-leninista-estalinista-maoísta", não deixando lugar na arena para mais nenhum. Não obstante, alguns moderados dizem que seus militantes são "os filhinhos esquerdistas dos papais fascistas".

Mas os anarquistas são insuperáveis. Começa que publicam um jornal que muda de título todos os dias, sendo vendido de mão em mão no largo do Rossio. "Comprem o jornal anarca", apregoam seus militantes. "Comprem o jornal anarca, o papel higiênico mais caro do mundo." Ou então: "Jornal dos Anarcas — Único a favor da revolução social e da revolução sexual." Ao mesmo tempo, com cartazes e piche, nos quais se identificam por um *A* dentro de um círculo, gostam de levar a sátira às ruas.

Aqui vão algumas pérolas:

Dizem que os comunistas da Inter-Sindical comem criancinhas ao café da manhã. Os Anarcas, então, levam o terror às criancinhas, ameaçando: "Se não tomares a sopa toda, te levam à Inter-Sindical..."

De vez em quando, na televisão, surge a voz de uma locutora: "Desculpem a interrupção, que se deve a uma falha técnica." Os Anarcas imediatamente espalham nos muros: "Desculpem-nos por esta democracia: a ditadura virá dentro de momentos."

— Seja realista: exija o impossível.

— Abaixo a reação: viva o motor a hélice.

— Alguns desejam um socialismo original à portuguesa. Retrucam os Anarquistas: "À portuguesa, só o cozido."

— Todos ao aeroporto: Jesus Cristo vem aí.

Nem os mortos escapam. Nos cemitérios de Lisboa pode-se encontrar esta frase: "Fora daqui! A terra, a quem nela trabalha!" Ou esta, ainda mais original: "Mortos da vala comum, ocupai os jazigos!"

Mesmo assim, ou por causa disso, os Anarquistas são vistos com simpatia por quase toda a gente. O excesso de esquerdismos, cá em Portugal, como no resto do mundo, tem seu lado ridículo. Repetem eles, os Anarquistas, a inquietação inventada por um chargista francês, numa ocasião em que as relações entre a URSS e a China continental andavam particularmente tensas. A charge nos mostra dois Exércitos ferozmente armados, que se defrontam ao longo da fronteira sino-soviética. Desce do céu uma nuvem, e sobre ela, de pé, com a cabeça aureolada, o próprio Marx decide intervir. Com sua voz que vem do Além, tonitruante, ele lança a nova e única palavra de ordem possível:

— Proletários do mundo inteiro, dispersai-vos!

Fala, meu lisboeta!

Faz sol na manhã lisboeta. Mas também faz frio antes de estarmos sob o sol. A temperatura e a tonalidade dos dias são iguais às da primavera carioca, mas um forasteiro não se anima a abandonar as roupas de frio e os aposentos fechados já estão equipados para o inverno. A situação é boa para se contrair uma desidratação.

Você pede informações na rua. Vai ao restaurante. Compra alguma coisa na farmácia ou toma um café na pastelaria. Há sempre uma rachadura no diálogo, às vezes uma rachadura grande. De vez em quando, você é obrigado a rir às gargalhadas — impossível conter-se — e os portugueses não gostam. Eles são melindrosos. Não gostam de saber que no Brasil nos rimos deles, estereotipados que foram por nós, nos anedóticos Joaquim, Manuel e Maria.

Andei com muito cuidado, evitando pronunciar locuções brasileiras muito regionais e procurando articular as frases abertas em arco pleno de significados, digamos assim, cosmopolitas. (Processo equivalente: pensar sua mensagem em francês ou inglês e pronunciá-la em português.) Ainda assim, houve momentos em que não pude conter o riso mais deslavado; numa dessas ocasiões, a senhora num restaurante chique (falsamente chique), depois de produzir um mal-entendido humorístico diante do cardápio, mostrou-se indignada com a minha reação galhofeira e desde aí, até o fim do jantar, ficou me olhando de longe, abespinhada (uso a palavra por brincadeira), enquanto me humilhava, fazendo-me servir pelo garoto que tira os pratos sujos. Naturalmente não me senti humilhado, mas sim entristecido por ter ferido sem querer a boa senhora.

O problema começa na pastelaria. São dezenas de pastelarias. Através da palavra, você pressente uma relação com o Brasil do interior, com alguns estabelecimentos de São Paulo e do Rio, e decide entrar. Vai entrando e antegozando um pastel de queijo com caldo de cana. Mas a pastelaria é uma confeitaria. Pastéis não querem dizer pastéis, daqueles que os chineses radicados entre nós fazem melhor que ninguém, em especial na Bahia. Pastel é o caracol, um bolo com pedacinhos de frutas, e mais uma infinidade de pãezinhos e guloseimas. Se não estiver com vontade de comer doces, você pede um café expresso tirado de máquina italiana: "uma bica". É como eles chamam aqui o cafezinho. Não há por que achar isso engraçado: os lisboetas falam em Lisboa o português de Portugal — é quase a mesma coisa que nós falamos, mas não é a mesma coisa.

Em resumo: o som e o significado estão em justaposição inadequada, para não falar (isto é mais grave) na percepção das coisas que tem o brasileiro e que não é a mesma do português. Quando lhe perguntam se quer o seu bife com esparregado, você reconhece o vocábulo esparregado, você simpatiza com ele, embora ache um pouco esparregado demais para ser comido com um contrafilé. O som lhe satisfaz; o significado lhe escapa. Se você perguntar que diabo vem a ser esparregado, o português ficará confuso. Um garçom brasileiro ficaria confuso da mesma maneira se lhe perguntassem que diabo vem a ser espinafre. Um legume. Mas que legume? Um legume verde, que vem cozido Ah, então espinafre é repolho? Não. Espinafre é esparregado.

Do lado brasileiro, o som é "da turma" e o significado nem sempre. Do outro lado: na fração de segundo em que escuta um brasileiro falar sem se dar conta de estar falando, o português sofre uma pequena vertigem, combinada com um princípio de alucinação auditiva. Ele presume estar ouvindo um francês — mas um francês pronunciando sons franceses recheados de um significado misterioso. Muitas vezes, depois de conversar com o brasileiro, num nível de articulação verbal aceitável para ambas as partes, ele ainda se surpreende ao lhe ser dito que quem fala é um brasileiro. A inteligência portuguesa é então obrigada a dar um salto mortal, sem o que não volverá à realidade dos fatos. Outro cronista já observou isso, e descreveu o processo numa anedota. Devo confirmar que é assim mesmo e acrescento: tão logo informado de que o interlocutor, com quem já se entendeu por vários minutos, é seu primo-irmão d'além mar, o português pensa — quase balbucia — estupefato: "Ah, está falando brasileiro? Ora pois pois, essa língua eu conheço."

É a mesma língua entrando em conflito hilariante (do lado brasileiro) e aflitivo (lado português) em razão da assimetria existente entre as linguagens desenvolvidas de um lado e de outro — de um lado e de outro do Atlântico — a partir da base comum, o idioma.

Todos os textos foram publicados originalmente no *Jornal do Brasil*, nas datas abaixo mencionadas:

Andando no ar — 26.1.79; Lisboa inesperada — 28.1.64; Intervalo em Nice — 2.2.64; Paris — 4.2.64; BB e "O Desprezo" — 5.2.64; Política na caverna — 14.2.64; Um homem tossindo — 18.2.64; A francesa deslumbrada — 19.2.64; Drama parisiense — 20.2.64; Verlaine e o vento — 21.2.64; Nota frívola — 23.2.64; Sob novos céus — 25.2.64; Saudade, pátria, feijão — 26.2.64; O artista sem fome — 1 — 3.3.64; O artista sem fome — 2 — 4.3.64; Dois gregos no metrô — 15.3.64; O lar dos artistas — 17.3.64; Solidão, solidão — 18.3.64; Um namoro tempestuoso — 8.5.64; Um bar em Paris — 1 — 12.6.64; Um bar em Paris — 2 — 16.6.64; Um momento em Paris — 11.10.64; Daqui a pouco — 3.9.65; Coincidência em Saint-Germain — 21.12.65; Poucette — 22.12.65; Natal — 28.12.65; O coquetel — 30.12.65; Os artistas — 31.12.65; O pintor de cactos — 4.1.66; Pilequinho — 5.1.66; Fazendo amigos — 6.1.66; Museus, morangos etc. — 7.1.66; 1970 — 9.1.66; Chico — 11.1.66; Charles — 3.2.66; Humor francês — 15.3.66; Lembranças — 26.10.66; Sociologia da moda — 30.3.66; Pequena humilhação em Paris — 11.10.6; Bar doce bar — 7.3.71; Montparnasse, 89 — 6.8.75; No Trocadéro — 3.9.75; Cadê meu bistrô? — 5.9.75; O café de Cluny — 7.9.75; Miudezas — 8.9.75; Escândalo — 10.9.75; A rua do pecado — 12.9.75; João e Vincent — 14.9.75; La brésilienne — 19.9.75; Montparnasse Bienvenue — 28.9.75; Dois problemas — 29.9.75; Com Marie-Paule — 1.10.75; *Argot* sem mestre — 3.10.75; Vinheta — 13.10.75; Duas cidades — 29.10.75; Adeus às armas — 5.1.79; Lá Vou Eu — 9.2.79; O corcunda e a catedral — 12.2.79; Gatinha negra — 14.2.79; Um bicho ferido — 19.2.79; Flocos de neve — 23.2.79; Guerra e dor — 25.2.79; Vai e vem — 2.3.79; Vamos? — 5.3.79; Por aqui andei — 7.3.79; Bonecos na garrafa — 9.3.79; Café da manhã — 11.3.79;

"*Parlez-vous le japonais?*" — 12.3.79; Manhã sobre a noite — 14.3.79; Quinquilharias — 18.3.79; A cibernética é gentil? — 19.3.79; O Sena corre sob a ponte — 21.3.79; Um dia calmo — 23.3.79; O doente rebelde — 30.3.79; História de dor — 1.4.79; Hora de ave-maria — 2.4.79; Desgraça pouca é bobagem — 4.4.79; Um dragão nas tripas — 25.3.79; Jean-Jacques, artista — 26.3.79; O homem em questão — 28.3.79; Beco com saída — 6.4.79; Propósitos de vida — 8.4.79; Fugindo num tapete voador — 9.4.79; Ai de mim; — 11.4.79; Zanzando em Montmartre — 13.4.79; Um gato poliglota — 15.4.79; Nos jardins da escuridão — 16.4.79; Velhos noivos na motoca — 18.4.79; Hoje vou namorar — 20.4.79; Flor ferida — 22.4.79; Charlot no fogão — 23.4.79; O Demônio esteve aqui — 25.4.79; Oh, quanta alegria! — 27.4.79; Na fímbria do urro — 2.5.79; O gato que pesca — 23.5.79; Notícia invisível — 16.10.81; Camarão com gravata — 18.10.81; Socialismo mete medo? — 19.10.81; Psicologia de metrô — 30.10.81; Música no metrô — 21.10. 81; Encontro de amigos — 26.10.81; Noite de *clochard* — 2.11.81; Compatriotas a bordo — 4.11.81; A loura estabanada — 6.11.81; A loura de cabelo escuro — 8.11.81; Marília e outras coisas — 14.11.81; Um homem para Marília — 16.11.81; Samba do outono — 11.11.81; Em Lyon e além — 20.11.81; O convento dominicano — 13.11.81; Jacob me deixou só — 15.11.81; A chave do quarto no. 2- 22.11.81; Meditando no caminho — 23.11.81; Truques de pobres — 27.11.81; Bye-bye, madame Guilhô! — 2.12.81; *Bonjour* alegria — 25.11.81.

LONDRES

Minha querida Lady — 1 — 16.4.64; Minha querida Lady — 2 — 17.4.64; Minha querida Lady — 3 — 19.4.64; Dover — 18.1.66; Londres-1 — 13.1.66; Londres-2 — 14.1.66; A vingança da porta — 5.7.66; Miss Lovett — 6.7.66; Carta à rainha da Inglaterra — 21.6.67; Minha popularidade em Londres — 25.6.67.

AMSTERDÃ

Amsterdã-1 — 1.2.66; Amsterdã-2 — 5.10.75; O olho azul — 10.10.75; Jan e Erasmus — 6.10.75; Estação Central — 8.10.75.

LISBOA

Uma noite em Lisboa — 31.1.64; Na albergaria — 22.8.75; Onde anda a revolução? — 24.8.75; Nos dias quentes — 25.8.75; Conversa de bar — 27.8.75; Os anarquistas 1.9.75; Fala, meu lisboeta — 9.12.81; Uma palavra infeliz — 29.8.75.

*O texto deste livro foi composto em Sabon,
desenho tipográfico de Jan Tschichold de 1964
baseado nos estudos de Claude Garamond e
Jacques Sabon no século XVI, em corpo 11/15.
Para títulos e destaques, foi utilizada a tipografia
Frutiger, desenhada por Adrian Frutiger em 1975.*

*A impressão se deu sobre papel off-white 80g/m²
pelo Sistema Cameron da Divisão Gráfica
da Distribuidora Record.*